सप्रेम भेंट

श्रीमान्..

....

....

गोपालदास सौंकिया
सौंकिया भवन
चौड़ा रास्ता, जयपुर
sonkiagopal@gmail.com

जीवन हो तो ऐसा हो

गोपाल दास सौंकिया

पुस्तक महल®

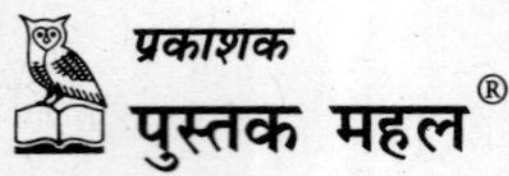

J-3/16, दरियागंज, नई दिल्ली-110002
☎ 23276539, 23272783, 23272784 • फैक्स: 011-23260518
E-mail: info@pustakmahal.com • *Website:* www.pustakmahal.com

विक्रय केन्द्र

• 10-बी, नेताजी सुभाष मार्ग, दरियागंज, नई दिल्ली-110002
☎ 23268292, 23268293, 23279900 • फैक्स: 011-23280567
E-mail: rapidexdelhi@indiatimes.com

• **हिन्द पुस्तक भवन**
6686, खारी बावली, दिल्ली-110006
☎ 23944314, 23911979

शाखाएं

बंगलुरू: ☎ 080-2234025 • टेलीफैक्स: 080-22240209
E-mail: pustak@sancharnet.in • pustak@airtelmail.in

मुंबई: ☎ 022-22010941, 022-22053387
E-mail: rapidex@bom5.vsnl.net.in

पटना: ☎ 0612-3294193 • टेलीफैक्स: 0612-2302719
E-mail: rapidexptn@rediffmail.com

ISBN 978-81-223-0983-6

संस्करण: 2024

मुद्रक: शर्मा प्रिंटर्स, दिल्ली

"श्रीराम जी"

मेरे पूज्यनीय सद्‌गुरुदेव महाराज
श्रीकृष्ण गोपाल जी व्यास को समर्पित,
जिनकी कृपा एवं आशीर्वाद से यह
पुस्तक लेखन संभव हो सका है।

भूमिका

मैं लेखक नहीं हूं। मैं तो रत्न व्यवसायी हूं और इस व्यावसायिक क्षेत्र में मेरी अच्छी-खासी रुचि रही है। किंतु ईश्वर और गुरु महाराज की अनुकंपा से, माता-पिता के आशीर्वाद और सत्संगति से मुझे अपने व दूसरों के जीवन को देखने और उस पर मनन करने की रुचि रही है। अच्छे विचारकों को पढ़ने, सुनने में रस लेता रहा हूं और इन सबसे भीतर ही भीतर एक विचार विकसित होता रहा है कि मानव जीवन को हमें सोद्देश्य ही जीना चाहिए। हमारी संस्कृति के महानायकों ने हज़ारों वर्षों के बाद गहरे जीवनानुभवों से जीवन की जिन दिशाओं का, मार्गों का और चलने के तरीकों का संकेत किया है उन्हें हमें गंभीरता से पहचानना चाहिए तथा अपने जीवन को उस ओर ले चलना चाहिए। यह पुस्तक इसी के आग्रह का परिणाम है।

जयपुर शहर से संचालित हमारा पुश्तैनी रत्न-व्यवसाय है और इस व्यवसाय को हमारी माताजी की छत्रछाया में छह भाई मिलकर देश-विदेश में संचालित कर, विकसित करते जा रहे हैं। इसके अलावा हम छह भाइयों का – संयुक्त परिवार, एक ही रसोई से अन्न ग्रहण कर रहा है। इन तथ्यों को स्वविज्ञापन न समझकर इस रूप में देखें कि सच्चाई और ईमानदारी से व्यवसाय भी किया जा सकता है। जीवन बराबर द्वंद्व को जन्म देता रहता है, किंतु उसमें सामंजस्य कैसे बिठाए यह मनुष्य की स्वयं की कुशलता पर है। जीवन जीने की कला सीखकर ही हम समाज में सफल हो पाते हैं। हम सबको अपने-अपने जीवन के अनुभवों का विश्लेषण करते हुए, अपनी संस्कृति के संकेतों को पढ़ते हुए सद्भावनापूर्वक सही निर्णय लेते रहना चाहिए, निश्चित ही हम सुसंस्कृत जिंदगी जी सकेंगे। यह पुस्तक सहज जीवन जीने के लिए इसी प्रकार के सांस्कृतिक संकेतों का संग्रह है।

इस पुस्तक में जो कुछ लिखा गया है, उस पर मेरे अपने जीवन के अनुभव की प्रामाणिकता है। मैंने जीवन को जिस तरह से जीया है और उस पर मनन किया है, वह यहां लिखा गया है। अब तक जो हमारे संस्कृति-उन्नायकों ने हमें अमूल्य

जीवन-दृष्टि दी है उसको मैंने अपने जीवन में उतारा है, उसे अपने ढंग से उगाया है और पल्लवित-पुष्पित किया है। उनकी गंध से अपने-आपको आनंदित किया है, उसी जीवन-सौरभ को यहां लिखा है। बस, इतना कह सकता हूं कि यहां लिखने के लिए नहीं लिखा गया, बल्कि जो जीया गया है वह लिखा गया है। और केवल पढ़ने भर के लिए नहीं, बल्कि जीवन में उतारने के लिए लिखा गया है। एक छोटा-सा आग्रह रहा है कि जिसको मैंने अच्छा माना है, उसे इस धरती के और लोग भी जानें और अपने-अपने जीवन का अपने-अपने ढंग से विकास करें, आनंद लें।

मैं सबसे पहले अपने पिताजी स्वर्गीय श्री भगवान दास जी सौंकिया तथा अपनी पूज्यनीय माताजी श्रीमती गुलाब देवी के सामने नतमस्तक हूं, जिनके रक्त-मांस-मज्जा से मैं निर्मित हुआ हूं और इस पुस्तक को लिखने के लिए ही नहीं, अपने जीवन का अस्तित्व प्राप्त किए हुए प्रस्तुत हूं।

इस पुस्तक के कुछ पक्षों को संगृहीत करने में, उसको भाषाई संस्कार देने, संपादित करने में श्री नागर चंद्र शर्मा, श्री प्रीतम प्रसाद शर्मा, डॉ. रत्नेश जैन, श्री अजय काला और हिंदी भाषा के विद्वान लेखक डॉ. राघव प्रकाश का अमूल्य सहयोग रहा है, मैं उनके प्रति हृदय से आभारी हूं। साथ ही शिव बुक हाउस के संचालक श्री ओम प्रकाश अग्रवाल और इसको पाठकों तक प्रस्तुत करने में प्रकाशक पुस्तक महल, दिल्ली के संचालक श्री रामअवतार जी गुप्ता के प्रति मैं अपनी कृतज्ञता अर्पित करता हूं।

परिवार के सभी सदस्यों के प्रत्यक्ष तथा अप्रत्यक्ष रूप से मिले सहयोग के लिए उन सभी का भी हृदय से आभारी हूं।

पुस्तक का लेखन मेरी धर्मपत्नी श्रीमती विमला देवी तथा मेरे आत्मज देवेश के प्रत्यक्ष-अप्रत्यक्ष सहयोग का परिणाम है। अतः इस अवसर पर मैं उन्हें भी सस्नेह दर्शाना चाहता हूं।

अंत में मैं उन सभी संत-महात्माओं, विचारकों तथा लेखकों के प्रति अपना आभार अर्पित करता हूं, जिनकी वाणी को पढ़कर-सुनकर, प्रेरित होकर ही जीवन की दिशा बनी और उसी क्रम में यह पुस्तक भी संभव हुई है।

—गोपाल दास सौंकिया

अभिलाषा

● *गोपाल दास सौंकिया*

सदा फूलता-फलता भगवन्! आपका यह परिवार रहे।
आपस में हो प्यार सभी का, और आपसे प्यार रहे॥

कर मिथ्या अभिमान न मन से, जीवों का अपमान करें।
सभी जनों की तन-मन-धन से, सेवा और सम्मान करें॥
प्रभो आपकी आज्ञा मानें, सबसे प्रेम का व्यवहार करें।
सदा फूलता-फलता भगवन्!.........॥

दुनियादारी रहे चमकती, धर्म निभाने वाले हों।
सेवा के सांचे में सबने, जीवन अपने ढाले हों॥
बच्चा-बच्चा हर परिवार का, बनकर श्रवणकुमार रहे।
सदा फूलता-फलता भगवन्!.........॥

बने रहे संतोषी सारे, जीवन के हर काल में।
हाल-चाल हो सबका ऐसा, मस्त रहें हर हाल में॥
जिह्वा पर हर पल भगवन्! तेरा ही नाम रहे।
सदा फूलता-फलता भगवन्!.........॥

मात-पिता परिवार सभी को, मानें हम उपकार तेरा।
सबमें तू ही समाया, देखा हर प्राणी में प्यार तेरा॥
नज़रों में हम रहें आपके, आफ़त हमसे दूर रहे।
सदा फूलता-फलता भगवन्!.........॥

अमृत जैसी वाणी हो, भले करें सब काम।
तुमसे करें न कोई शिकवा, करें तेरा गुणगान॥
जीवन की अब आस यही, चरणों में तेरे नमन रहे।
सदा फूलता-फलता भगवन्!.........॥

'गोपाल' की है यह प्रार्थना
'दास' तुम्हारा बना रहे।
विनय निवेदन करे 'सोंकिया'
सुखिया सब संसार रहे॥
सदा फूलता-फलता भगवन्!.........॥

अनुक्रम

गुण 159-238

गृहस्थ 239-309

जीवन

जीवन अशुभ से शुभ की ओर,
अंधकार से प्रकाश की ओर,
नश्वर से ईश्वर की ओर किए गए
मनुष्य के प्रयास की कहानी है।

जीवन क्या है? यह प्रश्न जीवन से भी ज्यादा जटिल है। जीवन साँसों की रथयात्रा नहीं है। जीवन उम्र के पड़ाव-दर-पड़ाव पर ठहरने या गुजरने का नाम नहीं है। जीवन अशुभ से शुभ की ओर, अंधकार से प्रकाश की ओर, नश्वर से ईश्वर की ओर किए गए मनुष्य के प्रयास की कहानी है। क्या संसार में आने के पश्चात् हम जो उम्र के कलैण्डर के पन्नों को समय की अगुँलियों से बदलते हैं, उसे ही जीवन कहते हैं? उद्देश्यपूर्ण और सार्थक जीवन जीना ही प्राणिमात्र का धर्म है। सार्थकता की कसौटी यही है कि परिवार, समाज और राष्ट्र में हमारा नाम, आदर और सम्मान के साथ लिया जाए और उद्देश्यपूर्ण जीवन यह है कि हमें अपने कार्यों के बारे में आत्म-संतोष हो। जीवन वह है जो औरों के काम आए, जीवन वह है जो अपने-आपमें एक मिसाल हो।

जीवन अमूल्य है। पैसा सब-कुछ दे सकता है किंतु बीता वक्त नहीं लौटा सकता। जीवन का गुजरा हुआ एक क्षण करोड़ स्वर्ण मुद्राएँ देने पर भी नहीं मिलता। जीवन लेने के लिए नहीं, देने के लिए बना है। इसलिए जीवन में हमेशा देने का भाव बना रहना चाहिए। परोपकार-रहित जीवन सिद्धान्त-रहित जीवन है और सिद्धान्त-रहित जीवन पतवार-रहित नौका के समान है। जीवन में हर पल आदमी को कुछ बाँटते रहना चाहिए, क्योंकि जो दूसरों के जीवन के अंधकार में सूर्य का प्रकाश पहुँचाते हैं, उनका इस मृत्युलोक में कभी नाश नहीं होगा। इस जीवन-मंत्र का साधक अपने जीवन में कई सद्गुणों का समावेश कर सकता है। जो इस पाठ को पढ़ते हैं उनके लिए महत्त्व इसका नहीं है कि वे कितने अधिक जीवित रहते हैं, अपितु महत्त्व इस बात का है कि वे कैसे जीवित रहते हैं? जिसने जीवन के लक्ष्य को नियोजित कर लिया है, जो जीवन को एक निश्चित दिशा देता है, उसके लिए जीवन का लक्ष्य है–निःस्वार्थ

सेवा। उसके लिए जीवन मजबूरी नहीं महोत्सव है। जीवन व्यथा नहीं कथा है। उसके लिए जिंदगी शूलों-सी नहीं फूलों की तरह महकती रहनी चाहिए। फूल-सी जिंदगी बनाने के लिए जरूरत है कि हम अपनी त्रुटियों के प्रति सतर्क, सजग और सावधान रहें और हमारी त्रुटियाँ जब हमें दिखाई देती हैं तो समझना चाहिए कि हम जीवन के प्रति बेहोश नहीं हैं, होश में हैं। बेहोशी का नतीजा है कि हम कहते हैं कि जीवन के दिन थोड़े हैं किन्तु जीते इस तरह हैं, मानो जीवन के दिन अनन्त हैं। जीवन एक उत्सव है, इसे दिल खोलकर मनाइये। इस उत्सव के अवसर को जीनेवाले लोग ही जीवन जीने का आनंद ले सकते हैं अन्यथा जब जीवन कम रहा तब जीने का ढंग आया। ऐसा कहते-सुनते लोग आपको अपने इर्द-गिर्द दिखाई देंगे। अतः हमें इस तरह के घोर निराशावाद के कुएं में कूदने से बचने का प्रयास करना चाहिए।

जीवन के हर पल को खुलकर महसूस करने के लिए जरूरी है कि जीवन के इर्द-गिर्द सद्‌गुणों के फूलों से महकती एक बगिया हो। हम जीवन को दुर्गुणों का कचरापात्र बनने से रोकें। इसके लिए जरूरी है हमारे पास जीवन जीने का एक दृष्टिबोध हो। आप अपने जीवन को सेवा, संतोष, स्वाध्याय, स्मरण, सत्यता, पुरुषार्थ और परोपकार के आभूषणों से सजा लीजिए।

प्रसन्न रहना, संतुष्ट रहना, शांत रहना, उत्साहित रहना और प्रेममय रहना–इस जीवन को खुशमय जीने के ये पाँच सूत्र हैं। ऐसे सूत्रों को आत्मसात् करके हम अपने दैनिक जीवन-क्रम को व्यवस्थित बना सकते हैं। आज हमारे बिखरे जीवन में, आस्था के अभाव में एकसूत्रता दिखाई नहीं देती। जो अपने जीवन में प्रभु का गुणगान नहीं करता उसका जीवन व्यर्थ है। ईश्वर के प्रति यह आस्था-भाव जीवन के आँगन को साफ-सुथरे बनाते हैं, ऐसे ही जीवन के लिए एक प्रेरणादायी काव्यांश है -

फूल बनकर मुस्कुराना जिंदगी है।
मुस्कुराकर ग़म भुलाना जिंदगी है।
जीतकर खुश हो गए तो क्या,
हार में भी मुस्कुराना जिंदगी है।

जीवन को परिपूर्णता में देखना होगा। हालाँकि जिंदगी जीने के लिए आगे देखना चाहिए पर उसे समझने के लिए पीछे भी देखना चाहिए। इस तरह आगा-पीछा देखकर चलनेवाले की जिंदगी में कभी तनाव नहीं आते, तथा जिन्दगी एक ऐसी कश्ती बनकर लहरों पर तैरती है जिसे कभी तूफान का सामना नहीं करना पड़ता। आज आदमी की जिंदगी जिस भागम-भाग की दौड़ से गुजर रही है उस जिंदगी में शांति के एक पल की जरूरत है। किसी ने ठीक ही कहा है–जिंदगी का स्वाद हम तभी ले सकते हैं जब जीवन में पूर्णतः शांति हो। शांत जीवन ही फूल-सा सुकोमल और सुगंधित होता है क्योंकि आदमी का जीवन फूल-जैसा कोमल होगा तो भगवान के चरणों में भी जगह मिल सकती है। जो ईश्वर का प्रिय है उसका मन सुख-दुःख के कोष्टकों में कैद नहीं होता है। वह तो मानता है–

दर्द का पीकर हलाहल मुस्कुराना जिंदगी है।
बच सके कोई अगर तो डूब जाना जिंदगी है।
है बड़ा उपकार आशा के सुनहरे कण जगाना,
प्यार और विश्वास की नदियाँ बहाना जिंदगी है।

जीवन में यह जरूरी नहीं है कि हम वह काम करें जो हमें पसंद है बल्कि वह काम करें जो दूसरों को पसंद हों। जो लोग जीवन को योजनाबद्ध ढंग से जीते हैं वे ही सफल होते हैं। यह बहुत दुःख की बात है कि अधिकतर लोग पार्टी और छुट्टियों की प्लानिंग में ज्यादा समय लगाते हैं बजाय अपनी जिंदगी की प्लानिंग के। हम सहृदय, सहज और सजल बनें क्योंकि प्रेम, कृतज्ञता, आनंद, दुःख और पश्चात्ताप के आँसुओं से ही जीवन का बाग सरसतापूर्ण होता है।

शाश्वत स्वर

❀ भाग्यशाली के लिए जीवन की यात्रा सीधी सरल होती है जबकि भाग्यहीन के लिए ऊबड़-खाबड़, लम्बी और उबाऊ होती है। - अरस्तू

❀ जीवन-पथ में एक बार उल्टी राह चलकर फिर सीधे रास्ते पर आना बहुत कठिन है। - प्रेमचंद

❀ निश्चिंत जीवन जीने के लिए अपनी चिंताओं से मुक्त हो जाओ और दूसरों की चिंताओं में जुट जाओ। - आइंस्टाइन

❀ इंसान रोते हुए पैदा होता है, शिकायतें करते हुए जीता है और निराश होकर मर जाता है। - जवाहरलाल नेहरू

❀ हम उन्हें याद किया करते हैं, जो औरों के लिए जिया करते हैं। अगरबत्ती की तरह जल कर जो औरों को खुशबू दिया करते हैं। - अज्ञात

❀ जीवन नश्वर से ईश्वर की ओर की गई तीर्थयात्रा है। - साईंबाबा

❀ मनुष्य जीवन उस नदी की भाँति है, जो अपने बहाव द्वारा नवीन दिशाओं में अपनी राह बना लेती है। - रवीन्द्रनाथ ठाकुर

❀ साधारण जीवन का एक ही सूत्र है—बचपन एक भूल है, जवानी संघर्ष, और बुढ़ापा पश्चात्ताप। - डिज़रायली

❀ जीवन एक शतरंज की बाजी है, इसमें हार-जीत हमारे हाथ में नहीं है, खेलना हमारे हाथ में है। -जर्मी टेलर

अहंकार

दूसरे के अस्तित्त्व को स्वीकार न करना, स्वयं को ऊँचा समझना ही अहंकार है। अहंकार के मूल में धन, शक्ति-सौन्दर्य का गर्व निहित होता है।

अहंकार मानसिक आत्महत्या है। अपने शुभ संस्कारों का अपने हाथों से गला घोंटना अहंकारी का काम है। अहं के तरल-गरल की यह खासियत है कि यह पीने में मीठा लगता है किंतु इसका परिणाम हमारे चित-चेतना और चिंतन को विषाक्त बना देता है। अहं एक ऐसा अग्निकुंड है जिसमें गिरकर व्यक्ति अपने जीवन के शुक्ल तत्त्वों को हमेशा के लिए जला देता है। दूसरे के अस्तित्त्व को स्वीकार न करना स्वयं को ऊँचा समझना ही अहंकार है। अहंकार के मूल में धन, शक्ति-सौन्दर्य का गर्व निहित होता है। कुछ नहीं होने पर भी अपने-आपको बहुत कुछ मानने का भाव मनुष्य को अहंकारी बना देता है। पंच विकारों में अहंकार को महाविकार माना गया है।

यह तो सभी जानते हैं कि इस संसार में सब कुछ क्षण-भंगुर है। जब कुछ रहेगा ही नहीं, उस पर अभिमान क्यों ? यह चिन्तन करते ही अहंकार अपने आप विदा हो जाएगा। अहंकार को छोड़ना एक साधना है, जो विनम्रता से उत्पन्न होती है। पर यह भी नहीं भूलना चाहिए कि कई बार विनम्रता भी अहंकार की चादर ओढ़ लेती है। कई बार आदमी अपने आपको विनम्र दिखाता है जिससे लोग उसे श्रेष्ठ समझें। त्याग में भी अहं का भाव जग सकता है कि मैंने इतना बड़ा त्याग किया। तुलसी कहते हैं, ''कंचन तजिबो सहज है सहज तिया को नेह, भाव बड़ाई इरसा तुलसी दुर्लभ एह।'' अच्छे संतों-महंतों का मन अहंकार के कारागार में कैद रहता है। इसलिए अहं के चित्त विचित्र रूप को समझना जरूरी है। जिसने अहंकार को छोड़ दिया, वह भव सागर तर गया। ऐसा हमारी संस्कृति का कथन है।

जिसे होश होता है वह अहंकार में कभी बेहोश नहीं होता। अभिमान पतन का मूल है, सभी पापों की तह में अभिमान होता है।

यदि अहंकार चला गया है तो किसी भी धर्मग्रंथ की एक पंक्ति पढ़े बिना और किसी भी देवालय में पैर रखे बिना हम जहाँ भी बैठे हैं वहीं से मोक्ष प्राप्त हो जाएगा। सभी ग्रंथ अहं से निर्ग्रन्थ होने की बात करते हैं। अहंकार से ईश्वरीय कृपा कोप में बदल जाती है। कहा जाता है कि अहंकार ने देवताओं को भी राक्षस बना दिया जबकि विनम्रता से व्यक्तित्व में देवत्व की प्रतिष्ठा होती है। त्याग का अभिमान धन के अभिमान से भी अधिक भयावह है, इसीलिए कबीर कहते हैं -

मैं मैं बुरी बलाय है, सको तो निकसो भाग।
कह कबीर कब लगि रहे, रुई लपेटी आग ॥

(अर्थात् व्यक्ति को अहंकार से दूर रहना चाहिए क्योंकि अहंकार रुई में लिपटी हुई आग है जिससे देर तक अपने आपको नहीं बचाया जा सकता।)

कबीर गर्व न कीजिए, रंक न हंसिए कोय।
अजहुं नाव समुद्र में, ना जाने क्या होय॥

(अर्थात् मनुष्य को न तो घमंड करना चाहिए और न किसी गरीब व्यक्ति का मजाक उड़ाना चाहिए। क्योंकि जीवनरूपी नाव सदैव समुद्र में पड़ी रहती है पता नहीं अगले पल हमारे साथ क्या हो।)

कबीर के ये बोल अनमोल हैं जो इन्हें आत्मसात् करता है उसे जीवन में परम सत्य का संधान होता है।

शाश्वत स्वर

❁ यदि आपको अपने में अंहकार पैदा करने वाली कोई बात दिखाई दी हो तो तनिक और नीचे उतर कर देखिए, वहाँ आपको अपना सिर नीचा कर देने वाली बहुत-सी बातें नज़र आयेंगी। - सुकरात

❁ जो केवल कल्पना करता है कि वह विश्व के बग़ैर अपना काम चला लेगा, अपने को धोखा देता है; किन्तु जो यह कयास लगाता है कि विश्व का कार्य उसके बिना नहीं चल सकता और भी बड़े धोखे में है। - रोशे

❁ जो भी मनुष्य अहंकार करता है उसका एक-न-एक दिन पतन अवश्य ही होगा। - महर्षि दयानन्द सरस्वती

❁ वह अहंकार, अहंकार नहीं है जो आत्मा की शान प्रकटाये। वह नम्रता नहीं है जो आत्मा को हीन बनाये। - स्वामी रामकृष्ण परमहंस

❁ अहंकार छोड़े बिना सच्चा प्रेम नहीं किया जा सकता। - स्वामी विवेकानन्द

❁ यदि तुम्हारा अहंकार चला गया है तो किसी भी धर्म-पुस्तक की एक पंक्ति पढ़े बिना व किसी भी देवालय में पैर रखे बिना, तुम जहाँ बैठे हो वहीं मोक्ष प्राप्त हो जायेगा। - स्वामी विवेकानन्द

❁ सुख बाहर से मिलने की वस्तु नहीं, हमारे ही भीतर है; किन्तु अहंकार छोड़े बिना उसकी प्राप्ति नहीं होने वाली है। - स्वामी विवेकानन्द

❁ प्रभु की प्राप्ति में सबसे बड़ा बाधक है –अभिमान। - महात्मा गाँधी

❁ तुम्हारे क्षुद्र अहंकार को समूल नष्ट करके तुम्हें विश्व-व्यापी बनाने में एकमात्र ध्येय की खातिर सब धर्म कल्पनाएँ उत्पन्न हुई हैं। - स्वामी विवेकानन्द

लोभ

**जिस व्यक्ति पर धन का लोभ छा गया,
उसने अपनी जिन्दगी के खलिहान को हवा
में उड़ा दिया। मनुष्य बूढ़ा हो जाता है परन्तु
लोभ कभी बूढ़ा नहीं होता।**

लोभ सबसे बड़ा मनोविकार है, इसलिए लोभ को 'पाप का बाप' कहा गया है। लोभ यानि हर पल कुछ पाने की लालसा। जो नहीं मिला है उसे पाने की हर चंद कोशिश और उस वस्तु के मिल जाने पर फिर और कुछ पाने की प्यास ही लोभ है। सामान्यतः किसी वस्तु को प्राप्त करने की तथा उसे न छोड़ने की भावना ही लोभ कहलाती है। ईश्वर भक्ति में लोभ सबसे बड़ी बाधा है। हम संसार के मायाजाल में लोभ के कारण मुक्त नहीं हो पाते हैं। धन का लोभ हमें न जाने कैसे-कैसे अनुचित कर्म करने के लिए बाध्य करता है।

एक सूक्त में कहा गया है–जिस व्यक्ति पर धन का लोभ छा गया, उसने अपनी जिन्दगी के खलिहान को हवा में उड़ा दिया। मनुष्य बूढ़ा हो जाता है परन्तु लोभ कभी बूढ़ा नहीं होता। ज्यों-ज्यों लाभ होता है त्यों-त्यों लोभ बढ़ता है। इस तरह लाभ से लोभ लगातार बढ़ता जाता है।

लोभ से बुद्धि नष्ट हो जाती है, बुद्धि नष्ट हो जाने से लज्जा नष्ट होती है। धीरे-धीरे धर्म के नष्ट होने से धन और सुख भी नष्ट हो जाता है। लोभ की पूर्ति कभी नहीं होती, इसलिए लोभ के साथ क्षोभ सदा बना रहता है। लोभ हमारे मनोभावों पर अमरबेल की तरह छा जाता है। लोभी मनुष्य वस्तुओं का संग्रहण कर सकता है उनका उपभोग नहीं कर सकता। वह हर पल लालसा की आग में दहकता रहता है। अप्राप्त को पाने की इच्छा और प्राप्त वस्तु को बनाए रखने की झूठी ख्वाहिश ही लोभी मन को संतप्त करती है। लालच का कोई अंत नहीं है। जरूरतें पूरी की जा सकती हैं किंतु लालच नहीं। लोभ हमारी आत्मा को जकड़ लेता है, वह हमारे रिश्तों को तोड़ देता है।

दुनिया में दो तरह के लोग होते हैं एक आवश्यकता के तल पर जीने वाले और दूसरे आकांक्षा के तल पर जीने वाले। आकांक्षाएँ जब असीमित हो जाती हैं तो आदमी सुविधाओं के संसार में भटककर भी असुविधाओं में जीने लगता है। आवश्यकताएँ सीमित होती हैं और अंधी आकांक्षाएँ असीमित। हम अपनी आकांक्षा की चादर को उतना ही फैलाएँ जितने में हमारा और हमारे परिवार का जीवनयापन हो सके। जीवनगत सुविधाओं से अधिक का संग्रहण भी एक सामाजिक अनैतिकता है। इस संसार में इतने साधन संसाधन हैं कि ऐसे सात संसार हों तो भी उसका भरण-पोषण हो सकता है किंतु अकेले लोभी आदमी को संसार के सारे साधन न्यौंछावर कर दें तो भी वह सुखी नहीं हो सकता है। उसे तो हर पल_यही लगता है कि अभी थोड़ा है। अभी उसे और कुछ चाहिए। जीवन को सुखी शांत और शालीन बनाएँ रखने के लिए जरूरी है कि आदमी आवश्यकताओं में जीए अभी आकांक्षा के आकाश में उड़ान नहीं भरे। जो अपनी आवश्यकताओं को केंद्रित और मर्यादित करके जीता है वही व्यक्ति संसार में परम सुखी है।

लोभी और महत्वाकांक्षी होने के बीच एक भेद रेखा है। लालसा की लपट से मन मष्तिष्क और प्राणों को बचाने वाला ही संतोष-धन को प्राप्त कर सकता है। संतोष-धन के आते ही आदमी सच्चा धनवान बनता है। सच कहें तो लोभी आदमी तो उस बैल की तरह है जो धन को अपने ऊपर लादता है किंतु उसका उपयोग/उपभोग नहीं कर सकता है। बैल के ऊपर पत्थर लादो या सोना लादो, बैल के लिए तो वह बोझ ही है। हम जीवन को बोझ बनने से बचाएं, इसके लिए जरूरी है कि जितना मिला है, उसमें संतोष करें। जितना मिला है उसके लिए ईश्वर को धन्यवाद दें। जो नहीं मिला है उसके लिए आहत न हों, जो इस भावदशा में जीता है वही सच्चा धनवान है।

———

शाश्वत स्वर

❁ किसी के धन का लालच मत करो। - ईशावास्योपनिषद्

❁ लोभी मनुष्य किसी कार्य के दोषों को नहीं समझता, वह लोभ और मोह से प्रवृत्त हो जाता है। - वेदव्यास

❁ अधिक लोभ नहीं करना चाहिए, मस्तक पर कालचक्र घूम रहा है। - अज्ञात

❁ लोभ धर्मकार्य का बाधक है। - सयुंत्तनिकाय

❁ ज्यों-ज्यों लाभ होता है त्यों-त्यों लोभ होता है। इस प्रकार लाभ से लोभ निरन्तर बढ़ता जाता है। - उत्तराध्ययन

❁ लोभ को अपने हृदय में भूलकर भी स्थान न दें। लोभ के कारण सत्य ज्ञान की प्राप्ति नहीं होती। - सनाई

❁ कामना सरलता से लोभ बन जाती है और लोभ वासना बन जाता है। - साईं बाबा

❁ रुपयों का लोभ सब प्रकार की बुराई की जड़ है। - बाइबल

❁ सब अनर्थों का मूल लोभ है। - हितोपदेश

❁ लोभ तो स्वाभाविक है किंतु अतिशय लोभ मनुष्य का सर्वनाश कर देता है। - विष्णु शर्मा

छल

माया जब विश्वास पर आवरण डालती है तो विश्वास अन्धविश्वास में बदलता दिखाई देता है।

छल को वैसे तो एक बल माना गया है किन्तु छल के बल का फल कभी श्रेयस्कर नहीं माना जा सकता है। आज नहीं तो निश्चय ही कल, छल के बल को सच की ताकत के सामने हथियार डालने पड़ते हैं। छल को धोखा विश्वासघात कुछ भी कहा जा सकता है। सीधी-सादी भाषा में कहें तो किसी व्यक्ति के द्वारा दूसरे व्यक्ति को उसकी जानकारी के बिना दिया जाने वाला शारीरिक, मानसिक, सामाजिक अथवा आर्थिक हानि ही धोखा या छल कहलाता है।

धोखा दिया भी जाता है और खाया भी जाता है। विभिन्न प्रकार के छल और धोखे से यह दुनिया भरी पड़ी है। दूसरे के द्वारा किए जाने वाले छल का शायद समाधान हो सकता है, उसकी भरपाई हो सकती है। लेकिन जो धोखा हम अपने आपको देते हैं, उसका निदान अत्यन्त कठिन है। पहली जरूरी बात यह है कि हम आत्मछल से बचें, अपने-आपको पहचानें, समझें और यथासंभव सत्य का आचरण करें। साथ ही कोशिश करें कि हम जीवन में किसी को भी जाने-अनजाने में कोई धोखा न दें।

इसलिए कहा गया है - जो व्यक्ति दूसरों के भेद तुम्हारे सामने प्रकट करें उसे अपने गुप्त भेदों से कभी अवगत न होने दो, क्योंकि जो व्यवहार वह दूसरे के साथ कर रहा है वही तुम्हारे साथ भी करेगा। कई बार प्रेम के आवरण में विश्वासघात अपना काम कर जाता है। क्योंकि यह मनुष्य मन की सहज कमजोरी है कि व्यक्ति जिससे प्रेम करता है उसके द्वारा सरलता से धोखा खा जाता है। धोखा देने वाला धरती पर बोझ है। किसी विचारक ने ठीक ही कहा है - ''हे देवी वसुधा, तुम ऐसे दुष्ट धोखेबाज व्यक्तियों का भार कैसे सहन करती हो, जो भला करने वाले श्रेष्ठ व्यक्तियों से भी धोखा करते हैं।''

धोखेबाज होते कुछ और दिखते कुछ हैं। इसलिए एक विचारक को ऐसे दोहरे चरित्र से घृणा है। वह कहता है - मुझे जितनी नरक के द्वार से घृणा है उतनी ही उस व्यक्ति से है जो हृदय में एक बात रखकर दूसरी कहता है। आदमी को अपने विवेक की आँख हमेशा अपने पास रखनी चाहिए जिससे वह धोखेबाजी से बच सके। व्यक्ति को इतना सरल व सीधा नहीं होना चाहिए कि जो भी चाहे, उसे धोखा दे दे। आत्मछल तो और भी ज्यादा खतरनाक है क्योंकि जो सिखाते हैं, लेकिन खुद नहीं सीखते, सीख के अनुसार नहीं चलते वे अपने आपको और जगत को भी धोखा देते हैं। वे ये नहीं जानते हैं कि वे छद्म छलावे के द्वारा जग को उल्लू बना देंगे। उन्हें यह भी जानना चाहिए कि छल वह दुधारी तलवार है, जिसकी एक धार स्वयं को काटती है। छल को अध्यात्म की भाषा में माया कहा है। यह संसार भी सुन्दर धोखा ही है जहाँ हर मिथ्या-वस्तु सत्य जान पड़ती है इसीलिए जीवात्मा बार-बार धोखा खाता है और अपने आराध्य से दूर हो जाता है।

संसार की धोखेबाजी सम्बन्धों से लेकर जीवन के हर मोर्चे पर दिखाई देती है। हम जिन सांसारिक सम्बन्धों को अपना मानते हैं, वे खुली आँखों के सपने से ज्यादा कुछ नहीं हैं। एक बंद आँख का सपना है, उसे हम झूठ कहते हैं तो दूसरा खुली आँखों का सपना है, हम उसे सच क्यों समझ लेते हैं। 'नानक सपना ये संसार' कहने वाले नानक बाबा को शायद ही मालूम होगा कि दुनिया की सच्चाई से रिश्ता इतना टूट गया है कि झूठ को ही वह सच माने बैठी है। झूठ को सच मानना ही माया है और जो माया की पट्टी अपनी आँख पर बाँधे बैठे हैं, वे माया से मुक्त हुए बिना हमेशा अपने आपको छलते रहेंगे।

आध्यात्मिकता के तल पर यह माया जब विश्वास पर आवरण डालती है तो विश्वास अन्धविश्वास में बदलता दिखाई देता है। अंधविश्वास रूपी माया की छायापूर्ण छलावा है, जो विश्वास का मुखौटा धारण करती है। फिर माया धीरे-धीरे आत्मा को छलती रहती है। आत्मा भी मायाजनित विषय-विकारों, मोह-मद और सुख-दुःख के झमेलों में उलझती रहती है। एक दिन माया से उपजे रिश्ते-नाते उसके साथ विश्वासघात करते हैं। अंतिम समय साँसों के साथ संघर्ष करते हुए आदमी अपना काफिला समेटकर अकेले ही श्मशान की अंतिम यात्रा करता है। चार कंधों पर सवार होकर जब वह इस असार संसार से विदा होता है तो उसे माया का छल-बल

समझ में आता है। तब तक बहुत देर हो चुकी होती है। 'अब पछताए होत क्या जब चिड़िया चुग गई खेत' के अनुसार जीवन-पथ से एकाकी आत्मा मृत्युपथ पर रोती चिल्लाती विदा होती है।

शाश्वत स्वर

- हम किसी से धोखा नहीं खाते; हम ही स्वयं को धोखा देते हैं। - गेटे
- मुझे जितनी नरक के द्वार से घृणा है, उतनी ही उस व्यक्ति से है जो हृदय में एक बात रखकर दूसरी कहता है। - होमर
- तुम किसी व्यक्ति को भले ही धोखा दे लो; किन्तु चाहे जैसी मक्कारी से काम लो; भगवान् को धोखा नहीं दे सकते। - ल्युशियन
- वह जो जान बूझकर अपने मित्र को धोखा देता है, अपने भगवान् को धोखा देगा। - लेवेटर
- स्वार्थ छोड़ना ही धार्मिकता की सच्ची कसौटी है। - स्वामी विवेकानन्द
- तुम सोचते हो कि अमुक व्यक्ति तुम्हारी धोखेबाजी में आ गया। यदि वह ऐसा ही बनता है तो कौन बड़ा धोखा खा रहा है, वह या तुम ? - ब्रूयर
- तुम्हें इतनी बार धोखा किसी ने नहीं दिया है, जितनी बार स्वयं तुमने अपने आपको। -फ्रेंकलिन
- मानव जितना दूसरों को धोखा देते समय धोखा खाते हैं, उतना कभी नहीं खाते। - ला रोशे
- सब धोखों में पहला और सबसे बुरा स्वयं को धोखा देना है - इसके आगे शेष पाप कुछ भी नहीं है। - बेली
- मनुष्य दूसरे को धोखा दे सकता है; क्योंकि उससे सम्बन्ध कुछ ही समय के लिये होता है; पर अपने से, नित्य सहचर से, जो घर का सब कोना जानता है, कब तक छिपेगा। - जयशंकर प्रसाद

निन्दा

अपने स्वार्थवश और स्वभाववश दूसरों की आधारहीन आलोचना करना निन्दा कहलाती है।

निन्दा मनुष्य की नकारात्मक मनोदशा है। निन्दा के मनोभावों में जीने वाले आदमी की मानसिक आँख की बनावट ही कुछ ऐसी हो जाती है कि उसे किसी विचार, व्यक्तित्व और वस्तु का सकारात्मक पक्ष दिखाई ही नहीं देता। उसे रिक्तता, कड़वापन हर पल महसूस होता रहता है। वैसे अपने स्वार्थ के कारण या स्वभाव के कारण दूसरों की आधारहीन आलोचना करना निन्दा कहलाती है। हम प्रायः दूसरों की कमियों की चर्चा करने में आनन्द की अनुभूति करते हैं। बुराई हो या न हो, कमी हो या न हो, बस किसी तरह उसे खोजकर कुछ भी कह डालना निन्दा है।

निन्दा प्रायः व्यक्ति के पीछे होती है, उसके सामने नहीं। इसलिए निन्दा को पीठ का माँस खाना कहा जाता है। हमें प्रयास करना चाहिए कि किसी की बुराई करने से बचें। निन्दा के स्वभाव से कड़वाहट और शत्रुता बढ़ती है। सकारात्मक सोच रखने वाले तो मानते हैं कि निन्दक को अपने पास रखना चाहिए क्योंकि वह व्यक्ति की कमियाँ बता-बताकर उसके स्वभाव को निर्मल और त्रुटिहीन बनाता है।

उद्देश्यपूर्ण निन्दा व्यक्तित्व का विकास करती है। किन्तु प्रायः ऐसा नहीं होता है। न तो निन्दा करने वाला इतना विवेकशील होता है न ही निन्दित इतना सहनशील। फलस्वरूप अशान्ति, अकुलाहट और मन-मुटाव बढ़ता ही जाता है। निन्दा छूआछूत का रोग है। जो व्यक्ति आपके सामने औरों की निन्दा करता है वह औरों के सामने आपकी निन्दा करेगा। यह बात ठीक से समझ लेनी चाहिए कि निन्दा करने वाले या पीठ पीछे बुरा कहने वाले व्यक्ति के लिए सफलता के द्वार बन्द होते हैं। अगर हम अपने दोषों की तरफ ध्यान देने लग जाएँ तो इससे बेहतर कोई बात नहीं होगी।

अपनी आलोचना में रुचि होना इस बात का सबूत है कि आपने अपने घर की देखभाल शुरू कर दी है। आत्म-निन्दा के अतिरिक्त हर तरह की निन्दा से बचना चाहिए। चाहे तुम हिम के समान निर्मल और निष्पाप हो जाओ तब भी निन्दा से बच नहीं सकते। किसी पर कीचड़ मत फेंको हो सकता है कि तुम निशाना चूक न जाओ, किन्तु हाथ तो कीचड़ से सन ही जायेगा। निन्दा के भाव से ऊपर उठने के लिए हमें इस बात का हरदम ख्याल रखना चाहिए कि झूठ बोलना पाप है, झूठी निन्दा करना और भी बड़ा पाप है यानि निन्दा से बढ़कर कोई पाप नहीं है। निन्दा करने वालों को सबसे पहले अपने आचरण पर दृष्टिक्षेप करना चाहिए क्योंकि जब तुम्हारे अपने दरवाजे की सीढ़ियाँ मैली हों, तो अपने पड़ोसी को छत पर पड़ी गन्दगी का उलाहना मत दो। निन्दा करने का अधिकार उन लोगों को हरगिज शोभा नहीं देता, जो खुद आकंठ कीचड़ में डूबे हुए हैं किन्तु किसी के बिखरे काजल जितनी कालिमा को लेकर टीका-टिप्पणियाँ करते रहते हैं। एक श्रुतिवचन है कि जब कोई मनुष्य किसी दूसरे के दोषों पर अंगुली उठाता है, तो उसे यह ध्यान रखना चाहिए कि उसकी शेष तीन अंगुलियाँ उसी की ओर उठी हुई होती हैं।

निन्दा करना बहुत आसान काम है, क्योंकि निन्दा वही करता है जो और कुछ नहीं कर सकता है। आदमी को चाहिए कि वह अपने अन्तर के आँगन में झाँक कर देखे कि उसमें कितना कूड़ा-करकट बिखरा पड़ा है। आप अपने घर में तो झाड़ू लगाने को तो तैयार नहीं हो और पड़ोसियों को सीख दे रहे हो कि उनके घरद्वार की सड़क पर कूड़ा बिखरा पड़ा है।

हम अपने चरित्र के चित्र को कितना बदरंग किए हुए हैं और दूसरों के चरित्र पर अंगुली निर्देश करते हैं। व्यक्ति को चाहिए कि वह किसी के ड्राइंग रूम की शोभा की तारीफ करे न कि घर के कबाड़खाने की निन्दा करे। हम जिन्दगी को भी एक घर मानते हैं, हर जिन्दगी में एक ड्राईंग रूम और कबाड़खाना होता है। आगत का स्वागत ड्राईंग रूम में किया जाता है, अतः आगत की निगाह में, मन में साज-सज्जा होनी चाहिए न कि उस घर की अराजकता और अव्यवस्था पर। हम अपने जीवन को एक ऐसा दृष्टिकोण दें कि वह आसपास बिखरी सौरभ, सौन्दर्य का हमें मजा दे। कूड़े-करकट और गन्दगी के ढेर की उपेक्षा करके चलें। कूड़े-करकट को मन प्राण मस्तिष्क

और चेतना से दूर रखे, अन्यथा दूसरों की जिन कमियों, दुर्गुणों की आप निन्दा करते हैं वे एक दिन आपके चरित्र का हिस्सा बन जाएँगी।

शाश्वत स्वर

- भगवान के रास्ते जाने वाले को यह बात ध्यान में रखनी चाहिए कि दूसरे में दिखने वाले दोषों का बीज अपने ही अन्दर है। वह किसी की निन्दा न करे।
  - ब्रह्मचैतन्य

- अगर कोई तुम्हारी निन्दा करे तो भीतर ही भीतर प्रसन्न होना चाहिए; क्योंकि निन्दा करके वह तुम्हारा पाप अपने ऊपर ले रहा है। - ब्रह्मानन्द सरस्वती

- निन्दक एक भी न मिले, पापी सहस्त्र मिलें, एक निन्दक के सिर पर करोड़ पाप का बोझ होता है। - महात्मा कबीर

- मनुष्यों के गोपनीय अवगुण प्रगट मत कर। इससे उनका सम्मान तो अवश्य घट जायेगा; किन्तु तेरा तो विश्वास ही उठ जायेगा। - शेखसादी

- कीचड़ न फेंको, हो सकता है कि तुम निशाना चूक जाओ; किन्तु हाथ तो सन ही जायेंगे। - अज्ञात

- निन्दा करने वाले या पीठ पीछे बुरा कहने वाले व्यक्ति के लिए मोक्ष के द्वार बंद हैं। - हज़रत मोहम्मद

- जो व्यक्ति मन, वचन अथवा कर्म से दूसरों को दुःख देता है, उस पर पीड़ा रूपी बीज से ही उसके लिये बुराई उत्पन्न होती है। - महर्षि पाराशर

पाप

परिवार, समाज और देश के लोग जिस कर्म की निन्दा करें, घृणा की दृष्टि से देखें वह कार्य पाप कहलाता है।

पाप मनुष्य के जीवन का वह शाप है जो एक बार पीछा करने के बाद जन्म-जन्मांतरों तक नहीं छोड़ता है। पाप के अभिशाप को वरदान में बदलने के प्रायश्चित को सर्वश्रेष्ठ उपाय कहा गया है। पाप की परिभाषा क्या है ? ऐसा अनुचित कर्म जो व्यक्तिगत या सामाजिक रूप से न्यायसंगत नहीं हो पाप की श्रेणी में आता है। समाज के अपने नियम हैं, अपनी मान्यताएँ हैं, अपनी परम्पराएँ है जिन्हें तोड़ना पाप कर्म है।

परिवार, समाज और देश के लोग जिस कर्म की निन्दा करें, घृणा की दृष्टि से देखें वह कार्य भी पाप कहलाता है। चोरी करना, झूठ बोलना, बेईमानी करना, विश्वासघात करना, अनैतिक कार्यों में लगे रहना आदि सभी कर्म अनुचित हैं। एक नैतिक और सामाजिक जीवन का तकाजा है कि न तो स्वयं पाप कर्म करें और जहाँ तक संभव हो किसी दूसरे को भी ऐसे कर्म करने से मना करें। पाप किसी का बाप नहीं होता इसलिए पाप की प्रवृत्ति जीवन को हर पल अपराध बोध से कचोटती है। मरते समय क्या चुभता है? गुप्त पाप क्योंकि पाप के साथ दण्ड के बीज बो दिए जाते हैं।

पाप इसलिए दुःखद नहीं है कि वह निषिद्ध कर्म है बल्कि इसलिए मना है कि उसका परिणाम दुःखद है। यह दुःखद परिणाम आदमी को अकेले भोगना पड़ता है। पाप से कभी छुटकारा नहीं मिलता। किसी ने ठीक कहा है - इत्मीनान रख, तेरा पाप तुझे ढूँढ़ निकालेगा। आदमी को हँस-हँसकर किया गया पाप रो-रो कर भोगना पड़ता है। हाथों से लगाई गाँठों को एक दिन दाँतों से खोलना पड़ता है। दुनियाभर के धर्मोपदेशकों का कथन है - यदि सचमुच ही तुम दुःख से डरते हो और तुम्हें दुःख

अप्रिय है तो फिर प्रकट या गुप्त किसी भी रूप में पाप कर्म मत करो। आदमी को बाप से ज्यादा पाप से डरना चाहिए। पापी का कोई रखवाला नहीं होता। पुण्य से बड़ा कोई रक्षक नहीं होता। पाप और झूठ एक सिक्के के दो पहलू हैं जो आदमी पाप के पथ पर आगे बढ़ता है सबसे पहले उसके जीवन के द्वार पर झूठी दस्तक देता है। पाप के बहुत से हथकण्डे हैं, किन्तु असत्य वह हैण्डिल है जो उन सबमें फिट हो जाता है। एक झूठ छोड़ दो, सौ पाप अपने आप छूट जाएँगे।

झूँठ के रास्ते ही जिन्दगी में सारे पाप प्रवेश करते हैं। आप झूँठ के दरवाजे पर सच्चाई का ताला लगा दीजिए। पाप रूपी चोर-डाकुओं द्वारा सेंध लगाने का खतरा कम हो जाएगा। होठों पर सच्चाई और दिल में सफाई का आपसी रिश्ता इतना गहरा है कि सच्चाई के बिना दिल की दरगाह में सफाई नहीं रहती और दिल की सफाई ही होठों की सच्चाई से अभिव्यक्त होती है। सत्य वचन और सदाचरण के बीच के रिश्ते को घनिष्ठ बनाने के लिए आदमी को निरन्तर प्रयास करते रहना चाहिए। सदाचरण जीवन जीने वाले लोगों को पापियों के ऐश्वर्य को देखकर धर्मफल में संदेह नहीं करना चाहिए। मृत्युदण्ड से सजायाफ्ता को भी फाँसी के तख्ते पर चढ़ाने से पहले उसकी अंतिम इच्छा न केवल पूछी जाती है बल्कि उसे पूरा भी किया जाता है। ईश्वर भी पापियों को कठोरदण्ड देने से पहले उनकी इच्छाएँ पूरी करता है किन्तु वह उनकी सजा में कोई कटौती नहीं करता।

न्याय की अदालत में और ईश्वर के सामने पाप प्रमाणित होने के बाद छूट मिलना संभव नहीं है। कानून की अदालन में एक बार आप माफ भी किए जा सकते हो किन्तु ईश्वर के न्यायालय से बच पाना कतई संभव नहीं है। मनुष्य को चाहिए कि वह अपने आचरण को पाप से अभिशप्त न होने दे। अन्यथा उसे संतप्त होने से कोई नहीं रोक सकता है। उसे एक पाप की सजा का दण्ड कई जन्मों तक भुगतना पड़ता है। विवेकवान व प्रज्ञावान का दायित्व है कि वह पाप की छाया से ही दूर रहे जिससे जीवन संतुलित, सहज व मंगलमय बना रहे।

शाश्वत स्वर

- जो महापुरुषों की निन्दा करता है, केवल वही नहीं, जो उससे निन्दा सुनता है, वह भी पाप का भागी है। - कालिदास

- असत्य भाषण पाप है और झूठी निन्दा करना और भी बड़ा पाप है। स्वजाति की निन्दा से बढ़कर कोई दूसरा पाप नहीं है। - रवीन्द्रनाथ ठाकुर

- जिस प्रकार लाखों लकड़ियों के ढेर को आग की एक चिनगारी नष्ट कर देती है, उसी प्रकार एक नाम असंख्य पापों की राशि को नष्ट कर देता है।
  - श्री गुरु ग्रंथ साहिब

- जब तक किसी पाप को भली-भाँति समझ न लो, तब तक उसके प्रायश्चित का भी कोई फल नहीं होता। - गुरुदत्त

- सर्वत्र यदि पापों का भीषण दण्ड तत्काल ही मिल जाया करता, तो यह सृष्टि पाप करना छोड़ देती। - जयशंकर प्रसाद

- लोकोपवाद से भयभीत होकर स्वभाव को पाप कहकर मान लेना एक प्राचीन रूढ़ि है। - अज्ञात

- मनुष्य जब एक बार पाप के नागपाश में फँसता है, तब वह उसी में और भी लिपटता जाता है, उसी के गाढ़े आलिंगन में जो भयानक परिरम्भ में सुखी होने लगता है, पापों की शृंखला बन जाती है। उसी के नये-नये रूपों पर आसक्त होना पड़ता है। - जयशंकर प्रसाद

ईर्ष्या

ईर्ष्यालु का मन आग की वह भट्टी है जो हर पल धधकती रहती है। ईर्ष्या की आग को जलाने से सारे सद्गुण राख होकर भस्म हो जाते हैं।

ईर्ष्या को आग की उपमा दी गई है। आग में दाहकता होती है। जलने और जलाने का स्वभाव होता है। ईर्ष्यालु का मन भी आग की वह भट्टी है जो हर पल धधकती रहती है। ईर्ष्या की आग को जलाने से सारे सद्गुण राख होकर भस्म हो जाते हैं। ईर्ष्या के अग्निकुंड में उतरने से पहले यह सुनिश्चित करना चाहिए कि ईर्ष्या की आग दूसरे को जलाने के पहले आपके तन मन मस्तिष्क और प्राणों में एक ऐसा धुआं पैदा करेगी कि आपका पोर-पोर जल उठेगा।

कल्पना कीजिए किसी मृत्युदंड के अपराधी को यह सजा दी जाए कि उसके हर अंग-प्रत्यंग पर रुई लपेटकर आग लगा दी जाए। उसकी यह सजा कितनी भयानक होगी। इसकी सोच से ही शरीर में सिहरन दौड़ जाती है। ईर्ष्यालु की मनोदशा भी ऐसे अपराधी की तरह होती है वह दूसरों की उन्नति देख-देखकर जलता है उसके रोम-रोम की ईर्ष्या की आग का मोम पिघलता रहता है। किसी ने क्या खूब कहा है -

जलो मगर दीए की तरह, धुएं की तरह मत सुलगो !

ईर्ष्यालु के मन की स्थिति भी बड़ी अजीब है वह उस दर्द से पीड़ित होता है जिसका उससे कोई रिश्ता ही नहीं है। कोई बढ़ता है तो बढ़ने दो, वैभव के शिखर पर चढ़ने दो। उसके आगे बढ़ने से जो जगह खाली होती है तुम वहाँ तक पहुँचो, चूँकि उसने तुम्हारे लिए 'वेकेंसी क्रिएट' की है, तुम उस रिक्तता को सकारात्मक ढंग से क्षतिपूर्ति से भरो। नकारात्मक ऊर्जा से जलन होती है जबकि सकारात्मक ऊर्जा प्रज्जवलन से रोशनी के छंद निर्मित होते हैं।

किसी शायर ने क्या खूब कहा है -

हम नहीं चाहते कि ऐसा या वैसा बना दीजिए,
हम चाहते है कि आप जैसा बना दीजिए।

जो सहिष्णुता की भावदशा में जीता है वही सही अर्थों में एक सफल सजग और सकारात्मक व्यक्तित्व है। ईर्ष्या स्वास्थ्य की शत्रु है क्योंकि ईष्यालु व्यक्ति हर पल आत्मदाह करता है। उसके चित्त के चित्रपट्ट पर हर वक्त हिंसा की, प्रतिशोध की काली छाया मंडराती रहती है। उसे हर उस व्यक्ति से पीड़ा होती है जो सफल हो रहा है। विफलता उसके लिए जीवन मूल्य बन गयी है। दूसरों की विफलता उसे प्रसन्न करती है। ये मत विस्मरण कीजिए कि किसी दूसरे की विफलता की कामना करने वाला इंसान जीवन में हर मोर्चे पर हार को गलहार बनाता है। ईर्ष्या की अग्नि हर पल मन को सुलगाती रहती है। बेचैनी, तड़पन और त्रास का एक भयानक नागपाश ईर्ष्यालु के मस्तिष्क को अपने क्रूर पंजों में फंसा लेता है।

ईर्ष्यालु निष्क्रिय होता चला जाता है, क्योंकि उसकी दृष्टि अपने विकास पर नहीं होती, उसकी नजर होती है, दूसरों के विकास पर। दूसरों के विकास का वह समर्थन नहीं करता बल्कि वह दूसरे के रास्ते का रोड़ा बनता है। धीरे-धीरे उसमें आलस्य का अंधियारा उतरने लगता है। पौरुष का प्रकाश उसके जीवन से लुप्त हो जाता है और एक दिन ईर्ष्या के अग्निकुंड में हर पल अपनी आहूति देने वाला इंसान इस जिन्दगी के मरुस्थल से भी विदा हो जाता है और पीछे छोड़ जाता है, अपयश और आक्षेपों की निशानियाँ।

शाश्वत स्वर

- लक्ष्मी ईर्ष्या करने वाले के पास नहीं रह सकती, वह उसको अपनी बड़ी बहन (दरिद्रता) के हवाले करके चली जायेगी। - तिरुवल्लुवर

- ईर्ष्या करने वाले के लिए ईर्ष्या की बला ही काफ़ी है; क्योंकि उसके दुश्मन उसे छोड़ भी दें तो भी उसकी ईर्ष्या ही उसका सर्वनाश कर देगी। - तिरुवल्लुवर

- केवल गूँगे ही वाचालों से ईर्ष्या करते हैं। - खलील जिबान

- ईर्ष्या कानों की पुतली होती है। प्रतियोगी के विषय में यह सब कुछ सुनने को तैयार रहती है। - प्रेमचन्द

- ईर्ष्या भी मानव स्वभाव का एक अंग ही है, चाहे वह कितना ही अवहेलनीय क्यों न हो ? - प्रेमचन्द

- मनुष्य से मनुष्य को जितनी ईर्ष्या या जलन होती है उतनी सम्भवतः यमराज को भी नहीं। - रवीन्द्रनाथ ठाकुर

- ईर्ष्या में गुण ग्राहकता नहीं होती। - प्रेमचन्द

- ईर्ष्या अपनी हीनता के बोध में से जन्म लेती है और वह उस हीनता को दूर नहीं करती, सिर्फ़ दबाती है। - जैनेन्द्र कुमार

- सच पूछो तो ईर्ष्या का आशय यही है कि ईर्ष्यावान जिसकी ईर्ष्या करता है उसे स्वयं से बड़ा मानता है। - अज्ञात

कंजूस

कंजूस को सर्प की संज्ञा दी जाती है, जो सोने के ढेर पर बैठा रहता है। न तो वह साँप उस सोने का स्वयं उपयोग करता है न उसका उपयोग दूसरों को करने देता है।

दारिद्र्य को सबसे बड़ा दुःख कहा गया है और दरिद्री को दुखी का पर्यायवाची ही मान लिया गया है। कंजूस का दुख तो दरिद्र से भी कई गुणाधिक है। दरिद्री के पास तो कुछ नहीं होने के कारण वह दुखी रहता है पर कंजूस तो सब कुछ होते हुए भी दुखी होता है। इसलिए कृपणता को सबसे बड़ा दुख माना जाना चाहिए।

सामान्यतया आवश्यकतानुसार धन को खर्च न करने वाला व्यक्ति कृपण अथवा कंजूस कहलाता है। स्वयं को कष्ट देकर अथवा परिवार को दुख पहुँचाकर धन एकत्र करना कंजूसी है। यह कंजूसी मन से जन्म लेती है और वस्तुओं के रास्ते व्यवहार में दिखाई देती है। ऐसा व्यक्ति समाज में निंदा का पात्र बन जाता है।

कंजूसों की मनोदशा को विचारकों की भाषा में कहें तो-कंजूस के पास जितना अधिक होता है, उतना ही वह उसके लिए तरसता है। कंजूस का गड़ा हुआ धन धरती से तभी बाहर निकलता है जब वह स्वयं धरती में गड़ जाता है। दान देने वाले दान से मीठा फल खाते हैं, कंजूस व्यक्ति अपने चाँदी-सोने के गम को खाते हैं।

कंजूसी परिस्थिति नहीं होकर एक मनःस्थिति है। कंजूस को उस सर्प की संज्ञा दी जाती है जो सोने के ढेर पर बैठा रहता है। न तो वह सांप उस सोने का खुद उपयोग करता है न उसका उपयोग दूसरों को करने देता है। कृपण जीवन भर जिस धन का संचय करता है किंतु उसका वह स्वयं उपयोग नहीं कर सकता। जब वह अशक्त, निर्बल और निःसहाय हो जाता है तो उसी धन का उपयोग-उपभोग करते हुए दूसरों को

देखता है तो उसका मन कुढ़ता रहता है। इस कुढ़पन से उसका बुढ़पन भी बिगड़ता है। धीरे-धीरे वह साँस लेते शव की तरह सब लोगों को मौजमस्ती करते देखता है तो उसे अपने विगत का स्मरण होता है। वह सोचता है, काश! इस धन को उपभोग या दान आदि के उपयोग से काम में लेता तो मुझे सुख, यश और लाभ मिलता। पर वह लोभी तब पछता रहा है जब चिड़िया खेत चुग गई है। कृपण की मनोदशा पर लोगों को रोना नहीं बल्कि हंसना आता है। एक कंजूस-दंपति की कहानी है-शाम को उदास घर लौटे कंजूस से उसकी पत्नी ने पूछा-क्योंजी! आज जेब से कुछ गिर गया या फिर मजबूरी से अपने हाथ से कुछ देना पड़ गया ? कंजूस ने कहा-

ना काहू से गिर पड़ियो ना काहू को दीन।
देवत देखियो और कूं तासूं मुख मलीन॥

अर्थात् न तो जेब से कुछ गिरा है न किसी को कुछ देना पड़ा है। किन्तु किसी दानदाता को कुछ देते हुए देखा, उसी से मेरा मुख मलीन हो रहा है। अब कल्पना कीजिए जिसका मन किसी ओर को देते हुए देखकर दुःखी है, उसका क्या इलाज हो सकता है। कृपण की पीड़ा की कोई औषधि नहीं है। कृपण की बीमारी का इलाज शायद हकीम लुकमान के पास भी नहीं था अगर होता तो कृपण नहीं होते, कृपणता नहीं होती।

कृपणता कोरी धन की ही नहीं होती, कृपणता ज्ञान की भी होती है, कई लोग जो जानते हैं उसको भी नहीं बताते। जबकि ज्ञान बाँटने से बढ़ता है। कुछ कृपण सम्बन्धों के स्तर पर भी होते हैं। वे सम्बन्धों का दोहन तो कर लेते हैं किंतु उनसे किसी बात का रिश्ता जुड़ जाए तो मुंह मोड़ते देर नहीं लगाते। उनके जीवन-कोष में देने के अर्थ वाला कोई शब्द नहीं होता। इसलिए देखा जाए तो कृपण समाज के पीठ पर लदा हुआ ऐसा बोझ है जिससे निजात पाना भी आसान नहीं है। अतः कंजूसी जैसे रोग से मुक्त होने का उपाय करना चाहिए।

शाश्वत स्वर

- विश्व में सब से दयनीय कौन है ? धनवान् होकर भी जो कंजूस है।
  - विद्यापति

- जो कंजूस हैं और दूसरों को कंजूस बनने का उपदेश देते हैं तथा ईश्वर की दी हुई सम्पत्ति को छिपाने का प्रयत्न करते हैं, उन्हें परमेश्वर भी चाहता नहीं है।
  - कुरान शरीफ

- धनिक कंजूस निर्धन से भी निर्धन है। - शेखसादी

- कंजूस यदि जल और थल में सबसे बढ़कर पूजा-पाठ करे, तब भी उसे स्वर्ग नहीं मिल सकता, यह पैगम्बर का कहना है। - शेखसादी

- जीवनकाल में शव की तरह कृपण के द्वारा दान नहीं दिया जाता। उसके द्वारा अपना माँस बढ़ाकर कौवे का उपकार तो किया ही जाता है। - अज्ञात

- घर में गड़े धन से यदि आनन्द प्राप्त करना है तो उसी प्रकार मेरू से क्यों नहीं आनन्द प्राप्त करता?
  - अनुश्रुत

- कृपण के समान न दाता हुआ और न होगा। धन को (स्वकार्य हेतु) न स्पर्श करते हुए वह दूसरों के लिए छोड़ देता है। - अनुश्रुति

आलस्य

आलस्य को प्रमाद कहा जाता है। कुछ काम नहीं करना ही प्रमाद नहीं है बल्कि अकरणीय, अकर्त्तव्य यानी नहीं करने योग्य काम को करना भी प्रमाद है।

आलस्य को प्रमाद कहा जाता है। कुछ काम नहीं करना ही प्रमाद नहीं है बल्कि अकरणीय, अकर्त्तव्य यानि नहीं करने योग्य काम को करना भी प्रमाद है। करने योग्य काम की उपेक्षा करना भी आलस्य है। अतः आलसी वह है जो सारे दिन अपने देह से जुड़ा रहता है। जिसका देह-भाव इतना प्रबल है कि उसे सारे दिन में एक बार भी आत्म-चेतना के साथ लगाव महसूस नहीं होता है। यह देहाभ्यास ही परम प्रमाद है। दूसरे शब्दों में जब व्यक्ति समर्थ होते हुए भी किसी काम को आगे करने के लिए टालने लगता है तो इस कार्य न करने की आदत को ही आलस्य कहते हैं।

कई बार तो आलस्य के कारण अच्छे अवसर भी हाथ से निकल जाते हैं और वे फिर से कभी लौटकर नहीं आते। तब पश्चात्ताप के अलावा कोई चारा नहीं बचता। प्रमाद एक प्रकार की भटकन है जो व्यक्ति को उसके लक्ष्य से दूर ले जाती है। कार्य न करने का भाव आलस्य है और मूल कार्य को छोड़कर किसी अन्य अर्थहीन कार्य में लगे रहना प्रमाद है। दोनों ही स्थितियाँ व्यक्तित्व के विकास में बाधक हैं।

आलस्य को कई तरह से परिभाषित किया गया है-आलस्य जीवित व्यक्ति की मृत्यु है। आलस्य दरिद्रता का मूल है। 'आज नहीं कल' आलसी व्यक्तियों का जीवनसूत्र है। जंग लगकर नष्ट होने की अपेक्षा श्रम करते हुए घिस-घिस कर खत्म होना ज्यादा अच्छा है। जागरण का मतलब आँखें खोलना ही नहीं है, जागरण का मतलब है 'उत्तिष्ठ जागृत प्राप्य वरान्निबोधत्' – उठो, जागो और अपने लक्ष्य के लिए जुट जाओ। जो जगकर उठता नहीं है वह भी आलसी है। जो उठने के बाद चलता नहीं है, वह प्रमादी है और जो चलने के बाद पथ बाधाओं से घबराकर बैठ जाता है, यह भी एक तरह का आलस्य है। अविचल भाव से लक्ष्य के प्रति समर्पित

होकर जो कार्यसिद्धि तक जुटा रहता है, वही व्यक्ति सही अर्थों में चैतन्य और जाग्रत है। 'कार्य साधयामि वा प्राण पातयामि', या तो प्राण जाएँगे अथवा प्रण पूरा होगा, यही चेतनावान व्यक्ति का लक्षण है।

आलस्य के बारे में एक विचारक का कथन बहुत प्रासंगिक है–आलसी वह नहीं है जो काम नहीं करता बल्कि वह भी आलसी है जो अपनी क्षमता से कम काम करता है। इस सूत्र वाक्य के प्रकाश में आज की जीवनशैली को जरा देखें, आपको पता चलेगा कि अधिकांश लोग अपनी क्षमता से कम काम करते हैं। अपनी क्षमता से कम करने का मतलब आप अपने दायित्व के प्रति ईमानदार नहीं हैं। श्रम प्रतिष्ठानों में जुटे लोग अपनी क्षमता से कम काम करके राष्ट्र का ही नहीं अपना नुकसान भी कर रहे हैं।

क्षमता से कम काम करने से हमारी कर्मणा शक्ति कमजोर होती है। कर्मयोग की अवधारणा है कि हम निरंतर जुटे रहें। निरंतर जीवन-रथ को प्रगति-पथ पर गतिशील रखें। बहुत कम लोग ऐसे होते हैं जो अड़तालीस घंटे का काम चौबीस घंटे में कर लेते हैं। कल्पना कीजिए जिसने दो दिन का काम एक दिन में पूरा किया उसने अपनी कार्य क्षमता को दुगुना कर लिया। जिसने एक दिन के काम को दो दिन में निपटाया उसने अपनी जिंदगी का एक दिन कम कर लिया। इस तरह अप्रमाद या निरालस्य भाव से हम अपनी जीवन शक्ति को न केवल बढ़ाते हैं बल्कि अपनी कर्मठता का विकास भी करते हैं। आलस्य की प्रवृत्ति से धीरे-धीरे हमारी प्रकृति भी प्रमादी होती जाती है। धीरे-धीरे हमारी प्रवृत्ति को भी आलस्य की दीमक लगती जाती है और एक दिन ऐसा आता है कि हम उत्साहहीनता के शिकार होकर जीवन के हर क्षेत्र में असफल होते रहते हैं।

शाश्वत स्वर

- आलस्य वह रोग है, जिसका रोगी कभी नहीं सम्भलता। - प्रेमचन्द्र

- आलस्य जीवित मानव की कब्र है। - कूपर

- आलस्य सबसे अधिक विघ्नकारक है। आलस्य से देह और मन दोनों ही कमजोर होते हैं। - उड़ियाबाबा

- सुस्ती इतने धीरे चलती है कि दरिद्रता उसे तत्काल पकड़ लेती है। - हजरत अली

- आलस्य में जीवन बिताना आत्महत्या के समान है। - सुकरात

बुराई

एक बुराई दूसरी बुराई को जन्म देती है। बुराई पतन और पीड़ा की ओर ले जाती है।

बुराई अशुभ की ओर प्रवृत्ति और शुभ से निवृत्ति की मनोदशा है। आदमी का मन मंदिर भी बन सकता है और शैतान की शैरगाह भी। अगर वह अच्छाइयों का आवास है तो समझिए मंदिर है और बुराइयों का कूड़ादान है तो शैतान का घर। जो बात किसी को अच्छी न लगे, जिसका उद्देश्य दूसरे का अहित करना हो जो वातावरण, समय और परिस्थिति के अनुकूल न हो ऐसी चर्चा और ऐसे क्रियाकलाप बुराई के अन्तर्गत आते हैं। न बुरा सोचें, न बुरा कहें, न बुरे पर ध्यान दें। बुरे का परिणाम सदैव बुरा होता है।

मन, वचन और कर्म से अशुभ वृत्तियों के बहिष्कार और विचारों के परिष्कार से सभी बुराइयों से बचा जा सकता है। बुरी बातों को भूल जाना चाहिए। बुरी बातों को दोहराते रहेंगे तो इंसान हैवान बन जाएगा। यह सच्चाई है कि बुराई प्रवृत्ति में आने से पहले वृत्ति में आती है। धीरे-धीरे बुराई का सम्पर्क हमारी अच्छी आदतों को भी दूषित कर देता है, कहा गया है कि एक बुराई दूसरी बुराई को जन्म देती है।

बुराई पतन और पीड़ा की ओर ले जाती है। किसी की निंदा करने वाले को कभी मान नहीं मिलता, दूसरों को गिराने वालों का कभी उत्थान नहीं होता और दूसरे को सताने वाले को कभी सुख नहीं मिलता है। अपनी भलाई चाहने वालों को बुराई से बचना चाहिए। इसका सीधा-सादा जीवन सूत्र है- जो तुम्हें बुरा लगता है उसका समर्थन और अनुमोदन कभी मत करो।

बुराई का जन्म मन से होता है। जरूरत इस बात की है कि हम मन के तल पर पवित्र रहें। वाणी जीवन व्यवहार की नियंता शक्ति है, इसलिए यह भी जरूरी है कि आपके वचन, व्यवहार की मधुरता, सच्चाई और अच्छाई का संगम हो। यह व्यावहारिक

और अनुभूत सत्य है कि बुरे विचारों से ही बुरी बोलचाल का जन्म होता है। वाणी से जीवन का आचरण परिभाषित होता है। यदि आपकी वाणी अपवित्र है, आपका बोलचाल का तरीका ठीक नहीं है तो आपके जीवन का हर कर्म असंतुलित और असावधानीपूर्ण होगा। 'सावधानी हटी और दुर्घटना घटी' का ट्रेफिक रूल जीवन में भी अक्षरक्षः लागू होता है। जीवन की गाड़ी जब अच्छाई की सड़क से उतरकर बुराइयों के गड्ढे में जा गिरती है तो फिर समझ लीजिए आपका अंतर भर गया है। बुराई कभी अकेली नहीं आती है, उसके साथ उसका पूरा कुनबा आता है। जैसे झूठ के साथ चोरी, चोरी के साथ हिंसा और हिंसा के साथ आतंकवाद जैसे अमानवीय अपराध जन्म लेते हैं।

एक बुराई आदमी के जीवन को तबाह तो करती ही है, बुरा आदमी कभी अकेले बुरा काम नहीं करता वह अपने संगी साथी तैयार करता है। वह समाज के छोटे बड़े चरित्र को विकृत करने का प्रयास करता है। यह अलग बात है कि बुराई का प्रभाव क्षणिक होता है। फिर भी बुरी आदतें, बुरी वृत्तियाँ और बुरे आचरण का दुष्प्रभाव स्थायी होता है, इसलिए जीवन बुराइयों से मुक्त रहे इसलिए हरेक आदमी को सकारात्मक प्रयास करना चाहिए।

मनोविज्ञान की भाषा में जो पर-पीड़ा में रस लेता है उसे पर-पीड़क कहते है। जो दूसरों की पीड़ा में आनन्द खोजता है ऐसे दुष्टमना लोग सृष्टि में अपने दुर्व्यवहार, दुर्वचन और दुष्ट मानसिकता के चलते दूसरों के जीवन में ही नहीं, बल्कि अपने जीवन में भी काँटे बोते हैं, उनके जीवन का उद्देश्य ही बन जाता है किसी को प्रगति पथ पर बढ़ने से रोक देना, भले ही इसके लिए उन्हें कुछ भी क्यों न करना पड़े।

जीवन की व्यापक यात्रा में अच्छे-बुरे सभी प्रकार के लोग मिलते हैं। कुछ लोगों की संगति, उनका स्वभाव हमें अच्छा नहीं लगता। उनका आचरण ही कुछ इस प्रकार का होता है कि हमें मन ही मन पीड़ा होने लगती है। अब जब ऐसे लोग हैं तो हमें मिलेंगे भी, उनसे बात भी करनी पड़ेगी। व्यवहार की बात यही है कि उनसे कम से कम सम्बन्ध रखा जाए। यदि संभव हो तो उनसे दूर रहना चाहिए। दुष्टों की संगति और उनसे शत्रुता दोनों ठीक नहीं है। दुष्ट संगति से हमारे संस्कार, आचरण और स्वभाव सभी का पतन होता है। दुर्जनों के परिवेश का हमारे व्यक्तित्व पर एक ऐसा नकारात्मक प्रभाव पड़ता है कि हम लाख अपने आपका संरक्षण करें फिर भी दुर्जन

हमें कहीं न कहीं कैसे न कैसे दुष्प्रभावित कर ही देते हैं।

लोक-व्यवहार में भी ऐसे लोगों के सान्निध्य से व्यक्ति को अपयश झेलना पड़ता है। दुर्जन के संग में सज्जन का व्यवहार भले ही स्थिर रह जाए, भले ही सज्जन अपने चरित्र की चादर को धवल बनाने में कामयाब रहें फिर भी लोक मानस सज्जन व्यक्ति को भी कोई न कोई अलंकरण दे देगा। शराब की दुकान पर बैठकर दूध पीने वाले को भी लोग शराबी समझते हैं, ठीक वैसे ही सज्जन दुर्जन के संग से नाहक ही अपयश को प्राप्त करता है।

हमारी सामाजिक सोच का तकाजा है कि हम दुर्जन से दूर रहें और सज्जन का सान्निध्य ग्रहण करें। सज्जन का जीवन एक सुरभित सुमन की तरह होता है जो कि बिना मांगे स्नेह की सुगन्ध देता है। वह ऐसा दीया है जो प्यार का प्रकाश देता है। उसके पास अहसासों का एक ऐसा चन्दनवन है जिसमें दुर्जन, दुर्मन, भुजंग भी लिपट कर शीतलता का अनुभव करते हैं, ठीक इसके विपरीत दुर्जन का जीवन काँटे की तरह होता है, वह नाहक ही अपने रास्ते जाने वाले राहगीर के पाँव में घाव बनकर बैठ जाता है। फूल के संग रहकर भी शूल अपनी प्रवृत्ति नहीं बदलता है, वैसे ही दुर्जन को सद्-संगति में भी अवगुण दिखाई देते हैं। वह सौरभ और सौन्दर्य की भी निन्दा करता है। दुर्जन की इस प्रवृत्ति को देखकर किसी शायर ने ठीक ही कहा है -

फूलों के आस पास रहते हैं।
काँटें फिर भी उदास रहते हैं।

दुर्जनों की इस प्रवृत्ति से सज्जन हमेशा भयभीत रहते हैं। इसलिए तुलसी ने रामचरित मानस के आरम्भ में ही दुर्जनों को प्रणाम किया है। ऐसे लोग दूर से ही प्रणाम करने योग्य हैं। पास रहकर तो वे आपके भाव, अनुभाव और स्वभाव को विकृत कर सकते हैं। सज्जनों के लिए यही श्रेयस्कर है कि वे दुर्जनों के बीच एक आदर सूचक दूरी बनाए रखें।

———

शाश्वत स्वर

- बुराई के बारे में सोचना, बुराई करने से भी बुरा है। - मनुस्मृति
- जो मनुष्य भलाई के बदले में बुराई करता है, उसके घर में बुराई सदा निवास करती है। - बाइबिल
- बुराइयाँ मनुष्य के मर जाने के बाद भी जीवित रहती हैं। - शेक्सपीयर
- बुराई का मुख्य उपचार मनुष्य का सद्ज्ञान है। इसके बिना कोई उपाय सफल नहीं हो सकता है। - प्रेमचन्द
- बुराई नौका में छिद्र के समान है। वह छोटी हो या बड़ी, एक दिन नौका को डुबो देती है। - कालिदास
- दुर्जन जब संत होने का ढोंग करता है, तो और भी गिर जाता है। - अज्ञात
- दुर्जन यदि विद्याभूषित भी हो तो भी त्याज्य है। क्या मणिवाला सर्प भयंकर नहीं होता। - भर्तृहरि
- जब कभी मैं दुर्जनों को दुर्दशा में पड़ते देखता हूँ, तभी देवों के अस्तित्व की घोषणा करने लगता हूँ। - यूरिपिडीज
- कोई दुर्जन हानि व दंड से मुक्त नहीं है। - इपिक्टेटस
- भले लोग स्वर्ग यात्रा के लिए जितने कष्ट उठाते हैं उससे अधिक कष्ट दुर्जन नरक यात्रा के लिए उठाते हैं। - विलिंग्ज

भूल

जो अपनी भूल पर नजर रखता है, उसकी जिन्दगी फूल बन महकने लगती है।

संस्कृत का शब्द है 'स्खलन' अर्थात् चूक जाना। हम सामान्य जीवन में जो भूल-चूक करते हैं वे जब धीरे-धीरे प्रवृत्ति का हिस्सा बनने लगती है तो गलती का जन्म होता है और जब बार-बार गलतियाँ जीवन का हाथ पकड़ती है तो पांव अपराध के अंधकार में उतरने लगते हैं। भूल को अपराध बनाने से रोकने की जरूरत है।

अपने जीवन में जाने-अनजाने में कुछ ऐसा कह देते हैं या कर बैठते हैं कि वह दूसरों को अच्छा नहीं लगता। हमारे द्वारा किया गया ऐसा कर्म ही भूल अथवा गलती कहलाती है। ऐसा कोई मनुष्य नहीं है, जिससे कोई भूल न हुई हो। जाने-अनजाने में हमसे गलतियाँ होती ही रहती हैं। बड़ी बात यह है कि हम अपनी गलती को स्वीकार करें, उसके निराकरण के लिए प्रयास करें। भविष्य में उससे बचने की कोशिश करें। अपनी गलती को स्वीकार करने में लज्जा की बात नहीं है। गलती को गलती नहीं मानना सबसे बड़ी गलती है।

जो जान गया है कि उससे गलती हो गई और उसे ठीक करने के लिए कोशिश ही नहीं करता वह एक और गलती कर रहा है। विवेकशील पुरुष दूसरों की गलतियों से अपनी गलती सुधारते हैं। गलती तो कोई भी मनुष्य कर सकता है लेकिन उस पर केवल मूर्ख ही अड़े रहते हैं। जो व्यक्ति कभी कोई काम नहीं करता वह कोई गलती भी नहीं करता। हालांकि वह यह नहीं समझ पाता कि कुछ न करना ही उसकी सबसे बड़ी गलती है। जिस घर में गलती करने वाला गलती कबूल करने के लिए तैयार हो और क्षमा करने वाला क्षमा देने को तैयार हो वह घर स्वर्ग के समान है। भूल करके आदमी सीखता है, पर इसका यह मतलब नहीं कि जीवन भर भूल करता जाए

और कहे कि हम सीख रहे हैं। जो भूल को इस तरह फूल बनाकर अपनी जिन्दगी के कमीज पर टाँग लेते हैं वे लोग यह नहीं जानते कि उनकी भूल उनके जीवन को धूल में मिला सकती है। भूल जीवन में पल भर के लिए होती है किन्तु उसका बदनुमा निशान पीढ़ियों तक को भुगतना पड़ता है। एक शायर ने ठीक ही कहा है -

हमने तारीख का वह दौर देखा है,
जब लम्हों ने खता की सदियों ने सजा पाई।

अपनी भूलों को लेकर हम लापरवाह होते है किन्तु दूसरों की भूलों के प्रति सतर्क होते हैं, एक महापुरुष ने ठीक कहा है– 'जब कभी मुझे दोष देखने की इच्छा होती है तो मैं स्वयं से ही आरम्भ करता हूँ और इससे आगे नहीं बढ़ पाता।' जो अपनी भूल पर नजर रखता है उसकी जिन्दगी फूल बन महकने लगती है। क्या तुमने उस आदमी के बारे में सुना है जो सूर्य को इसलिए दोष देता था कि वह उसकी सिगरेट नहीं जलाता। इस तरह हम अपनी भूलों के लिए दूसरों को जवाबदार मानने की गलती करते हैं। एक श्रुति वचन है–

"आदमी लाभ होने पर तो अपने कर्म की तारीफ करता है और हानि होने पर ईश्वर या भाग्य को ही दोषी ठहराता है। आदमी की इस अजीब प्रवृत्ति के कारण ही ईश्वर उससे नाराज रहता है। आदमी अपनी सफलता को अपने हिस्से में और विफलता को ईश्वर के हिस्से में रखेगा तो वह कैसे ईश्वर का साक्षात् करेगा। अगर ईश्वर उसका साक्षात्कार करने भी आ जाए तो वह ईश्वर से भी नजर नहीं मिला पायेगा।"

आज के आदमी का मनोविज्ञान समझना बड़ा जटिल काम हो गया है। इस गुत्थि का समाधान अध्यात्म देता है। अध्यात्म के अनुसार मनुष्य एक मौलिक भूल कर बैठा है कि वह कर्त्ता है। कर्त्ता भाव के अहं ने उसे इस भूल के लिये बाध्य किया कि जो कुछ कर रहा हूँ, मैं कर रहा हूँ। इस भूल ने मनुष्य को अहंकारी बनाया, इसी भूल ने उसे शोषक बनाया, हिंसक और आतंकी बनाया, अगर मनुष्य अपने आपको उस परमसत्ता का उपकरण मानकर अपना दायित्व निर्वाह कर ले तो फिर वह आदमी जिन्दगी के रास्ते में कभी भूल नहीं कर सकता।

शाश्वत स्वर

- इच्छाओं का पोषण भूल है। - साईं बाबा

- भूल का नियम है कि वह हमेशा अतियों पर होती है, एक्सट्रीम पर होती है। एक एक्सट्रीम से बचो तो दूसरे एक्सट्रीम पर हो जाती है। भूल घड़ी के पेंडूलम की तरह चलती है। एक कोने से दूसरे कोने पर जाती है, बीच में नहीं रुकती। भोग से एकदम त्याग पर चली जाएगी। एक बेवकूफी से छूटी, दूसरी बेवकूफी पर पहुँच जायेगी। - ओशो

- अपनी भूल अपने ही हाथों सुधर जाए तो यह उससे कहीं अच्छा है कि कोई दूसरा उसे सुधारे। - प्रेमचन्द

- सोई हुई आत्मा को जगाने के लिए हमारी भूलें एक प्रकार की दैनिक यंत्रणाएँ हैं, जो हमें सदा के लिए सतर्क कर देती है। शिक्षा, उपदेश, सत्संग किसी से भी हमारे ऊपर उतना प्रभाव नहीं पड़ता, जितना अपनी भूलों के कुपरिणाम को देखकर। - प्रेमचन्द

- मनुष्य जब स्वयं को भूल जाता है तो उसे दुनिया भी भूल जाती है। - क.मा. मुंशी

- मनुष्य, प्रायः अपनी जवानी में, कोई ऐसी भूल कर जाता है कि उससे उसकी जिन्दगी का सारा नक्शा ही बदल जाता है। किसी सही कदम से जिन्दगी अक्सर संवर भी जाती है। - डॉ. हरिवंश राय 'बच्चन'

- भूलकर भी गलती चीज न दबाना अन्यथा सारा जीवन गलत चीज की अभिव्यक्ति बन जाता है। - ओशो

कमज़ोर

स्वस्थ शरीर में ही स्वस्थ मस्तिष्क निवास करता है। अतः देह और मन दोनों का पुष्ट होना जरूरी है।

'समरथ को नहीं दोष गुसांई' तुलसी बाबा ने ये पंक्ति सामर्थ्यवान व सबल लोगों के लिए कही है। निर्बल को भी निःसहाय हमारी संस्कृति ने नहीं छोड़ा है। निर्बल के बल राम। कमजोर के पक्ष में स्वयं भगवान खड़ा है। सवाल उठता है कि निर्बल कौन है ? शारीरिक निर्बलता आनुवंशिक हो सकती है, रोगजन्य हो सकती है। किन्तु वह व्यक्ति सही अर्थों में निर्बल है जो आत्महारा है जो संकल्प के तल पर कमज़ोर है। तन की दुर्बलता हानिकारक है किन्तु उससे भी घातक है मन की दुर्बलता क्योंकि किसी भी प्रकार की शक्ति विहीनता किसी भी दृष्टि से प्रशंसनीय नहीं कही जा सकती। स्वस्थ शरीर में ही स्वस्थ मस्तिष्क निवास करता है। अतः देह और मन दोनों का पुष्ट होना जरूरी है। जो तन और मन दोनों से बलवान बनता है। सफलता उसके दरवाजे पर आकर दस्तक देती है।

सच पूछे तो तन की दुर्बलता की जननी मन की दुर्बलता है। मन से दुर्बल होने का मतलब आदमी का इन्द्रियों के प्रति ऐहिक आदतों के प्रति गुलाम हो जाना है। हम सामान्यतया बातचीत में यह बात कहते हैं कि यह चीज तो मेरी कमजोरी है या अमुक आदमी की यह कमजोरी है। मतलब साफ है कि कुछ आदतों के प्रति हमारा मन गुलाम है। जो सबल होता है वह मालिक होता है जो निर्बल होता है वह गुलाम होता है। हमारे अध्यात्म ने विश्व विजेता का सम्मान नहीं किया है, आत्मविजेता को अर्थात् जिसने अपनी कमजोरियों को जीत लिया है। जिसने अपने मन के मैदान में संकल्प का झंडा रोप दिया है वही आत्म विजेता है।

मन की निर्बलता हमारी आदतों के रास्ते आती है। हम कुछ व्यसनों की आदतों के नागपाश में इस तरह जकड़ जाते हैं कि चाहते हुए भी उनसे छुटकारा प्राप्त नहीं कर सकते। हमारी सोच इतनी कमजोर हो गई है कि हम हर पल आदतों के सामने आत्मसमर्पण करते हैं। किसी आदमी से सवाल करते हैं भाई, तुम्हारी अमुक आदत अच्छी नहीं है, इसे बदल दो। उसका जवाब होता है कि मैं आदत के सिवाय आप कहो वह चीज बदल सकता हूँ पर आदत है, जो छूटती नहीं, बदलती नहीं। सच पूछा जाए तो आदमी किसी को नहीं बदल सकता। अपनी तकदीर की तहरीर नहीं बदल सकता। उम्र की दौड़ती रफ्तार को नहीं बदल सकता। मौसम का मिजाज नहीं बदल सकता। चाँद, तारों और धरती के नजारों को नहीं बदल सकता, महज अपने आपको बदल सकता है। अपनी आदतों को बदल सकता है जिसके लिए भी वह सौ बहानेबाजी करता है।

असली कमजोर वही है जो अपनी आदतों से हारता है। आदमी दुनिया को बदलने का दावा करता है पर खुद को बदलने को तैयार नहीं। 'निज पर शासन फिर अनुशासन' जब तक जीवन का मूलमंत्र नहीं बनेगा तब तक आदमी चाहे चांद सितारों पर चला जाए, चाहे सौ बार एवरेस्ट फतह हासिल कर ले, पर विजेता नहीं बन सकता। आत्महारा ही जगहारा होता है और स्व-विजेता ही विश्व विजेता बनता है।

हमारे देश के संत-महंतों आचार्यों उपदेशकों सभी ने हमेशा इसी बात पर जोर दिया है कि हम अपने संस्कारों पर, अपनी चित्तवृत्तियों पर विजय प्राप्त करें। अपने आपको इंद्रीय विकारों का, वासनाओं का दास बनाने की बजाय उनका मालिक बनाएँ। हम इन्द्रियों के दास हैं जबकि हमें इन्द्र होना चाहिए। इन्द्र वह है जिसने अपनी इन्द्रियों पर नियन्त्रण कर लिया है।

अंग्रेजी का एक शब्द वॉच इसका आदर्श सूत्र हो सकता है। वॉच का मतलब होता है निगरानी रखना। 'डब्ल्यू' वाच का प्रतीक है, दूसरा शब्द 'ए' यानी एक्सन यानी कर्म का प्रतिबोधक है, तो सूत्र हुआ-वॉच योअर एक्शन अर्थात् हम अपने कर्मों की निगरानी रखे। कहीं हमारे आचरण में बुरा कर्म तो नहीं घुसपैठ कर रहा है। तीसरा शब्द है - 'वटी' उसका संदेश है, 'वॉच योअर थॉट' या 'वॉच योअर टंग'।

यानी अपने विचारों और भाषा पर निगरानी रखें। कहीं गलत विचार और अशुद्ध और अशुभ वाणी आपके चरित्र का हिस्सा तो नहीं बन रही हैं। चौथा शब्द है 'सी' - वॉच योअर करेक्टर अर्थात् अपने रोजमर्रा के आचरण पर निगरानी रखें। अन्तिम शब्द है 'एच' यानी 'वॉच योअर हेबिट्स' अपनी आदतों की देखभाल करें। आपकी आदतें अगर गड़बड़ा गईं तो समझिए आपकी जिन्दगी की बुनियाद हिल गई है। जिस मकान की बुनियाद हिल जाती है फिर उसकी ऊपरी चमक-दमक का कोई महत्त्व नहीं रह जाता। हम अपने चरित्र की नींव को मज़बूत करें। तभी सही अर्थों में हमारी जिन्दगी मज़बूत होगी। हमारे भीतर की निर्बलता निर्मलता में तब्दील होती दिखाई देगी।

शाश्वत स्वर

- निर्बल वह नहीं है जिसे निर्बल कहा जाता है, बल्कि वह है जो अपने को निर्बल समझता है। - महात्मा गाँधी

- कमज़ोर होना दुःखी होना है। - मिल्टन

- कमज़ोर वह है जो अपने मन को नहीं जीत सकता है। - महात्मा गाँधी

- इन्द्रियों की दासता ही मन की सबसे बड़ी कमजोरी है। - उत्तराध्ययन

- निर्बल के बल राम होते हैं। - संत रविदास

- कमज़ोर आदमी को दबाना ईश्वर की रचना का अपमान है। - हितोपदेश

भाव

भावना

किसी कार्य, किसी व्यक्ति या विचार के प्रति अथवा ईश्वर के प्रति हमारी मानसिकता होती है उसे ही भावना कहते हैं।

भावना मन के महासागर की तरंग है। जैसे सागर में निरंतर तरंगें उठती हैं ठीक वैसे ही पलक झपकते जितने कम समय में सैंकड़ों विचार तरंगे हमारे मन में उठती हैं। ये भावनाएँ ही हमारे व्यक्तित्व का संगठन करती हैं। अच्छी भावनाएँ व्यक्तित्व का निर्माण करती हैं और बुरी भावनाएँ व्यक्ति का विनाश। यानि भावना वह तत्त्व है जो विकास और विनाश दोनों की पृष्ठभूमि में होती है। परिभाषा में अगर इसे बाँधे तो भावना अंत:प्रेरणा है। किसी कार्य, किसी व्यक्ति या विचार के प्रति अथवा ईश्वर के प्रति हमारी मानसिकता होती है उसे ही भावना कहते हैं।

हमारे प्रत्येक क्रियाकलाप पर भावना का विशेष प्रभाव पड़ता है। सच्चाई तो यह है कि किसी कार्य की सफलता और सिद्धि भावना पर ही निर्भर होती है। अच्छी भावना से किया गया प्रत्येक कार्य निश्चय ही सफल होता है।

ईश्वर भी भावना से प्रभावित होता है। परमात्मा आडंबरप्रिय नहीं वरन् भावना-प्रिय है। शुद्ध भावना से चढ़ाया गया एक पुष्प भी वह स्वीकार कर लेता है और आडंबर से प्रस्तुत किया गया छप्पनभोग भी वह स्वीकार नहीं करता है। परिवार में, समाज में, आचरण में और भक्ति में इसी भावना का विशेष स्थान है।

भावना की निर्मलता, पवित्रता और शुद्धता प्रत्येक कर्म की उच्चता और सफलता को सुनिश्चित करती है। एक चिंतक का कथन है-जहाँ जैसी हमारी मानसिक भावना होती है, वहाँ परमेश्वर हमारे लिए उसी रूप में प्रकट हो जाते हैं। एक कवि ने ठीक कहा है-'जाकी रही भावना जैसी। प्रभु मूरत देखी तिन तैसी।' हमारी भावनाएँ दिव्य बनें, यदि मनुष्य की पाशविक भावनाएँ धुलकर साफ हो जाएं तो उसके स्थान पर दिव्य भावनाएँ प्रवाहित होने लगती हैं।

भावनाएँ हमारे तन-मन के संवेगों पर निर्भर करती हैं। एक विचारक की दृष्टि है- 'वह आँख क्या? जिससे कभी आँसू न छलकें और वह मुख ही क्या जिस पर हास्य न बिखरें? हँसी आए तो हँस लेना चाहिए और रोना आए तो आँसू बहा लेने चाहिए इससे आँखें धुल जाती हैं। अच्छी भावनाओं का प्रसार होना चाहिए, नकारात्मक भावनाएं नियंत्रित की जानी चाहिए, भावनाएँ बाँटने पर मिलती हैं, बिखेरने पर बढ़ती हैं लेकिन बटोरने पर नष्ट हो जाती हैं। यह ऐसी सम्पदा है जिसे जितना लुटाओगे उतनी ही बढ़ेगी, इसलिए जो भावनात्मक तृप्ति चाहते हैं उन्हें अपनी संवेदनाएं पीड़ितों को, जरूरतमंदों को अर्पित करनी चाहिए।

जिनकी भावनाएँ स्वार्थ व कुटिलता से सनी हैं, वे तो बस केवल क्षमा के पात्र हैं। अशुभ भावनाएँ ही हमारे गलत निर्णयों और निष्कर्षों के मूल में होती हैं। यदि हमारी भावनाएं सही नहीं हैं तो हमारे निर्णय अवश्य ही गलत होंगे। गीताकार श्रीकृष्ण का उपदेश है-हे अर्जुन, बिना श्रद्धा के किया हुआ हवन, दिया हुआ दान, तपा हुआ तप और कुछ भी किया हुआ कर्म है, वह सब असत् कहलाता है। वह न तो इस लोक में लाभदायक होता है और न मरने के बाद परलोक में।

हमारा भावलोक कैसे पवित्र बने हमें इस बारे में सदैव सतर्क रहना चाहिए। भाव का स्वभाव से गहरा रिश्ता है। हमारी भावधारा विभाव से स्वभाव की दिशा में बहेगी तो हमें किसी रिक्तता का अनुभव नहीं होगा। अक्सर भावनाओं के तल पर ही आदमी का पतन और उत्थान निर्भर करता है। भावना के स्तर पर शुद्ध हुए बिना आदमी का जीवन कदापि पवित्र नहीं हो सकता है। आदमी भले ही दिखावे के लिए कितना ही धर्माचरण करले। मंदिर, मस्जिद, गुरुद्वारे में परिक्रमा करले किंतु उसकी वैचारिक पवित्रता के बिना उसका व्यावहारिक जीवन नहीं हो सकता है। इस तरह के दिखावे में धार्मिकता के दर्शन नहीं होते, हाँ प्रदर्शन अवश्य हो जाता है।

भावनाएँ शुद्ध बनें इसके लिए हमें विचारों के प्रति सतर्क रहना होगा। ठीक वैसे ही जैसे चौकीदार सतर्क रहता है, चौकीदार के सतर्क रहते चोर किसी घरद्वार में प्रवेश नहीं कर पाते, ठीक वैसे ही द्दष्टाभाव में स्थित होने पर हमारी विचारधारा पवित्र होने लगती है। अभ्यास के तौर पर हमें अपनी भावनाओं को पढ़ने का प्रयास करना चाहिए। भावनाओं को पढ़ने की आदत से धीरे-धीरे हम सही और गलत भावनाओं

के बीच भेद-रेखा खींचने लग जाएंगे। हमारी भावदशा से बुरे भाव तिरोहित होते दिखाई देंगे। भावनाओं को पढ़ने से न केवल सत्-असत् का विवेक होगा बल्कि इससे आदमी की सकारात्मक सोच और ऊर्जा में एक गुणात्मक परिवर्तन आता है। सोच के साँचे को साफ सुथरा बनाने के लिए भावशुद्धि के उपाय करने ही होंगे। हमारी भावशुद्धि हमारे दैनिक क्रियाकलापों के स्वच्छ एवं पारदर्शी होने पर ही निर्भर है। इस तरह विचार-आचार को भाव शुद्धि से ही स्वस्थ एवं स्वच्छ किए जा सकते हैं।

शाश्वत स्वर

- जिस साधक की अन्तरात्मा भावना योग से विशुद्ध होती है वह आत्मा जल-स्थित नौका के समान संसार सागर से तिरकर सब दुखों से मुक्त हो, परम सुख को प्राप्त करता है। - सूत्रकृतांग

- भावना भवनाशिनी। - संस्कृत सूक्ति

- अंतःकरण की प्रवृत्ति या विचारों की लहरें भावना कहलाती हैं। - भावना योग

- जैसा संचा दीजिए, वैसा ही आकार।
मानव वैसा ही बने, जैसा रहे विचार। - आनन्द ऋषि

- भाव का प्रभाव हर स्वभाव पर होता है, इसलिए अशुभ भावों के प्रसार से बचें। - महात्मा गाँधी

प्रसन्नता

प्रसन्नता वह द्वार है जहाँ उन्नति के अनेक पथ निकलते हैं क्योंकि खुशी या प्रसन्नता का एक निश्चित मापदंड नहीं होता।

प्रसन्नता हृदय के फूलों की सुगंध है। प्रसन्नता दैवी गुण है, जिसकी अभिव्यक्ति, मुस्कराहट से होती है। एक विचारक का तो यहाँ तक कहना है कि आदमी और जानवर के बीच सबसे बड़ा अंतर प्रसन्नता को व्यक्त करने के तरीके को लेकर है। मनुष्य अपनी प्रसन्नतानुभूति को मुस्कराकर व्यक्त कर देता है, जबकि पशु मुस्करा नहीं पाता। आदमी और जानवर की बाकी सभी जीवन मूलक क्रियाएं एक जैसी हैं। अगर आप कहीं हंसता मुस्कराता पशु देखो तो समझ लीजिए कि पशु में इंसानी गुण आ रहे हैं और आदमी मुस्कराना भूल जाए तो समझ लीजिए कि उसमें पशुता का प्रवेश हो रहा है। एक शायर ने ठीक कहा है-

तेरी खुशी समझकर सब गम भुला दिया है।
सब मुझको तो कुबूल है जिसमें तेरी रज़ा है।
जगमगाए आपके आने से मेरी दीवारों दर,
लो देखो मेरे घर की रोशनी बढ़ गई है।

प्रसन्नता वह द्वार है जहाँ उन्नति के अनेक पथ निकलते हैं क्योंकि खुशी या प्रसन्नता का एक निश्चित मापदंड नहीं होता। एक डॉक्टर एक सफल ऑपरेशन करके ऑपरेशन थियेटर से बाहर आने पर बहुत खुश होता है। एक माँ अपने बच्चे को स्नान कराने पर बहुत खुश होती है। छोटे बच्चे गाँवों में मिट्टी के खिलौने बनाने और मिटाने में खुश होते हैं। सद्पुरुषों का निर्देश है कि जीवन तैयारियां करने में पूरा नहीं हो जाए। हर पल खुशियां मनाते रहो। जीवन में जितना खुशी का महत्त्व है उतना ही यह भी महत्त्वपूर्ण है कि वह खुशी हम कहाँ से और कैसे हासिल करते हैं।

इस लोक में छह प्रमुख सुख हैं-धन की प्राप्ति, सदा स्वस्थ रहना, प्रिय वचन बोलने वाली भार्या, प्रिय भार्या, वश में रहने वाला पुत्र और धन प्रदान करने वाली विद्या। इनसे ही संसार में प्रसन्नता प्राप्त होती है। प्रसन्न रहने का श्रेष्ठतम उपाय यह है कि हम अपने आपको असीमित आकांक्षाओं से मुक्त रखें। इस दुनिया में इच्छाएं सिकंदर की भी पूरी नहीं हुई इसलिए इच्छाओं के वशीभूत होना सबसे बड़ा दुख है।

आवश्यकताओं में जीने वाला प्रसन्न रहता है। आकांक्षाओं के अंधकार में जीने वालों को कभी प्रसन्नता के आलोक दर्शन नहीं होते हैं। प्रसन्न रहने की अनिवार्य शर्त यह भी है कि आप अपनी खुशियाँ बाँटो। यह जाना-पहचाना अनुभव किया हुआ सच है कि प्रसन्नता बाँटने से बढ़ती है और दुख बाँटने से घटता है। हम समाज में सह-अस्तित्व के भाव को प्रबल बनाने के लिए प्रसन्नता की पुलकन का विस्तार करें जिससे हर आंख हंसती हुई दिखाई दे और आंसू आशा की परिभाषा बनते दिखाई दें।

शाश्वत स्वर

❁ जो व्यक्ति प्रसन्न स्वभाव का होता है, वह निश्चय ही किसी भी कठिन-से-कठिन कार्य को सफलतापूर्वक करके संतोषप्रद परिणाम ले सकता है। एक प्रसन्नचित्त युवक जीवन के अभिशाप को वरदान में बदल सकता है।

- स्वेट मार्डन

❁ चित्त प्रसन्न रहने से मनुष्य के सब दुख दूर हो जाते हैं। प्रसन्नचित्त वाले पुरुष की बुद्धि शीघ्र ही अच्छी प्रकार स्थिर हो जाती है। - वेदव्यास

❁ प्रसन्नता को हम जितना लुटाएँगे, उतनी ही अधिक वह हमारे पास आएगी।

- विक्टर ह्यूगो

❁ कोई वस्तु सर्वथा हमारी तभी हो सकती है, जब वह हमारी प्रसन्नता की वस्तु हो। - रवीन्द्रनाथ ठाकुर

❁ मन की प्रसन्नता ही व्यवहार में उदारता बन जाती है। - प्रेमचन्द

काम

काम का प्रयोग सांसारिक धर्म निर्वाह के लिए स्वीकार्य है, किन्तु वह अमर्यादित हो, नीति विरुद्ध हो, वासनायुक्त हो तो विकार की श्रेणी में आता है।

काम शब्द कामना या इच्छा का प्रतीक है। विपरीत यौन के प्रति मनुष्य की स्वाभाविक इच्छा को काम कहा गया है। काम को सैक्स का पर्याय मानना ठीक नहीं है। काम चार पुरुषार्थों में एक पुरुषार्थ है। काम भाव स्वाभाविक है। काम मनुष्य की मूल प्रवृत्ति प्रधान है इसे समाप्त नहीं किया जा सकता है, रूपांतरित किया जा सकता है। काम का अधोगमन पशुता है और ऊर्ध्वगमन प्रभुता। हमारी संस्कृति में देह धर्मों में एक अनिवार्य धर्म वंश को आगे बढ़ाना है। संतान उत्पन्न करने के लिए गृहस्थ द्वारा किया गया पत्नी संसर्ग अधर्म नहीं माना गया है।

काम का प्रयोग सांसारिक धर्म निर्वाह के लिए है, अतः यह नैतिक रूप से भी स्वीकार्य है। जहाँ काम अमर्यादित हो, नीति विरुद्ध हो, वासनायुक्त हो तब वह विकार की श्रेणी में आता है। आहार-विहार की नियमितता, शालीनता जीवन का श्रृंगार करती है किन्तु अनैतिकता, मर्यादाहीनता जीवन को दूषित और कलंकित कर देती है। कामवासना की तुष्टि धर्मसम्मत होनी चाहिए, काम का ऊर्ध्वीकरण ही मनुष्य जीवन का लक्ष्य होना चाहिए। जब काम भाव विकृत होता है वह विकार है और संस्कृत काम भाव को संस्कार कहा गया है। षोडश संस्कारों में इसे गर्भाधान के नाम से भी जाना जाता है। 'कामायनी' में जयशंकर प्रसाद कहते हैं -

काम मंगल से मंडित श्रेय,
सर्ग इच्छा का है परिणाम।
तिरस्कृत कर उसको तुम भूल,
बनाते हो असफल भव धाम।

काम भाव जब अपने लक्ष्य से भटक जाता है वह भोग रोग बन जाता है। इस संसार में कामवासना के सदृश कोई भयंकर रोग नहीं है। अकामभाव से बढ़कर कोई सुख नहीं, हमारे शास्त्र कहते हैं - वासना की दीवानगी कुछ देर रहती है किन्तु उसका पछतावा बहुत देर। वासना के आगे विवेक भी झुक जाता है और वासना उम्र के साथ बढ़ती जाती है। यह मनोवैज्ञानिक सच्चाई है कि हम जिस क्रिया को करने में असमर्थ होते हैं, वह प्रतिक्रिया बन कर उभरती है। मुख पर झुर्रियाँ पड़ चुकी हैं, सिर के बाल सफेद हो चुके हैं, शरीर के अंग ढ़ीले पड़ते जा रहे हैं तो भी मनुष्य की वासना बढ़ती जाती है, क्योंकि मनुष्य ने काम को अपने चित्त में जगह दे दी है। काम देहभाव है उसे मन में बिठाकर हम मनोरोगी हो जाते हैं।

भोग करने से भोग की इच्छा नहीं बुझती वरन वह तो और भी अधिक प्रचण्ड हो जाती है। वासना के बीज यौवन के राग-रंग द्वारा बोए जाते हैं किन्तु उसकी फसल वृद्धावस्था में दुःख भोग द्वारा काटी जाती है। विषयों के सम्बन्ध में सोचने से उनसे सम्पर्क हो जाता है। हमारी काम प्रवृत्ति कैसे संस्कारित बने, इसके लिए प्रयास करना ही काम पुरुषार्थ है। काम भाव में जीते हुए काम भाव से ऊपर उठने की जो सद्गृहस्थ प्रवृत्ति करता है, उसका आचरण मंगलाचरण बन जाता है। उसके रोम-रोम में काम की जगह राम जा विराजता है।

कामभाव के ऊर्ध्वीकरण के लिए हमें विकारों से मुक्त होना होगा। काम भाव की स्वीकृति हमारे धर्मशास्त्रों में भी है। पर वासना और विकार के रूप में विकृत काम को हमारे चिंतन ने अस्वीकार किया है। हमारे सारे अवतारी पुरुषों ने विवाह किया। उनके दांपत्य को हमने आध्यात्मिक दांपत्य की संज्ञा दी। हमारी सनातन सोच है कि मोक्ष की मंजिल की सीढ़ियां धर्म, अर्थ, काम है। अर्थ का उपयोग परमार्थ के लिए काम का विस्तार विश्व प्रेम के रूप में करके हमारी तात्त्विक विचारधारा ने काम को राम के साथ जोड़ा है।

शिव, पार्वती, सीता, राम का आदर्श-दांपत्य हमारी संस्कृति के वे उदाहरण हैं, जो मर्यादित 'काम' को श्रेष्ठ जीवन-मूल्य के रूप में स्थापित करते हैं।

हमारा शाश्वत सोच कहता है कि जीवन से पलायन नहीं करना है, जीवन के

समस्त भावों को पूर्णता में जीना है। काम को विकार की गंदी गली से बाहर निकाल कर संस्कार मन्दिर की पवित्र सीढ़ी बनाया जाए। काम को एक सद्गुण के रूप में निरूपित करने के लिए अति कामाचार का विवर्जन (निषेध) किया जाता है। एक नारी ब्रह्मचारी का उदात्त सोच इसी बात की रस सिद्ध गवाही देता है कि काम भाव को पवित्रता के साथ जीया जाए तो भोग में योग की साधना हो सकती है। इस अनूठे सोच को पाश्चात्य संस्कृति के प्रभाव के चलते हमने अस्वीकार किया है। काम को जीवन के आंगन से बहिष्कृत नहीं परिष्कृत कर जीने की जरूरत है, तभी काम की ऊर्जा राम की चेतना में रूपांतरित होगी।

शाश्वत स्वर

- उस व्यक्ति से बढ़कर राह से भटका हुआ और कौन है जो अपनी वासना के पीछे चलता है। - कुरान शरीफ
- किन्हीं दासों का ऐसा दलन नहीं होता जैसे वासना के दासों का। - क्ले डि लैसपिनास
- वासना का पागलपन थोड़ी देर रहता है; किन्तु उसका पछतावा बहुत देर। - शिलर
- वासनाग्रस्त मन पिंजड़े के सिंह के समान चंचल रहता है। - योगवशिष्ठ
- कामवासना कमज़ोर करती है और कमज़ोरी कामवासना को बढ़ाती है। शक्ति कामवासना से मुक्त करती है और कामवासना से मुक्ति आती है तो शक्ति बढ़ती है। - ओशो
- जितना युग अस्वस्थ व कमज़ोर होता है, उतनी कामवासना काम के केन्द्र से हटकर मस्तिष्क के केन्द्र पर गतिमान हो जाती है। - फ्रॉयड

दुःख

लोग अपने अभाव से नहीं,
दूसरों के प्रभाव से दुःखी होते हैं।
दुःख स्वयं भोगो, सुख में औरों को
साझीदार बनाओ।

जीवन दुःखों का सागर है। यह संसार दुःखमय है। दुःख का अभिप्राय मन की अप्रसन्नता से है। कभी स्वयं की गलती से, कभी दूसरों के व्यवहार से और कभी इच्छित कार्य के न होने से उत्पन्न भाव ही दुःख है। विश्व में ऐसा कोई व्यक्ति नहीं है जिसे कोई न कोई दुःख नहीं हो।

दुःख का निवारण कैसे करें ? दुःख मिटाने का एक मात्र तरीका दुःख का विस्मरण है। ईश्वर के स्मरण से दुःख की अनुभूति का विस्मरण सहज होता है। दुःख मिट भी जाते हैं और दुःखों में सहज भाव से जीने की शक्ति भी आ जाती है। दुःख अप्रिय वस्तु के मिलन और प्रिय वस्तु के वियोग में निहित है। निरपेक्ष जीवन ही सुख की भावभूमि निर्मित करता है। विचित्र बात है कि सुख की अभिलाषा में दुःख का अंश निहित है। लोग अपने अभाव से नहीं, दूसरों के प्रभाव से दुखी हैं। दुःख स्वयं भोगो, सुख में औरों को साझीदार बनाओ। दुःख तो तब कटेगा, जब तुम दूसरों को सुख बाँटोगे।

यह नैसर्गिक सच्चाई है कि आदमी अपने दुःख को बहुत अधिक मानता है और दूसरों के असह्य दुःख को भी हल्का करके लेता है। दुःख की जड़ हमारी आकांक्षाओं में निहित है। अधिकांश लोगों की मान्यता है कि दुःख का कारण हमारी जिन्दगी के पग-पग पर फैले अभाव हैं। सच्चाई इससे उलट है, दुःख अभावजनित नहीं होकर लालसाजनित है। आकांक्षा के आकाश में उड़ने वाले का रिश्ता ज़मीन से टूट जाता है। आकांक्षा के आकाश में विचरण करने वालों को चाहिए कि वे यथार्थ के धरातल से रिश्ता बनाए रखें। डायोजिनिज एक टब भर सामान से सन्तुष्ट था जबकि

सिकन्दर दुनिया का सारा माल पाकर भी दुखी रहा। इससे यह बात साफ हो जाती है कि दुःख का निवास आदमी की अतृप्ति में है जबकि सुख का निवास मनुष्य के संतोषभाव में निहित है। अभाव को दुःख मान लेने वालों को किसी धनवान की जिन्दगी की खिड़की से झाँकना चाहिए। अगर अभाव ही दुःख का कारण होता तो किसी सम्पन्न व्यक्ति को किसी बात का तनाव नहीं होना चाहिए। स्थिति पर दुःख की निर्भरता मनःस्थिति पर ज्यादा निर्भर करती है। अगर व्यक्ति का मन शान्त झील की तरह ठहरा हुआ है तो उसमें दुःख की तरंगें नहीं उठती हैं। दुःख की लहरें तभी पैदा होती हैं जब कोई आकांक्षा का इच्छा का कंकर मन की शान्त झील में डाल देता है।

हम सुख की कृत्रिम मृग-तृष्णा में जीते हैं, वैसे ही दुःख के रेगिस्तान में अपने मन की कल्पनाओं से निर्मित रहते हैं। शास्त्र की भाषा में दुःख तो जन्म-मरण हैं। बुढ़ापा और रोग, ये सभी लोगों की जिन्दगी में आते है, चाहे वे सम्पन्न हों और चाहे विपन्न। दुःख मुक्ति का उपाय है, आदमी विचारों के तल पर लालसाओं की होड़ाहोड़ से बचे। वर्तमान जीवन शैली में आदमी अपनी भावधारा के अनुरूप नहीं जी रहा है बल्कि वह यह सोच रहा है कि पड़ोसी के पास क्या-क्या उपभोग के साधन हैं।

जब आदमी अपनी जरूरतों से बाहर जाकर सुख की संभावनायें तलाशता है तो समझ लीजिए उसने दुःख को अपने जीवन में आने का निमन्त्रण दे दिया है। जो मनुष्य दुःख को प्राप्त होने पर केवल रोता है उसका रोना भी बढ़ता है, वह उस दुःख को पार नहीं पाता है। सुखी लोग सभी एक जैसे होते हैं लेकिन हर दुःखी आदमी अपने तरीके से दुःखी होता है। एक शायर ने ठीक कहा है -

इन राहों में चलते-चलते ऐसा भी हो जाता है,
अनचाहा मिल जाता है और मनचाहा खो जाता है।

दुःख को सुख में तब्दील करने के लिए कई लोग अपने दुःख का रोना जग से कहते-फिरते हैं। पर यह दुनिया बड़ी जालिम है, दुःख-दर्द को रो-रोकर पूछती है और हंस-हंसकर उसे पूरे जग को बताती है। इस तरह दुनिया का दोहरापन दुःख को विस्तार ही देता है। सच्चा सुख आत्मशान्ति में है जिसे हम चाहते हैं पर पाने का प्रयास नहीं करते हैं।

शाश्वत स्वर

- आर्थिक पराधीनता ही संसार में दुःख का कारण है। मनुष्य को उससे मुक्ति पानी चाहिए। - जयशंकर प्रसाद

- दुःख के उपासक उसकी प्रतिमा बनाकर पूजा करने के लिये द्वेष, कलह और उत्पीड़न आदि सामग्री जुटाते रहते हैं। तुम्हें हँसी के हल्के चक्के से उन्हें टाल देना चाहिये। - जयशंकर प्रसाद

- दुःख को यदि हम भगवान के प्रसाद के रूप में ले सकें तो सचमुच वह जीवन को चमका सकता है। - जैनेन्द्र कुमार

- आनन्द को पाने की जो अक्षमता है, आनन्द को पाने की जो इनकेपैसिटी है, जो अपात्रता है, वही दुःख है।

  - आचार्य रजनीश

- अपने दुःखों से भयभीत कंगाल दूसरों के दुःख में श्रद्धावान बन जाता है।

  - ओशो

- दुःख की सहानुभूति हृदय को समीप पहुँचाती है। मानवता का यही प्रधान उपकरण है। - जयशंकर प्रसाद

- दुनिया में ऐसे बहुत से दुःख हैं जिनसे छुटकारा पाना इंसान के हाथ में नहीं है।

  - विमल मित्र

- अपनी परिस्थिति के सुधारने एवं चीजों को इस तरह या उस तरह सजाने से आप कभी दुःख से नहीं बच सकते। - स्वामी रामतीर्थ

- दुनिया में बहुत कुछ होता है जो नजर नहीं आता या नजर आने पर भी उसका महत्त्व समझ में नहीं आता। - विमल मित्र

चिन्ता

चिता मुर्दे को जलाती है और
चिन्ता जीवित को जलाती है।

चिन्ता एक मानसिक आवेग है। चिन्ता यानि किसी समस्या से उपजा वह मनोविकार है जिसमें आदमी समस्या के मकड़जाल से बाहर निकलने का प्रयास करता है किन्तु वह ज्यादा और ज्यादा उसमें उलझता जाता है। चिन्ता के प्रश्न पर चिन्तन करते हुए हमारे मनीषियों ने कहा है - भविष्य के प्रति आशंका का भाव ही चिन्ता है। कुछ ऐसा वैसा न हो जाए, अब क्या होगा ? इस कार्य का परिणाम क्या होगा ? इस तरह के भाव जब हमारे मन के घर में प्रवेश करने लगते हैं तो विशेष प्रकार की अकुलाहट या बेचैनी चिन्ता कहलाती है।

हर आदमी के मन में कोई न कोई चिन्ता अवश्य रहती है। चिन्ता मुक्त होने का उपाय है। हम समस्या से घबराए नहीं बल्कि समस्या के बारे में चिन्तन करें। चिन्ता को चिन्तन से ही काटा जा सकता है। किसी ने ठीक ही कहा है–चिता मुर्दे को जलाती है, चिन्ता बड़ी है, क्योंकि वह जीवित को जलाती है।

चिन्ता चाह की राह से गुजरती है इसलिए चिन्ता मुक्ति का श्रेष्ठ उपाय है–हम चाह की राह से दूर हटें। यह चाह ही आह बनती है। एक कवि का कथन है -

चाह गई चिन्ता मिट्टी, मनुआ बेपरवाह।
जिनको कछू न चाहिए, सोई शहंशाह॥

अर्थात् इच्छाओं की समाप्ति से चिन्ता मिट जाती है। जो कोई इच्छा नहीं रखते वे ही राजाओं के राजा हैं।

चिन्ता मुक्ति का श्रेष्ठ उपाय है, हम वर्तमान में जीने की आदत डालें। भविष्य के दर्पण में अपनी आशा का प्रतिबिम्ब देखने वालों को मालूम होना चाहिए कि इंसान की भीषण चिन्ता आन्तरिक सद्भावों का सर्वनाश कर देती है। आज आदमी व्यस्त कम अस्त-व्यस्त ज्यादा है चूँकि वह अपने रोजमर्रा की जिन्दगी के सवालों को लेकर

इतने तनाव में जी रहा है कि उसे उन सवालों का जवाब तो मिलता नहीं ही बल्कि वह और अधिक उलझ जाता है। चिन्तनहीन चिन्ता दुःखों की जड़ है। पत्ते, शाखाएँ काटने से काम नहीं चलेगा। चिन्ता मुक्ति के लिए जरूरी है कि हम अपने संकल्प को स्थिर रखे। अस्थिर चित्त को चिन्ता की दीमक चट कर जाती है।

जो आदमी चिंता की चक्की में लगातार पिसता रहता है उसे न दिन में चैन है न रात में आराम। उसके पास विचारों का एक अन्तहीन कारवाँ होता है, न तो इस भटके कारवाँ का कोई रहबर होता है न कोई राह। जब राह और रहबर ही नहीं है तो चिन्ता के पथ पर चलने वाले जीवन के रथ को मंजिल मिलने का तो सवाल ही नहीं उठता। चिन्ता व्यथा की कथा को अन्तहीन बनाती जाती है। चिन्ता-मुक्ति के लिए क्या किया जाए ? यह प्रश्न हर आदमी पूछता है, इसके लिए जरूरी है कि हम अपने विचारों की दिशा को बदलें। हम आकांक्षा से, इच्छा से, कामना से बाहर जाकर सोचना शुरू करें।

अक्सर देखा गया है कि आदमी चिन्ता से जुड़े सवालों के जवाब अपने आपसे नहीं माँगता। ईश्वर से माँगता है, गुरु से माँगता है, माता-पिता से माँगता है पर उनके द्वारा दिए गए जवाब से उसकी चिन्ता के प्रति सहानुभूति तो है किन्तु असली समाधान आदमी के स्वयं के पास होता है। यह स्थिति ठीक उस बच्चे की तरह है जिसकी पैंसिल अपने कमरे में खोई है पर वह उसे रोड लाइट के उजाले में ढूँढ रहा है क्योंकि उसके कमरे में तो अंधेरा है। अंधेरे को उजाले में बदले बिना भला उसकी पैंसिल कैसे मिल सकती है।

हमें अपनी जिन्दगी से जुड़े सवालों से खुद को जुड़ना होगा। दूसरों से मिले समाधान कारगर नहीं हो सकते। अपने द्वारा खोजे गए समाधान ही अंतिम होते हैं। हम अपने चिन्तागत प्रश्नों को खुद बेहतर समझते हैं। इसलिए हमें अपने आपसे दो-चार पल रोज बात करने की आदत डालनी चाहिए। इससे आपको अपने भीतर छितरी चिन्ता की चादर को समेटने में मदद मिलेगी। आपके अन्तर से उपजे समाधान की छांह से आपके जीवन की राह में चिन्ता की धूप में कमी आएगी। आपको अहसास होगा कि जिस चिन्ता को आप पहाड़ जितनी बड़ी मानते थे, वह तो राई से भी छोटी है।

———

शाश्वत स्वर

❁ चिन्ताओं से दूर भाग्यशाली जीव ही इसका स्वाद ले सकते हैं।

- गणेश वर्णी

❁ अगर हम अपने को सिर्फ़ उसकी इच्छा के यंत्र बना दें तो हमें किसी क्षण चिन्ता न करनी पड़े। - महात्मा गाँधी

❁ चिन्ता आपत्ति का वह ब्याज है जिसे देय से पूर्व ही चुका दिया जाता है।

- डीन इंगे

❁ जो दूसरे के कार्य की चिन्ता नहीं करता, वह विश्राम और शान्ति पाता है।

- इटेलियन कहावत

❁ मुझे विश्वास है कि चिन्ता जीवन की शत्रु है। - शेक्सपीयर

❁ भक्त लोग अन्न और वस्त्र की व्यर्थ चिन्ता करते हैं, जो देव सम्पूर्ण विश्व को पालता है, वह क्या अपने भक्तों की उपेक्षा करेगा ? - शौनक

❁ यदि मनुष्य सुख-दुःख की चिन्ता से ऊपर उठ जाए तो आकाश की ऊँचाई भी उसके पैरों-तले आ जाए। - शेखसादी

❁ चिन्ताओं से बढ़कर मनुष्य का कोई भी शत्रु नहीं और चिन्ता करने से ही संसार की कोई भी विपत्ति आज तक कभी नहीं टली। - वृन्दावनलाल वर्मा

❁ चिन्ता एक काली दीवार की भाँति चारों ओर से घेर लेती है, जिसमें से निकलने की फिर कोई गली नहीं सूझती। - प्रेमचन्द

❁ अनुभवी डाक्टरों ने बताया है कि मानसिक चिन्ता और खेद से ही अनेक प्रकार के बड़े-बड़े और विकट रोग हुआ करते हैं। - फ्रांसीसी कहावत

इच्छा

हमारी इच्छाएँ साँप जैसी न हों वरन
चंदन जैसी हों, जो शीतलता प्रदान करे
और सुगन्ध दूसरों तक भी फैलाएँ।

इच्छाओं का अपना एक संसार है। इच्छाएँ भी तितली की तरह रंग-बिरंगी होती हैं। कुछ इच्छाएँ स्वस्थ और साफ-सुधरी होती हैं तो कुछ काली-कलूटी। जिन इच्छाओं से स्वहित के साथ विश्व-हित का भाव जुड़ा होता है वे इच्छाएँ शुभ और जिनमें स्वार्थ के मुखौटे बदल-बदल कर प्रकट होते हैं ऐसी बहुरूपीया इच्छाएँ अशुभ होती हैं। जो अमंगल, अन्याय और अज्ञान की आधारभूमि पर खड़ी होती हैं।

सामान्यतया किसी वस्तु की प्राप्ति का भाव इच्छा कहलाती है। मनुष्य के मन में प्रतिक्षण इच्छाएँ जन्म लेती हैं और उसी क्रम में विलीन हो जाती हैं। प्रयत्नशील इच्छा कल्पना मात्र है। हमारी इच्छाएँ साँप जैसी न हो वरन चंदन जैसी हों जो शीतलता प्रदान करें और सुगन्ध दूसरों तक भी फैलाएँ। वैसे इच्छा का समुद्र अतृप्त रहता है। उसकी माँग ज्यों-ज्यों पूरी की जाती है, त्यों-त्यों वह गर्जन करता है। अध्यात्म कहता है - जैसे-जैसे व्यक्ति शुभ अनुष्ठानों में मन लगाता है, वैसे-वैसे उसकी इच्छाएँ पूरी हो जाती हैं।

इच्छाओं को आकाशीय कहा गया है। नीतिकार कहते हैं - इच्छाएँ ऐसी होनी चाहिए कि आँख में हो स्वर्ग लेकिन, पाँव धरती पर टिके हों, सत्य की प्राप्ति के लिए तुम्हें सांसारिक इच्छाओं से छुटकारा पाना होगा, समस्त भय और चिंता इच्छाओं के ही परिणाम हैं।

इच्छाएँ राजरोग की तरह हैं। वे जब आदमी के मन को अपने नागपाश में लेती हैं तो आदमी को फिर उनसे मुक्त हो पाना आसान नहीं है। एक इच्छा खत्म होती ही नहीं है कि दूसरी इच्छा उसका आसन ग्रहण कर लेती है। बचपन में खिलौने से शुरू हुई हमारी यात्रा अर्थी तक पहुँचने को आ जाती है। चेहरे पर झुर्रियाँ पड़ गईं, सिर के बाल सफेद हो जाते हैं और सारे अंग ढीले हो गए, परन्तु एक तृष्णा है जो तरुण होती जाती है। यह विषैली तृष्णा

जिसे पकड़ लेती है, उसके दुःख जंगली घास के समान बढ़ते ही जाते हैं। इच्छाओं की यह अमर बेल प्राणों के वृक्ष पर इस तरह लिपटती है कि प्राण लेने के बाद भी यह जन्म जन्मांतरों तक आत्मा का पीछा करती है। भव-भवान्तरों का भ्रमण इच्छा-पथ पर ही जारी रहता है जिस दिन चेतना निर्विकल्प यानि इच्छातीत होती है उसी पल समाधि का भाव मनोभूमि पर प्रकट होता है। समाधि के जागरण के साथ ही आधि-व्याधि-उपाधि की बीमारियों से मनुष्य का मन शून्य हो जाता है। स्वस्थ हो जाता है। 'स्व' अर्थात् सेल्फ, 'स्थ' यानि ठहर जाना। जिस दिन हम अपने 'स्व' में बस जाएंगे उसी दिन स्वस्थ हो जायेंगे। कामना, इच्छाओं से उपजे रोग नष्ट हो जाएँगें। न केवल आदमी का मन स्वस्थ होगा बल्कि उसका तन भी व्याधि मुक्त होगा।

तन की अस्वस्थता मन की उपज है। सौ फीसदी बीमारियों के बीज में हमारी अतृप्त इच्छाएँ हैं। जो हर पल हमारा पीछा करती हैं। जागरण के पलों में ही नहीं नींद में भी ये इच्छाएँ, सपनों के रंग-रंगीले कपड़े पहनकर हमारे मन पर नाचती रहती हैं। इन अंतहीन इच्छाओं के चलते आदमी को न दिन में चैन है न रात में आराम। आराम के लिए एक भक्त कवि ने बड़ा सुन्दर उपाय सुझाया है -

आराम गर चाहे तो आ राम की तरफ,
फंदे फंसना चाहे तो जा दाम की तरफ।

आराम शब्द का माने हैं राम की तरफ आ। राम यहाँ आराम का प्रतीक है अतः कवि कहता है, अगर मनुष्य तनाव के फंदे में फंसा रहना चाहता है तो वह दाम की ओर बढ़े। आज के आदमी के जीवन में जो बेहताशा तूफान और उफान देखे जा रहे हैं। आवेश, आतंक और अभाव, अज्ञान और अन्याय हमारी इच्छाओं की विकृत प्रस्तुतियाँ है।

आदमी को चाहिए कि वह अपने सपने समेटे, अपनी इच्छाओं का दमन नहीं बल्कि शमन करे। दमित इच्छाएँ तो और भी अधिक खतरनाक रूप धारण कर बैठती हैं। यम, नियम, आत्मानुशासन और आत्म परिष्कार के प्रयासों की इच्छाएँ सुसंस्कृत होती हैं। इच्छा निरोध को पातंजलि ने तप कहा है, यानि इच्छाओं के जंगल से मन-मृग को भटकने से बचाएँ। मन को मारना नहीं है समझाना है। इच्छा प्रेरित मन बच्चे की तरह होता है जो पल पल में अपनी रुचियाँ बदलता है। बच्चे को तो इच्छाओं के खिलौने दोगे तो दूसरे ही पल वह दूसरी इच्छा के खिलौने की माँग कर बैठेगा। खिलौना न देकर उसे मारोगे, पीटोगे तो वह

ढीठ होता जाएगा, उपाय है उसे समझाया जाए। जब बच्चा समझ जाता है तो फिर हठ छोड़कर शान्त हो जाता है। ठीक ऐसे ही मन के बालक को हम समझाएँगें तो सच्चे और अच्छे पालक (पालनहार) कहलाएँगे।

शाश्वत स्वर

- यदि किसी अच्छे स्थान पर पड़े रहने से किसी की सारी मनोकामनाएँ पूर्ण हो सकती हैं तो सूर्य सदैव एक अच्छे स्थान में ही पड़ा रहता।

  - अबू इस्माइल तूग़ाई

- इच्छा कभी तृप्त नहीं होती; किन्तु अगर कोई मनुष्य उसको त्याग दे तो वह उसी दम सम्पूर्णता को प्राप्त कर लेता है। - तिरुवल्लुवर

- हमारी इच्छाएँ जितनी ही न्यून हों उतने ही हम देवताओं के समान हैं।

  - सुकरात

- इच्छा ही नरक है, सारे दुःखों का आगार ! इच्छाओं को छोड़ना स्वर्ग प्राप्त करना है, जहाँ सब प्रकार के सुख यात्री की प्रतीक्षा करते हैं। - एलिस जेम्स

- इच्छा का जब गुणात्मक बदलाव होता है तब वह धारणात्मक से रचनात्मक हो जाती है। - जैनेन्द्र कुमार

- सभी इच्छाओं का मूल कारण संकल्प ही होता है, सभी शुभ कार्य संकल्प से ही सिद्ध होते हैं। सभी व्यवहार, सत्य, अहिंसा, अस्तेय, ब्रह्मचर्य आदि और सभी धर्म संकल्प से ही सिद्ध होते हैं। - मनु

अध्यात्म

आध्यात्मिक वैभव

यह देश वह भारत है जहां कणाद जैसे वैज्ञानिक ऋषि हुए जिन्होंने अविभाज्य परमाणु का फलसफा दिया, आज हम जिस आणविक युग में जी रहे हैं।

भारत के पास एक ऐसी संपदा है, जिसके सामने दुनिया की सारी संपदाएँ फीकी पड़ जाती हैं। वह संपदा है इस देश ने सदियों पहले ध्यान का आविष्कार किया। इस देश के ऋषि, मुनियों, साधु, संतों ने समाधि के स्वाद को चखा। जब दुनिया सभ्यता का पाठ तक नहीं पढ़ पाई तब हमारे देश की माँएं अपने झूले झूलते लाड़लों को यह लोरी सुनाती थी-सिद्धोऽसि बुद्धोऽसि निरंजनोऽसि, तुम सिद्ध बुद्ध निरंजन और निराकार ईश्वर के अंश हो। जब यूरोप व अफ्रीका और एशिया के देश अज्ञान के अंधेरे में डूबे थे तब भारत में ज्ञान की दीवालियां जगमगा रही थीं। कहीं बुद्ध बोधिवृक्ष तले बैठकर करुणा का उजियारा बाँट रहे थे। महावीर, समवसरण (ऐसी सभा जिसमें मनुष्य ऊँच-नीच, गरीब-अमीर का भेदभाव भूलकर अपने पशु-पक्षी, मित्रों के साथ प्रवचन सुनते हैं) अहिंसा, अनेकांत और अपरिग्रह का दर्शन प्रदान कर रहे थे। जिस देश के युद्ध मैदानों से गीता जन्म ले सकती है, जिस देश में चार्वाक जैसे नास्तिक को आचार्य चार्वाक (चारू यानि अच्छी बात, वाक् कहने वाला) का सम्मान होता था। जहाँ काम गीता शास्त्र रचने वाले वात्स्यायन को ऋषि वात्स्यायन कहा गया हो, वहाँ कितनी वैचारिक उदारता होगी। इसकी कल्पना ही की जा सकती है। यह वह देश है जिसने विचारभेद को शास्त्रार्थ के जरिए स्वस्थ बहस के रूप में जीया। यह देश वह भारत है जहाँ कणाद जैसे वैज्ञानिक ऋषि हुए जिन्होंने अविभाज्य परमाणु का फलसफा दिया, आज हम जिस आणविक युग में जी रहे हैं। उसके सभी शब्द हमारे वैदिक वाङ्मय और संस्कृत भाषा में सुरक्षित व संरक्षित हैं। यह वह राष्ट्र है जिसने असभ्यों को सभ्यता सिखाई, सभ्यों को संस्कृति समझाई। यह देश उस योगदर्शन के आचार्य पतंजलि का देश है जिन्होंने ईसा के सैंकड़ों वर्ष पूर्व अध्यात्म

रचा था– पतंजलि योगसूत्र के रूप में। यह वह भारत है जिसने बाहर से आए हर अतिथि विचार का उसी उदारता से सम्मान किया जैसा आज हम उस पड़ोसी देश के राजनेताओं और नागरिकों का करते हैं जिसने कई बार हमसे युद्ध लड़े। हमारी सरहदों की हदों को बेइज्जत किया। इस देश ने अपनी दिमाग की खिड़की हमेशा खुली रखी। तभी तो इस्लाम की सुगंधित हवाएँ इस देश में न केवल आईं बल्कि यहीं बस भी गईं। क्राइस्ट को 'महात्मा ईसा मसीह' कहकर इसी देश ने पुकारा। हम जिस धर्मनिरपेक्ष भारत में रह रहे हैं वह भले ही कभी धर्मनिरपेक्ष नहीं रहा किंतु सभी संप्रदायों के आचार्यों ने, मुल्ला मौलवियों ने, बिशप पादरियों ने एक ही नसीहत दी कि ये आदम खुदा की औलाद है। इस देश ने अलहकहक के साथ एकेश्वरवाद को स्वीकारा। इस देश के अलग-अलग ग्रंथों, अलग अलग पंथों ने अलग-अलग उपासनाओं के विधि-विधान रचे, इस देश का आध्यात्मिक वैभव कितना समृद्ध होगा इसकी कल्पना पश्चिमी देश आज भी नहीं कर सकते। गरीबी की चादर को ओढ़कर इस देश का नेता गाँधी जब महात्मा गाँधी बनकर आजादी की अलख जगाता था, तब उसकी आध्यात्मिक ताकत से दुनिया के सबसे बड़े साम्राज्य का तख्त कांपता था। यही वह देश है जिसने उन मिशनरी महानुभावों का आगे बढ़कर सम्मान किया जो अपने हाथ में बाइबिल लेकर भारत आए थे। हमने हर संस्कृति से सीखा, हमने हर संस्कृति को सिखाया। हमने किसी गैलीलियो को मृत्युदंड नहीं दिया। हमने वेद निंदकों की विचारधारा के आदर्शों को वैदिक आदर्श मानकर उन्हें श्रेष्ठ आर्यजन बताया। इस अथाह अपूर्व और कभी नहीं घटने वाले आध्यात्मिक वैभव को देखकर मेरे भारत को कोई नहीं कह सकता है कि यह गरीब राष्ट्र है। भारत खुसरो का देश है, कबीर का देश है, यहाँ नानक और फरीद ने साथ-साथ बैठ 'सत्संग' किया। यह देश सूफियों का देश है। इस देश में एक मीरा मतवाली होकर हरिजस गाने लगी थी। देश में आजादी की अलख जगाता है जिसका शस्त्र अहिंसा है, सत्याग्रह है जिसकी अलख में भी सविनय का भाव है, उस देश की आध्यात्मिक संपदा को किसी भौतिक संपदा के सामने तुच्छ कहना क्या सौ करोड़ भारतपुत्रों का अपमान नहीं है।

ईश्वर

इस संसार को संचालित करने वाली अदृश्य शक्ति का नाम ही ईश्वर, परमात्मा या परमेश्वर है।

ईश्वर का मतलब होता है -संपूर्ण ऐश्वर्य सम्पन्न सत्ता। ऐश्वर्य का अर्थ यहाँ केवल साधन-सम्पन्न होना ही नहीं है। ऐश्वर्य का सम्यक् आशय है, जिस सत्ता के पास समग्र सम्पदाओं का स्रोत हो जिसके अधीन समस्त विपदाओं को नियन्त्रित करने की ताकत हो। जो सृष्टि रचता है, धारता है, संहारता है वही ईश्वर कहा जाता है।

इस संसार को संचालित करने वाली अदृश्य शक्ति का नाम ही ईश्वर, परमात्मा या परमेश्वर है। परमात्मा का सम्बन्ध हमारी अनुभूतियों से है। हम जिस शक्ति विशेष में श्रद्धा और विश्वास रखते हैं, उसकी आराधना करते हैं उसी रूप में उसकी सत्ता को स्वीकार करते हैं। ईश्वर, अल्लाह, वाहे गुरु, महात्मा, ईसा आदि अनेक रूपों में हम उस परम सत्ता को ही स्वीकार करते हैं। ईश्वर की अनुभूति प्राणी मात्र को होती है। इसलिए ईश्वर अंश-जीव अविनाशी कहा जाता है। यह अलग बात है कि वह उसे किस रूप में और कितनी देर तक अनुभव कर पाता है।

इसमें कोई शक नहीं है कि कोई न कोई ऐसी शक्ति अवश्य है जो इस संसार का नियन्त्रण कर रही है। परमेश्वर निराकार और साकार दोनों रूपों को धारण करता है। चीनी को किसी भी नाम से पुकारो उसका मीठापन हर नाम में निहित है। ठीक ऐसे ही ईश्वर जिस रूप में भी याद किया जाए वह सदैव कल्याणकारी होता है। उसके दो मत नहीं हो सकते, वह आस्तिकों और नास्तिकों में भेद नहीं करता, उसकी अनुग्रह धारा में सभी समाहित हैं। पापात्मा और पुण्यात्मा दोनों की सृष्टि के मूल में वही है। परमात्मा सर्वगुण सम्पन्न, सर्वव्यापी और सर्वज्ञाता है। जिसे परमपिता परमात्मा की

कृपा दृष्टि मिल जाती है उनके लिए तीनों लोक अपने घर के समान हो जाते हैं। अफसोस है जीवात्मा ईश्वर को विस्मृत किए बैठा है। सांस-सांस जब उसका स्मरण करने लगेगी तभी सच्चा सुमिरन होगा।

कामनाओं, कल्पनाओं और कामकाज के मायाजाल से निकलकर कुछ समय परमात्मा से बातचीत करने के लिए अवश्य दो। परम प्रभु का संग, ईश्वर का विश्वास और भगवद् स्मरण कभी व्यर्थ नहीं जाता। अशांत जगत में पीड़ित आत्मा का शरणस्थल केवल परमात्मा है। उसे ही ध्याओ, उसे ही भजो, उसे ही पुकारो। हर स्वर में ईश्वर बोलता है, हम उसकी आज्ञा को सुनें-गुनें और महसूस करें। जहाँ परमात्मा की कृपा बरसती है वहाँ सदैव मन में उत्सव होता रहता है और शोक नहीं रहता।

प्रभु हैं और सर्वत्र हैं इसे हम सब जानते हैं। किन्तु अपने दैनिक जीवन में हम ऐसे आचरण करते हैं, जैसे वह कहीं है ही नहीं। इसीलिए हमारी पूजा में, प्रार्थना में पूर्णता का भाव नहीं उतरता। हमारी पूजा-प्रार्थना का दर्शन खो गया है। वे मात्र प्रदर्शन बनकर रह गए हैं। जो ईश्वर को आत्मा से पुकारता है, ईश्वर उसकी आत्मा में आ बसता है।

हम अपनी आत्मा को ईश्वर का मन्दिर बनाए। मन मन्दिर से अशुभ संस्कारों का विसर्जन और शुभ का सृजन करने से ईश्वर प्रसन्न होता है। ईश्वर को अगरबत्ती की खुशबू से खुश करने वालों को यह बात नहीं भूलनी चाहिए कि जब तक जीवन का सुमन नहीं महकेगा तब तक ईश्वर को प्रसन्न नहीं किया जा सकता है।

जो ईश्वर को प्रिय मानता है फिर उसके जीवन में कोई अप्रिय और अमंगलकारी तत्त्व का अस्तित्व नहीं रहता। कहा गया है - यह दुनिया कब किसी की वाह-वाह कर दे, कब उसी की हाय-हाय कर दे कोई भरोसा नहीं। हम तो परमात्मा के प्यारे हैं, जो सदैव हमारे साथ हैं। ईश्वर सबमें है लेकिन सबका ध्यान ईश्वर में नहीं है इसलिए संसार दुःखी है।

शास्त्र वचन है - भगवान की सबसे उत्तम प्रार्थना सबसे प्रेम करना है। भगवान सिर्फ हृदय की सच्ची भावना से की गई प्रार्थना को ही सुनते हैं। ईश्वर की महिमा अपरम्पार है। उनकी आरती करने के लिए चन्द्र सूर्य के दीप जल रहे हैं, पवन

चंवर कर रहा है, फूल उन्हें सुगन्ध अर्पित कर रहे हैं। जिन भक्तों को भगवान के लिए फुर्सत है उनके लिए भगवान के पास भी बहुत फुर्सत है। अन्यथा मानियेगा सृष्टि का संचालक अति व्यस्त है। जब उसकी दृष्टि हम पर नहीं होती तो सब कुछ अस्त-व्यस्त हो जाता है। एक शायर ने ठीक कहा है -

किश्तियाँ सबकी पहुँच जाती हैं किनारे तक।
जिनका कोई नहीं होता उनका तो खुदा होता है॥

इसी बात को दूसरे शायर ने यूं कहा है -

फानूस बनकर जिनकी हिफ़ाजत हवा करे।
वो शमां क्या बुझेगी जिसे रोशन खुदा करे।

जीवन में कल्याण के लिए मनुष्य की आस्था एक पंथ, एक संत, एक ग्रंथ, एक देव में होनी चाहिए, सब एक हैं, एक में सब देवता हैं। दुनिया में जितने भी सजदे (प्रणाम) होते हैं वे सभी उस एक परम सत्ता के पास पहुँचते हैं। ईश्वर ही सबका पालक है वही परमपालक। वह संसार का भरण-पोषण करने वाला नहीं होता तो पैदा होते ही बच्चे के लिए माँ के स्तनों में दूध कहाँ से आ जाता। सृष्टि के हर प्राणी को वह उसके लिए जो चाहिए वह ईश्वर उपलब्ध करवाता है।

आत्मा ही परमात्मा है। निराकार, निर्मल तथा जन्म-मृत्यु, जरा और व्याधि से वर्जित है। वह चिन्मय, आनन्दमय, ज्योतिर्मय, नित्य व शुद्ध ज्ञानमय है। ये ही स्वभाव ईश्वर का है। हमें ईश्वर देखता है किन्तु हम उसे नहीं देखते यही अंधता है। भगवान तो अनंत-अनंत कृपा करने को तैयार है, वे तो दया के सागर हैं। सब पर कृपा करते हैं, बस, हम ही हैं जो उनकी ओर पीठ किए बैठे हैं।

ईश्वर के सम्मुख होने का सबसे बढ़िया तरीका है ईश भक्ति। ईश भक्ति से मतलब, मन से ईश्वर में लीन हो जाना है। श्रुति में कहा गया है - ईश्वर भले ही सबका स्वामी है परन्तु अपने भक्त का दास बनने में वह जरा भी समय नहीं लगाता। जो ईश्वर के सामने नत होता है, ईश्वर भी उसके सामने विनत रहता है। मैं उसके दर पर इसलिए सिर झुकाता हूँ कि किसी दूसरे के सामने मुझे सिर न झुकाना पड़े। एक

शायर ने कहा है -

> वह सर सर नहीं जो हर दर पे झुके,
> वह दर दर नहीं जहाँ हर सर न झुके।

हम ईश्वर का स्मरण करते हैं तब भी हम उसके हैं, नहीं करें तब भी उसके हैं। सपूत कपूत कैसा भी हो माँ-बाप तो माँ-बाप ही होते हैं। मनुष्य क्रिया करता है और प्रभु लीला करते हैं। मनुष्य को हरदम ईश्वर की लीला देखनी चाहिए। ईश्वर को प्रसाद व पूजा पसंद नहीं है उसे तो वे लोग पसंद हैं जो -

- प्राणी मात्र के प्रति द्वेषभाव न रखें।
- दया से ओत-प्रोत हों।
- पदार्थों के प्रति मोह नहीं रखते हों।
- सुख-दुःख में सदैव समान रहते हों।
- अपने इष्ट के प्रति पूर्ण समर्पित हों।
- मन और बुद्धि को ईश्वर के प्रति समर्पित रखते हों।
- पर निन्दा नहीं करते हों।
- कटु वचन नहीं बोलते हों।

बंदगी और शर्मिन्दगी की नजदीकियाँ हैं। बिना बंदगी किए जब मनुष्य अपना शरीर छोड़कर ईश्वर के पास पहुँचता है तो उसे शर्मिन्दगी उठानी पड़ती है। श्रुति में कहा गया है - ईश्वर ने तुम्हें केवल एक चेहरा दिया है और तुम स्वयं दूसरा बना लेते हो। ईश्वर आपको दण्ड इसलिए नहीं देता कि वह आपसे बदला लेना चाहता है बल्कि वह आपको बदला हुआ देखना चाहता है। ईश्वर सर्वव्यापी है। सर्वत्र उसकी माया शक्ति से वह इस संसार का वैसे ही संचालन कर रहा है जैसे डोर से बंधी पतंग को जमीन से आसमान में हम उड़ाते हैं। ईश्वर सृष्टि का संचालन अपनी परम लीला के नर्तन से कर रहा है। वह अपरंपार है उसकी महिमा अपरंपार है।

शाश्वत स्वर

❁ ईश्वर से अधिक निकटतर कोई वस्तु नहीं है और ईश्वर सत्य, दैवी विधान से बढ़कर प्रिय कोई होना न चाहिए। - स्वामी रामतीर्थ

❁ ईश्वर का पता हृदय को है, मस्तिष्क को नहीं। - अज्ञात

❁ परमेश्वर आत्मा की वधु अथवा वर है। - एमर्सन

❁ उसका कोई रूप नहीं, फिर भी वह हर रूप को रूप देता है। - ताओ

❁ समस्त वस्तुएँ प्रभु में एक हैं : वे स्वयं प्रभु हैं। - एकहार्ट

❁ परमेश्वर हमारा रूप धारण करता है ताकि हम उसका रूप धारण कर सकें। - ब्लैक

❁ हम ज्यों-ज्यों व्यष्टि को समझते जाते हैं, त्यों-त्यों समष्टि को समझाते जाते हैं। - स्पिनोज़ा

❁ जो अनन्त को चुन लेता है, वह अनन्त द्वारा चुन लिया जाता है। - महर्षि अरविन्द

❁ जो दूसरों का कल्याण करते हैं, परमेश्वर उनका साथी होता है। - कुरान शरीफ

❁ निष्क्रिय प्रभु शान्ति स्वरूप हैं, सक्रिय प्रभु आनन्द-स्वरूप। - स्वामी रामदास

❁ निरपेक्ष आनन्द ही परमात्मा का व्यक्त स्वरूप है। - श्री ब्रह्मचैतन्य

❁ परमात्मा के अनेक नाम और अनेक रूप हैं; जिस नाम और जिस रूप से हमारा जी चाहे, उसी नाम और उसी रूप से हम उसे देख सकते हैं। - स्वामी रामकृष्ण परमहंस

आत्मा

आत्मा ज्योति है। देह माटी का दीया है। आत्मा शाश्वत है और देह उस शाश्वत को धारण करने वाला पात्र है।

भारतीय चिन्तन का नाभिक तत्त्व आत्मा है। आत्मा में सत्-चित्-आनन्द का निवास है। हमारी संस्कृति में ईश्वर को सच्चिदानन्द कहा है, सत् चित्त आनन्द तीनों तत्त्वों के आत्मा में लयलीन होने से आत्मा को परमात्मा सत्ता का प्रतिबिम्ब माना गया है। हमारी आध्यात्मिक सोच कहती है - हमारे शरीर में परमात्मा का जो चैतन्य स्वरूप है, वही आत्मा है। देह क्षण भंगुर है, नाशवान है किन्तु आत्मा अजर और अमर है। कर्मो के अनुसार मनुष्य को पुनर्जन्म धारण करना पड़ता है। शरीर की मृत्यु होती है-आत्मा की नहीं। आत्मा ब्रह्म का ही स्वरूप है। वह चेतन है, पवित्र है और ईश्वर का अंश है। आत्मा स्वयं अदृश्य होकर भी दृश्य है। आदमी शारीरिक पक्षाघात से भयभीत रहता हैं और उससे बचने का हर संभव प्रयास भी करता है, परन्तु आत्मा के पक्षाघात से किसी को कष्ट क्यों नहीं होता ?

क्या तुम नहीं जानते कि तुम्हारी आत्मा ईश्वर का मन्दिर है ? ईश्वर रूपी आत्मा तुम्हारे अन्दर ही निवास करती है। हर व्यक्ति को थोड़ा समय अपने अन्दर देखने में लगाना चाहिए और अपनी अन्तरात्मा क्या कहती है उसको समझने की कोशिश करनी चाहिए। अध्यात्म में डूबे किसी सूफी संत ने कहा है - मैं और मेरा यार एक ही बस्ती में रहते हैं अफसोस है फिर भी मिलने को तरसते हैं। आत्मा और देह के बीच क्या रिश्ता है, इसे किसी प्रतीक से समझे तो कहना होगा - आत्मा ज्योति है। देह माटी का दीया है। आत्मा शाश्वत है और देह उस शाश्वत को धारण करने वाला पात्र है। आत्मा अदृश्य है, अमर, निरंजन, निराकार है। देह दृश्य रूपवान व सारहीन तत्त्व है। देह फूल है और आत्मा उसकी सुगन्ध, देह यात्रा है और आत्मा उसकी मंजिल।

फिर आत्मा को हमने सच्चिदानन्द बताया है। सत-चित् आनन्द के अधिष्ठान आत्मा और परमात्मा के बीच मात्रा का फर्क है। गुणवत्ता यानि स्वभावगत कोई भेद नहीं है। जैसे बूंद और सागर में जल तत्त्व समान पाया जाता है। बूंद में भी जल मौजूद है और अथाह सागर में भी जल तत्त्व की सत्ता है। दोनों के बीच अंतर महज मात्रा का है। अनन्त बूंदों का समूह सागर है। और अनन्त जल एक-एक इकाई में बंटी बूंद है। न बूंद सागर को नकार सकती है और न सागर बूंद को। दोनों का अस्तित्व एक दूसरे पर आधारित है। सागर में बूंदों का अस्तित्व बोलता है। सागर की लहरों पर बूंदे नाचती हैं। दोनों समान धर्मा होने के कारण एक दूसरे के गुणों को धारण करती है।

सृष्टि का यह सामान्य नियम है जो जिससे उद्भूत होता है वह उसी की ओर बढ़ता है। आग को जलाकर देखिए, अग्नि की ज्वाला हमेशा ऊपर की ओर उठेगी। चूँकि अग्नि का केन्द्र सूर्य आकाश में मिल जाता है। पानी को कहीं भी बिखेरिए वह समुद्र की दिशा में बढ़ेगा क्योंकि उसका उद्गम सागर में है।

लाख प्रपंचों और माया मोह में आत्मा जकड़ी रहे किन्तु उसकी चरम परिणति, उसका अंतिम आश्रय स्थल परमात्मा है। परमात्मा ही आत्मा का सृष्टा है इसलिए सभी सृजन उस परम सर्जक में लीन होंगे यह लीनता को आत्मा से परमात्मा का परम मिलन कहा जाता है।

शाश्वत स्वर

- जैसे मनुष्य पुराने वस्त्र फेंककर नए ग्रहण करता है, उसी प्रकार आत्मा भी पुराना शरीर छोड़कर नवीन शरीर को ग्रहण करती है। - गीता
- रस्मोरिवाज से विवश मनुष्य को बहुधा अपनी आत्मा के विरुद्ध आचरण करना पड़ता है। - प्रेमचन्द
- उस व्यक्ति को क्या लाभ जो सम्पूर्ण विश्व को प्राप्त कर ले, किन्तु स्वयं अपनी आत्मा को खो दे। - बाइबल
- समुद्रों से बड़ी एक चीज है और वह है आकाश। आकाश से बड़ी एक चीज है और वह है मनुष्य की आत्मा। - विक्टर ह्यूगो

मुक्ति

सक्रिय मुक्ति में कर्म को स्वार्थ से परमार्थ की ओर ले जाना ही मुक्ति है।

मुक्ति को समझने के लिए बंधन को समझना जरूरी है। हमारे मन के संस्कार वह रस्सी है जो हमारी आत्मा को प्रतिपल बाँधती है। संसार बंधन का कारण नहीं है। बंधन तो हमारे संस्कार में निहित है। संस्कार ही सांसारिक बंधनों के रचयिता हैं। संस्कार से मुक्ति ही सच्ची मुक्ति है। भारतीय दर्शन में मुक्ति अनेक नाम हैं–निर्वाण, निःश्रेयस, मोक्ष और आवागमन से छुटकारा। मुक्ति का अभिप्राय जन्म-मरण के बंधन से छूट जाने से है। मनुष्य अपने कर्मों के कारण संसार में अनेक जन्म धारण करता है। सद्कर्म और परमात्मा की भक्ति से बार-बार जन्म लेने और मृत्यु के संसार-चक्र से मुक्त होकर परम तत्त्व में लीन हो जाना ही मुक्ति है।

जीवन मुक्ति ही श्रेष्ठ मुक्ति है। अगर जीते जी तुम्हारे बंधन न टूटे तो मरने पर मुक्ति की क्या आशा की जा सकती है। सक्रिय मुक्ति में कर्म को स्वार्थ से परमार्थ की ओर ले जाना ही मुक्ति है। कर्म का त्याग मुक्ति नहीं है। वह तो पलायन की प्रक्रिया है। सच्ची मुक्ति तो जीवन के सर्वस्व के स्वीकार में निहित है। इसलिए श्रुति का कथन है- ज्ञान के समग्र प्रकाश में अज्ञान, मोह के विसर्जन से, राग एवं द्वेष के क्षय से आत्मा एकान्त सुख-स्वरूप मुक्ति को प्राप्त करती है।

बंधन और मुक्ति की अवधारणा के केन्द्र में मानवीय मन है। गीता में कहा गया है-मन एव मनुष्याणां कारणं बंध मोक्षयोः (मन ही बंधन और मुक्ति का कारण है) हमें दुनियादारी से कोई नहीं बांधता– न घर, न परिवार, न कुटुंबीजन। यह मन ही है जो स्वयं मोह के खूंटे से अपने-आपको बांधता है। संसार में जीते हुए भी सारे कर्त्तव्यों का निर्वाह करते हुए भी मुक्त रहा जा सकता है। ठीक इसके विपरीत एकांत वनवास करने वाले संन्यासी भी बिना किसी हेतु के बंध जाते हैं। बंधन और मुक्ति

परिस्थिति पर नहीं बल्कि मनःस्थिति पर निर्भर करते हैं। एक सच्चा साधक संसार से भागकर मुक्ति की कामना नहीं करता बल्कि संसार से जागकर मुक्ति का प्रयास करता है। सभी धर्मों ने अनासक्ति के भाव में ही मुक्ति के दर्शन किए हैं। गृहस्थ में जीते हुए भी मुक्ति मिल सकती है और संस्कार के कारागृह में बंधे संन्यासी भी मुक्ति की मंजिल को प्राप्त नहीं कर सकते हैं। सांस्कारिक स्वतंत्रता के लिए जरूरी है हम बंधन को बंधन मानें जब तक हम कारागार को कारागार नहीं मानेंगे तब तक उससे मुक्त होने का प्रयास कैसे कर सकते हैं। विवेकानन्द कहते हैं- 'ये संसार अजीब जेलखाना है कि इसमें कैदी अपने आपको कैदी नहीं मानता।' उर्दू के एक शायर ने इसी बात को अपनी कलम से यूँ कहा है-

इलाही वह नज़र दे आशियां को क़फ़स समझे,
न वो तंग नज़री दे, क़फ़स ही आशियां हो जाए।

हम घर को जेल समझे वहाँ तक ठीक है किन्तु जेल को घर मान लिया तो फिर मुक्ति कैसे सम्भव है। जरूरत इस बात की है कि हम अपनी दृष्टि बदलें, दृष्टि बदलते ही मुक्ति की सृष्टि हमारे सामने होगी।

शाश्वत स्वर

❁ वही ज्ञान सार्थक है जो मनुष्य के मन को मुक्त करता है। - हितोपदेश

❁ संस्कारों के बंधन से मुक्त होना ही सच्ची सांसारिक मुक्ति है। - आचारांग

❁ मनुष्य का मन ही बंधन और मुक्ति का कारण है। - गीता

भक्ति

दूसरों की भलाई चाहने वाला, घमंड न करने वाला, जगत में समता भाव से रहने वाला तथा पवित्र स्वभाव वाला व्यक्तित्व ही वास्तव में भक्त कहलाने का अधिकारी है।

भक्ति का मतलब है ईश्वर के साथ अंतर का जुड़ जाना। जुड़ने की प्रवृत्ति को ही भक्ति कहते हैं। हम किसी न किसी से जुड़े हैं पर दुनियादारी के रिश्तों से जुड़ना भक्ति नहीं है। भक्ति का मतलब है हमारी आत्मा परमात्मा की डोर से बंध गई है। इसलिए, ईश्वर के प्रति निष्ठापूर्वक समर्पित होने वाला सच्चा साधक ही भक्त है। सदा संतोषी दूसरों की भलाई चाहने वाला, घमंड न करने वाला, जगत में समता भाव से रहने वाला तथा पवित्र स्वभाव वाला व्यक्तित्व ही वास्तव में भक्त कहलाने का अधिकारी है।

भक्त के लिए सब कुछ प्रभुमय है। वह सुख-दुख, हानि-लाभ, हर्ष-शोक आदि को परमात्मा की कृपा मानता है। मन, वाणी और कर्म से ईश्वर का चिंतन करता है और उसका गुणगान करता है। जब हमारी हर क्रिया हमारे सुख और आनंद का अनुभव करने लग जाए। नर सेवा और नारायण सेवा में मन प्रसन्नता का अनुभव करने लगे ऐसी अनुभूति ही सच्ची भक्ति कहलाती है।

गीता में श्रीकृष्ण कहते हैं-जो पुरुष आकांक्षा से रहित, पवित्र दक्ष, पक्षपातरहित और दुखों से छूटा हुआ है वह सब सुखों का त्यागी मेरा भक्त मुझको प्रिय है। ऐसा श्रेष्ठ भक्त समस्त प्राणियों में भगवान को और भगवान में समस्त प्राणियों को देखता है। आज का तथाकथित भक्त भगवान से भगवान को नहीं मांगता बल्कि वह भगवान से कुछ तुच्छ भोग विलास के साधन माँगता है। भगवान भोग का विष नहीं योग का अमृत दे सकते हैं। भगवान तो रत्नों के व्यवसायी हैं उससे रत्न माँगोगे तो मिलेंगे। रत्न व्यवसायी से कोई कोयले की माँग करले तो वह उसकी पूर्ति नहीं कर सकता। अधिकांश भक्त इसीलिए शिकायत करते हैं कि भगवान उनके मन की मुराद

पूरी नहीं करता है। सच्ची बात तो यह है कि हम उसके पास से जो माँगते हैं वह माँग उस परम ऐश्वर्यदाता द्वारा पूरी नहीं की जा सकती है क्योंकि वह स्वयं भोगातीत है।

एक सच्चा भक्त ईश्वर से कुछ माँगता नहीं है वह तो कहता है कि प्रभु ! आप मुझे ऐसी दृष्टि दें कि मैं इच्छारहित हो जाऊँ। कामना रहित हो जाऊँ। मेरे भीतर बैठा भिखारी-मन माँगने से बाज कैसे आए, इसके लिए वह ईश्वर से प्रार्थना करता है। जब आदमी दुनियादारी की चाहत से टूटता है तभी उसकी चेतना और चिंतन में ईश्वरीय भक्ति साकार होने लगती है।

वाल्मिकी रामायण में भी, राम कहते हैं-न तो मुझे ईश्वर से राज्य की कामना है न सुख और ऐश्वर्य की कामना है, मेरी भक्ति के स्वर को ईश्वर सुनता है तो वह मुझे दुखियों और दीनों के उद्धार की शक्ति दे। जब आपकी कामना राममय होती है तभी भक्ति में शक्ति का संचार होता है।

भक्ति में शक्ति का स्रोत बहाने के लिए भक्त को ईश्वर में तल्लीन होना होगा। जब आप ईश्वर में तल्लीन हो जाओगे तो आपका मन सुमन ईश्वरीय वरदान की सुगंध से भर जाएगा। एक भक्त के लिए ईश्वर की अनुभूति ही श्रेष्ठ वरदान है जो कामना-शून्य मन में साकार होती है, इसे ही सच्ची भक्ति कहा गया है।

शाश्वत स्वर

- भक्त का विश्वास अमावस में भी पूनम का उजाला देखता है। - ओशो
- भक्ति धर्म की उत्सवपूर्ण परिभाषा है। - लहर की प्यास
- भक्त भगवान की पूजा ही करता है किन्तु भगवान तो भक्त के अधीन हो जाते हैं। - तुकड़ो जी महाराज

प्रार्थना

प्रार्थना याचना नहीं है,
प्रार्थना तो ईश्वर ने जो दिया है
उसके प्रति धन्यवाद का भाव है।

प्रार्थना निराकार ईश्वर के प्रति साकार मनुष्य का वह निवेदन है जो आत्मा और परमात्मा के बीच सेतु बनता है। प्रार्थना ईश्वर से बातचीत करने की विधि है । प्रार्थना के स्वर को ईश्वर के प्रति की गई मनुष्य की पुकार भी कही जा सकती है। ईश्वर की सत्ता को मानकर उसकी मन, वचन अथवा कर्म से की जाने वाली आराधना ही सच्ची प्रार्थना है। प्रभु से प्रार्थना हम इसलिए करते हैं ताकि जो कुछ हम कर रहे हैं हम उसमें सफल हों। वह परम शक्ति अनिष्ट से हमारी रक्षा करे और विश्व का कल्याण करे।

प्रार्थना जब स्वयं के स्तर से ऊपर उठ जाती है, प्राणी मात्र के लिए होती है तो उसका स्वरूप और अधिक आदरणीय और पूजनीय बन जाता है। सच्चे मन से की गई प्रार्थना को ईश्वर अवश्य सुनता है, इसलिए जब भी, जैसे भी जितना भी समय मिले परमात्मा को अवश्य याद करना चाहिए। प्रार्थना सच्चे मन से और सबके लिए की जानी चाहिए। ध्यान, दुआ, आराधना, मत्था टेकना प्रार्थना के ही विविध आयाम हैं।

प्रार्थना याचना नहीं है, प्रार्थना तो ईश्वर ने जो दिया है उसके प्रति धन्यवाद का भाव है। फिर भी यदि हमें प्रार्थना का उत्तर न मिले तो समझ लो कि हमारे माँगने की विधि में कोई न कोई भूल हो रही है। धन लक्ष्मी की अपेक्षा, आत्म लक्ष्मी, अमृत लक्ष्मी और योग लक्ष्मी आए, यह प्रार्थना करनी चाहिए। यह प्रार्थना ही मनुष्य में दिव्यता के भावों का संचार करती है। यदि तुम जीवन के सब संकटों को धैर्यपूर्वक सहन करना चाहते हो तो प्रार्थना करने वाले बनो। ऐसे प्रार्थी को ही ईश्वरीय वरदान मिलता है। एक विचारक ने ठीक ही कहा है-''यदि तुम अपनी अंतरात्मा से सब पापों

को जड़मूल से उखाड़ फेंकना चाहते हो तो प्रार्थना किया करो क्योंकि प्रार्थना द्वारा ही मनुष्य सद्गुरु की कृपा से प्रभु के पवित्र स्नेह प्रसाद को प्राप्त करता है।'' प्रार्थना सृष्टि के परम शुभ की कामना से जुड़ी होनी चाहिए। हमें अपनी प्रार्थनाओं से सामान्यतः मंगल कामना करनी चाहिए क्योंकि परमेश्वर भलीभांति जानता है कि हमारी किसमें भलाई है। सबकी भलाई में अपनी भलाई देखना, प्रार्थना का लक्ष्य है। ऐसी प्रार्थना ही हमारे अंतःकरण को सुंदर बनाती है। ऐ खुदा ! मेरी दुआ है कि मैं भीतर से खूबसूरत बनूं। जो अपने मन को वश में नहीं रख सकते, हृदय को शुद्ध नहीं बनाते, ईश्वर के प्रति उनकी प्रार्थना व्यर्थ है। होठ हिलाने का नाम या कुछ गुनगुनाने का नाम प्रार्थना नहीं है। व्यक्ति जब पूरी आत्मा एवं श्रद्धा से, पूरे मन से प्रार्थना करता है तब ही वह ईश्वर तक पहुँचती है। प्रार्थना के लिए जरूरी है हम अपने दोषों को देखें, हमें प्रार्थना के पलों में निवेदन करना चाहिए कि हे ईश्वर, मैं गुनहगार हूँ, मुझे गुनाहों से बचाकर रखना।

प्रार्थना जिसमें पश्चात्ताप का भाव निहित होता है, वह प्रार्थना मौन से प्रतिफलित होती है। मौन ईश्वर से संवाद करने का सर्वोत्तम माध्यम है। एक कवि का कथन है :

> मौन प्रार्थनाएँ
> जल्द पहुँचती हैं
> ईश्वर तक
> क्योंकि
> मुक्त होती हैं वे शब्दों के बोझ से।

प्रार्थना शब्दों से ऊपर कैसे उठे। इसके लिए साधक को एक विशिष्ट भावधाराँ में बहना होगा। होठ से उभरी प्रार्थना के मुकाबले हृदय से उठी एक हल्की-सी हिलोर आत्मा को विभोर कर सकती है। प्रार्थना में हाथ जुड़े न जुड़ें इसका ज्यादा महत्त्व नहीं है, महत्त्व इस बात का है कि आपका हृदय ईश्वर से जुड़ा या नहीं। हृदय जुड़ने पर ही प्रार्थना के स्वर ईश्वर के करीब पहुंचते हैं। विद्यार्थी काल और कार्यकाल के दौरान हम छुट्टी का जो आवेदन करते हैं, उसे प्रार्थना-पत्र कहा जाता है। एक कागज पर लिखा प्रार्थना-पत्र आपको अपने दायित्व से मुक्ति दिला सकता है तो हृदय पर लिखा

प्रार्थना-पत्र संसार के दायित्वों एवं बंधनों से क्यों नहीं मुक्ति दिलवा सकता। जरूरत है अंतर के तार को प्रार्थना के साथ जोड़ने की। जब अंतःकरण ईश्वर के साथ बातचीत करने लगता है तो समझिए हमारी प्रार्थना सार्थक हो रही है, सफल हो रही है।

शाश्वत स्वर

- जब मन और वाणी एक होकर कोई चीज मांगते हैं, तब उस प्रार्थना का फल अवश्य मिलता है। - स्वामी रामकृष्ण परमहंस

- बारिश का परिणाम शरीर पर और उसके द्वारा मन पर होता है, तो प्रार्थना का परिणाम हृदय के द्वारा आत्मा पर होता है। - विनोबा भावे

- पवित्र हृदय से निकली हुई प्रार्थना कभी व्यर्थ नहीं जाती। - महात्मा गाँधी

- अपने दुर्गुणों का चिंतन और परमात्मा के उपकारों का स्मरण यही सच्ची प्रार्थना है। - हितोपदेश

- रात-रात भर प्रार्थना करने की अपेक्षा एक घंटा भी दूसरों को ज्ञान देने में खर्च करना अधिक अच्छा है। - हज़रत मुहम्मद

- हमारी प्रार्थना सर्वसामान्य भलाई के लिए होनी चाहिए, क्योंकि ईश्वर जानता है कि अच्छा क्या है। - सुकरात

- प्रार्थना करने वाले हाथ से कर्म का हाथ श्रेष्ठ है। - कठोपनिषद्

- प्रार्थना का अर्थ अमुक शब्दों का दोहराना नहीं है। प्रार्थना का अर्थ है दिव्यता की अनुभूति और प्राप्ति। - स्वामी रामतीर्थ

- प्रार्थना द्वारा ईश्वर की कृपा और सहायता से हम अपनी कमजोरियों पर विजय प्राप्त कर सकते हैं। - महात्मा गाँधी

जप

जप के पहले अक्षर 'ज' का अर्थ है - पुर्नजन्म के चक्कर का समाप्त होना और 'प' का अर्थ है - सभी पापों का क्षय।

मंत्र का मतलब है जो मन्वंतर (संसार) से तिरा दे उसे मंत्र कहते हैं। मंत्र संकटों के तूफान से मनुष्य के जीवन की नाव को पार पहुँचाने वाला वह आधारभूत आध्यात्मिक अनुष्ठान है, जो मनुष्य को आधिदैविक, आधिभौतिक, आध्यात्मिक सुखों से समृद्ध करता है और दुःख के कृष्ण पक्ष से मुक्त करता है। मंत्र शब्द का एक अर्थ यह भी है - मन को भगवान की ओर ले जाना। इसमें निर्धारित शब्दों का जप करने से जीव की आत्मा में जागृति पैदा हो जाती है। कुण्डलिनी शक्ति तक जागृत हो सकती है।

मन्त्र को लगातार दोहराना ही जप है। जप के पहले अक्षर 'ज' का अर्थ है - पुनर्जन्म के चक्कर का समाप्त होना और 'प' का अर्थ है - सभी पापों का क्षय। अतः जप का अर्थ है—वह प्रक्रिया जिससे पापों का क्षय हो तथा जन्म जन्मान्तरों की परिक्रमा समाप्त हो। सब धर्मों व आध्यात्मिक क्षेत्र में खासकर मन्त्र-जाप भगवत प्राप्ति का माध्यम जाना जाता है। जप से अभूतपूर्व, चमत्कारिक शक्तियाँ प्राप्त होती हैं। जिसके फलस्वरूप साधक की इच्छाशक्ति एवं आत्मविश्वास सबल हो जाते हैं। जप आराधना से विवेक शक्ति प्रखर एवं स्पष्ट तथा गहन हो जाती है। जो जप करते हैं, उन्हें कभी किसी प्रकार की तकलीफें नहीं होती तथा उन्हें किसी तरह की पीड़ा नहीं होती उनके पूर्वजन्म के पाप जप करने से क्षय हो जाते हैं।

जप के साधक की प्रसन्नता में वृद्धि होती है। उसका सौभाग्य उदित होता है। निरन्तर मन्त्र जप से शक्ति प्राप्त होती है, जप करने से अज्ञान का आवरण हट जाता है। धीरे-धीरे साधक की बुराइयाँ खत्म होने लगती हैं। वह धीरे-धीरे पवित्रता एवं शुद्धता की सजीव मूर्ति बन जाता है। उसका चरित्र उज्जवल हो जाता है। अब उसकी यात्रा प्रारम्भ होती है छल, कपट से ईमानदारी की तरफ, अंधकार से प्रकाश की ओर,

मृत्यु से अमरत्व की ओर, निराशा से आशा की ओर सीमित से असीमित की ओर, दुर्बल से सबल की ओर कुविचारों से सद्‌विचारों की तरफ।

जप के प्रभाव से साधक स्वयं ही लाभान्वित नहीं होता, अपितु दूसरों को भी लाभान्वित करता है। निरन्तर मंत्र जाप से हर चीज प्राप्त हो सकती है। मन्त्र जाप साधक के लिये सदैव लाभकारी है परन्तु यह तभी संभव है जब मन्त्र जागृत एवं सिद्धमन्त्र हो।

मंत्र सक्षम सद्‌गुरु द्वारा दिया जाता है। जागृत एवं सिद्धमन्त्र जाप से ही आत्मा जागृत हो सकती है। साधक को जप पूर्ण एकाग्रता, भक्ति व प्रेम से करना चाहिए। साधक को चाहिए कि वह जो भी मन्त्र उच्चारण करें, उसे अत्यन्त ध्यानपूर्वक सुनें। शिष्य को जप करते समय भगवान अथवा सद्‌गुरु द्वारा जो ''सजीव मन्त्र'' दिया गया हो, उसको ध्यानपूर्वक उच्चारण करना व ध्यानपूर्वक सुनना चाहिये। मंत्र दान की हमारी प्राचीन परम्परा के पीछे यही सनातन सोच है कि मंत्र दिया जाता है। बिना किसी गुरु के शास्त्र से ग्रहित मंत्र का कोई प्रभाव नहीं होता क्योंकि गुरु ही मंत्र में प्राण प्रतिष्ठा करता है।

मंत्र भले ही सच्चा हो किन्तु यदि उसमें ऊर्जा नहीं है तो गुरु शक्तिपात करता है, मंत्र दान के समय। उसका औचित्य ही यही है कि उस मंत्र की ऊर्जा का प्रकाश शिष्य के मन प्राण मस्तिष्क और चेतना में हो गया है। सक्षम सिद्ध शक्तिसम्पन्न गुरु को आत्मा में प्रतिष्ठित करके ही साधक मंत्र के अन्तर को छू सकता है। मंत्र चेतना जगे इसके लिए गुरु शिष्य को दीक्षा देकर तैयार करता है ठीक उसी तरह, जैसे - बीजारोपण के पहले किसान खेत को तैयार करता है। मंत्र दीक्षा के साथ गुरु शिष्य में अपने गुरुत्व की प्रतिष्ठा भी करता है। यहीं से शुरु होती है अध्यात्म के एवरेस्ट की विजय यात्रा, इसे ही कहते है, श्रद्धा का स्वर्णिम सूर्योदय।

शाश्वत स्वर

- जप से साधना सिद्ध होती है इसमें कोई संशय नहीं है। - जप सूत्र
- जप शब्दों से नहीं भाव से होना चाहिए तभी उसमें चमत्कारिक प्रभाव होता है। - योग सूत्र

तप

सदाचरण की साधना दैहिक तप है। वैचारिक रूप से पवित्र रहना मानसिक तप है।

तप का सीधा मतलब होता है–तपना। ठीक वैसे ही तपना जैसे सोना आग में तपकर कुंदन बनता है। तप आत्मा की कसौटी है। विषम स्थितियों में समभावपूर्वक जीने वाला व्यक्ति सच्चा साधक या तपस्वी कहलाता है। तप का मतलब है हर काम को कठिन श्रम के साथ जोड़ा जाए। सामान्यतया अध्यात्म में तप के विविध आयामों की चर्चा है जैसे - जो उद्वेग रहित प्रिय, हितकर और यथार्थ भाषण है तथा जो वेदशास्त्र के पठन एवं परमेश्वर के नाम जप का अभ्यास है - वही वाणी सम्बन्धी तप कहलाता है। इसी तरह सदा चरण की साधना दैहिक तप है तथा वैचारिक रूप से पवित्र रहना मानसिक तप है।

श्रुति का कथन है - अपने जीवन के दीपक को तपस्या से प्रकाशित करो ताकि भाग्यशालियों के समान तुम भी भाग्यशाली हो। तप का सम्बन्ध हमारे जन्म-जन्मान्तरों के संस्कारों से है। खाने-पीने के पदार्थों का सुलभ होना और खाने-पीने की सामर्थ्य, भोग-विलास की शक्ति के साथ-साथ उसकी तृप्ति के लिए सुन्दर स्त्री का मिलना और धन सम्पत्ति के होने पर उसके उपभोग के साथ दान आदि की प्रवृत्ति होना, ये बातें पूर्वजन्म के संयोग के कारण ही होती हैं।

अपने जीवन में हर आदमी यह सफलता चाहता है। वह सफलता को सरलता के साँचे में ढालना चाहता है। हर आदमी को यह बात ठीक से समझ लेनी चाहिए कि कोई भी सफल व्यक्ति कोरी ख्याली अय्यासी से या योजना बना लेने मात्र से सफल नहीं होता। हर सफलता कठिन तपस्या के दौर से गुजरती है। सफलता का सम्बन्ध चाहे अलौकिक साधना से हो या उसका रिश्ता लौकिक संसाधनों से दोनों की सफलता तप पर निर्भर है। तप का मतलब संसार से पलायन करना नहीं है।

संकटों से सामना करने वाला संकटों के सामने संकल्प के शस्त्र का समर्पण नहीं करने वाला व्यक्ति सही अर्थों में किसी तपस्वी से कम नहीं है। हम अपने अंतस में एक ऐसी मानसिकता निर्मित करें जो अपने प्रति, अपने सिद्धान्तों के प्रति कठोर हो किन्तु दूसरों के लिये फूल-सी सुकोमल हो। एक तपस्वी को 'वज्रादपि कठोराणि मृदुनि कुसुमादपि' के मनोभावों में जीना चाहिए।

आमतौर पर देखने को मिलता है कि लोग तप के नाम पर भी आडम्बर रच लेते हैं। ऐसे कथित तपस्वियों का वह बहुरूपियापन ज्यादा समय नहीं टिकता है। थोड़े ही समय तक वे जन श्रद्धा के साथ खिलवाड़ कर सकते हैं। हमारे देश को जितनी ज़रूरत निःस्वार्थ महानुभावों की है उससे ज्यादा पाखंडी तपस्वियों से बचने की भी है।

तप के प्रभाव के बारे में कहने की कोई जरूरत नहीं है। गाँधी के उपवास और सत्याग्रह के तप की ताकत से सर्वशक्ति सम्पन्न अंग्रेजी राज पर विजय प्राप्त हुई। भारत का स्वाधीनता संग्राम तपस्वियों के तप से ही हम जीत पाएं। हमारे देश में शान्ति से तप करने वाले गाँधी की अगुआई में सत्याग्रह कर रहे थे तो भगतसिंह और सुभाष जैसे तपस्वी क्रान्तिकारियों के नेतृत्व में क्रान्तिवादी आजादी की अलख जगा रहे थे।

सारतः कहा जा सकता है कि तप ही धर्म, राज्य और समाज का मार्गदर्शन करता है। तपस्वियों के नेतृत्व के बिना किसी भी संघर्ष को सफलता में तब्दील नहीं किया जा सकता है।

शाश्वत स्वर

❀ न जटा से, न माला से न पूजा पाठ से कोई तपस्वी होता है बल्कि आत्मानुशासन ही तपस्वी बनाता है। - बुद्ध

❀ तप का अर्थ केवल कठिन साधना करना नहीं बल्कि सहज सरल जीवन जीना भी सबसे कठिन तप है। - महर्षि अरविन्द

❀ कठिन तप के बिना न योग सिद्धि मिलती है, नहीं अर्थ और साम्राज्य। - अज्ञात

❀ तपस्या एक दर्शन है इसे प्रदर्शन की वस्तु मत बनाओ। - आनन्द ऋषि

❀ तप इंसान करता है सिद्धि ईश्वर देता है। - वाल्मिकी

❀ अहिंसा, संयम और तप से बढ़कर और कोई धर्म नहीं है। - तीर्थंकर महावीर

धर्म

हमारे देश में किसी मन्दिर में जाकर दिया जलाने वाला धार्मिक नहीं माना जाता है। जो सत्य का आचरण करता है, जरूरतमन्दों की सहायता करता है उसे धार्मिक कहा जाता है।

जिसे धारण किया जाए वह है, धर्म। हमारे दैनिक जीवन के व्यवहार और विचार का आदर्श समन्वय है। एक विद्यार्थी के लिए अध्ययन धर्म है, एक पुत्र के लिएमाता-पिता की आज्ञा का पालन धर्म है। एक सैनिक का धर्म देश की रक्षा करना है। सच्चे गुरु का धर्म समाज को श्रेष्ठ मार्ग की ओर ले जाना है। शिक्षक का धर्म शिक्षा प्रदान करना है और नेता का धर्म जन-कल्याण के लिये स्वयं को समर्पित करना है।

धर्म किसी प्रकार की संकीर्ण विचारधारा का नाम नहीं बल्कि धर्म हमारे जीवन का ही विराट पक्ष है। हमारे देश में किसी मन्दिर में जाकर दिया जलाने वाला धार्मिक नहीं माना जाता है। जो सत्य का आचरण करता है, जरूरतमन्दों की सहायता करता है, उसे ही धार्मिक कहा जाता है।

इस तरह धर्म का सम्बन्ध जीवन के हर क्षेत्र से है। सच्चा धार्मिक वही है जिसने जीवन के हर आयाम में धर्म को जीता है। धर्म को जो केवल धर्म स्थान में जीता है, वह धर्म का प्रदर्शन करता है। धर्म का दर्शन तो वही कर सकता है जो जीवन के संग-संग धर्माचरण करता है। फिर भले ही वह घर में हो या दफ्तर में, उसके लिए हर जगह मन्दिर है।

धर्म मोक्ष का साधन है। धर्म एक ओर अखण्ड है इसलिए जो धर्म दूसरे धर्म का बाधक होता है वह धर्म नहीं कुधर्म है। सच्चा धर्म वही है जो किसी धर्म का विरोधी न हो। सभी धर्मों का संघर्ष अधर्म से है जो धर्म किसी से लड़ने-झगड़ने की बात करता है, वह अधर्म है। हम पाप को धर्म के नाम पर ढोते हैं। उससे बड़ा अधर्म और क्या हो सकता है। हर अवसर और हर अवस्था में जो अपना कर्त्तव्य दिखाई दे उसी को धर्म समझकर पूरा करना चाहिए, अन्य किसी धर्म की ओर नहीं जाना चाहिए।

धर्म का मूल विनय है, उसका परम फल मोक्ष है। विनय के द्वारा ही मनुष्य बड़ी जल्दी शास्त्र ज्ञान तथा कीर्ति प्राप्त करता है और अंत में परम श्रेयस मोक्ष को भी। धार्मिक यह मानकर चलता है कि जो आचार-विचार अपने प्रतिकूल हों, उसे अन्य के प्रति मत करो, यही सच्चा धर्म है। जो इस तरह का धर्माचरण करता है उसे ही धार्मिक कहना चाहिए। उसके लिये तो सभी धर्म वस्तुतः एक ही लक्ष्य की ओर जाने वाले विभिन्न मार्ग हैं। जब हम समान लक्ष्य तक ही पहुँचना चाहते हैं तो किसी भी मार्ग से जाने में क्या अंतर पड़ता है? आज रास्तों को लेकर जो लड़ाई धर्म के नाम पर हो रही है उसे देखकर नहीं लगता कि लोगों की धर्म में श्रद्धा बढ़ रही है।

कथावाचकों की सभाओं में उमड़ती भीड़ और मंदिरों में सर नवाते हजारों लोगों को जब उनके आचरण के आइने में देखते हैं तो कहीं यह नहीं लगता है कि लोक मानस धर्माभिमुख हो रहा है। साम्प्रदायिक संघर्षों, दंगा-फसादों को मजहब के नाम से फैलाने वाले लोग अपने आपको धर्माधिकारी कहते हैं। समझ में नहीं आता है कि ग्रन्थों और शास्त्रों को शस्त्र बनाने वालों को धर्म की ध्वजा धारण करना तो आता है पर उस धर्म-ध्वजा की गरिमा निभाना नहीं आता है। लोक चेतना में आलोकपुंज बनकर जो धर्म फैलना चाहिए आज वह धर्म मन्दिर और मस्जिद, गुरुद्वारे तक कैद होकर रह गया है। आदमी धर्मस्थलों से बाहर निकलते ही अपनी कैंचुल फिर धारण कर लेता है, ऐसे लोगों से धर्म को बचाया जाना चाहिए।

सही अर्थों में पूछा जाए तो आज धर्म को उसके ठेकेदारों से बचाने की जरूरत है। धर्म के ठेकेदारों ने जितना धर्म को नुकसान पहुँचाया है उतना नास्तिकों और काफिरों ने नहीं पहुँचाया। धर्मगुरु अपने-अपने मत का ढिंढ़ोरा पीट रहे हैं। मानव-धर्म या मानवता की सिसकियों को सुनने को कोई तैयार नहीं है। धर्म का मर्म समझने के लिए हमें मस्तिष्क से नीचे उतरना होगा, हृदय में विराजमान करके हम अपने मन को मन्दिर बना सकते हैं। हमारा मन मन्दिर बनें, मस्जिद और गुरुद्वारा बने, इसके लिए इतनी-सी जरूरत है कि हम जिन बातों का उपदेश करते हैं उन्हें अपने आचरण में उतारें।

जिन बातों को हम अच्छाई मानते हैं उन्हें सच्चाई के साथ आत्मसात करें। जो ऐसी लोक मंगल की दृष्टि लेकर आगे बढ़ता है, वही सच्चा धार्मिक है। उसकी दिव्य दृष्टि ही सृष्टि को स्वर्ग बना सकती है।

शाश्वत स्वर

- जो धर्म जीवन से भिन्न है, वह मृत है। - ओशो

- धर्म जीवन को परमात्मा में जीने की विधि है। संसार में ऐसे जिया जा सकता है, जैसे कि कमल सरोवर की कीचड़ में जीते हैं। - ओशो

- धर्म कर्त्तव्य को कहते हैं। मानव होने से हमारे कुछ कर्त्तव्य हैं। जो उन कर्त्तव्यों को मानते हैं और उनका पालन करते हैं, वे मानव धर्म के मानने वाले हैं। - गुरुदत्त

- धर्म के मूल स्त्रोत स्थायी हैं। वे अकाट्य हैं। नये युग का पुरुष भी उन्हें वैसी ही मान्यता देने के लिए बाध्य हैं। - श्रीराम शर्मा 'राम'

- किसी धर्म पर इसलिए श्रद्धा मत करो कि उसे थोड़े से इने-गिने लोगों ने स्वीकार किया है। कभी-कभी अल्प जनसंख्या किसी ऐसे धर्म को अंगीकार कर लेती है, जो अंधकारमय और भ्रांत होता है। - सुभाषित

- धर्म वह है, जो भीतर से स्वतः निकले न कि वह जो बाहर से भीतर ठूँसा जाये। - अज्ञात

- जिस चीज़ को स्वीकार करो या जिस धर्म पर विश्वास करो, उसे उसकी निजी श्रेष्ठता के कारण से करो। स्वयं जाँच-पड़ताल करो। खूब छानबीन कर लो। - सुवचन

- इंद्रिय सुख का वास्तविक सारांश यदि बारीकी से देखा जाये तो सदा धर्ममय होता है; परन्तु धर्म को अनुभव करने का यह मार्ग इस तरह का है जैसे कोई गन्दी मोरी के सींकचों से राजदरबार की झाँकी लेने की चेष्टा करे। - शरणानन्द

दान

दान इसलिए भी देना चाहिए क्योंकि मुसीबतें कभी दान की दीवार नहीं लांघती हैं।

दान का अर्थ देना है। जो दिया जाए वही दान है। कुछ पाने की कामना से दिया जाने वाला दान, दान नहीं एक क्रिया है। किसी ग्रह शान्ति के लिए अथवा विपत्ति निवारण के लिए किया गया दान ऐसी श्रेणी में ही आता है। जो देता है, वह पाता है, यह सत्य है किन्तु दान सुपात्र को ही दिया जाना चाहिए। देने वाला महान होता है किन्तु उससे भी महान है पाने वाला क्योंकि उसके हृदय से जो संतोष और आनन्द का भाव देने वाले के प्रति उत्पन्न होता है, उसमें बहुत शक्ति होती है। एक कवि ने ठीक ही कहा है -

धूप से छाँह की कहानी लिख, आग के आखरों से पाती लिख।
लेने वाला भी कुछ देता है, तू पाने वाले का नाम दानी लिख॥

दानशीलता मानव का सर्वश्रेष्ठ गुण है। दान की सर्वश्रेष्ठता इसमें है कि दायाँ हाथ दे तो बायाँ हाथ जानने न पाये। दान की महत्ता इसी में है कि हम दान उसे दें जो दान पाने का पात्र हो। रिक्तता को भरने से ही दान की सार्थकता है। दरिद्र को दान दो। धनी को देना व्यर्थ है क्योंकि उसे आवश्यकता नहीं इसलिए वह आनन्दित नहीं होता। आप मन से दें बजाय इसके कि मजबूरी में देना पड़े।

मन से दिया गया दान कष्टों की काल शक्ति से मनुष्य को छुटकारा दिलाता है। कहा गया है - दान इसलिए भी देना चाहिए क्योंकि मुसीबतें कभी दान की दीवार नहीं लांघती हैं एवं बहुत यत्न से जोड़े हुए धन को भी नष्ट होने से बचाने के लिए दान देते रहना चाहिए। इसलिए यह कथन बिल्कुल सार्थक है - दुनिया में दो तरह के लोग है - लेने वाले और देने वाले। लेने वाले खूब खाते हैं और देने वाले चैन की नींद सोते हैं।

हमारे पास अपनी आवश्यकताओं की पूर्ति के बाद जो शेष बचता है उस पर हमारा अधिकार नहीं है, उस शेष में वे हिस्सेदार हैं जो अभाव के प्रभाव से जुड़े हुए हैं। यदि आवश्यकता पूर्ति के बाद जो निःशेष बचता है उसका हम संचय करते हैं अथवा भोग विलास में उपयोग करते हैं तो ईश्वर की दृष्टि में हम अपराधी हैं। दान देने का मतलब किसी को भीख देना नहीं है। बल्कि दान का आशय है कि हम किसी को इस योग्य बना दें कि उसे फिर दान लेने की आवश्यकता ही अनुभव नहीं हो। वह स्वाभिमान के साथ अपना जीवनयापन कर सकें। ऐसा करके हम ईश्वरीय विधान का अनुपालन करते हैं।

दान से धन घटता नहीं, बढ़ता है। अंगूरों की शाखाएँ काटने से और ज्यादा अंगूर आते हैं। दान से ज्यों ही जेब खाली होती है, हृदय समृद्ध होता जाता है। जो कुछ हम दूसरों को दे रहे हैं वास्तव में वह अपने आप को ही दे रहे हैं। अगर इस तथ्य को जान लिया तो ऐसा कौन होगा जो दूसरों को दान नहीं दे। प्रकृति के सिद्धान्त के अनुसार हमें दान वृत्ति अपनानी चाहिए। जैसे पहले सूर्य जल को सींचता और फिर बरसाता है उसी तरह हमें धन लेना और देना चाहिए।

भारत की तात्त्विक अवधारणा का यह कितना मनोहारी वर्णन है, सम्पत्ति के धन लक्ष्मी और श्रीलक्ष्मी दो रूप माने गए हैं। लक्ष्मी धनवान के द्वारा दिया गया नाम है जिसका उपयोग न तो स्वयं के लिए होता है न परिवार के लिए। किन्तु यही सम्पत्ति दीन-दुखियों के और संसार के कल्याण के लिये प्रयुक्त होती है तो यश स्वरूप बन जाती है और श्रीलक्ष्मी बनकर दानी का यश दूर-दूर तक देश और काल की सीमा से बाहर पहुँचा देती है। हमारे जीवन की हर वृत्ति, प्रकृत्ति का रिश्ता नियति से है। हमें जो मिला है वह भी नियति के नियम के अन्तर्गत है। जिस काम को करने में हम महज उपकरण मात्र हैं उसमें अहं करने का कहाँ अवकाश !

दान के साथ अहं के भाव का जुड़ना अमृत में विष को मिलाने जैसा है। अमृत पात्र में एक बूँद जहाँ गिर जाता है तो अमृत जहाँ बन जाता है, ठीक वैसे ही दान में अहं का आगमन दान की महत्ता को समाप्त कर देता है। रहीम ने ठीक ही कहा है-

सीखी कहाँ रहीमजी, ऐसी देनी दैन।
ज्यों ज्यों कर ऊपर चढ़ै, झुके तुम्हारे नैन॥

देनहार कोई और है, जो भेजत दिन रैन।
लोग भरम हम पर करें, तासों नीचे नैन॥

दान प्रदान करने वाला कभी निर्धन नहीं होता है। एक श्रुति वचन है– उदार दे-देकर धनवान बनता है और लोभी जोड़-जोड़ कर निर्धन बनता है। इसलिए कहा गया है–सेवा कर लो चुपचाप, जाकर मालिक के रजिस्टर में अपना नाम लिखवाओ, दुनिया के पत्थरों पर नहीं। दान परमार्थ की साधना है क्योंकि अर्थ अगर संग्रह किया जाए तो अनर्थ हो जाता है और अगर बाँट दिया जाए तो दिव्यार्थ हो जाता है।

शाश्वत स्वर

- सबसे ऊँचे प्रकार का दान आध्यात्मिक ज्ञान दान है। - स्वामी विवेकानन्द
- निर्धनों को देना ही दान है और सब प्रकार का देना उधार देने के समान है। - तिरुवल्लुवर
- आदान-प्रदान ही संस्कृति का मूलमंत्र है। - अज्ञात
- दान का निर्णय नीयत से नहीं, वरन फल से किया जाना चाहिए। - स्वामी रामतीर्थ
- दान का निर्णय उसके परिणाम से करना चाहिए न कि दाता की मंशा से। - स्वामी रामतीर्थ
- जितना-जितना तुम देते रहोगे उतना-उतना ही दूसरों को लूटने का पाप धुलता जायेगा। - पालशिरर
- भगवान ने हम लोगों को जो कुछ भी दिया है, वह बटोर कर रखने के लिए नहीं, अपितु योग्यजनों को देने के लिए है। - महात्मा ज़रथुश्त्र

परोपकार

परोपकार सही अर्थों में मनुष्य की पहचान है, जीवन को कीर्तिवान बनाने का सबसे सरल मार्ग है, मनुष्य जीवन के कल्याण की वास्तविक भूमिका है।

परोपकार एक भाव दशा है, इसलिये परोपकार करना नहीं पड़ता, वह होता है। वह हमारी चेतना की एक स्वाभाविक प्रवृत्ति है जो मनुष्य को पशुता के तल से ऊपर उठाकर प्रभुता के शिखर की ओर अग्रसर करती है। परोपकार में व्यक्ति अपने आपको गौण करके दूसरों के हित के लिए स्वयं को समर्पित कर देता है। इस तरह दूसरे को भलाई के लिए निःस्वार्थ भाव से किया गया कार्य ही परोपकार कहलाता है।

हम अपने जीवन में कई काम करते हैं। कुछ कार्य स्वहित से प्रेरित होते हैं, अपने सुख और आनन्द के लिये होते हैं। कभी-कभी हम ऐसे कार्य भी करते हैं जिनका सम्बन्ध दूसरों के सुख और आनन्द से होता है। किसी की मदद करना, किसी की क्षति की पूर्ति करना, किसी के दुःख को मिटाने के लिए मानसिक या आर्थिक सहायता करने के कार्य परोपकार की श्रेणी में आते हैं। एक बात और यदि हम अपनी क्षमता से दूसरों की भलाई करें और स्वयं अक्षम होने पर भी दूसरों के कल्याण के बारे में सोचें। किसी क्षमतावान से अनुरोध करके भी पर-हित का काम करते हैं तो वह भी उतना ही महत्त्वपूर्ण है जितना कि स्वयं सहायता करना।

परोपकार सही अर्थों में मनुष्य की पहचान है, जीवन को कीर्तिवान बनाने का सबसे सरल मार्ग है, मनुष्य जीवन के कल्याण की वास्तविक भूमिका है। परोपकार से पुण्य का अर्जन होता है। परोपकार का कोई अवसर हाथ से जाने नहीं देना चाहिए। यदि मनुष्य परोपकारी नहीं है तो उसमें और दीवार पर चित्रित आदमी के चित्र में क्या फ़र्क है। हमारी सनातन मनीषा में तो जीवन की सफलता के लिये परोपकार सद्गुण की आवश्यकता पर जोर दिया है। जो परोपकार में प्रवृत्त रहता है, उसी का जीवन सफल माना जाता है। फल आने पर वृक्ष विनम्र बन जाते हैं, नव जल से मेघ धरती पर

लटक आते हैं, सज्जन समृद्धि से विनम्र बन जाते हैं, यही परोपकारियों का स्वभाव है। रहीम की ये पक्तियाँ कितनी सार्थक हैं-

तरूवर फल नहि खात हैं, सरवर पियहि न पान।
कह रहीम पर काज हित, संपत्ति संचहि सुजान॥

हाथ की शोभा दान से है, कंगन से नहीं, ठीक इसी प्रकार मानव शरीर की शोभा परोपकार से है केवल तंदुरुस्ती से नहीं। परोपकार ही सच्ची पवित्रता है, मनुष्य को चाहिए कि वह अपने मन में दया और परोपकार की भावना को बढ़ाए। गोस्वामी जी राम चरित मानस में कहते हैं -

परहित सरिस धरम नहिं भाई।
पर पीड़ा सम नहिं अधमाई॥

परहित (परोपकार) के समान कोई धर्म नहीं है और किसी दूसरे को कष्ट पहुँचाने के समान कोई अधर्म (पाप) नहीं है। परोपकारी जगत का सर्वश्रेष्ठ प्राणी है तो कृतघ्न सबसे निकृष्ट। इसलिए दूसरों के द्वारा अपने पर किया हुआ उपकार व अहसानों को बच्चों को अवश्य बताओ और कई-कई बार बताओ। इस तरह परोपकार की प्रवृत्ति को बच्चों के माध्यम से बढ़ाकर हम पीढ़ी दर पीढ़ी परोपकार की प्रवृत्ति का विस्तार करते हैं।

हम देखते हैं कि आदमी अपने द्वारा किए गए अहसान को तो बहुत बढ़ा चढ़ाकर बताता है किन्तु दूसरों के अहसान को अणुवत् मानता है। हमारे आध्यात्मिक चिंतन का कहना है कि अगर किसी ने तुम्हारे पर अणु जितना उपकार किया तो उसे मेरू-सा महान बताओ जिससे तुम उसके ऋण से उऋण हो सको। आजकल आदमी इस सोच को शीर्षासन करवा रहा है यानि खुद के किए अहसान को पहाड़ और दूसरों के पहाड़ से किए अहसान को राई-सा बता रहा है। इस नकारात्मकता ने समाज में परोपकार की प्रवृत्ति को बाधित किया है।

कई बार कुछ लोग चाहकर भी अच्छा काम नहीं कर पाते क्योंकि उन्हें इस बात का भय सताता है कि होम करते कही हाथ न जल जाएँ। समाज में परोपकार की प्रवृत्ति का विस्तार हो इसके लिए समाज में एकल स्तर से सामूहिक स्तर पर लगातार प्रयास किया जाना चाहिए जिससे समाज के अभ्युदय का पथ प्रशस्त हो सके।

शाश्वत स्वर

- परोपकार एक नित्य कर्म है। - विनोबा भावे

- अपने हित के लिए दूसरे का हित करना आवश्यक है। - ब्रह्मचैतन्य

- जिनके हृदय में सदैव परोपकार की भावना रहती है, उनकी आपदाएँ समाप्त हो जाती हैं और पग-पग पर धन की प्राप्ति होती है। - आचार्य चाणक्य

- जिसके लिए परोपकार करना ही स्वार्थ है, वह पुरुष सज्जनों में श्रेष्ठ है। - अनुश्रुत

- परोपकार पुण्य के लिए और पर-पीड़न पाप के लिए है। - पंचतन्त्र

- परोपकार में लगे हुए सज्जनों की प्रवृत्ति पीड़ा के समय भी कल्याणमयी होती है। - किरातार्जुनीय

- परोपकार करने की एक खुशी से विश्व की सारी खुशियाँ तुच्छ हैं। - हर्बर्ट

- परोपकारियों का मार्ग न समुद्र रोक सकता है और न पर्वत। - अज्ञात

- परोपकारी अपने कष्ट को नहीं देखता; क्योंकि वह पर कष्ट-जनित करुणा से ओत-प्रोत होता है। - संत तुकाराम

अहिंसा

चित्त-शुद्धि के लिए जैसे विकारों से मुक्ति आवश्यक है, वैसे ही जीवन में अहिंसा की सिद्धि के लिए अद्वैत प्रेम की साधना आवश्यक है।

'अहिंसा भूताना जगति विदितं ब्रह्म परमम्।' अहिंसा को परमब्रह्म कहा है। वेदान्त के अनुसार ब्रह्म का अर्थ है निर्गुण, निराकार परमात्मा जो सारे ब्रह्माण्ड में, अणु-अणु में यानी सकल चराचर सृष्टि में व्याप्त है। यह स्थिति जीव को तब प्राप्त होती है, जब वह सब ओर से अद्वैत हो जाता है, अपने में सबको और सब में अपने को देखता है। अहिंसा को इसी व्यापक ब्रह्म की स्थिति में रखा है।

चित्त-शुद्धि के लिए जैसे विकारों से मुक्ति आवश्यक है, वैसे ही जीवन में अहिंसा की सिद्धि के लिए अद्वैत प्रेम की साधना आवश्यक है। यह ब्रह्म रूप अहिंसा इतनी सूक्ष्म है कि पकड़ में नहीं आती। वह आकाश की भाँति विराट्, व्यापक और अमूर्त है। सभी प्राणियों की आत्मा है। अहिंसक अहिंसा की आराधना अपने लिए करते हैं। वे चींटी को नहीं बचाते हैं, अपने को ही बचाते हैं, उनकी पीड़ा व्यापक है। सबकी पीड़ा-व्यथा उनकी पीड़ा-व्यथा बन गई है। इसीलिए चींटी का दुःख भी उनका बन जाता है। विगत हजारों वर्षों में, अनेक क्षेत्रों में अहिंसा के सहस्त्रों प्रयोग हुए हैं।

संत साने ने लिखा है – ''अहिंसा के पीछे बहुत बड़ी तपस्या है। इसके लिए बड़े-बड़े प्रयोग हुए हैं। वैदिक काल से लेकर आज तक भारतीय संस्कृति में यदि कोई स्वर्णसूत्र है तो वह है अहिंसा। इस सूत्र के आसपास ही भारत में धार्मिक, राजनीतिक और सामाजिक आन्दोलन गुंथे हुए हैं। भारतवर्ष का इतिहास मानो एक प्रकार से अहिंसा के प्रयोग का ही इतिहास है।'' एक पुस्तक में अहिंसक राजनीतिक, धार्मिक, सामाजिक प्रयोगों की संख्या लगभग 200 दी गई है। गाँधी जी कहते हैं कि सत्य के द्वारा उन्हें अहिंसा प्राप्त हुई। उन्होंने अहिंसा को व्यक्तिगत साधना के ऊपर विराट्

विश्व-विभूति के रूप में देखा और ग्रहण किया। इतना हम अवश्य कह सकते हैं कि कोई भी प्रयोग पूर्ण नहीं कहा जा सकता। हजारों प्रयोगों के बाद भी आज प्रयोग हो ही रहे हैं तथा अहिंसा और विराट् रूप में प्रकट हो रही है।

गाँधी जी के पश्चात् सामूहिक अहिंसा के और भी कुछ सूत्र हाथ में आए हैं। विनोबा जी ने 'सत्याग्रह' के बदले 'सत्यग्राहिता' का विचार दिया है। जब हम अहिंसक समाज की बात करते हैं तो हमारे सामने कई प्रश्न खड़े होते हैं। जहाँ तक हम समझते हैं, अहिंसक समाज का स्वरूप नीचे लिखे आधारों पर निर्भर होगा :

1. अहिंसा-सिद्धि के लिए नित नए प्रयोग होते रहेंगे।
2. वह समाज अपने में स्वयं पूर्ण और स्व-शासित होगा।
3. वह पूर्णतया स्वावलम्बी होगा।
4. वह सत्ता और शस्त्र से मुक्त होगा, उनसे निर्भय होगा।
5. व्यक्तिगत सम्पत्ति और परिग्रह का मूल्य कतई नहीं रहेगा।
6. वह सेवानिष्ठ, सेवामय समाज होगा।
7. वह समाज राष्ट्रीय दृष्टि से ऐसे उद्योग-धंधों को अपनाएगा जिनमें स्वावलंबन मानव श्रम का आदर होगा।

शाश्वत स्वर

❁ अहिंसा की पहली सीढ़ी ही यह है कि हम नित्य के जीवन में, पारस्परिक व्यवहार में सत्य, नम्रता, सहिष्णुता, प्रेम और करुणा आदि गुणों को विकसित करें।

- महात्मा गाँधी

❁ सच्ची अहिंसा में इतनी अधिक शक्ति है कि भीषण से भीषण हिंसा उसके मुकाबले में टिक नहीं सकती।

- महात्मा गाँधी

❁ सच्ची अहिंसा का तो यह तकाज़ा है कि हमला करने वाले के हाथ से मृत्यु पर पड़े-पड़े भी चेहरे पर मुस्कुराहट खेलती रहनी चाहिए। इतनी ताकत अहिंसा में ही है कि वह विरोधियों को मित्र बना सके और उनका प्रेम प्राप्त कर सके।

- महात्मा गाँधी

अपरिग्रह

ईश्वर में अखंड आस्था रखने वाला परिग्रही हो ही नहीं सकता। उसकी मान्यता है कि जिस ईश्वर ने जन्म दिया है, जो आज हमारी जीवन रक्षा कर रहा है, भविष्य में भी वही हमारा संरक्षण करेगा।

'आसक्ति परिग्रह है'। आसक्ति का अर्थ है किसी भी वस्तु में अपनत्व का अहसास करना या उसे अपनी मालिकी समझना। यह ममता या अपनत्व की भावना रागवश होती है। फिर उसके अर्जन, संचय एवं संग्रहण के लिए आदमी निरन्तर प्रयत्नशील रहता है। इन बाह्य पदार्थों के ऊपर स्वामित्व स्थापित करने के लिए और ऐसा करके अपने लोगों की सुख-सुविधा बढ़ाने के लिए राष्ट्रों तक के बीच युद्ध होते हैं। व्यापार-विस्तार की प्रतियोगिता एवं अपने उत्पादित वस्तुओं की बिक्री के लिए बाजारों की होड़ ही आज के विश्व की एक दुर्दान्त समस्या है। दार्शनिकों ने बड़ी ही सूक्ष्मता से अपरिग्रह की विवेचना की है जिससे व्यक्ति को दिशा-निर्देश मिल सके - जर-जमीन, सोना-चाँदी, धन-धान्य, दासी-दास एवं जरूरी साधनों के प्रमाणों का अतिक्रमण—ये परिमाण व्रत के अतिचार हैं। अतिचार के साथ-साथ व्रत की भावनाओं की व्याख्या में भी हमारे चिन्तकों ने स्पर्श, रस, गंध, वर्ण एवं शब्द के प्रति राग-द्वेष वर्जन की बात रखी है।

अपरिग्रह का महत्त्व भारतीय चिंतन में सर्वत्र स्वीकार किया गया है। उपनिषद् में 'तेन त्यक्तेन भुंजीथाः' एवं 'मा कस्यस्विद् धनमे' कहकर परिग्रह-त्याग का मार्ग प्रशस्त किया गया है। काम, क्रोध और लोभ को नरक का द्वार बताया गया है। लोभ पर गदा प्रहार के लिए ही अपरिग्रह व्रत की परिकल्पना है। अपरिग्रह को भावात्मक शब्दावली में हम संतोष भी कह सकते हैं जिसका महत्त्व शास्त्रों में वर्णित है। योगशास्त्र ने अपने पंच यमों में यदि अपरिग्रह को स्थान दिया है तो नियमों में सन्तोष का भी उल्लेख किया है। जिस वस्तु की हमें आज आवश्यकता नहीं है उसे भविष्य की चिन्ता से संग्रह कर रखना ही परिग्रह है।

ईश्वर में अखंड आस्था रखने वाला परिग्रही हो ही नहीं सकता क्योंकि उसकी मान्यता है कि जिस ईश्वर ने जन्म दिया है, जो आज हमारी जीवन रक्षा कर रहा है, भविष्य में भी हमारा संरक्षण करेगा। जिस वस्तु की जब वास्तविक आवश्यकता होगी तब वह अवश्य मिलेगी, यह प्राकृतिक नियम है। इसलिए आदमी को संग्रह के प्रपंच में पड़ने की आवश्यकता नहीं। इसका अर्थ हाथ पर हाथ धरे बैठना भी नहीं है। जो शक्तिवान होते हुए भी श्रम नहीं करता उसकी आवश्कताएँ परमेश्वर भी पूरी नहीं करता। परिश्रम करने की जिसकी इच्छाशक्ति नहीं, जो उसे मुसीबत समझता है। उसके अन्दर तो यह विश्वास ही नहीं हो सकता कि ईश्वर सबकी आवश्यकताएँ पूरी करने वाला है। अपरिग्रह की यह भी आशय नहीं है कि समाज में रहकर अपरिग्रही-व्रती अपने पास आई हुई वस्तुओं को कहीं रास्ते में फेंक दे या खराब होने दे। वह अपने को उन वस्तुओं का रक्षक समझे और उनकी पूरी हिफाजत करे, वह पल भर भी अपने को उन वस्तुओं का मालिक न मानें। जिन्हें उनसे काम लेने की आवश्यकता हो उन्हें उनका इस्तेमाल करने में बाधक न हो। अपने या संतान के काम आने के ख्याल से जो एक चिथड़ा भी बटोर रखता है और दूसरे को जरूरत होते हुए भी इस्तेमाल नहीं करने देता वह ही परिग्रही है।

परिग्रह या अपरिग्रह एक भावना है। सम्पत्तिवान भी यदि अपने को सम्पत्ति का ट्रस्टी मानता है तो वह अपरिग्रही है एवं अकिंचन व्यक्ति भी लोभ में फँसा है तो वह परिग्रही है। परिग्रह का विवेक साधनों के तल पर ही नहीं विचारों के तल पर भी होना चाहिए। कई लोग अपने मन के प्रति दुराग्रही होते हैं। गलत विचारों का संचय करना भी मानसिक अपरिग्रह है। जहाँ पकड़ बनती है जहाँ स्वामित्व का ममत्व आता है वहीं से परिग्रह हमारे को विचलित करने लगता है। सच्चा साधक वह है जो अकिंचनता में भी परम ऐश्वर्य को अनुभव करे। किसी ने ठीक कहा है–

चाह गई चिंता मिटी मनुआ बेपरवाह।
जिसको कछु नहीं चाहिए वो शाहन का शाह।

शाश्वत स्वर

❁ उसके कष्ट दूर हो गए जिसे मोह नहीं है, उसका मोह मिट गया जिसे तृष्णा नहीं है, उसकी तृष्णा नष्ट हो गई जिसे लोभ नहीं है, उसका लोभ खत्म हो गया, जो अकिंचन है। - भगवान महावीर

❁ अपरिग्रह की कैंची ज्ञान पर भी चलानी चाहिए, व्यर्थ ज्ञान का परिग्रह रखने योग्य नहीं है। - विनोबा भावे

❁ परिग्रह की चिन्ता से अन्तरात्मा का अपमान होता है; परिग्रह की चिन्ता न करने से विश्वात्मा का अपमान होता है; इसीलिए अपरिग्रह सुरक्षित है।
- विनोबा भावे

❁ आदर्श आत्यन्तिक अपरिग्रह तो उसी का होगा जो मन से और कर्म से दिगम्बर है। मतलब, वह पक्षी की भाँति बिना घर के, बिना वस्त्रों के और बिना अन्न के विचरण करेगा। इस अवधूत अवस्था को तो विरले ही पहुँच सकते हैं।
- महात्मा गाँधी

❁ अपरिग्रह से मतलब यह है कि हम उस किसी चीज़ का संग्रह न करें जिसकी हमें आज आवश्यकता है। - महात्मा गाँधी

❁ अपरिग्रह यानि आत्मनिष्ठा। परिग्रह का विश्वास वस्तुओं में है, अपरिग्रह का स्वयं में। अपरिग्रह का मूलभूत सम्बन्ध संग्रह से नहीं, संग्रह की वृत्ति से है। जो उसका संबंध संग्रह से ही मान लेता है, वह संग्रह के त्याग में ही अपरिग्रह की उपलब्धि देखता है, जबकि संग्रह का आग्रहपूर्ण त्याग की वस्तुओं में ही विश्वास है। वह परिवर्तन बहुत ऊपरी है और व्यक्ति का अंतस्तल उससे अछूता ही रह जाता है। - ओशो

उपवास

सच्चे उपवास का अर्थ है हम अपनी व्यक्तिगत स्वार्थपूर्ण इच्छाओं एवं क्रियाकलापों से मुक्त हो जाएँ।

उपवास हमारी साधना का संजीवनी तत्त्व है। उपवास एक आराधना है, साधना है। उपवास हमारी देह से दूर हटकर आत्मा के पास बैठने का विधान है। उपवास हमारी आत्मा का आधार है। उपवास में आत्मा के पास बैठने का तत्त्व भाव निहित है।

उपवास शब्द की रचना बोल रही है–उप का अर्थ है निकट और वास का तात्पर्य है रहना। इस प्रकार उपवास का शाब्दिक अर्थ हुआ 'पास में रहना।' मन, वचन और कर्म से ईश्वर के निकट रहना ही सच्चा उपवास है। उपवास एक साधना है जो न केवल मन को पवित्रता प्रदान करती है वरन् आत्मा को शांत और आनंदित करते हुए उसे ईश्वर की अनुभूति के निकट ले जाती है। उपवास का एक अर्थ व्रत अथवा संकल्प भी है। पांचों ज्ञानेन्द्रियाँ, पाँचों कर्मेन्द्रियाँ और मन को संकल्पित कर ईश्वर चिंतन में लीन होना ही सार्थक उपवास है।

उपवास शुद्धि का एक सशक्त साधन है। मानव समाज में उपवास के लिए विशिष्ट स्थान होना चाहिए। शारीरिक उपवास के साथ-साथ यदि मन का उपवास न हो तो वह दंभपूर्ण और हानिकारक होगा।

सच्चे उपवास का अर्थ है–हम अपनी व्यक्तिगत स्वार्थपूर्ण इच्छाओं एवं क्रियाकलापों से मुक्त हो जाएँ। आज उपवास भी प्रदर्शन की वस्तु बनते जा रहे हैं। छोटी-छोटी माँगों के लिए उपवास करने की जो नाटकबाजी होती है उससे उपवास शब्द की गरिमा गिरी है। उपवास का मतलब तो माँग रहित होना है। अगर उपवासी भी माँगने लग गया तो फिर कहाँ है उपवास ? उपवास तो हमें देह के तल से ऊपर उठाकर आत्मा के तल पर विराजमान कर देता है फिर जहाँ शरीर मौजूद ही नहीं है,

वहाँ माँग कैसी। वहाँ तो महज धन्यवाद का भाव है। पूर्णता का भाव है, परम संतुष्टि की अनुभूति का स्पंदन है। आज उपवास हथियार की तरह इस्तेमाल हो रहा है। घर में बीवी से लेकर प्रधानमंत्री निवास के सामने आपको उपवास के नाम पर भूख हड़ताल पर बैठे लोग मिल जाएँगे जिनके हाथ में मांगपत्र का एक कटोरा होता है। अब माँग के साथ उपवास और उसका नाम सत्याग्रह। सच्चा सत्याग्रही तो वह है जो सभी आग्रहों से मुक्त हो गया। जो सबके कल्याण निहित मानता है जिसके भीतर लालसा की कोई लपट नहीं सुलगती। जितना मिल गया, उसमें संतोष कर लिया। यही उपवास का भावपक्ष है।

भोजन नहीं करना तो उपवास का एक बाहरी लक्षण है। उपवास में कुल इतना-सा अर्थ है कि आज हमने शरीर से छुट्टी ले रखी है। आज हमने शरीर को भी छुट्टी दे रखी है। आज हम अपनी आत्मा के साथ दो-चार पल बैठने की जुगत में हैं। यही उपवास का दर्शन है जो इसे आत्मसात् करेगा, वही सच्चा उपवासी है, सच्चा व्रती और महाव्रती है।

शाश्वत स्वर

- उपवास ज्यादा भोजन से भी बदतर है, क्योंकि ज्यादा भोजन भी आदमी दिन में दो-एक बार कर सकता है; लेकिन उपवास करने वाला आदमी दिन-भर मन ही मन भोजन करता है। - ओशो
- उपवास कर लेना आसान है, विषैला भोजन करना उससे कहीं मुश्किल। - प्रेमचन्द
- उपवास आत्म-शुद्धि के लिए अथवा किसी उच्च या निम्न हेतु की सिद्धि के लिए किया जाता है। - महात्मा गाँधी
- उपवास यंत्र या मशीन की तरह नहीं किया जा सकता। वह एक शक्तिशाली चीज़ है। अगर उसका इस्तेमाल बिना सोचे समझे किया जाए तो वह खतरनाक होगा। उसके लिए पूरी-पूरी आत्म-शुद्धि की जरूरत है। - महात्मा गाँधी

शांति

अपने ही अंदर यदि शांति मिल गई तो सारा विश्व शांतिमय प्रतीत होता है। अप्राप्य के प्रति असंतोष और प्राप्य के प्रति उपेक्षा का भाव ही अशांति का जनक है।

मन के महासागर में पल-प्रतिपल विचारों की तरंगें पैदा होती हैं। मन प्रतिपल आरोह-अवरोह से गुजरता है। यह संतुलित कैसे बने, इसके लिए हमें मन की झील को शांत बनाना होगा। संकल्प-विकल्पों पर नियंत्रण करने की कला सीखनी होगी। हमारे विचार के कंकर हमारी शांत झील में चिंता की लहरें पैदा करते हैं। ये लहरें जब किनारा भूल जाती हैं तो मन अशांत और आहत होने लगता है। ऐसी स्थिति में हमारी चेतना शांति को खोजने लगती है।

शांति क्या है, जरा समझें। मन की विकार रहित अवस्था ही शांति है। जब हमें किसी प्रकार की बेचैनी न हो, किसी पर क्रोध नहीं हो, किसी के अधिकार छीनने की इच्छा नहीं हो तो ऐसी स्थिति शांति कहलाती है। देश की बात करें तो परस्पर लड़ाई-झगड़े नहीं हों, अमीर-गरीब का अंतर कम हो, सभी अपने कर्त्तव्य का पालन करें, युद्ध की आशंका न हो, नागरिकों का जीवन अपराध रहित और निश्चिंत हो तो ऐसी स्थिति को भी शांति कहेंगे। शांति मन की अनुभूति है जो हमारे अच्छे कार्य व्यवहार से उत्पन्न होती है। शांति का सूत्र है—दूसरे के सुख का भी उतना ही ध्यान रखो जितना अपने सुख का। दूसरे के दुख को भी अपने दुख के समान बड़ा समझो तब सहज रूप से ही शांति स्थापित हो जाएगी।

अपने ही अंदर यदि शांति मिल गई तो सारा विश्व शांतिमय प्रतीत होता है। अप्राप्य के प्रति असंतोष और प्राप्य के प्रति उपेक्षा का भाव ही अशांति का जनक है। इसलिए जो कुछ मिले उसी में संतोष तथा दूसरों से ईर्ष्या न करना ही शांति की कुंजी है। जो मनुष्य सब कामनाओं का त्याग कर ममतारहित, अहंकार रहित होकर विचरता

है, उसी को शांति प्राप्त होती है। किसी के अस्तित्व को न मिटाओ। शांतिपूर्वक स्वयं जियो और उसी प्रकार दूसरों को जीने दो क्योंकि शांति सुख का सुंदरतम रूप है। शांति के समान कोई तप नहीं, संतोष से बढ़कर कोई सुख नहीं, तृष्णा से बढ़कर कोई व्याधि नहीं और दया के समान कोई धर्म नहीं।

समस्या और सवालों को दबाकर जो शांति खरीदी जाती है वह शांति नहीं युद्ध विराम है। जिसे कोई भी कभी भी तोड़ सकता है। मनुष्य एक मौलिक भूल कर रहा है, वह शांति की खोज में बाहर भटक रहा है। शांति मनुष्य के मन के आसन पर विराजमान है। मनुष्य उसे ढूंढ़ रहा है, झीलों के किनारे, पहाड़ के ऊपर, मंदिर-मस्जिद-गुरुद्वारे में। शांति की खोज उसे यहाँ वहाँ भटकने को विवश कर रही है। सम्यक् दिशा में मन को गतिशील बनाए बिना शांति की खोज अधूरी है। सच बात तो यह है कि शांति को कहीं बाहर खोजने की जरूरत ही नहीं है। बस दो पल के लिए आप एकांत में बैठिए और बाहर की आँख बंदकर भीतर की आँख खोलिए, शांति का प्रशांत महासागर आपको अपने अंतर में ही मिल जाएगा। जिसे अब तक आपने तपता रेगिस्तान मान रखा है।

शारीरिक शांति के लिए जैसे हम तन को विश्राम देते हैं वैसे ही मानसिक शांति के लिए हमें मन को भी थोड़ा ठहरने का मौका देना चाहिए। हम निरंतर चिंता के चक्रव्यूह में मन के अभिमन्यु को उलझाए रखते हैं। तन सो जाता है, मन फिर भी जागा रहता है, सपनों के संसार में।

आप रोज सोते वक्त यह अभ्यास करें कि आज आप सोएंगे पर सपने नहीं देखेंगे। सपने कभी अपने नहीं होते हैं। मनुष्य जागते हुए भी लालसाओं के मकड़जाल में इस कदर उलझा रहता है कि बड़े-बड़े सपने देखता है। सोने पर वे सपने फिर उसके चित्त का पीछा करते हैं। सरल भाषा में इसे निन्यानवें का चक्कर कह सकते हैं। आत्मसंतुष्टि के भाव के बिना स्वभाव को शांत और सुलीन नहीं बनाया जा सकता है।

प्रयास करें, अभ्यास करें कि आपके मन के भीतर बह रहे शांति के स्रोत को आप पकड़ पाएँ। अगर आपका मन मृगतृष्णा में उलझा रहा तो मरने के बाद भी शांति नहीं मिलेगी। भव-भवांतरों तक आपकी चेतना को अशांति का नागपाश अपने में उलझाए रखेगा। एक शायर ने ठीक कहा है :

यूं तो घबरा के कहते हैं कि मर जाएँगें
मरने पर भी चैन नहीं मिला तो कहाँ जाएँगें।

प्रयास करें शांति का पल अभी और इसी क्षण आपके हाथों में हो, प्रयास करने पर हर सफलता मुमकिन होती है। शांत होकर स्वयं में खो जाए तब आपको अपने भीतर ही प्राप्त हो जाएगा– शांति का अकूत खजाना।

शाश्वत स्वर

- क्रोध से सब काम वैसे नहीं बनते, जैसे शान्ति से। - भागवत
- अपने भीतर शान्ति प्राप्त हो जाने पर सारा संसार भी शांत दिखाई देने लगता है। - योगवासिष्ठ
- जो स्वयं संतप्त हैं, वे दूसरों को शीतल नहीं भी कर सकते। - कर्णपूर
- अपने में ही चेतना को केन्द्रित रखने और आत्मविश्वास के स्रोत में जीवन-नैया को बहाने में परम शान्ति है। - सुभाषचन्द्र बोस
- शांति का सीधा सम्बन्ध हमारे हृदय से है। सहृदय होकर शांति की खोज कीजिए। - चिदानन्द
- शांति की अपनी विजय होती है जो युद्ध की अपेक्षा कम कीर्तिमयी नहीं होती। - मिल्टन
- शांति परन्तु सम्मान सहित। - डिज़राइली
- इच्छापूर्ति में नहीं अपितु संयम में शांति मिलती है। - रेजिनाल्ड हेबर
- युद्ध से शांति अधिक मूल्यवान है। - अज्ञात

त्याग

त्याग का अर्थ है अपना सर्वस्व सत्य को अर्पण करना। जिस त्याग से अभिमान उत्पन्न होता है वह त्याग नहीं है।

सामान्य रूप से त्याग का अभिप्राय छोड़ने से है। अपनी इच्छाओं, भौतिक सुखों, बुराइयों को छोड़ना त्याग वृत्ति है। त्याग जीवन में श्रेष्ठता को बढ़ाता है। जो मनुष्य जितना बड़ा त्याग करता है वह उतना ही बड़ा बन जाता है। प्राचीनकाल से ऋषि-मुनि इसीलिए पूजनीय रहे क्योंकि उनका जीवन त्यागबीर था। आज भी वे लोग ही आदरणीय, पूजनीय और वंदनीय हैं जिनके व्यक्तित्व में त्याग की आभा बिखरी है। कोई धन का त्याग करता है कोई लोक-हित के लिए अपने स्वार्थों, अपने सुखों का त्याग करता है, कोई जन-कल्याण के लिए अपना सर्वस्व निछावर करता है, ये सभी त्याग के ही आयाम हैं। जो आनन्द छोड़ने में है वह पाने में कहाँ? इस सच्चाई को समझते हुए हमें भी अपने जीवन में त्याग की इस दिशा में आगे बढ़ने का प्रयत्न करना चाहिए।

कहा गया है कि त्याग की शुरुआत अपनी वृत्तियों से की जानी चाहिए। वृत्ति परिवर्तन के बिना प्रवृत्ति में बदलाव नहीं आ सकता है। वृत्ति परिवर्तन करने से प्रवृत्ति सहज ही परिवर्तित हो जाती है। मान (घमण्ड) त्याग देने पर मनुष्य सबका प्रिय हो जाता है, क्रोध छोड़ देने पर शोक रहित हो जाता है और लोभ छोड़ देने पर सुखी हो जाता है। त्याग सत्य की दिशा में उठाया गया सार्थक कदम है।

त्याग का अर्थ है अपना सर्वस्व सत्य को अर्पण करना। जिस त्याग से अभिमान उत्पन्न होता है वह त्याग नहीं है। त्याग से शान्ति मिलनी चाहिए। अतः अभिमान का त्याग ही सच्चा त्याग है। त्याग का अर्थ यह नहीं कि मोटे और तंग वस्त्र धारण कर लिए जाएं और सूखी रोटी खाई जाए त्याग तो यह है कि अपनी आरजू, इच्छा और ख्वाहिश को जीता जाए।

त्याग का मतलब उस भावधारा को चित्त से बाहर निकालना है जो चित्त को अहं के चक्रव्यूह में फंसाने का प्रयास करती है। बिना अहं त्याग के त्याग का अर्थ ही खो जाता है। अक्सर देखने को मिलता है कि त्याग के नाम पर ऐसे-ऐसे आडम्बर धारण कर लिए जाते हैं जिनका दूर तक त्याग से रिश्ता नहीं है। ऐसी विलक्षण है, अहं की चालें-कुचालें। त्याग में से उपजा अहं बहुत खतरनाक होता है। राग का अहं तो त्याग से दूर हो जाता है। किन्तु त्याग का अहं तो आदमी के चिन्तन और चेतना के सामने लगा वह सवालिया निशान है जो त्याग की उदात्त सोच को भी विकृत कर देता है।

जिसकी सोच का साँचा विकृत हो जाता है, उसका जीवन ढाँचा बिखर के रह जाता है। त्याग के क्षणों में आदमी इतना संकल्पवान होता है कि उसे अपने मिशन के लिए अगर जान भी देनी पड़े तो वह अपने प्राण न्यौछावर करने को तैयार रहता है। इसलिए त्याग एक विलक्षण मनोदशा है, इसी मनोदशा में राम ने वनवास ग्रहण किया। इसी मनोदशा में बुद्ध, महावीर ने राजपाट छोड़कर संयास में जीवन का सम्यक्न्यास किया। इसी भावभूमि ने मोहनदास कर्मचन्द को महात्मा गाँधी बनाया, वतन पर मर-मिटने का जुनून सिर पर कफन बाँधकर भगतसिंह ने प्राण दान देकर शहीदे आजम के रूप में अपने आपको प्रतिष्ठित किया।

त्याग अलौकिक शक्ति है। लोक की किसी उपमा से त्याग को महिमा मंडित नहीं किया जा सकता है। त्याग अपने लक्ष्य के प्रति बलिदान समर्पण चाहता है, बहुत कम लोग इस कदर समर्पित होते हैं कि फिर भले ही उनके रोम-रोम में आग सुलगा दी जाए पर वे अपने प्रण से नहीं टलते। भले ही उन्हें स्वर्गीय सुखों का लालच दिया जाए किन्तु ये अपनी त्याग की धुरी पर अटल रहते हैं। ऐसे त्यागवीर, प्रणवीर, दानवीर लोगों की कीर्ति के अमर आख्यान इतिहास के पृष्ठ-पृष्ठ पर दर्ज हैं। इस धरा को धारण करने में त्यागियों की ये भावदशा भी उतनी ही महत्त्वपूर्ण है जितनी धरती की धुरी। एक मिथक कथन है कि धरती शेष नाग के सिर पर टिकी है। यह शेषनाग त्याग का प्रतीक है जिसने प्रभु इच्छा से पूरी धरती का भार धारण कर रखा है।

शाश्वत स्वर

❁ संसार में त्याग ही सबसे महान शक्ति का स्रोत है। जो त्याग करता है वही पाता है। त्यागी पुरुष तो प्रत्येक दशा में पूजनीय है। - देवी प्रसाद 'विकल'

❁ त्याग का अर्थ है अपने सर्वस्व सत्य को अर्पण करना। - स्वामी रामतीर्थ

❁ त्याग का नियम-विधान एक ठोस सच्चाई है। सारहीन क्षणिक कल्पना नहीं। - स्वामी शरणानंद

❁ त्याग की मात्रा जितनी अधिक किसी मनुष्य में होती है, वह उतना ही श्रेष्ठ है। - अज्ञात

❁ जिस त्याग से अभिमान उत्पन्न होता है, वह त्याग नहीं। त्याग से शान्ति मिलनी चाहिए। अन्ततः अभिमान का त्याग ही सच्चा त्याग है। - विनोबा भावे

❁ इस विश्व में हम जो लेते हैं वह नहीं, अपितु जो देते हैं वही हमें धनवान बनाता है। - बीचर

❁ धन से नहीं और संतान से भी नहीं; अमृत स्थिति की प्राप्ति केवल त्याग से ही होती है। - स्वामी विवेकानन्द

❁ भोग से आत्मा का शोषण होता है; त्याग से आत्मा को पोषण मिलता है। - विनोबा भावे

❁ राम से रचना है तो संसार छोड़िये, पतझर आए बिना वृक्ष में फल नहीं लगते। - रज्ज़ब

संत

संत को सूर्य की उपमा दी गई है जैसे सूरज बिना किसी भेदभाव के सभी को प्रकाश का प्रसाद बाँटता है। संत भी बिना किसी भेदभाव और लाग लपेट के पूरे परिवेश को प्रेरणा का प्रकाश बाँटता है।

संत निराकार ईश्वर का साकार रूप है। इसलिए संत को भी अनंत कहा गया है 'जानहुं संत अनंत समाना।' संत की अनंत सत्ता को समझने के लिए हमें संत के स्वरूप को समझना होगा। निस्वार्थ भाव से दूसरों के कल्याण के लिए सदैव प्रयत्नशील रहने वाला व्यक्ति ही संत कहलाता है। जो राग-द्वेष से ऊपर हो, जो सदैव प्रभु के ध्यान में लीन रहता हो, जो परम धैर्यवान और निराभिमानी हो वही संत कहलाने का अधिकारी है। संत का हृदय मक्खन के समान कोमल होता है। वह हर प्रकार से दूसरों का भला ही चाहता है। वह अपने लिए नहीं, बल्कि जीव मात्र के लिए जीता है। दुखी और दीन पुरुषों के लिए संत ही परम आश्रय है। संत समाज आनंद और मंगलदाता होता है। वह संसार में सचल तीर्थराज प्रयाग है। कबीर संत की महिमा गाते हैं अपने इकतारे पर ऋ

नहिं शीतल है चंद्रमा, हिम नहीं शीतल होय।
कबीरा शीतल संतजन, नाम सनेही होय॥

हर मजहब में जितने भी संत हुए हैं उनका हृदय एक-सा है, उनमें आपस में जो भेद दिखाई देता है वह अन्य लोगों ने पैदा किया है, संतों ने नहीं। क्योंकि दुनिया को लूटने वाला लुटेरा होता है जो दुनिया के लिए लुट गया वह संत होता है। संत सरे राह मशाल लेकर बैठे हैं जिसे चाहिए अपने चिरागों में रोशनी भर ले। संत को सूर्य की उपमा दी गई है जैसे सूरज बिना किसी भेदभाव के सभी को प्रकाश का प्रसाद बाँटता है। संत भी बिना किसी भेदभाव और लाग लपेट के पूरे परिवेश को प्रेरणा का प्रकाश बाँटता है।

संत इंद्रियजेता होने से विकारों के तल से ऊपर उठ जाते हैं। अरस्तू ने ठीक कहा है–संत का पांव नहीं टिकता बल्कि मन टिकता है और गृहस्थ का पांव टिकता है किंतु मन नहीं टिकता। संत मन को मारता नहीं है, मन को समझाता है। जिसने अपने आपको समझा लिया, वही जगत को समझ लेता है। इसलिए संत के उपदेश में बहुत सामर्थ्य होती है। सच्चे संत का उपदेश जीवन की दशा और दिशा को बदल देता है। संत का परिचय उसका जीवन होता है न कि उसके कपड़े।

संत के आवरण और आचरण के बीच एक अद्भुत तालमेल होता है उसके वचन और वर्तन में समरूपता होती है। संत सभी के कल्याण के बारे में सोचता है। वह अपनी आँखों में दूसरे के सपनों को जीता है। उसका अपना कोई सपना नहीं होता क्योंकि वह तो संसार को ही एक सपना मानता है। संत का जीवन संगम तट की तरह होता है जहाँ ज्ञान की गंगा-आचरण की यमुना और सद्संस्कारों की सरस्वती त्रिवेणी बनकर बहती है। ऐसे संतों ने मनुष्य समाज का सदैव मार्गदर्शन किया है। जब-जब युगधारा में क्लेश, कलुषता और विषमता का वातावरण पैदा हुआ; तब-तब संतों ने अपने जीवन और संदेश से देश का मार्गदर्शन किया।

संत समाज का सेतु है वह जातपात भेदभाव से बँटे समाज को समता के सूत्र से बाँधकर मनुष्य को एकता की डोर से बाँधता है। संत ईश्वरीय दूत है। वह अपने प्रयासों से धर्म, जाति और वर्गभेद में बंटी ईश्वरीय सृष्टि को एक करने के प्रयास में अपने जीवन को समर्पित कर देता है। ऐसे संतों ने ही हमारी संस्कृति की सरिता में आए कूड़े-कचरे को हटाकर उसे परम-पावन बनाया है। हमारा देश ऐसे संतों का हमेशा ऋणी रहेगा।

शाश्वत स्वर

❁ साधुओं का बल क्षमा है। - विष्णु पुराण

❁ संत मलिन चित्त वाले मनुष्यों को भी निर्मल कर देते हैं।
- अचिन्त्यानन्द वर्णी

❁ करुणा से आर्द्र सज्जन सभी के अकारण बंधु होते हैं। - सोमदेव

❁ संत जन प्राणों का त्याग कर देते हैं, किन्तु धर्म का नहीं। - जातक

❁ विविध कुल एवं जातियों में उत्पन्न हुए साधु पुरुष पृथ्वी पर के कल्पवृक्ष हैं।
- नन्दी सूत्र

❁ संत को दुख देने वाला कभी सुखी नहीं हुआ। - सरदार पटेल

❁ संत का जीवन एक लम्बी प्रार्थना होता है। - शिवानन्द

❁ संत रूप नवनीत समाना। - तुलसी

❁ संत ईश्वर का साकार रूप है। - आध्यात्म शास्त्र

❁ संतों और शूरवीरों ने ही धरती को धन्य किया है, इसलिए संत और शूर दोनों राष्ट्र की अनमोल निधि हैं। - लहर की प्यास

संयम

सेतु दो तटों को जोड़ता है। संयम का सेतु भी व्यक्ति के जीवन के बाहरी और भीतरी दोनों तटों से जोड़कर जीवन की गति को प्रगति का आयाम प्रदान करता है।

संयम जीवन के संतुलन का सूत्र है। मनुष्य की जीवन यात्रा में एक संतुलन तत्त्व दिखाई देता है, जैसे पंछी दो पांखों के संतुलन से व्योम-विहार करता है। दो संतुलित पहियों पर गाड़ी चलती है। मौसम के संतुलन से प्रकृति अपना नृत्य करती रहती है, वैसे ही संयम हमारे जीवन में संतुलन का पाठ पढ़ाता है। परिस्थिति चाहे जैसी हो, किन्तु हमारी मनःस्थिति पर उसका प्रभाव तब तक नहीं पड़ेगा जब तक हम आत्मानुशासन की डोर से बंधे रहेंगे। मन को नियन्त्रण में रखने की यह कला नियमों के पालन से आती है। नियम जीवन को जागरूकता की ओर ले जाता है।

नियमों के प्रति हमारी प्रतिबद्धता अनुशासन कहलाती है और अनुशासन सौ तालों की एक चाबी है। जो व्यक्ति अपने खान-पान, आचरण-व्यवहार और चरित्र में अनुशासन का पालन करता है उसे अपने लक्ष्य में निश्चय ही सफलता प्राप्त होती है। शरीर व्याधिमुक्त रहता है, मन आनन्द में समाधिभाव में डूबा रहता है और व्यक्ति को आत्मसुख की प्राप्ति होती है। जीवन अनुशासन के साँचे में ढलकर ऊर्जावान होता है। एक अनुशासित सैनिक और आत्मानुशासित संत का जीवन देखिए आपको उसमें एक अनूठी लय दिखाई देगी। संत और सैनिक के जीवन में जो अथाह ऊर्जा का स्त्रोत बहता है वह अनुशासन के एवरेस्ट पर गतिमान उसकी जीवन शैली के कारण है।

सेतु दो तटों को जोड़ता है। संयम का सेतु भी व्यक्ति के जीवन के बाहरी और भीतरी दोनों तटों से जोड़कर जीवन की गति को प्रगति का आयाम प्रदान करता है। संयम छोटे-छोटे नियमों से परिभाषित होता है। हम छोटे-छोटे नियमों को अपनाएँ।

नियम भले ही छोटे हों किन्तु उन नियमों की ताकत बहुत बड़ी होती है। नियम से मतलब एक सुव्यवस्थित जीवन क्रम है। आज का आदमी एक अनियमित जिन्दगी जी रहा है। अनियमित जीवनचर्या से ही आदमी व्यस्त कम और अस्तव्यस्त ज्यादा है। पल-पल को सूत्रबद्ध करने की तकनीक जब हम सीखेंगे तो हमारे पास एक अनूठी ऊर्जा होगी। ऊर्जावान बनने के लिए, आत्मबल बढ़ाने के लिए हमें संयम का संकल्प लेना होगा इससे व्यक्ति का जीवन मर्यादा में बँधा रहेगा। अमर्यादित जीवन-शैली आदमी के जीवन को अशांत करती है। मनुष्य के मन की नाव को तनाव के तूफान में धकेलती है।

भारतीय तत्त्व चिंतन में जहाँ जीवन को महासागर की तरह विस्तारवान माना है वहीं इस महासागर को मर्यादा की पाल से बांधने की कोशिश की गई है। अधिकतर आदमियों के जीवन की खिड़की से जब झाँक कर देखिए उसमें अशान्ति, अभाव का अलाव सुलगता दिखाई देता है। इसके पीछे एकमात्र कारण है, आदमी का संयमहीन जीवन।

संयम का मतलब उस जीवन विधान से है जो सम्यक है, संतुलित है। यम अर्थात् नियंत्रण और सम् उपसर्ग का अर्थ है, उचित प्रकार का, सम्यक् प्रकार का नियंत्रण। संयम एक गहरा आत्मानुशासन है। अपनी ऊर्जा का ऐसा समुचित प्रबंधन कि उससे सही दिशा में सर्जनात्मकता खिल उठे, चेतना के नारों में रसात्मक राग बज उठे। यह गुणात्मक जीवन जीने की शैली है।

आइए हम एक संकल्प करें कि जीवन की साँस-साँस को संयम की डोरी से बाँधकर रखेंगे। यम-नियम से सजी-सँवरी जिन्दगी ही मनुष्य में नित्यता के अवतरण का आधार बनेगी। इस आधार के अभाव में हम स्वभाव से नहीं जुड़ सकेंगे। स्वभाव से जुड़कर ही आत्मभाव और परमात्म भाव की साधना संभव है। यही हमारे जीवन का चरम और परम उद्देश्य है।

शाश्वत स्वर

- सुख की इच्छा रखने वाले को संयम का जीवन व्यतीत करना चाहिए।
- मनु स्मृति

- संयम वह मित्र है, जो जरा देर के लिए चाहे आँखों से ओझल हो जाए, पर धारा के साथ बह नहीं सकता। वह संयम अजेय है, अमर है। - प्रेमचन्द

- संयमहीन स्त्री या पुरुष को तो गया-बीता समझिए। इन्द्रियों को निरंकुश छोड़ देने वाले का जीवन कर्णधारहीन नाव के समान है, जो निश्चय ही पहली ही चट्टान से टकराकर चूर-चूर हो जाएगी। - महात्मा गाँधी

- मन को संयमित न करने वाले पुरुष के लिए योग दुष्प्राप्य है। स्वाधीन मन वाले प्रयत्नशील पुरुष के द्वारा ही योग प्राप्त होता है-इष्टसिद्धि प्राप्त होती है।
- श्रीमद्भगवद् गीता

- संयम के चार रूप हैं - मन का संयम, वचन का संयम, देह का संयम और उपाधि सामग्री का संयम। - अज्ञात

- असंयमी व्यक्ति जानवरों से भी गया-बीता है। जानवर भी भोजन और वासनापूर्ति में कुछ संयम रखते हैं, किन्तु इन्सान बुद्धिमान होकर भी आहार-विहार में बड़े असंयमी होते हैं जिससे वे बीमार पड़ते हैं। संयम एक ऐसा अंकुश है, जो हमें विवेक और सत्य के पथ पर आरूढ़ रखता है। - अज्ञात

- संयमशील पुरुष बड़ी मुश्किल से फिसलते हैं, मगर जब एक बार फिसल गए तो किसी प्रकार नहीं संभल सकते, क्योंकि उनकी संयत प्रवृत्तियाँ बड़े प्रबल वेग से प्रतिकूल दिशा की ओर चलती हैं। - प्रेमचन्द

- बलवान बनने के लिए जरूरी बात है संयम। - विनोबा भावे

पुण्य

परिवार और समाज के अनुसार जो कार्य न्यायोचित और युक्ति संगत हो, सब लोग जिस कार्य की प्रशंसा करें कर्त्ता और कर्म दोनों को सराहें तो वह कार्य ही पुण्य कार्य है।

पुण्य वह आधिभौतिक संपदा है, जिसे पाकर मनुष्य का इहलोक और परलोक दोनों संवर जाते हैं। पुण्य से आशय उन पवित्र पारमार्थिक अनुष्ठानों से है जिन्हें संपादित करने में आत्मा को प्रसन्नता का अनुभव हो, संतोष का अनुभव हो तथा शांति का अनुभव हो। पुण्य कार्य में जीवमात्र की हित साधना की भावना निहित होती है। परिवार और समाज के अनुसार जो कार्य न्यायोचित और युक्तिसंगत हो, सब लोग जिस कार्य की प्रशंसा करें कर्त्ता और कर्म दोनों को सराहें तो वह कार्य ही पुण्य कार्य है। इस लोक और परलोक दोनों में ही पुण्य का लाभ मिलता है। नर सेवा भी पुण्य है और नारायण सेवा भी पुण्य।

जीवन में जब भी अवसर मिलें, जितना संभव हो पुण्य कार्य करना चाहिए। पुण्य का फल मनुष्य को अवश्य प्राप्त होता है पर मनुष्य को पुण्य कार्य फल की अपेक्षा लेकर नहीं करने चाहिए। पुण्य का परिणाम सम्पत्ति नहीं सद्‌बुद्धि है और पाप का परिणाम गरीबी नहीं कुबुद्धि है। पुण्य के उदय होने पर लक्ष्मी मिलती है। अगर लक्ष्मी केवल मेहनत से मिलती हो तो वह मजदूरों के पास क्यों नहीं? और यदि वह केवल बुद्धि से मिलती है तो पंडितों के पास क्यों नहीं ?

लक्ष्मी पुण्य कार्यों की अनुकर्त्ता है जो पुण्य करते हैं लक्ष्मी का वास वहीं होता है। भगवान को याद करने से बढ़कर कोई पुण्य नहीं है और उसे भूल जाने से बढ़कर कोई पाप नहीं है। मुट्ठी बांधकर आए हो, खाली हाथ जाना है। कोशिश करो कि मुट्ठी बाँधकर ही जाओ, अपने साथ कुछ पुण्य ले चलो, संतों का आशीर्वाद लो, खाली हाथ मत जाओ। पुण्य कार्यों के लिए जब भी अवसर मिले तो पलक झपकने की चिंता किए बिना व्यक्ति को उस पुण्य कार्य में प्रवृत्त हो जाना चाहिए। जो लोग

पुण्य कार्य में विलम्ब करते हैं उन्हें इस बात का अहसास होना चाहिए कि साँस का पलभर का भरोसा नहीं है, गई साँस वापस लौटे ही लौटे इसकी कोई गारन्टी नहीं है। हमारे शास्त्रों में मनीषियों ने कहा है कि आदमी को यह समझकर धन और विद्या अर्जित करनी चाहिए कि वह अजर और अमर है, किन्तु धर्म कार्यों और पुण्य कार्यों के समय यह सोच रखना चाहिए कि मौत का कोई भरोसा नहीं है, किसी भी क्षण ये दुर्घटना हो सकती है। अतः पुण्य कार्यों में क्षण मात्र का विलंब नहीं करना चाहिए। इस जीवन दृष्टि के साथ हम पुण्य कार्यों में प्रवृत्त हो जाएँगे तो हमारे जीवन को फिर कोई पाप का शाप पकड़ नहीं सकता है।

पुण्य की उपलब्धि अच्छे कार्यों से होती है। हमारे कर्म पवित्र होने चाहिए। हमारी सोच के साँचे में सच्चाई, सफाई और सादगी का ढलना ही पुण्योपार्जन का सबसे बड़ा हेतु है। जो अच्छे कामों में अपने मन इंद्रियों और प्राणों को जोड़ता है उसके जीवन में प्रतिपल पुण्य का सृजन होता है जो बुरी प्रवृत्तियों में अपने मनोरथ को जोतकर रखता है उसके जीवन में पल-पल पग-पग पर अशुभ और अमंगल की रचना होती है।

जरूरत है हम अपने भीतर शुभ की संरचना करें, शुभ के साथ ही लाभ की यात्रा शुरू होती है। पुण्य विगत जीवन की पूंजी है जिसे हम इस जीवन में ऋद्धि सिद्धि और समृद्धि के रूप में भोग रहे हैं। इस जीवन को भी पुण्यमय बनाए ताकि अगले जन्म में भी हमारा जीवन सुखद और शुभद हो। सुख शुभ संस्कारों की पगडंडी से आता है तो जीवन की यात्रा सफल और सार्थक हो जाती है।

शाश्वत स्वर

❁ पूर्व जन्म के उपार्जित पुण्य से यह जन्म सुखी हुआ। अगले जीवन को सुखी बनाने के लिए इस जन्म में पुण्य अर्जन करो। पुण्य पाप के शाप से मुक्त करने वाला अमर वरदान है। - सुभाषित

एकाग्रता

मन के सभी संकल्पों, विकल्पों का किसी एक केन्द्र पर केन्द्रित हो जाना ही एकाग्रता है।

दीए पर लौ का ठहर जाना एकाग्रता है। भँवरे का फूल पर थिर होना एकाग्रता है। प्राण की परवाह किए बिना शमा पर परवाने का मंडराना एकाग्रता है। एकाग्रता का मतलब है मन के सभी संकल्पों, विकल्पों का किसी एक केन्द्र पर केन्द्रित हो जाना। शास्त्रीय भाषा में कहें तो अपने लक्ष्य के प्रति प्रतिबद्धता ही एकाग्रता है। हमने जो लक्ष्य अपने जीवन में निर्धारित किया है उसके लिए हम मन-प्राण से समर्पित हों और तब तक उसमें लगे रहें जब तक कि हमें अपने उद्देश्य में सिद्धि प्राप्त न हो जाए। प्रयत्न की यह निरन्तरता एकाग्रता के कारण ही संभव है। एकाग्रता के लिए मन पर नियन्त्रण आवश्यक है, जो स्वयं एक साधना है। एकाग्रता दृष्टि की भी होनी चाहिए और मन की भी। उच्च लक्ष्य की प्राप्ति के लिए अनेक छोटे-छोटे स्वार्थों का त्याग करना होता है। यह त्याग का भाव एकाग्रता से ही प्राप्त होता है।

यदि जीवन में कोई बुद्धिमानी की बात है तो वह एकाग्रता है और यदि कोई खराब बात है तो वह है अपनी शक्तियों को बिखेर देना। एक विचारक ने ठीक ही कहा है– जब मैं किसी में लग जाता हूँ तो उस समय संसार की कोई बात मेरे सामने नहीं रहती। यही उपयोगी पुरुष बनने की कुंजी है। यह सवाल आप अपने से पूछिए। जवाब भी अपने आपसे उभरेगा। ज्यादा संभावना नकारात्मक ही है। तो फिर क्या करें। एक विचारक ने कहा है – जिसमें तुम्हारी प्रवृत्ति है, उसी में लगे रहो। अपनी बुद्धि के मार्ग को मत छोड़ो। प्रकृति तुम्हें जो बनाना चाहती है, वही बनो, तुम्हें विजय प्राप्त होगी। इसके विपरीत यदि तुम और कुछ बनना चाहोगे तो भी नहीं बन सकोगे। इस सच्चाई को एकाग्रता से प्राप्त किया जा सकता है। एकाग्रता की शुरुआत विचारों

को केन्द्रित करने से मानी जाती है। इस धारणा में थोड़ा-सा परिवर्तन करने की आवश्यकता है। हम पहले मन को एकाग्र करने की बात करते हैं, इससे बहुत बड़ा झमेला खड़ा हो गया है। विचारों को केन्द्रित करना बड़े से बड़े ऋषि मुनियों से भी संभव नहीं है। हमारे पुराण, कुरान सभी इसी बात की गवाही देते हैं कि मन को साधना सरल बात नहीं है। इसलिए हम क्रमशः चलें।

कल्पना कीजिए एक दस मंजिला इमारत पर आपको चढ़ना है तो सीढ़ी दर सीढ़ी ही आपको आगे बढ़ना पड़ेगा। हम सीधे दसवीं मंजिल पर जाने की बात करें तो ये बात व्यावहारिक नहीं होगी। इसके लिए हर सोपान को सलाम करना होगा। बस हमें प्रयास भागीरथ रखना होगा। यह प्रयास सीढ़ी दर सीढ़ी चलने का ही होगा। एक शायर ने ठीक ही कहा है -

इक न इक शमां अंधेरे में जलाए रखिए।
सुबह होने को है माहौल बनाए रखिए॥

यही बात एकाग्रता के बारे में लागू होती है। हम क्रमशः आगे बढ़ें। पहले तन की एकाग्रता साधें। तन की एकाग्रता आसन के स्थिर होने से आएगी। तन की एकाग्रता के बाद श्वास को एकाग्र करना सीखें। प्राणायाम श्वास को एकाग्र करने में मददगार होता है। उसके बाद वाणी की एकाग्रता का अभ्यास करें। इसके लिए मौन संजीवनी का काम करेगी। उसके बाद मन की यानि विचारों की एकाग्रता का प्रयास करें। अब आप अभ्यास करके देखिए, तन, वाणी और श्वास के लयबद्ध होने के साथ ही आप धीरे-धीरे मन की खिड़की तक पहुँचने लगेंगे। मन जैसे ही लयबद्ध होगा आपके जीवन में एक अनूठी लय आ जाएगी। आपकी चित्त में जो चंचलता है। उसमें एक ठहराव आ जाएगा। उसमें एक समरसता दिखाई देगी। बिखराव समाप्त होगा जब मन किसी एक विचार पर ठहरने लगेगा तो आपको एक क्षण के लिए ऐसा भी लगेगा कि आप विचार से निर्विचार की दिशा में प्रस्थान करते जा रहे हैं। इसे ही पतंजलि निर्विकल्प समाधि कहते हैं। यानी जहाँ जाकर विचार ठहर जाए वहीं हमारी चैतन्य की परम एकाग्रता का क्षण है।

शाश्वत स्वर

❁ चित्त एकाग्र हुए बिना ध्यान और समाधि कठिन है। - मनु स्मृति

❁ यदि चित्त एकाग्र होगा, तो फिर सामर्थ्य की कभी कमी न पड़ेगी। साठ वर्ष के बूढ़े होने पर भी किसी नौजवान की तरह तुम में उत्साह और सामर्थ्य दीख पड़ेगी। - विनोबा भावे

❁ किसी विषय पर मन को एकाग्र करने का नाम ही ध्यान है। किसी एक विषय पर भी मन की एकाग्रता हो जाने से वह एकाग्रता जिस विषय पर चाहो उस पर लगा सकते हो। - विवेकानन्द

❁ सफल और असफल होने वालों के बीच कोई अन्तर नहीं होता। केवल यह अन्तर होता है कि एक केवल शारीरिक परिश्रम करता है और दूसरा कार्य को बुद्धि और ध्यान एकाग्र करके करता है। - स्वेट मार्डेन

❁ अनिश्चितमना पुरुष भी मन को एकाग्र करके जब सामना करने को खड़ा होता है तो आपत्तियों का लहराता हुआ समुद्र भी दबकर बैठ जाता है। - तिरुवल्लुवर

❁ मन और इन्द्रियों की एकाग्रता ही परम तप है। उनका जप सब धर्मों से महान् है। - शंकराचार्य

❁ अपने सामने एक ही साध्य रखना चाहिए। उस साध्य के सिद्ध होने तक दूसरी किसी बात की ओर ध्यान नहीं देना चाहिए। रात-दिन सपने तक में उसी की धुन रहे, तभी सफलता मिलती है। - स्वामी विवेकानन्द

मन

मन बहुत चंचल है, मनुष्य को मथ डालता है। जैसे वायु को दबाना बहुत कठिन है वैसे ही मन को वश में करना भी अत्यंत कठिन है।

मन नटखट तत्त्व है। जैसे हर वक्त उछलने-कूदने, गिरने-पड़ने की नटखट बच्चे की प्रवृति होती है वैसे ही मन का सलोना शिशु भी उछलकूद करता रहता है। मन जितनी तीव्रता से ऊपर नीचे होता है, विचारों की उथल-पुथल करता है, उसकी गति से दुनिया की किसी गति का मापन नहीं किया जा सकता है। वैसे जो कुछ अनुभव होता है, जो कुछ किया जाता है, जिस कार्य को करने की प्रेरणा मिलती है इन सबका केन्द्र मन ही है। मन में ही विचार उत्पन्न होते हैं। मन ही शत्रु-मित्र बनाता है। मन से ही देह के सभी कर्म संचालित होते हैं, इसलिए मन को नियंत्रण में रखना चाहिए। इसकी चंचलता को प्रभु सेवा द्वारा, भगवद् भजन द्वारा, सत्संग द्वारा और नियम संयम द्वारा नियंत्रित किया जा सकता है।

मन हमारी इन्द्रियों से संबंधित है। अतः इन्द्रियों के कार्य व्यवहार को ठीक रखने के लिए मन को अनुशासित बनाना चाहिए।

मन बहुत चंचल है, मनुष्य को मथ डालता है। जैसे वायु को दबाना बहुत कठिन है वैसे ही मन को वश में करना भी अत्यंत कठिन है। मन लाड़ले बच्चे के समान है। जैसे लाड़ला बच्चा सदैव अतृप्त रहता है, उसी प्रकार हमारा मन भी अतृप्त रहता है। मन का लाड़-प्यार कम करके उसे नियंत्रित रखना चाहिए। जिसने मन को जीत लिया, उसने जगत को जीत लिया। जब तक मन नहीं जीता जाता और राग-द्वेष शान्त नहीं होते तब तक मनुष्य इन्द्रियों की आदतों का गुलाम रहता है। मनुष्य मन तुच्छता से उच्चता की ओर अग्रसर हो इसके लिए एक सूक्त है—दूसरों के लिए हृदय को संकीर्ण बनाकर हम निर्धन हो जाते हैं और उसे विशाल बनाकर हम धनवान बन सकते हैं।

मन को नियंत्रण में रखने के लिए कार का उदाहरण सामने रखना चाहिए जैसे हम कार चलाते हैं तो एक्सीलेटर को दबाते जाते हैं और चाहते हैं कि कार रुक जाए। रोकने के लिए हमें एक्सीलेटर से पैर हटाकर ब्रेक पर रखना होगा। कार में एक्सीलेटर और ब्रेक साथ-साथ होते हैं ताकि एक ही पैर से दोनों काम किए जा सकें। मन की गाड़ी को पटरी पर रखने के लिए एक्सीलेटर और ब्रेक के बीच संतुलन साधना होगा। अगर ब्रेक पर ही पाँव रखा हो तो गति अवरुद्ध हो जाएगी और एक्सीलेटर पर ही पाँव विराजमान रहे तो फिर अनियंत्रित गति जीवन की क्षति का कारण भी बन सकती है।

बेहतरीन तरीका यह है कि ब्रेक और एक्सीलेटर के बीच उचित सामंजस्य स्थापित किया जाए। मन के बारे में भी यह बात ठीक से लागू होती है। मन को न तो अनियंत्रित भागने दिया जाए ना ही उसे इस तरह जड़ीभूत करें कि गतिशील विचारों की श्रृंखला ही टूट जाए।

मन एक सुकोमल तत्त्व है उसे मारना नहीं है, समझना है, मन को मारने की बात में हिंसा का भाव है। समझाने के भाव में करुणा, संवेदनशीलता झलकती है। जो लोग मन को मारने की बात करते हैं उनका दृष्टिकोण अतार्किक होने के साथ ही अधार्मिक भी है। मन को अच्छे विषयों में लीन करना ही मन को ऊर्ध्वारोहण की दिशा में आगे बढ़ाना है। जो लोग मन को मारने की बात करते हैं उनका नजरिया शून्य हो जाता है। मन को शून्य बनाने की अपेक्षा सृजनात्मक बनायें, उसे रचनात्मक कामों में जोड़ें तो एक अभिनव क्रांति घटित होगी जिससे न केवल दृष्टि बदलेगी बल्कि सृष्टि भी बदलती दिखाई देगी। जिसने मन के संस्कार को समझ लिया वह पूरे संसार को समझ सकता है। फिर उसके लिए कोई चीज जटिल नहीं है। वह तो निरंतर गतिशील होता है। जो गतिशील होता है सही मायने में वही प्रगतिशील होता है।

शाश्वत स्वर

❁ अपने मन की गुप्त बातें किसी को न बताओ। मन का भेद दूसरे को देने वाले लोग सदा ही धोखा खाते हैं। - चाणक्य

❁ अपने मन को जीतना कठिन है, लेकिन जब मन को जीत लिया तो सब कुछ जीत लिया। - उत्तराध्ययन सूत्र

❁ सम्पन्नता मन से होती है, धन से नहीं और बड़प्पन बुद्धि से होता है, मूर्खता से नहीं। - शेख़ सादी

❁ जिसने मन को जीत लिया, उसने सारे जगत को जीत लिया। - शंकराचार्य

❁ मन सफेद कपड़े के समान होता है उसे जिस रंग में डुबोओगे, उस पर वही रंग चढ़ जाएगा। - अज्ञात

❁ जब तक मन अस्थिर और चंचल है, तब तक अच्छा गुरु और साधु लोगों की संगति मिल जाने पर भी कोई लाभ नहीं होता। - रामकृष्ण परमहंस

❁ इसमें संदेह नहीं कि मन चंचल और कठिनता से वश में आने वाला है, परन्तु अभ्यास और वैराग्य से उसे वश में किया जा सकता है। - गीता

❁ चलते, खड़े होते, बैठते अथवा सोते हुए जो अपने मन को शांत रखता है, वह अवश्य ही शांति प्राप्त कर लेता है। - गौतम बुद्ध

नीति वचन

नीति वचन हमारी संस्कृति, साहित्य और लोकचेतना के रत्न कोष में सजी वे मुक्ता-मणियाँ हैं, जिनकी कीमत हमारी संस्कृति में सोने-चाँदी से कमतर नहीं है।

नीति वचन से आशय उन सद्वचनों से है जो जीवन के निशीथ व्यापी अंधकार में प्रकाश के पहरूए बनते हैं। नीति वचनों का उद्भव उन महापुरुषों द्वारा हुआ जिन्होंने उन्हें उपदेश बनाने से पहले अपने आचरण में उतारा। इस तरह सदुपदेश या नीति वचन ज्ञान और अनुभव के आधार पर लिखी गई वे उक्तियाँ हैं जिनको जानने और मानने से जीवन को नई दिशा मिलती है।

नीति वाक्य न तो कभी पुराने पड़ते हैं और न ही उनमें किसी का पक्षपात होता है। ये तो बहते गंगाजल की तरह निर्मल होते हैं जिनसे इस लोक में सुख मिलता है। जन्म-जन्मान्तरों में परम शान्ति प्राप्त होती है। यह ऐसा अमृत है जो देह और मन दोनों के लिए संजीवनी का काम करता है।

नीति या उपदेश कहने, बताने और समझाने में समय और पात्र का विशेष ध्यान रखा जाना चाहिए। कहीं ऐसा न हो कि हवन करते हाथ जल जाएँ। नीति वाक्यों का पालन मनुष्य को सच्चे अर्थों में सुसंस्कृत और श्रेष्ठ मानव बना देता है। अतः नीति और उपदेश पढ़ने योग्य, पालन करने योग्य, जानने के योग्य और मानने के योग्य हैं।

नीति वचन हमारी संस्कृति, साहित्य और लोकचेतना के रत्नकोष में सजी वे मुक्ता-मणियाँ हैं, जिनकी कीमत हमारी संस्कृति में सोने-चाँदी से कम नहीं है। इसलिए नीति वचनों को स्वर्णिम वचन भी कहते हैं। इन स्वर्णिम वचनों को हीरे-मोतियों से नहीं तोला जा सकता है। इन्हें तो जीवन में आत्मसात् करके ही मनुष्य इनके महत्त्व को समझ सकता है। आज हम सुबह उठते ही अखबार में मारकाट,

हत्या, बलात्कार, चोरी-डकैती और भयंकर दुर्घटनाओं की खबरें पढ़ते हैं। टीवी पर जो लाइव टेलिकास्ट देखे जाते हैं। जो घटना-दुर्घटनाओं से जुड़े होते हैं, वे भी अमंगलकारी होते है। भारत के पूर्व राष्ट्रपति ज्ञानी जैलसिंह तो कहते थे कि मैं सुबह उठते ही गुरूवाणी, गीता और बाइबिल के नीति वचन पढ़ता हूँ, दिन में आराम के वक्त अखबार पढ़ता हूँ। इसलिए मेरी सुबह मंगलमय होती है जिसकी सुबह मंगलमय होती है उसका पूरा दिन मंगलमय होता है।

आदमी को अपनी सुबह के क्रम को स्वाध्याय से जोड़ना चाहिए। स्वाध्याय वह गंगास्नान है जो आपके अंतर के मैल को धो डालता है। हमारी हर सुबह की शुरुआत नीति वचन से होगी तो हमारा दैनिक आचरण भी नैतिक बना रहेगा। देश में बच्चे-बच्चे को अपने-अपने धर्मग्रन्थ को सुबह उठकर पाठ करना चाहिए जिससे उसे नीतिगत उपदेश मिल सकें। कुछ चयनित नीति वचनों से अपने जीवन के कमरे में प्रेरणा का प्रकाश भरें।

शाश्वत स्वर

❁ अहंकार ही अनीति है व विश्व व्यापकता ही नीति है। - स्वामी विवेकानन्द

❁ नीति तत्त्व का आधार जिसने ईश्वर को बनाया उसने मज़बूत नींव पर इमारत खड़ी की। - विनोबा भावे

❁ आपस में कितना भी झगड़ा हो जाए मगर बातचीत बंद नहीं करनी चाहिए क्योंकि बातचीत बंद होते ही सुलह के सारे दरवाजे बंद हो जाते हैं। - अज्ञात

❁ श्रेष्ठ नीति यही है कि आदमी अन्याय और अनीति न करें न अपने पर होने दे। - अज्ञात

भाग्य

मनुष्य के भाग्य में जितना धन पाना लिखा है वह उसे रेगिस्तान में भी प्राप्त हो जाएगा, उससे अधिक सोने के पहाड़ से भी प्राप्त नहीं होगा।

भाग्य मनुष्य के जीवन का नियंता तत्त्व है। भाग्य के रहस्यमय विधान को समझा नहीं जा सकता है। भाग्य तो वह अपूर्व घटना है जो बिना किसी भूमिका के हमारे सामने प्रकट हो जाती है। भाग्य को परिभाषित करते हुए कहा गया है–पूर्व जन्मों के संचित कर्मों के फल से जो कुछ मानव के इस जन्म का भविष्य निर्मित होता है, वह भाग्य कहलाता है।

दुर्भाग्यवश अच्छे मनुष्य को भी दुख प्राप्त होता है और सौभाग्य से प्रतिभाहीन लोग भी सुख भोगते हैं। मनुष्य के स्वयं अपने कर्म से भाग्य या पुरुषार्थ से प्रतिकूलताएँ अनुकूलताओं में बदल जाती हैं। मानव का धर्म है कि वह पुरुषार्थी बनें। शास्त्र का कहना है कि ईश्वर उनकी सहायता करता है जो स्वयं अपनी सहायता करते हैं। भाग्य भी उन्हीं का अनुचर होता है जो जीवन की नाव को पुरुषार्थ की पतवार से खेते हैं। एक सूक्त द्दष्टव्य है-मनुष्य के भाग्य में जितना धन पाना लिखा है वह उसे रेगिस्तान में भी प्राप्त हो जाएगा, उससे अधिक सोने के पहाड़ से भी प्राप्त नहीं होगा। अतः व्यक्ति को धैर्य रखना चाहिए। घड़े में उतना ही पानी समाएगा जितनी उसमें क्षमता है चाहे उसे किसी भी कुएं से भरा जाए अथवा समुद्र से।

क्षमता और पुरुषार्थ का समन्वय ही 'भाग्य-योग' कर निर्धारण करते हैं क्योंकि भाग्य उन्हीं का साथ देता है जो अपनी मदद खुद करते हैं। कोशिश और पूरी तैयारी के बिना भाग्य का संयोग नहीं बनता फिर सच्चा भाग्यवान भी वही है जिसका धन गुलाम है और अभागा वह है जो धन का गुलाम है। भाग्य के निर्माता वही होते हैं जो वर्तमान को जीते हैं। कहा गया है कि-मृत अतीत को दफना दो, अनंत भविष्य तुम्हारे सामने है और स्मरण रखो कि प्रत्येक शब्द, विचार और कर्म तुम्हारे भाग्य का

निर्माण करता है। हम अपने जीवन में उन बातों के प्रति जागरूक रहें जो हमें दुर्भाग्य के करीब धकेलती है। दूसरों के दुर्भाग्य से बुद्धिमान व्यक्ति यह शिक्षा ग्रहण करते हैं कि किस बात से हमें बचना चाहिए।

भाग्योद्घाटन के रास्ते में जो रुकावट है उन्हें समझना होगा। बिना समझे हम भाग्य के अनेक आयामों को समझ नहीं पाएंगे। अवबोध से ही अवरोध हटते दिखाई देंगे। भाग्य की राम कहानी समझने की बजाय हम पुरुषार्थ रूपी जगन्नाथ के रथ को खींचेंगे तो न केवल जीवन आसान होगा बल्कि सफलताएं हमारे कदम चूमती दिखाई देंगी। भाग्य के नाम की माला जपने से भाग्य कभी आपके द्वार पर नहीं आएगा।

भाग्योदय उन्हीं का होता है जो सूर्योदय से लेकर सूर्यास्त तक श्रम करते हैं जिनके भाल पर पसीने की बूंदें छलकती हैं, वे लोग ही भाग्य देवता के सच्चे पुजारी हैं। एक लोक कहावत है कि सोया शेर भूखा ही मरता है जबकि परिश्रमी बिल्ली घूम-घूमकर दूध मलाई खाती है। पौरुष की बांहों में ही भाग्य-लक्ष्मी बंधी रहती है। श्रम के बिना कोई भी कार्य सार्थक नहीं होता है।

भाग्य एक नटखट तत्त्व है उस पर उतना ही भरोसा करना चाहिए जितना एक नटखट बच्चे का किया जाता है। भाग्य को सराहें भले ही, पर उसके भरोसे हाथ पर हाथ रखकर बैठने वाले के लिए अपनी तकदीर का सिक्का चमका सकते हैं, इसमें पर्याप्त संदेह है। एक शायर ने ठीक कहा है-

क्या करे तकदीर जहाँ तदबीर नहीं है।
क्या करे तदबीर जहाँ तकदीर नहीं है।।

तकदीर और तदबीर मिलकर ही आदमी के जीवन में एक क्रांतिकारी बदलाव ला सकते हैं। न तो कोरा पुरुषार्थ और न ही कोरा भाग्य अकेले कुछ कर सकता है।

शाश्वत स्वर

- भाग्य पर वह भरोसा करता है, जिसमें पौरुष नहीं होता। - प्रेमचंद

- मनुष्यों को अपनी वृद्धि और क्षय का एकमात्र कारण भाग्य ही है। - भृतहरि

- बालक का भाग्य सदैव उसकी मां के द्वारा निर्मित होता है। - नेपोलियन

- तुम्हारा भाग्य तुम्हारे हाथ है। जो शक्ति और सहायता तुम चाहते हो, वह सब तुम्हारे भीतर मौजूद है। इसलिए अपना भाग्य आप ही बनाओ। - विनोबा भावे

- जब भाग्य अनुकूल होता है, तब जिनके बारे में कुछ सोचा भी नहीं गया हो, ऐसी सब संपत्तियाँ अपने आप आ जाती हैं। परिमल पदम गुप्त

- मनुष्य को तपस्या से रूप, सौभाग्य और नाना प्रकार के रत्न प्राप्त होते हैं। इस प्रकार कर्म से सब कुछ प्राप्त होता है लेकिन जो भाग्य के भरोसे रहता है, उस अकर्मण्य को कुछ नहीं मिलता। - वेदव्यास

- पुरुष और पौरुष तभी तक चलते हैं, जब तक भाग्य अनुकूल रहता है। भाग्य के प्रतिकूल होते ही न पुरुष ही रहता है, न पौरुष ही। - अज्ञात

- भाग्य के बिना पुरुषार्थ फलदायी नहीं होता और पुरुषार्थ के बिना भाग्य गतिमान नहीं होता है। - लहर की प्यास

विचार

जीवन में आधी गलतियां तो केवल इसलिए होती हैं कि जहाँ हमें विचार से काम लेना चाहिए वहाँ हम भावुक हो जाते हैं और जहाँ भावुकता की आवश्यकता होती है, हम विचारों को अपनाते हैं।

मनन करने की प्रवृत्ति से मनुष्य को मनुष्य कहलाने का गौरव प्राप्त हुआ है। मनुष्य को विचारशील प्राणी कहा गया है। मनुष्य की वैचारिक शक्ति ने समाज का निर्माण किया। राष्ट्र और विश्व धर्म की अवधारणा के मूल में मनुष्य की सोच ही धरातल का काम करती है। मानव के मन में सोचने का कार्य मस्तिष्क द्वारा होता है। सोचने की प्रक्रिया से जो भावधारा आकार पाती है वही विचार कहलाती है। विचार को उचित ढंग से व्यक्त करना, उसे सुरक्षित रखना और अच्छे विचारों को क्रियान्वित करना मानव की योग्यता और प्रतिभा की कसौटी है।

हम अच्छा सोचें ताकि अच्छा करें। अच्छा करें ताकि स्व-उदय से सर्वोदय तक की यात्रा संपन्न हो सके। अच्छे विचार हवा के झोंके की तरह होते हैं उन्हें सही समय पर व्यक्त कर देना चाहिए। सिर्फ विचार करना ही पर्याप्त नहीं बल्कि उसकी क्रियान्विति भी उतनी ही जरूरी है। विचारों का अजीर्ण भोजन के अजीर्ण से कहीं ज्यादा बुरा है क्योंकि भोजन के अजीर्ण की तो दवा है परन्तु विचारों का अजीर्ण संस्कारों को बिगाड़ देता है। आचरण रहित विचार कितने ही अच्छे क्यों न हों, उन्हें बिखरे मोती की तरह समझना चाहिए। आचरण के सूत्र में बंधकर ही उन मोतियों की माला बन सकती है।

संसार में न कुछ भला है न बुरा। केवल हमारे विचार ही उसे भला या बुरा बना देते हैं। जीवन में आधी गलतियाँ तो केवल इसलिए होती हैं कि जहाँ हमें विचार से काम लेना चाहिए वहाँ हम भावुक हो जाते हैं और जहाँ भावुकता की आवश्यकता होती है, हम विचारों को अपनाते हैं। महान विचार जब कार्य रूप में क्रियान्वित हो जाते हैं तब महान कृतियाँ बन जाती हैं। विचार का दीपक बुझ जाने पर आचार अंधा

हो जाता है। कहा गया है कि वे व्यक्ति कभी अकेले नहीं हैं जिनके साथ सुन्दर विचार हैं। सुन्दर विचार पुष्पों के समान हैं, और उस पर चलना उनको माला में पिरोने के समान है। जिन विचारों से आपका अंतःकरण, आपकी बुद्धि और आपका हृदय पूरी तरह समर्थन देता हुआ आनंदित होता है उन विचारों से अपने मन को जोड़ना चाहिए।

अपने मस्तिष्क में व्यर्थ की जानकारी एकत्र मत करो। जो कुछ तुम्हारे लिए अनुपयोगी है उसे भूल जाओ, तभी तुम अपने मन को दिव्य विचारों से भर सकते हो। दिमाग को खाली न छोड़ें न ही उसमें व्यर्थ प्रपंचों का कूड़ा-करकट भरें। अच्छे विचार ही आचरण की कसौटी हैं। अच्छे विचारों पर यदि अमल न किया जाए तो वे अच्छे स्वप्नों से बढ़कर नहीं है। जैसा बनना चाहते हो, वैसा ही विचारों को बनाओ, वैसा ही सोचो।

थोड़ा विचार करो, पद मिलने से हम बड़े हुए तो वास्तव में हम छोटे ही रहे, पद बड़ा हुआ। रुपये मिलने से हम बड़े हुए तो रुपये ही बड़े हुए, हम बड़े नहीं हुए। विचारों की यात्रा पर मन सदैव गतिशील रहता है। विचार आते हैं, चले जाते हैं किन्तु वे आदमी के जीवन में एक स्थायी प्रभाव छोड़ जाते हैं। विचारों को हमेशा ताजा बनाए रखना चाहिए। किसी विचार को लेकर हम जब आग्रह करते हैं तो हम विचारों की ताजगी से अपने आपको दूर कर लेते हैं। पूर्वाग्रह और दुराग्रह वे दुष्ट ग्रह हैं जो आदमी के जीवन को खराब करते हैं।

एक सूक्ति है कि महज मूर्ख और मृतक ही अपने विचारों को नहीं बदलते। विचार की विकास यात्रा में पूर्वाग्रह, दुराग्रह ऐसे अवरोध हैं जो आदमी की स्वस्थ चिंतन यात्रा को रोक लेते हैं। हम जीवंत विचारों के साथ जीएँ। दिवंगत विचारों से अपने आपको अलग कर लें। विचारों का प्रवाह जब थम जाता है तो मस्तिष्क थक जाता है। बहता पानी निरमला की तरह विचारों को बहने दें, बढ़ने दें। ऐसा नहीं सोचें कि विचार बदलने से मैं सिद्धांतों से विचलित हो जाऊँगा। सिद्धांतों को विचार बनाते हैं जब सिद्धांत से विचार निर्मित होने लगते हैं तो आदमी जड़ता का शिकार हो जाता है। जड़ से जुड़ें जड़ता से नहीं।

सिद्धांत और सत्य से समन्वित विचार आपके अंतरमन को आलोक का लोक बना सकते हैं। विचारों के साथ मनन करते रहना चाहिए जैसे मंथन से नवनीत

(मक्खन) मिलता है, वैसे ही विचारों के मनन से सत्य का साक्षात होता है। इस जीवन दृष्टि को सामने रखिए फिर देखिए आपका जीवन नंदनवन की तरह महकता चहकता दिखाई देगा।

शाश्वत स्वर

- जो कुछ किसी से कहो, उसे अवश्य पूरा करो। यदि पूरा करने का विचार ही नहीं हो तो कहो मत। - अज्ञात
- हम सब अपने विचारों से ही बनते हैं। जैसे विचार होंगे वैसा ही हमारा स्वरूप होगा। - महात्मा गाँधी
- स्वस्थ रहने के लिए स्वस्थ विचार जरूरी है। - रूसो
- विचारशून्य जीवन पशु-जीवन जैसा है। - महात्मा गाँधी
- जिस तरह अध्ययन करना अपने आप में कला है उसी प्रकार चिंतन करना भी एक कला है। - महात्मा गाँधी
- विचार ही कार्य का मूल है। विचार गया तो कार्य गया ही समझो। - महात्मा गाँधी
- हमारे मन के विचार कर्म के पथ प्रदर्शक होते हैं। - प्रेमचन्द
- विचार में भूगोल के देश-विदेश का स्थान नहीं है, लेकिन स्तर-भेद अवश्य है। - जैनेन्द्र
- मेरी हवा में रहेगी ख़याल की बिजली
यह मुश्ते ख़ाक है फ़ानी रहे न रहे। - भगतसिंह
- विचार ही हमारी मुख्य प्रेरणा-शक्ति होते हैं। - विवेकानन्द
- जीवन विचार का स्वामी है, विचार जीवन का स्वामी नहीं है। - राधाकृष्णन्

वर्तमान

जो बीत गया उसका सोच क्या? जो आएगा वह ईश्वर के अधीन है। अतः हमारे सभी धर्म-कर्म वर्तमान को ध्यान में रखकर ही किए जाने चाहिए।

वर्तमान की सबसे सरल परिभाषा है जिस पल में हम जी रहे हैं। वैसे समय एक अविभाज्य तत्त्व है। उसे किसी कालखंड में बाँटा नहीं जा सकता। मनुष्य कल्पना जीवी है इसलिए उसने जो बीत गया है उसे अतीत, जो पल अभी आया नहीं उसे अनागत यानि भविष्य कहा है। जो पल चल रहा है उसे वर्तमान की संज्ञा दे दी। वर्तमान क्षण में जीवन है। जो क्षण बीत चुका वह व्यतीत अतीत का हिस्सा बन गया और भविष्य अभी अजन्मा है। जीवन की यात्रा में भी तीनों काल घटित होते हैं। बचपन वर्तमान में जीता है। वृद्धत्व अतीत के अनुभवों में बहता है और युवावस्था भविष्य के दर्पण में झाँकता है।

इसे थोड़ा विस्तार से समझ लें। बच्चा हमेशा वर्तमान जीवी होता है इसलिए प्रसन्न रहता है उसके पास विगत और आगत को लेकर कोई सोच नहीं होती है। युवाओं के सामने वर्तमान का सवाल नहीं होता है, वे भविष्य के सुनहरे स्वप्न देखते हैं। बूढ़े लोग हमेशा अपने विगत की बात करते हैं। वे पुराने अनुभवों के संसार में रचे बसे रहते हैं, उसकी बातें कहते हैं, इसलिए वृद्धावस्था अतीतजीवी है। जीवन की इन तीनों अवस्थाओं में समय के तीनों कालखंड विराजमान हैं।

जो चल रहा है उसे वर्तमान कहते हैं अर्थात् हमारा आज ही वर्तमान है। कल के लिए आज को समझना जरूरी है। सच तो यह है कि हमारा अधिकार तो वर्तमान पर ही है। जो बीत गया उसका सोच क्या? जो आएगा वह ईश्वर के अधीन है। अतः हमारे सभी धर्म-कर्म वर्तमान को ध्यान में रखकर ही किए जाने चाहिए। वर्तमान को छोड़कर या उसकी उपेक्षा करके हम भविष्य के अच्छा होने की बात नहीं कर सकते। इसलिए हमारा 'आज' महत्वपूर्ण है, इस बात को गहराई से समझकर आचरण करना

चाहिए। जो वर्तमान की उपेक्षा करता है वह अपना सब कुछ खो देता है। दस हजार गुजरे 'कल', एक 'आज' की बराबरी नहीं कर सकते हैं। श्रुति कहती है-जो कुछ भी करना है उसे स्वयं पर और परमात्मा पर विश्वास रखकर वर्तमान काल में ही करना चाहिए। बीती हुई बात का शोक नहीं करना चाहिए। शोक धैर्य को नष्ट कर देता है। भविष्य में क्या होगा? इसकी चिंता भी नहीं करनी चाहिए। बुद्धिमान एवं ज्ञानी पुरुष वर्तमान को सफल बनाने के कार्य में जुटे रहते हैं। हम आज को बेहतर बनाएँ और इसका भरपूर आनन्द लें, अगर हम अपने आज का भरपूर इस्तेमाल खुशहाली के लिए कर रहे हैं तो आने वाले बेहतर कल के लिए बीज बो रहे हैं। आज को संभालने से सब संभल जाता है, भूत-भविष्य की चिंता में सब कुछ गल जाता है।

सुखी, स्वस्थ और स्वच्छ जीवन जीने के लिए आदमी को वर्तमान में जीना होगा। जो अतीत के अनुभवों में जीते हैं वे भी वर्तमान से शिकायत करते हैं और जो भविष्य के सपने देखते हैं वे भी वर्तमान से असंतुष्ट रहते हैं। वर्तमान में जीना ही सही मायने में जीवन को जीना है। भविष्य अजन्मा है। भूत मर चुका है, वर्तमान ही जीवंत क्षण होता है इसलिए मनुष्य को वर्तमान के साथ बेहतरीन तालमेल बिठाना चाहिए।

जो वर्तमान के पल को जी लेता है उसका आने वाला कल भी अच्छा होगा। जिसका वर्तमान अच्छा होगा उसका अतीत भी सुंदर हो जाएगा। चूंकि आज जो हमारा वर्तमान है वही कल में तब्दील होकर अतीत बनेगा। मनुष्य को अपने जीवन की सार्थक संरचना के लिए आज और अभी को जीना चाहिए। वर्तमान के साथ बढ़ने वाला ही वर्तमान, अर्थात् विकासशील होता है। वर्तमान को जीवन के आंगन पर उतारें, भविष्य के सपने विगत की चिंताओं से मन को हल्का करें तभी एक सुंदर जीवन के चित्र की रचना हम कर सकते हैं।

शाश्वत स्वर

- 'आज' निश्चित है, जो 'कल' है वह अनिश्चित है। - शतपथ ब्राह्मण

- कल के मोर से आज का कबूतर ही अच्छा है। - चाणक्य सूत्र

- न अतीत के पीछे दौड़ो और न भविष्य की चिंता में पड़ो क्योंकि जो अतीत है, वह नष्ट हो गया, और भविष्य अभी आ नहीं पाया है। - मज्झिमनिकाय

- मेरे लिए वर्तमान ही सब कुछ है। भविष्य की चिंता हमें कायर बना देती है, भूत का भार हमारी कमर तोड़ देता है। - प्रेमचन्द

- वर्तमान तो कर्म चाहता है, स्वप्न नहीं, यथार्थ के दर्शन चाहता है। - हरिकृष्ण 'प्रेमी'

- नौ नकद अच्छे, न तेरह उधार। - हिन्दी लोकोक्ति

- वर्तमान समय ही मनुष्य का अपना है। - डॉ. जॉनसन

- उस व्यक्ति के लिए जो इसे ठीक से ग्रहण करे, संसार प्रतिदिन नया जन्म लेता है। - जेम्स रसेल लावेल

- कल करे सो आज कर। आज करे सो अब।
पल में परलय होएगी, बहुरि करेगो कब। - रहीम

योग

अविद्या से विमोहित होकर आत्मा 'जीव' की संज्ञा पाकर आध्यात्मिक, आधिदैविक और आधिभौतिक इन तीन तापों के अधीन हुई है। इन तीन तापों से मुक्ति प्राप्त करने का उपाय योग है।

योग समस्त साधनाओं का मूल और सर्वोत्कृष्ट साधना है। शास्त्र में बताया गया है कि व्यासदेव के पुत्र शुकदेव पूर्व जन्म में किसी पेड़ की टहनी पर बैठकर शिवजी के मुख से योग के उपदेश सुनकर पक्षी योनि से उद्धार पाकर अगले जन्म में परमयोगी बने थे। केवल योग के श्रवण से जब इतना लाभ होता है, तब योग की साधना करने से ब्रह्मानन्द और सर्वसिद्धि की प्राप्ति होगी, इसमें क्या कोई संदेह हो सकता है? योग के संबंध में शास्त्र की उक्ति इस प्रकार है कि अविद्या से विमोहित होकर आत्मा 'जीव' की संज्ञा पाकर आध्यात्मिक, आधिदैविक और आधिभौतिक इन तीन तापों के अधीन हुई है। इन तीन तापों से मुक्ति प्राप्त करने का उपाय योग है।

योग अभ्यास के बिना प्रकृति के माया कौशल को जानना संभव नहीं है। जो व्यक्ति योगी है, उसके समक्ष प्रकृति अपना मायाजाल नहीं फैला सकती, वरन वह शर्मिंदा होकर भाग जाती है, सहज शब्दों में उस योगी व्यक्ति में प्राकृतिक लय प्राप्त होती है। प्रकृति के लय प्राप्त होने पर वह व्यक्ति फिर पुरुष जीव नहीं कहलाता है, उस समय वह केवल आत्मा के नाम से सत्स्वरूप में अवस्थान करता है। इस तरह सत्स्वरूप में अवस्थान करने के कारण योग को श्रेष्ठ साधना बताया गया है।

योग ही धर्म जगत का एकमात्र पथ है। तंत्र का मंत्र, मुसलमानों का अल्लाह और ईसाइयों का ईसा मसीह, एक दूसरे से पृथक हो सकते हैं, परन्तु जिस समय वे उस चिंतन में आत्मविभोर हो जाते हैं तो वे अनजाने में योगाभ्यास नहीं तो और क्या करते हैं? फिर भी किसी अन्य देश के किसी धर्मशास्त्र में आर्यों के योगधर्म की तरह परणिति या परिपुष्टि नहीं हुई है। मोटे तौर पर दूसरी जातियों के संबंध में चाहे जो कुछ भी हो, किंतु भारत के तंत्र-मंत्र, पूजा-पद्धति आदि सब कुछ योगपरक हैं। योगाभ्यास के

द्वारा चित्त की एकाग्रता आने पर ज्ञान उत्पन्न होता है और उस ज्ञान के द्वारा मानवात्मा की मुक्ति होती है। वह मुक्तिदाता परम ज्ञान योग के अतिरिक्त शास्त्र पाठ के द्वारा प्राप्त नहीं किया जा सकता। भगवान शंकर देव ने कहा है-

अनेक शतसंख्याभिस्तर्क व्याकरणादिभिः,
पतिता शास्त्राजांलेषु प्रज्ञया ते विमोहिताः ॥

सैकड़ों तर्कशास्त्र और व्याकरण आदि का अध्ययन करके मनुष्य शास्त्र के जाल में पड़कर विमोहित हो जाता है। वास्तव में सच्चा ज्ञान योगाभ्यास के बिना पैदा नहीं होता।

मथित्वा चतुरो वेदान सर्वशास्त्राणि चैव हि।
सारस्तु योगिभिः पीतस्तक्रं पिवन्ति पण्डिताः ॥

चार वेदों और समस्त शास्त्रों का मंथन कर नवनीत स्वरूप उनके सार भाग को तो योगीजन पी चुके हैं और उनके असार भाग जो तक्र (छाछ) है, पण्डित लोग वही पी रहे हैं। शास्त्र के पाठ से जो ज्ञान पैदा होता है, वह मिथ्या प्रलाप मात्र है। वह सही ज्ञान नहीं है। बहिर्मुखी मन, बुद्धि और इन्द्रियों को बाह्य विषयों से निवृत्त कर अंतर्मुखी बनाकर सर्वव्याप्त परमात्मा में संयोग करने का नाम सच्चा ज्ञान है।

सर्वचिन्तापरित्यागो निश्चिन्तो योग उच्चते।

जिस समय मनुष्य सब चिंताओं का त्याग करता है उस समय के मन की लय अवस्था योग कहलाती है।

योगश्चित्तवृत्ति निरोधः

हृदय की सभी वृत्तियों का निरोध करने का नाम योग है। वासना कामनाओं से युक्त चित्त को वृत्ति कहते हैं। इस वृत्ति का प्रवाह स्वप्न, जागृत और सुषुप्ति, इन तीन अवस्थाओं में मनुष्य के हृदय में चलता रहता हैं। चित्त सदैव अपनी स्वाभाविक अवस्था को पुनः प्राप्त करने की चेष्टा करता है, परन्तु इन्द्रियाँ इसे बाहर की ओर खींचती हैं। इनका दमन करना, इनके बाहर चले जाने की प्रवृत्ति को रोकना और उसे वापिस लाकर उन परम पुरुष के समीप जाने के रास्ते पर ले जाने को योग कहते हैं। चित्त शुद्ध नहीं होने पर उसका निरोध नहीं किया जा सकता, जैसे मैला कपड़ा रंग नहीं

पकड़ता और उस पर कोई दूसरा रंग चढ़ाने के लिए पहले उसे साफ करना होता है। हम तालाब की तलहटी को नहीं देख सकते। उसके क्या कारण हैं? तालाब का पानी गंदा होने और उस पर हमेशा तरंगें चलते रहने के कारण उसकी तलहटी नहीं दिखाई देती। यदि पानी साफ है और उस पर कोई तरंग नहीं है, तब हम उसकी तलहटी को देख सकते हैं। तालाब की तलहटी हमारा सच्चा स्वरूप है। तालाब चित्त और उसकी तरंगें वृत्तियां हैं। हम अपने हृदय में स्थित चैतन्य पुरुष को क्यों नहीं देख पाते हैं? हमारा चित्त हिंसा आदि पापों से मलिन और आशा आदि वृत्तियों से तरंगायित है। उसके परिणामस्वरूप हम हृदय को नहीं देख पाते हैं। यम, नियम आदि साधनाओं के द्वारा चित्त का मैल हटाकर चित्त वृत्तियाों का निरोध करने का नाम योग है।

यम, नियम आदि साधनाओं के द्वारा हिंसा, काम और लोभ आदि पापों के मैल को हटाकर कामनाओं और वासनाओं से युक्त चित्त वृत्तियों के प्रवाह का निरोध कर सकने में हृदय में स्थित चैतन्य पुरुष का साक्षात्कार होता है। ऐसा दर्शन होने पर "मैं कौन हूँ?" वह कौन है?-यह भ्रम दूर होता है। उससे जगत क्या है। बाल-बच्चे क्या हैं, सोने का बंधन और लोहे का बंधन क्या है, उसका ज्ञान होता है। हृदय में दृढ़ भक्ति और अहेतुक प्रेम का उद्रेक होता है। चार प्रकार के योग प्रचलित हैं।

मंत्रयोगा हठश्चैव लययोगस्तृतीयकः।
चतुर्थो राजयोगः स्यात द्विधाभाव वर्जितः॥

मंत्रयोग, हठयोग, लययोग और राजयोग, योग शास्त्र में इन चार प्रकार के योगों का उल्लेख है-परन्तु इस समय मंत्र योग में साधना करके सिद्धि प्राप्त करना एक तरह से असंभव हो चुका है।

मंत्रजपान्मनोलयो मंत्रयोगः

मंत्र का जाप करते-करते जो मनोलय होता है, उसका नाम मंत्रयोग है। मंत्रजप के रहस्य को जाने बिना और जप समर्पण के बिना मंत्रजप सिद्ध नहीं होता। विशेषतः उपयुक्त उपदेष्टा का अभाव है। गुरु अथवा उपदेष्टा का अभाव न होने पर भी अनेक जन्मों तक परिश्रम नहीं करने पर मंत्रयोग में सिद्धि नहीं हो सकती। हठ योग की साधना आजकल एक तरह से साध्यातीत है। हठयोग के लक्षण में बताया गया है :

हकारः कीर्त्तितः सूर्यष्ठकारश्चन्द्र उच्यते।
सूर्याचन्द्रमसोयोगाद्धठयोगो निगद्यते॥

'ह' शब्द में सूर्य और 'ठ' शब्द में चन्द्र है। हठ शब्द में चन्द्र और सूर्य का एकत्र संयोग है। अपान वायु का नाम चन्द्र और प्राणवायु का नाम सूर्य है। अतः प्राण और अपान वायु के एकत्र संयोग का नाम हठयोग है। हठयोग आदि की साधना करने जैसी उपयुक्त अवस्था और शरीर आज के जमाने में बहुत कम है। फिर द्वैतभाव रहित होने पर भी इसमें कोई संदेह नहीं है कि राजयोग संसारी लोगों के लिए बहुत ही कष्ट साध्य है। विशेषकर राजयोग की क्रियाओं को हाथों-हाथ बताकर नहीं समझाने से पुस्तक पढ़कर हृदयंगम करना एक तरह से असंभव है। इसलिए कलियुग के अल्पायु और अन्न के अभावी लोगों के लिए सहज और सुखसाध्य लय योग निर्दिष्ट है। लय योग अनन्त प्रकार के हैं। अंदर और बाहर के भेद से जितने पदार्थ बन सकते हैं, उन सभी में लय योग की साधना हो सकती है अर्थात् चित्त को जिस किसी पदार्थ पर लगाकर उसके साथ एक तान बन सकने से लय योग सिद्ध होता है। इस तरह योग के प्रयोग से जीवन का हर क्षण आनन्दमय और अह्लादपूर्ण बनता है।

शाश्वत स्वर

- योग का अभिप्राय है शुद्ध संस्कारों की उत्पत्ति और अशुद्धि का विनाश।
  - योग शास्त्र

- चित्त की वृत्तियों को वश में रखना ही योग है। समत्व ही योग कहा गया है अर्थात् हानि-लाभ, सुख-दुख आदि में समभाव रखना, विचलित न होना ही योग है।
  - गीता

- हे अर्जुन, योग में स्थित हुआ कर्म, संग त्यागकर सिद्धि-असिद्धि में सम होकर तू कर्मों को कर। यह समता ही योग कहलाती है।
  - गीता

ज्ञान

ज्ञान सागर की तरह व्यापक, विस्तृत और असीम है। समाज में ज्ञान-ज्ञाता-ज्ञेय तीनों का ही सम्मान होता है।

जानने की प्रक्रिया को ज्ञान कहते हैं। जीवन में आधि भौतिक और आध्यात्मिक विकास के लिए ज्ञान का वैसा ही महत्त्व है जैसा जीवन में आंखों का महत्त्व है। आंखों के बिना जीवन का कोई मतलब नहीं है, वैसे ही ज्ञान के नेत्र के बिना भी जीवन निस्सार और निरर्थक है।

किसी भी प्रकार की आध्यात्मिक, साहित्यिक अथा कलात्मक कुशलता और जानकारी ज्ञान कहलाती है। जो कुछ जानने योग्य है, उसका ज्ञाता ही ज्ञानी कहलाता है। हम बातचीत में कहते हैं-उसे भाषा का बहुत अच्छा ज्ञान है। उसे गायन की बारीकियों का ज्ञान है। उसे अमुक क्षेत्र में महारत हासिल है। इस प्रकार किसी क्षेत्र विशेष की जानकारी ज्ञान है और उस ज्ञान को जानने-पहचानने और समझने वाला ज्ञानी कहलाता है।

आध्यात्मिक ज्ञान को जानने वाले व्यक्ति को सिद्ध पुरुष अथवा ज्ञानी कहते हैं। ज्ञान सागर की तरह व्यापक, विस्तृत और असीम है। समाज में ज्ञान-ज्ञाता-ज्ञेय तीनों का ही सम्मान होता है। ज्ञान दुधारी तलवार है इसलिए यदि उद्देश्य शुभ नहीं है तो ज्ञान भी पाप बन जाता है। ज्ञान हमारे आचरण से परिभाषित होना चाहिए क्योंकि ज्ञान की बातें सुनकर उन पर जो अमल करता है उसी के हृदय में ज्ञान की ज्योति प्रकट होती है। जहां अंधकार मिटा वहाँ भीतर जगह खाली हुई, इनर स्पेस हुआ, वहीं ज्ञान उतर आता है, वहीं प्रभु उतर आता है।

ज्ञान सच्चा दर्पण है इसलिए एक व्यक्ति अपना ज्ञान जितना बढ़ाता है उतना ही उसे पता चलता है कि वह किन-किन क्षेत्रों में अज्ञानी है। अज्ञान को जान लेना ही सच्चा ज्ञान है, इसलिए ज्ञानी का जीवन अनूठा और विलक्षण होता है। ज्ञानी संसार

को हँसकर भोगता है और मूर्ख व्यक्ति संसार को रो-रोकर भोगता है। मूर्ख के पास ज्ञान नहीं होता उसके पास अज्ञान जनित अहं होता है इसलिए वह अहं को ही ज्ञान मान बैठता है। ज्ञान के अहं से बढ़कर अज्ञान और कुछ नहीं होता है।

अज्ञानी को ज्ञानवान बनाना आसान है किंतु उस अहंकारी को ज्ञानवान बनाना बहुत जटिल कार्य है, जो अज्ञान को ही ज्ञान मान बैठा है। ज्ञान का मतलब केवल सूचनाओं का संग्रह करना नहीं है। ज्ञान का मतलब उस बोध चेतना को विकसित करना जिससे आप अपने जीवन के अंतर और बाह्य दोनों धरातल को समझ सकें। बाहरी दुनिया से जो परिचय करवाती है उसे सूचना और जो आंतरिक दुनिया की सैर करवाए उसे ज्ञान कहा जाता है। ज्ञान को देहरी के दीये की उपमा दी गई है जैसे देहरी पर धरा दीया आंगन और द्वार दोनों को प्रकाशमान करता है वैसे ही ज्ञान जीवन के व्यवहार जगत और विचार जगत दोनों को प्रकाशमान करता है। विचार जगत को प्रकाशित किए बिना हम जीवन को समग्र रूप से नहीं समझ सकते हैं, जीवन के अंतरंग से परिचित हुए बिना हमारा व्यवहार जगत पवित्र नहीं हो सकता है।

एक सच्चा ज्ञानी जीवन की किताब को ही नहीं पढ़ता वह उन अक्षरों में व्याप्त जो ज्ञान है उसे अपने जीवन से परिभाषित करता है। आचरण में उतारे बिना ज्ञान का वरदान भी अहंकार के अभिशाप में बदलता दिखाई देता है। जो ज्ञान जीवन की प्रयोगशाला में खरा साबित नहीं होता वह ज्ञान भी अजीर्ण की बीमारी बन जाता है। जो ज्ञान जीवन का हिस्सा नहीं बनता है वह ज्ञान वचन विलास बनकर एक मिथ्या व्यामोह बन जाता है। जो व्यक्ति मिथ्या व्यामोहों से ऊपर उठता है उसका ज्ञान दीपक एक दिन सूर्य बनकर पूरे जगत को आलोकित करता है।

शाश्वत स्वर

❁ प्रभु के बारे में जाना किंतु प्रभु को नहीं जाना तो ज्ञान ध्यान नहीं हो सकता।
- नीतिशास्त्र

❁ हजारों साल से बंद पड़ी अंधेरी गुफा में भी एक ज्ञान का दीपक जलाने से उजाला हो जाता है। - अज्ञात

सहअस्तित्व

मातृ, पितृ और गुरु ऋण की भाँति
मनुष्य मात्र समाज का भी ऋणी है।
वस्तुतः मातृ, पितृ और गुरु ऋण भी
सामाजिक ऋण का ही एक बड़ा अंश है।

सहअस्तित्व सृष्टि का आधार है। सहअस्तित्व के भाव को नकारने से उत्पन्न हमारी बहुत-सी सामाजिक समस्याओं का समाधान सहअस्तित्व की भावभूमि में ही निहित है। प्राकृतिक व्यवस्थाओं के अंतर्गत सम्पूर्ण जड़-चेतन सृष्टि एक-दूसरे पर आश्रित है। प्राणीमात्र अपने जन्म, पोषण और सुरक्षा आदि के लिए किसी न किसी रूप में दूसरे पर निर्भर है। यदि हम दूसरे पर निर्भर हैं, तो दूसरे हम पर। यह परस्पर निर्भरता ही सहअस्तित्व है। मनुष्य अपनी बुद्धि आदि विभिन्न कारणों से इस सृष्टि का सर्वश्रेष्ठ प्राणी है। उसने इस सहअस्तित्व को व्यापक और सुनियोजित किए जाने की आवश्यकता अनुभव करते हुए समाज की संरचना की।

सहअस्तित्व का आधार लेकर समाज का संगठनात्मक ढांचा खड़ा न किया गया होता तो मनुष्य भी पशुवत् ही होता क्योंकि एकल व्यक्ति सभी कार्यों को नहीं कर सकता। वह अपने शरीर के पोषण हेतु अन्न उत्पादन के लिए खेती, दुग्ध उत्पादन के लिए पशुपालन आदि कर भी ले तथा स्वयं ही अपने लिए मोटरकार, हवाई जहाज, टी.वी., फ्रिज आदि भी बना ले, यह संभव नहीं है। वह स्वयं इंजीनियर भी हो जाए और डाक्टर भी, अतः सभी प्रकार के कार्यों को एक व्यक्ति कर ही नहीं सकता। एक ही कार्य करने के लिए भी उसे दूसरे के सहयोग की आवश्यकता होती है।

एक व्यक्ति ने अपनी संपूर्ण ऊर्जा और समय को वैज्ञानिक अंवेषण में लगाया तो उसकी अन्य आवश्यक आवश्यकताओं की पूर्ति दूसरों के द्वारा की गई। यदि किसी ने अन्न उत्पादन किया तो किसी ने उसे कपड़ा बनाकर दिया। कार्य-विभाजन और परस्पर सहयोग ने ही हमें सुविधा-सम्पन्न व्यवस्थित जीवन जीने योग्य बनाया। इसीलिए प्रत्येक व्यक्ति अपने व्यक्तिगत अस्तित्व के साथ एक सामाजिक अस्तित्व

भी रखता है। यही कारण है कि व्यक्ति के उत्कर्ष में समाज का उत्कर्ष निहित है तथा समाज के उत्कर्ष में व्यक्ति का उत्कर्ष निहित है।

आज समाज में निरंतर संकीर्णताएँ बढ़ती जा रही हैं और हम एकाकी होते जा रहे हैं। हमें अपने छोटे से व्यक्तिगत लाभ के लिए दूसरे का, समाज या राष्ट्र का बड़े से बड़ा नुकसान करने में संकोच नहीं है। कुछ लोग अपने राजनैतिक, व्यावसायिक प्रतिद्वंद्वी की हत्या करने-करवाने तक पर उतर जाते हैं। छात्रों की शैक्षणिक प्रतिस्पर्द्धा तक में हत्या की घटनाएँ प्रकाश में आई हैं। सार्वजनिक संपत्ति को निजी संपत्ति में बदलने की प्रवृत्ति बढ़ती जा रही है। जो समाज पहले हमें सुरक्षा प्रदान कर रहा था आज हम उसी समाज से भयाक्रांत और असुरक्षित हैं। विश्वासी और निकटस्थजन ही अपनों की पकड़ करवाने में संलग्न देखे जा सकते हैं। परस्पर एक-दूसरे की सुरक्षा क्या हमारा सामाजिक दायित्व नहीं है? हम सभी अपने सामाजिक दायित्वों से विमुख होते जा रहे हैं और विभिन्न रूपों में इसका खामियाजा भी भुगत रहे हैं। बच्चे घरों में कैद हैं, वे गली-मोहल्ले में खुलकर खेल नहीं सकते। महँगे आवासीय स्कूल में बच्चों का प्रवेश हमारी सुरक्षाजनित मजबूरी बनती जा रही है क्योंकि बच्चों का दैनिक स्कूल जाना असुरक्षित हो गया है। छात्रों को अपने साथियों पर भी विश्वास नहीं है। सुरक्षा के नाम पर अराजक तत्त्वों और गुंडों द्वारा सम्पन्नों का दोहन किया जा रहा है। क्या इन स्थितियों का कारण हमारी सामाजिक विमुखता नहीं है ? समाज की इन अवांछनीय स्थितियों के लिए हम-आप सभी उत्तरादायी हैं। जब हम अपने सामने दुर्घटनाग्रस्त बाहरी अपरिचित व्यक्ति को अस्पताल नहीं पहुँचाना चाहते तब हम भूल जाते हैं कि हम भी प्रायः अकेले बाहर होते हैं और हमारे साथ भी कहीं कोई घटना हो सकती है। हमारे द्वारा की जाने वाली अपने पड़ोसी की सुरक्षा प्रकारांतर से अपनी सुरक्षा है। हमारी छोटी-छोटी बातें समाज के वातावरण को अच्छा और बुरा बनाती हैं।

मातृ, पितृ और गुरु ऋण की भाँति मनुष्य मात्र समाज का भी ऋणी है। वस्तुतः मातृ, पितृ और गुरु ऋण भी सामाजिक ऋण का ही एक बड़ा अंश है। किसी से बिना उसका उचित मूल्य चुकाए धन, वस्तु एवं सेवा आदि लेना ही ऋण है। ऋषियों-मुनियों, मनीषियों ने ज्ञान-विज्ञान, साहित्य आदि की जो अमूल्य निधि समाज को सौंपी है और जिसका विभिन्न रूपों में हम उपभोग कर रहे हैं। यह भी

समाज का एक ऋण है। समय-समय पर सैद्धान्तिक रूप से हम इसे स्वीकारते भी हैं। जैसे-किसी विशिष्ट व्यक्ति, साहित्य मनीषी आदि के निधन पर हम कहते हैं समाज उनका सदैव ऋणी रहेगा। यदि इसे हम व्यावहारिक रूप में भी स्वीकारने लगें तो बहुत-सी सामाजिक समस्याओं का स्वतः समाधान हो जाए। व्यावहारिक रूप से स्वीकारने का हमारा आशय यह है हम समाज के प्रति अपने दायित्वों को समझें और उनका निर्वहन करें। साथ ही साथ यथाशक्ति किसी न किसी रूप में समाज को कुछ देने का भी प्रयास करें, केवल लेने का नहीं। हमने प्रत्यक्ष-अप्रत्यक्ष रूप में समाज से बहुत कुछ लिया है और ले रहे हैं तो देना भी चाहिए। आदान-प्रदान से समाज का अस्तित्व है।

शाश्वत स्वर

- परस्परोग्रहो जीवानाम्।
  जीव परस्पर सहयोग से ही जीते हैं। - आचार्य उमापति

- समाज का विकास सहअस्तित्व की भावना से हुआ है। एक दूसरे के सुख में अपना सुख देखना सहअस्तित्व का मूलाधार है। - रूसो

- छोटे जीव को बड़ा जीव समाप्त कर नहीं जीता है बल्कि निर्बल को आगे बढ़ाकर ही बलवान अपने को श्रेष्ठ साबित करता है। - यशपाल

- सहअस्तित्व मनुष्य होने का सबूत है, आपस में संघर्ष करना तो पशुता की निशानी है। - मैक्सिम गोर्की

- समानता ही सहअस्तित्व की भावभूमि है जो किसी को समान नहीं मानता वह चाहे कितना ही बड़ा हो उसका कोई सम्मान नहीं करता।
  - आचार्य आनंद ऋषि

गुरु कृपा

दीक्षा का मतलब है, दीयते ज्ञान सद्भाव, क्षीयते सर्वसंशयः दी का मत दिया जाना है ज्ञान दिया जा रहा है। क्षी का मतलब कुछ निकाला जा रहा है, जो संशय के रूप में माया के रूप में आपके अंतर में पसरा पड़ा है।

गुरुकृपा का अर्थ है कि आदमी के चारों ओर इतनी ऊर्जा फैली है कि एक पल के लिए आपके हृदय की खिड़की खुले, आप अहोभाव से भर जाएँ, धन्यवाद से आपका अंतर आंदोलित हो जाए, पल भर के लिए विचार ठहर जाएँ तब जो एक हल्के आघात के साथ जो घटना घटती है वह गुरुकृपा है। गुरुकृपा का कुल मतलब है कि विराट की शक्ति के साथ आपके अंतर का तार जुड़ गया। विराट सत्ता का वोल्टेज तो अनंत है, आपको अपना बल्ब जलाने के लिए 100 वॉट का वोल्टेज चाहिए। जब चेतना का बल्ब उस अनन्त वॉल्टेज एनर्जी से परस जाता है तो एक आघात के साथ जो घटना घटती है, वही शक्तिपात है। गुरुकृपा के ऊर्जा प्रवाह की प्रक्रिया में कुछ भी हो सकता है, बल्ब जल भी सकता है, फ्यूज भी हो सकता है। अगर अंतर उस अनंत ऊर्जा को भीतर समेट नहीं पाता है तो प्रतिक्रिया में पूरा जीवन वर्तुल गड़बड़ा सकता है और ऊर्जा संभल जाए तो चेतना के कई नए आयाम प्रकट हो सकते हैं। ओशो कहते हैं कि शक्तिपात के दौरान वह शक्ति सीधे भी उतर सकती है, पर इसमें खतरे बहुत हैं, इसलिए वह शक्ति किसी गुरु के जरिए, किसी मास्टर के जरिए हमारी चेतना में उतरे। गुरु रेग्यूलेटर का काम करता है। ट्रांसफार्मर का काम करता है जितनी ऊर्जा आप पचा सकते हैं, उतनी ऊर्जा को वह आपके अंतर में उतारता है। गुरु आपकी क्षमता के अनुसार एनर्जी को रेग्यूलेट करके आप तक पहुँचाता है जिससे साधक दुर्घटना से बच सके। इसलिए गुरु का होना जरूरी है। गुरु ऊर्जा के उस अनन्त प्रवाह को झेलता है और जितना ग्रहण कर सकते हैं, उतना देता है।

गुरु दीक्षा देता है, दीक्षा का मतलब गुरु आपको कुछ दे रहा है। दीक्षा का मतलब यह नहीं है कि आपको कोई माला दे दी गई या कोई कंठी पहना दी गई। दीक्षा

का मतलब है, दीयते ज्ञान सद्भाव, क्षीयते सर्वसंशयः दी का मत दिया जाना है ज्ञान दिया जा रहा है। 'क्षी' का मतलब कुछ निकाला जा रहा है, जो संशय के रूप में माया के रूप में आपके अंतर में पसरा पड़ा है। इस तरह दीक्षा का मतलब शक्तिपात की प्रक्रिया से गुजरना ही है, उस विधि में ठहर जाना है जहां आपकी आत्म चेतना के साथ अनंत का तालमेल हो जाए। ये कैसे संभव है, कबीरा गाता है-जो घर के बारे आपना चले हमारे साथ। सद्गुरु की कृपा दीक्षा के द्वारा हमारी ऊर्जा के काम से राम की ओर प्रवाहित करता है। काम कंकर है राम कोहिनूर, कोहिनूर को पाकर भला कौन कंकर को मुट्ठी में बांधे रखेगा ? गुरुकृपा हमारी दृष्टि बदलती है। एक अनूठी ऊर्जा का संचार करती है। हम फिर एक बदलाव महसूस करने लगते हैं अपने जीवन में। जीवन के हर पल में। ये बदलाव ही आत्मक्रांति है।

शाश्वत स्वर

- गुरु आदमकद आइने की तरह है। अगर भक्ति की आँख से उसे देखोगे तो उसमें तुम्हारा अक्स हो दिखाई देगा। - ओशो

- गुरु भगवान के साक्षात संदेश वाहक हैं। - शरणानंद

- गुरु के बिना ज्ञान तो किताबें भी दे सकती हैं किंतु गुरुकृपा के बिना साधना सिद्ध नहीं होती। - महर्षि अरविंद

- गुरु गोविन्द दोनों खड़े, काकू लागूं पाय।
बलिहारी गुरु आपकी, गोविन्द दियो बताय। - रहीम

- गुरु को देवता की तरह पूजो और उसके सदुपदेश को ईश्वरीय आदेश समझो। - रमण

- गुरु कुम्हार की तरह होता है जो माटी को घड़ा बनाता है। माटी जब घड़ा बताती है तब उसे पीटना भी पड़ता है, इसलिए गुरु का कोप भी कृपा के समान है। - उड़िया बाबा

संस्कारों की यात्रा

बचपन में हमारा अवचेतन मन पवित्र सरोवर की तरह होता है। परिवार, माता-पिता एवं प्राथमिक शिक्षकों द्वारा जो शिक्षा एवं संस्कार हमें दिए जाते हैं, वे इस पवित्र सरोवर की गहराई में जाकर फूलने-फलने लगते हैं।

मनोवैज्ञानिकों ने हमारे मन को दो भागों में बँटा हुआ बतलाया है। चेतन मन और अवचेतन मन। विगत घटनाओं के अच्छे-बुरे सभी अनुभव हमारे अवचेतन मन में जमा होते जाते हैं। किसी व्यक्ति के द्वारा किया गया दुष्कृत्य कभी-कभी हृदय में गहरे घाव कर देता है। उस व्यक्ति के प्रति बदले की भावना जन्म लेने लगती है। बैर का रूप धारण करने वाली ग्रंथि अवचेतन मन में चली जाती है।

बचपन में हमारा अवचेतन मन पवित्र सरोवर की तरह होता है। परिवार, माता-पिता एवं प्राथमिक शिक्षकों द्वारा जो शिक्षा एवं संस्कार हमें दिए जाते हैं, वे इस पवित्र सरोवर की गहराई में जाकर फूलने-फलने लगते हैं। बचपन में मन में जो शिक्षा, संस्कार गहराई में जाकर समा गए, उन्हें निकालना बहुत ही मुश्किल होता है। इनका नींव का पत्थर की तरह हमारे व्यक्तित्व निर्माण में महत्त्वपूर्ण योगदान रहता है। इस अवस्था में अवचेतन मन के पवित्र सरोवर की सुरक्षा परिवार, माता-पिता एवं प्राथमिक गुरुजनों के हाथों में रहती है। जैसे-जैसे हम बड़े होते जाते हैं जीवन के सभी सुखद एवं दुखद अनुभव अवचेतन मन की स्मृति में संकलित होते रहते हैं। चेतन मन हमारे चतुर्दिक जीवन के वर्तमान परिवेश में बदलता-बिगड़ता रहता है। अवचेतन मन अपने कटु अनुभवों द्वारा कभी-कभी चेतन मन को सावधान भी करता रहता है। हमारे सभी पाप, पुण्य, घृणा, द्वेष, करुणा, दया, ममता, प्रेम, भक्ति, विरक्ति के भाव अवचेतन मन में समाते जाते हैं। हमारे विगत जीवन के सुखों के विविधाकर्षण, दुखों के गहरे घाव, अनइच्छित व्यवहार, घृणा, निंदा, अपमान एवं प्रेम की न जाने कितनी स्मृतियों की फ्लॉपियाँ इस अवचेतन मन की अलमारी में भरी पड़ी हैं। चेतन मन कभी-कभी अवचेतन मन से सलाह-मशविरा करके ही अपनी आगे की कार्यवाही

को संचालित करता है। अवचेतन मन एक ऐसा शांत सरोवर है जिसके एक किनारे पर हमारा चेतन प्रायश्चित की पवित्र यात्रा में वह अपने को निर्मल करता है। जीवात्मा की ओर इस पवित्र यात्रा में उसकी सांसारिक विभक्तता समाप्त हो जाती है। पवित्र जीवात्मा में समर्पित हुआ अपावन मन उसी प्रकार आत्मस्वरूप हो जाता है, जिस प्रकार कोई गंदा नाला गंगा में जाकर गंगा का ही रूप धारण कर लेता है। इस समर्पण में अवचेतन मन में पड़ी ग्रंथियाँ नष्ट हो जाती हैं, आत्मा में समाहित हुआ मन कामनाहीन होकर आत्मरूप हो जाता है। प्राचीन ऋषियों-मुनियों एवं तपस्वियों ने संसार के विषय भोग एवं सतही रूप सौन्दर्य से दूर रहकर उसमें छिपे शाश्वत सौन्दर्य को पहचानने की साधना की थी। वे जानते थे कि संसार का सतही सौन्दर्य क्षणिक सुख देने वाला दारुण दुखदायी है। इस कारण वे भौतिक सौन्दर्य की गहराई तक जाने की साधना करने में विश्वास रखते थे। उन्होंने बाह्य सौन्दर्य को त्यागकर आंतरिक सौन्दर्य की ओर मन को मोड़ा।

इस आंतरिक सौन्दर्य की यात्रा को अधियात्म यात्रा कहा गया। जिसे बाद में आध्यात्म का रूप प्रदान किया गया। मन जो संसार के विषय भोगों एवं मिथ्या से अविभक्त होकर आत्मा की ओर समर्पित होने के लिए चल दिया। उपनिषदों में भौतिक सुख ऐश्वर्य के मिथ्य मायाजाल को, जो परमात्मा के सत्य को ढके हुए हैं, सोने का पात्र कहा गया। यही स्वर्ण-पात्र विश्व के अन्तर्निहित सत्य के दर्शन के मार्ग में बाधक होता है। हम अचेतन मन में संस्कारों की सुंदर प्रतिमा को सजाएं जिससे हमारा जीवन एक श्रेष्ठ समाज की संरचना में सहायक हो सके।

शब्द

शब्द रंग-रंगीले चित्र-विचित्र होते हैं। एक शब्द मनुष्य के अंतर में ऐसे उतरता है जैसे अमृत की बूंद। दूसरा शब्द इस तरह से दिल तक उतरता है जैसे कान के रास्ते जहर का घूंट पी लिया है।

शब्द का अपना संसार है। शब्द से पूरा संसार परिभाषित होता है, कल्पना कीजिए शब्द नहीं होते तो धर्मदर्शन, साहित्य, संस्कृति, इतिहास और विज्ञान का अस्तित्व नहीं होता, दुनिया का सारा ज्ञान-विज्ञान शब्दों में ही संचित है। शब्द ही संसार की समस्त विधाओं का जनक है। हमारे यहां शब्द को ब्रह्म कहा गया है। वाणी का मूल आधार शब्द ही है।

शब्दों का अपना संसार होता है। शब्द सुख भी प्रदान करते हैं और दुःख भी देते हैं। शब्दों की कुशलता उनके प्रयोग में है। कम से कम शब्दों में अपनी बात को कहना शब्दों की जादूगरी ही है। जुबान से निकलने पर शब्द कभी लौटते नहीं हैं, इसलिए संयत शब्दों का संयत ढंग से संयत प्रयोग संयत स्वभाव को प्रदर्शित करता है। अपने शब्दों को अल्पतम् रखना चाहिए, क्योंकि अलादीन के खजाने की भाँति और भी कई खजाने हैं जो केवल शब्दों की कुंजियों द्वारा खुल सकते हैं।

शब्द रंग-रंगीले चित्र-विचित्र होते हैं। एक शब्द मनुष्य के अंतर में ऐसे उतरता है जैसे अमृत की बूंद। दूसरा शब्द इस तरह से दिल तक उतरता है जैसे कान के रास्ते जहर का घूंट पी लिया है। शब्द में अनंत सामर्थ्य है, शब्दों के जरिए मनुष्य विकास और विनाश की यात्रा करता है। शब्दों की तश्तरी में सभ्यता का उत्थान-पतन परोसा जाता है। शब्द ही सेतु हैं जो आदमी के विचारों को व्यवहार के जगत से जोड़ते हैं, यदि शब्द नहीं होता तो मनुष्य सभ्य नहीं बन पाता। मनुष्य के विचार शब्द-पथ पर ही अग्रसर होकर सभ्यता के सृजन की कहानी कहते हैं।

शब्द-शक्ति की चर्चा हमारे अध्यात्म में भी होती है। नाद से शब्द की उत्पत्ति हुई। शब्द से संसार बना इसीलिए शब्द को ब्रह्म कहा गया है। शब्द ब्रह्म है

और ब्रह्म की शक्ति को माया कहा गया है, जब शब्द-ब्रह्म भ्रम फैलाने लगता है तो समझ लीजिए अब शब्दों की माया की छाया प्रकट हो गई है। सत्य से शब्द का रिश्ता टूटता जा रहा है। आज शब्द-ब्रह्म की आराधना की बहुत आवश्यकता है क्योंकि निरर्थक शब्द भ्रमजाल फैला रहे हैं। सूचना और तकनीक ने शब्द संसार की व्यापकता को पूरे ब्रह्माण्ड में फैला दिया। अखबार और इलेक्ट्रोनिक मीडिया ने जिस तरह शब्द के साथ अन्याय किया है उससे शब्दों की गरिमा गिरी है।

मनुष्य आज प्राणहीन शब्दों का प्रयोग कर रहा है। शब्दों का प्राण उसकी अर्थवत्ता में निहित है। आज शब्दों के अर्थ की अर्थी उठ गई है। असार्थक शब्दों ने हमारे जीवन में कई जटिलताएं बढ़ा दी हैं। शब्दों से सत्य बोलना चाहिए। असत्य शब्दों का व्यवहार जीवन को बोझिल बनाता है।

विचारों की तराजू पर अपने शब्दों को तोलकर देखिए कि सच और झूँठ के पलड़े में कौनसा पलड़ा भारी है। आप स्वयं अनुभव करेंगे कि आपके शब्द सार्थक है या निरर्थक। सार्थक शब्द व्यापार में आपकी प्रतिष्ठा में चार चाँद लगाते हैं जबकि निरर्थक शब्दालाप में आपकी प्रतिष्ठा की प्रतिमा खंडित होती दिखाई देती है। तोलमोल कर बोलिए फिर आपको लगेगा कि आपके शब्दों में किसी मंत्र से कम ताकत नहीं है। प्रिय शब्द वशीकरण और अप्रिय शब्द आपको विस्मरण की ओर ले जाते हैं। संतुलित और सत्य से भरे शब्दों का प्रयोग ही शब्द साधना कहा गया है। शब्द साधक वही है जो हित मित्र और परिमित शब्दों का व्यवहार करता है।

शाश्वत स्वर

❁ शब्द में चमत्कार भरा होता है। शब्द भावना को देह देता है और भावना शब्द के सहारे साकार बनती है। - महात्मा गाँधी

❁ शब्द बड़ी साधना से उठ पाते हैं, उन्हे गिराने की चेष्टा नहीं होनी चाहिए। - जैनेन्द्र

❁ किसी शब्द का प्रयोग तब करो जब समझ लो कि दूसरा कोई शब्द इस पर विजय प्राप्त नहीं कर पावेगा। -तिरुवल्लुवर

गुण

गुण

**जो विशेषता दूसरों को प्रभावित करे,
जिस बात की लोग सराहना करें वही उस
व्यक्ति का गुण कहलाता है।**

मनुष्य के जो श्रेष्ठ जीवन-मूल्य होते हैं, वे उसके जीवन के गुण बनते हैं। गुण वह तत्त्व है जो आदमी की प्रकृति और प्रवृत्ति के बीच श्रेष्ठ सेतु का काम करता है। गुण को अच्छाई भी कहा गया है, शुभ कर्म को अच्छाई और अशुभ कर्म को बुराई कहते हैं। वैसे तो मनुष्य गलतियों का पुतला है किन्तु प्रत्येक व्यक्ति में कोई न कोई अच्छांई अवश्य होती है। जो विशेषता दूसरों को प्रभावित करे, जिस बात की लोग सराहना करें वही उस व्यक्ति का गुण कहलाता है। गुणवान व्यक्ति की सभी प्रशंसा करते हैं। गुण जन्मजात भी होते हैं और अर्जित भी। मधुर वाणी जन्मजात गुण है, जबकि दूसरों का आदर करना, उनकी सराहना करना अर्जित गुण। अच्छे को ग्रहण करना और बुरे को छोड़ना मानव का सबसे अच्छा गुण है। गुण सर्वत्र प्रशंसित होता है और गुणवान भी। कहा गया है कि जब तक गुणवान मनुष्य चुपचाप बैठा रहता है, तब तक उसका गुण कोई नहीं जानता।

संसार में ऐसे कितने मनुष्य हैं जो अन्य व्यक्तियों के छोटे-से गुण को पर्वत के समान महान मानकर हृदय से प्रसन्न होते हैं। दूसरों की भूलों को राई का पहाड़ और अपनी पहाड़-सी भूलों को राई समझनेवाले लोग ज्यादा हैं। चार गुण दुर्लभ हैं—धन में पवित्रता, दान में विनय, वीरता में दया और अधिकार में निरभिमानता। दूसरों के गुण ढूँढ़कर हमें अपनाने चाहिए। हम में से कितने ही लोग ऐसी मूर्खता कर बैठते हैं, वे औरों से सीखकर बढ़ने की बजाय उसका गुणगान ही अधिक करते हैं। गुणगान करने की अपेक्षा गुणवान बनना ज्यादा श्रेयस्कर है।

श्रुति का कथन है–अपने परिवार में सद्‌गुणों के बीज बोओ, उनके फूल खिलेंगे। सद्‌गुणों की चर्चा करो, उनका स्वाद लो और अपने जीवन में अपनाओ। उनको अपने जीवन का अंग बनाओ। सद्‌गुण फैलाने से फैलते हैं। सद्‌गुणों के विस्तार का त्रिआयामी सिद्धान्त है–हम अच्छा सोचें, अच्छा बोलें, अच्छा आचरण करें। जिसका मन विचारवान होने के साथ संस्कारवान है, वह गुणों का अधिकारी है। उसकी वाणी में सत्य वचन और शुभ वचन उसी तरह से निर्झरित होते हैं, जैसे हरसिंगार के फूल झर रहे हों। जबकि दुर्गुणी व्यक्ति जहाँ बैठेगा वहाँ वह नकारात्मक ऊर्जा फैलाएगा, नकारात्मक सोच फैलाएगा, नकारात्मक बातें उसके मुँह से निकलेगी, उसकी 'नेगेटिव बॉडी लैंग्वेज' उसके आचरण से अभिव्यक्त होगी। इस तरह पूरे परिवेश में एक नेगेटिव सोच रखने वाला व्यक्ति अवगुणी होता है।

एक सवाल है, सद्‌गुणों को जीवन का हिस्सा कैसे बनाएँ ? इसके लिए आदमी को अपने जीवन में एक व्यवस्था बनानी होगी। आज चारों ओर प्रबन्धन का शोर है। गृह प्रबन्धन व कार्यालय प्रबन्धन से लेकर जीवन के हर आयाम यानी परिवार के, समाज और राष्ट्र के प्रबन्धन की चारों ओर चर्चा है। किन्तु व्यक्ति स्वयं के जीवन के प्रबन्धन के प्रति जरा भी सावचेत नहीं है। यह स्थिति इस बात को उजागर करती है कि हमारा वर्तमान जीवनक्रम कितना अराजक बना हुआ है। जो आदमी अपने 'लाइफ मैनेजमेंट' के प्रति जागरूक है, वही जीवन में सद्‌गुणों का विस्तार कर सकेगा। उसी की जिन्दगी सद्‌गुणों से महकते रंग-बिरंगे फूलों का भरा-पूरा हरा-भरा उद्यान बन सकेगी। गुणवान व्यक्ति को प्रशंसा की प्रवृत्ति से बचना चाहिए। हमारी चित्त-प्रवृत्ति को प्रशंसा भी उतना ही विचलित करती है जितनी निंदा। हम प्रभु की स्तुति के सिवाय न तो किसी की स्तुति करें और न कराएँ। हमारे हृदय में गुणों के प्रति आदर है तो उन्हें हम अपने जीवन में अपनाना चाहिए। जब हम किसी गुणवान से गुण ग्रहण करने की प्रवृत्ति रखते हैं तो प्रकृति का प्रत्येक कण हमारी प्रेरणा का प्रकाश बनता है–

फूलों से नित हँसना सीखो, भौंरों से नित गाना।
फल से लदी डालियों से सीखो, नित-उठ शीश झुकाना॥

अतः इस तरह गुणग्राहक होता है उसका जीवन सुन्दरतम् बनता है। मनुष्य का असली रूप तो गुणों में झलकता है। अपनी छाप गुणवान होकर ही डालनी चाहिए, रूपवान होकर नहीं। गुणवान, रूपवान से हजार गुणा ज्यादा बेहतर है। गुणवान की श्रेष्ठता रूपवान, धनवान, ज्ञानवान से अधिक है। कहा भी गया है– गुणवान सर्वत्र पूज्यते। गुणवान बनने के लिए हमें संस्कारित व सद्गुण ग्रहक बनने की जरूरत है। यदि हम ऐसा अपने आपको कर पाए तो हमारा जीवन-सुमन महक उठेगा।

———

शाश्वत स्वर

❁ मनुष्य गुणों से महान बनता है न कि ऊँचे आसन पर बैठने से। मन्दिर के शिखर पर बैठकर भी कौआ-कौआ ही रहता है, हंस नहीं बन जाता।
- चाणक्य

❁ जिसके जीवन में बहुत से गुण हों वहां एक-आध अवगुण वैसे ही नहीं दिखाई देता जैसे असंख्यात किरणों के बीच चन्द्रमा का कलंक। - कालिदास

❁ जो मानव अपने अवगुण व दूसरों के गुण देखता है वह गुणवान बनता है और जो अपने गुणों का बखान करता है और दूसरों के अवगुणों का, वह कभी गुणवान नहीं हो सकता। - सुकरात

❁ शत्रु के भी गुण ग्रहण कर लो और मित्र के दुर्गुण छोड़ दो। - प्रेमचन्द

❁ राजा का सम्मान उसके साम्राज्य की सीमा तक ही होता है जबकि गुणवान का सर्वत्र सम्मान होता है। - भर्तृहरि

❁ यदि आपमें गुण है तो वे स्वतः ही प्रशंसा प्राप्त कर लेंगे। केसर को अपनी सुगंध के लिये वक्तव्य नहीं देना होता है। - शेस्टन

❁ नीर क्षीर विवेक हंस का स्वाभाविक गुण है। उसे कोई नहीं छीन सकता, विधाता भी नाराज हो जाए तो हंस का घोंसला छिन सकता है न कि उसका विवेक का मौलिक गुण। - तिरवल्लुवर

महानता

मानवमात्र के लिए कल्याण की कामना रखना और उसके लिए हमेशा प्रयासरत रहना महानता का लक्षण है।

महानता यानि बड़प्पन। महानता व्यक्तित्व के सद्‌गुणों में निवास करती है। जन्म से कोई महानता के आभूषण धारण करके नहीं आता है। महानता जन्मजात नहीं होकर कर्मजात होती है। जो व्यक्ति अपने जीवन को विराट उद्देश्य के लिए समर्पित करता है, उसके जीवन द्वार पर ही महानता दस्तक देती है। नाम, पद, धन या कद से व्यक्ति बड़ा नहीं होता, बल्कि उदारता, दयालुता, पवित्रता और संवेदनशीलता जैसे गुण ही महानता के जनक हैं। चरित्र की श्रेष्ठता ही महानता है। मानवमात्र के लिए कल्याण की कामना रखना और उसके लिए हमेशा प्रयासरत रहना महानता का लक्षण है। परस्पर सद्‌व्यवहार और निरभिमानता महानता की प्रत्यक्ष पहचान है।

सच्ची महानता हृदय की पवित्रता में बसती है। इसमें यह नहीं कि कोई तुम्हारी कितना प्रशंसा करता है। अभी तक ऐसा कोई व्यक्ति महान नहीं हुआ जो साथ ही साथ गुणवान न रहा हो। गुणवान को गुणगान की जरूरत नहीं होती है। महानता सदैव ही विनयशील होती है और दिखावा पसंद नहीं करती किन्तु क्षुद्रता सदैव ही अपने गुणों का ढिंढ़ोरा पीटती है। उसकी जीवन दृष्टि महान होती है। महान होना अच्छा है पर अच्छा होना अधिक महान है। महान वही है जो अजातशत्रु है यानि जिसने सभी शत्रुओं को शस्त्र से नहीं प्यार से जीता है।

एक विचारक का कथन है-महान वह है जिसने अपने दुश्मनों को हरा दिया, किंतु महानतम वह है जिसने अपने शत्रुओं को अपना बना लिया। शत्रु को शत्रु समझकर उसे लड़ाई में जीतना श्रेयस्कर नहीं है बल्कि शत्रु को भी क्षमा करना और स्नेह से जीतने वाला ही सच्चा महावीर है।

संघर्ष से उत्पन्न महानता चिरस्थायी नहीं होती है। जिन लोगों ने मनुष्यों के दिलों को जीता वे ही सच्चे विजेता हैं। आत्म-विजेता ही महानता के पथ पर अपने कदम बढ़ाते हैं। इतिहास के पन्नों पर दर्ज होने वाले भी इसलिए भुला दिए गए क्योंकि उन्होंने कृत्रिम महानता की चादर ओढ़ी थी। सिकंदर, अकबर जैसे युद्धवीर भी महान कहालाये किंतु उनकी महानता तलवार की नोंक पर टिकी थी जबकि महान अशोक जिसने युद्ध के मैदान में अहिंसा का मंत्रगान किया। हृदय के आसन पर बैठकर जिसने शांतिपाठ किया उस महान अशोक को युग-युगांतरों तक याद किया जाएगा।

महान व्यक्ति दुनिया को नहीं बदलते बल्कि अपने-आपको बदलते हैं। अपना नजरिया बदलते हैं जब व्यक्ति का नजरिया बदलता है तो नजारा अपने आप बदलता दिखाई देता है। जमाने को बदलने की ताकत उन्हीं लोगों के पास होती है, जो युग की धारा के विपरीत बहते हैं इसलिए किसी भी महान व्यक्ति को उसके जीवनकाल में कभी फूलों के हार नहीं मिले उन्होंने कांटों के ताज पहनकर आज आम आदमी के दिलों पर राज किया है। महान व्यक्तियों के जीवन का प्रत्येक आचरण अनूठा होता है, वे अपने भयंकर कष्टों को किसी के छोटे से कष्ट के आगे भूल जाते हैं। राम घायल जटायु को देखकर सीता-हरण की विरह-व्यथा को भूल गए। सुदामा की दीन दशा देखकर कृष्ण की आँखें व्यथा की कथा आँसुओं से लिखने लगी। महावीर ने चंडकौशिक साँप को जगाने के लिए उसके विषदंश झेले। बदले में दिया प्रेम, करुणा और अहिंसा का अमृतदान। जो फूल के बदले शूल, अभिशाप के बदले वरदान और अंधेरे के बदले उजाला बांटते हैं वे लोग ही जीवन में महानता के राजमार्ग पर बढ़ते हैं। जो अपने कष्ट में कठोर रहते हैं और दूसरों की पीड़ा से बर्फ बनकर पिघलते हैं वे व्यक्तित्व हमेशा जीवित रहते हैं। मृत्यु के बाद यशोदेह में जीने वाला ही सच्चा महान है और ऐसी महानता की गाथा इतिहास, धर्म और संस्कृति प्रत्येक ग्रंथ में दर्ज है।

शाश्वत स्वर

- व्यक्ति जन्म से नहीं कर्म से महान होता है। - भगवान महावीर

- महानता किसी की विरासत नहीं है जो वीर प्रतिभावान होते हैं वे महानता के आभूषण को धारण करते हैं। - रूसो

- जीवन को वे लोग ही महान बनाते हैं जो अपने जीवन के बारे में विलक्षण दृष्टि रखते हैं। - यशपाल

- महान व्यक्तियों के बताए रास्ते पर चलकर ही महानता की मंजिल को पाया जा सकता है। -लेनिन

- अपने आपको और अपने पूर्वजों की महानता का बखान करने वालों को यह नहीं भूलना चाहिए कि उनके पूर्वज बंदर थे। - आइंस्टीन

- महानता सीखी नहीं जाती पर वह जन्मजात भी नहीं होती। - अज्ञात

चरित्र

आत्म-नियन्त्रण हमारे चरित्र की कसौटी है। जब चारों तरफ वासना, विकार और विलास का वातावरण हो तब हम अपने संकल्प की धुरी पर टिके रहें, यही संकल्प चरित्र के महावृक्ष का बीज है।

मनुष्य का चरित्र उसकी जीवन-व्यवस्था से निर्मित होता है, अगर आदमी अपने जीवन को योजनाबद्ध ढंग से जीए, छोटी-छोटी आदतों से विचार, वाणी और व्यवहार के बीच एक ऐसा सन्तुलन निर्मित करें जिससे उसका व्यक्तित्व संतुलित होता है। चरित्र संगठित व्यक्तित्व का परिचायक है। व्यक्ति के व्यक्तित्व को संतुलित करने में सर्वाधिक भूमिका उसका आचरण निभाता है, सदाचरण ही चरित्र है। इसी चरित्र का मानव जीवन में विशेष महत्त्व है। चरित्र व्यक्ति के गुणों का सम्मिलित रूप है। किसी मनुष्य का आचरण और व्यवहार ही उसका चरित्र है। हमारी वाणी, हमारे क्रियाकलाप और समाज में व्यक्त होने वाला हमारा स्वरूप ही चरित्र के चित्र को रचता है।

सच्चरित्र और दुश्चरित्र के स्वभाव में, व्यवहार में उतनी ही विषमता है जितनी अंधियारे और उजियारे के बीच है। जीवन का कृष्ण पक्ष है कुशील होना और शुक्ल पक्ष है शीलवान होना। शील शब्द चरित्र को व्यापक संदर्भ में देखता है, शील का निर्माण छोटी-छोटी वृत्तियाँ करती हैं। भावनाओं के तल पर जो आरोह-अवरोह होते हैं उनके बीच हमारा संकल्प कितनी दृढ़ता के साथ स्थिर रहता है। शीलवान व्यक्ति को कई कसौटियों से गुजरना पड़ता है। उसके जीवन का मूल सूत्र होता है :

मातृवत परदारेषु, परद्रव्येषु लोष्ठवत्।
आत्मवत् सर्व भूतेषु, यः पश्पति सः पश्यति॥

अर्थात् जो परदारा को माता समझता है, पराए धन को मिट्टी समझता है, अपनी ही तरह सबके सुख-दुःख समझता है वही सही अर्थों में द्रष्टा है।

ये श्लोक जीवन सूत्र बन जाए तो व्यक्ति का शील अनुकरणीय हो जाता है। आज हमारे चारित्रिक पतन का मूल कारण हमारे कमजोर आदर्श हैं, आदमी अपने आदर्श को सामने रखकर जीए तो जीवन-पथ पर वह कभी ठोकर नहीं खा सकता है।

कमजोर आदर्शों के चलते आज का आदमी अनैतिक होता जा रहा है। इस अनैतिकता ने बाजार और समाज पर कब्जा कर रखा है। अनैतिकता ने धर्म-क्षेत्र में दखलंदाजी की है। सारा जीवन व्यवहार अनैतिकता के अग्निपथ से गुजर रहा है, ऐसे में आदमी को प्रवाह के विपरीत चलने का संकल्प लेना होगा। लीक पर तो जानवर चलता है जो लीक से हटकर विवेक को अपना जीवन-धर्म बनाता है, वही व्यक्ति चरित्रवान और शीलवान कहलाता है। शीलवान बनने के लिए किसी प्रशिक्षण की जरूरत नहीं है बल्कि अपने-आपको नियन्त्रित करने वाली तकनीक विकसित करनी चाहिए।

आत्म-नियन्त्रण हमारे चरित्र की कसौटी है। जब चारों तरफ वासना, विकार और विलास का वातावरण हो तब हम अपने संकल्प की धुरी पर टिके रहें, यही संकल्प चरित्र के महावृक्ष का बीज है। आज का आदमी प्रतिज्ञा वीर है क्योंकि वह प्रतिज्ञा करता रहता है। पर वह उन प्रतिज्ञाओं को प्रतिबद्धता से नहीं जोड़ता। तब प्रतिज्ञा का क्या औचित्य हो सकता है ?

प्रतिज्ञा-भंग का अपराध वे ही लोग करते हैं जिनके चरित्र में सुदृढ़ता का अभाव होता है। आदमी को सरल, सहज और तरल होना चाहिए पर यह बात चरित्र के मामले में लागू नहीं होती। 'वज्रादपि कठोराणि मृदुपि कुसुमादपि' यानि आदमी दूसरों के लिए फूल-सा कोमल व्यवहार करे किन्तु अपने प्रति, अपने आचरण के प्रति या चरित्र के प्रति उसे वज्र की तरह कठोर होना चाहिए। ऐसी चारित्रिक दृढ़ता ही आदमी को इंसान बनाती है।

शाश्वत स्वर

- सच तो यह है कि गरीब हिन्दुस्तान स्वतंत्र हो सकता है; लेकिन चरित्र खोकर धनी बने हुए हिन्दुस्तान का स्वतन्त्र होना कठिन है। - महात्मा गाँधी

- चरित्र, ईमानदारी ये सब आर्थिक परिस्थितियों के बदलते हुए पहलू हैं।
  - भगवतीचरण वर्मा

- मानवी गुणों और अवगुणों की ठीक-ठीक जाँच सदा उसके सत्कार्यों से ही नहीं होती, अपितु एक छोटा-सा कार्य, एक छोटी-सी बात, या एक छोटे-से परिहास से भी मानव के असली चरित्र पर काफी प्रकाश पड़ता है।
  - प्ल्यूटार्क

- चरित्र का विकास प्रवृत्तियों के गूढ़ अस्तित्व से नहीं होता, वह होता है सृष्टि प्रक्रिया के अचिन्तनीय योग साधन से। - रवीन्द्रनाथ ठाकुर

- चरित्र का परिवर्तन या उत्कर्ष वर्जन से नहीं होता, योग से होता है।
  - रवीन्द्रनाथ ठाकुर

- वाणी से बढ़कर चरित्र की निश्चित परिचायिका और कोई चीज़ नहीं।
  - डिज़रायली

- जिस मानव को अपने ऊपर काबू नहीं है और जो दुर्बल चरित्र वाला है, वह उस सरकंडे के समान है जो वायु के झोंके पर झुक जाता है। - कन्फ्यूशस

- उत्तम व्यक्ति शब्दों में सुस्त और चरित्र में चुस्त होता है। - कन्फ्यूशस

- चरित्र ऐसा हीरा है जो अन्य सभी पाषाण खंडों को काट देता है।
  - वाल्तेयर

योग्यता

जीवन चलाने में एक योग्यता की जरूरत होती है वैसे ही परिवार, समाज और राष्ट्रीय दायित्वों के निर्वाह के लिए मनुष्य को योग्यता विकसित करनी चाहिए।

मनुष्य की कर्त्तव्य क्षमता को योग्यता कहते हैं। हर व्यक्तित्व में किसी भी काम को करने की अपनी एक अनूठी प्रतिभा होती है, वह प्रतिभा जब कर्म के रूप में ढलती है तो योग्यता बनती है। सामान्यतया किसी लक्ष्य को प्राप्त करने के लिए व्यक्ति में जिन विशेषताओं की अपेक्षा होती है उसे योग्यता कहते हैं। विभिन्न कार्यों के लिए योग्यता भी अलग-अलग होती है। ज्ञान-प्रतिभा और क्षमता को मिलाकर एकरूप प्रदान किया जाए तो वह योग्यता कहलाएगी। भक्त को भक्ति के योग्य बनने के लिए आस्था, श्रद्धा और विश्वास की योग्यता होनी चाहिए। व्यावसायिक हिसाब-किताब करने के लिए गणित का ज्ञान होना जरूरी है। कोरी योग्यता का होना ही पर्याप्त नहीं, वरन समयानुसार उसका उपयोग करने के लिए विवेक का होना भी आवश्यक है। उस योग्यता का कोई अर्थ नहीं जो उपयोग में न आ सके इसलिए योग्यता में बुद्धि और विवेक का उचित समावेश होना चाहिए।

योग्यता की आवश्यकता जीवन के हर क्षेत्र में होती है। जैसे जीवन चलाने में योग्यता की जरूरत होती है वैसे ही परिवार, समाज और राष्ट्रीय दायित्वों के निर्वाह के लिए मनुष्य को योग्यता विकसित करनी चाहिए। योग्यता जन्मजात भी होती है और अर्जित भी। गीता में श्रीकृष्ण कहते हैं जिस कार्य को कुशलता के साथ किया जाता है वही योग है। कर्म कुशल योग से ही योग्यता का अंकन होता है। जिस काम को योग्य व्यक्ति करता है वह काम सरल और सफल होता है और उसी काम को कोई अनाड़ी, अयोग्य करेगा तो उसे जटिल और विफल बना देगा। योग्यता हमारी कार्यक्षमता का विकास करती है। एक योग्य व्यक्ति किसी भी जटिलतम काम को इस तरह से निष्पादित करता है कि काम गुणवत्ता की दृष्टि से श्रेष्ठतम बन जाता है। उसी काम को जब एक

अकुशल व्यक्ति करता है तो उसमें सैंकड़ों दोष दिखाई देते हैं। निर्दोष कर्म करना किसी पूजा से कम नहीं है। 'वर्क इज वरशिप' का सिद्धांत योग्य व्यक्ति के जीवन का प्रायोगिक पक्ष है। देश का हर नागरिक सुयोग्य होना चाहिए। इसके लिए जरूरी है कि समाज और सरकार बेहतरीन शिक्षा की व्यवस्था करे।

आज के विद्यालय कर्मचारी तैयार करने की फैक्ट्री बनकर रह गए हैं। विद्यालयों का दायित्व सुयोग्य नागरिक बनाना होना चाहिए। व्यावसायिक शिक्षा का स्थान वैचारिक शिक्षा को मिलना चाहिए। सुयोग्य नागरिक उत्तम विचारों और सद्संस्कारों से निर्मित होते हैं। माता-पिता के साथ शिक्षकों का दायित्व है कि सामाजिक वातावरण को स्वच्छ और स्वस्थ बनाने के लिए वे बचपन की बगिया को संस्कारों के जल से सींचें। आज के बच्चे कल के नागरिक होंगे। इसलिए उनकी योग्यता, प्रतिभा और कार्यक्षमता को निखारा जाए।

धर्म संस्था और धर्माचार्यों को युवकों के निर्माण के लिए सक्रिय प्रयास करने होंगे। युवकों की योग्यता बढ़ाने वाले ध्यान योग की विधियों को लोकप्रिय बनाने के लिए साधु-संतों के विशेष प्रयास की जरूरत है। ध्यान योग को पूजा पद्धति के रूप में प्रचारित किया जाए। ध्यान योग से मानसिक शांति का ग्राफ ऊँचा उठता है, कार्यक्षमता विकसित होती हैं और योग्यता में निखार आता है।

यदि अभिभावक, शिक्षक, धर्मगुरु, समाज और सरकार सुयोग्य नागरिक बनाने का कोई सामूहिक उपाय करें तो देश की दिशा बदली जा सकती है। आवश्यकता है सामूहिक प्रयास की। सामूहिक प्रयास से सुयोग्य नागरिकों का निर्माण किया जा सकता है। क्योंकि सुयोग्य नागरिक ही सशक्त और सफल राष्ट्र के निर्माता होते हैं।

शाश्वत स्वर

- तुम्हारा सोता हुआ मन जाग जाए, इतनी योग्यता भी क्या तुम में अभी तक नहीं आई? - सुभाषित

- उचित अवसर के अभाव में योग्यता का मूल्य बहुत कम रह जाता है। - चर्चिल

- हम ज्यों-ज्यों जीवन में प्रगति करते जाते हैं, त्यों-त्यों हमें अपनी योग्यता की सीमा का ज्ञान होता जाता है। - हितोपदेश

- साधारण योग्यता को बुद्धिमानी से काम में लाने पर ही प्रशंसा प्राप्त होती है। उससे इतनी ख्याति होती है जितनी वास्तविक चमक में भी नहीं होती है। - अज्ञात

- कोई वस्तु प्राप्त करनी हो तो स्वयं को उसके योग्य बनाना चाहिए। पात्र के पास सम्पत्ति स्वयं आती है। सागर किसी से जल माँगने नहीं जाता फिर भी उसमें नदियों का जल बराबर गिरता रहता है। - संस्कृत सुभाषित

- चूहेदानी ही सही, यदि तुम और की अपेक्षा उसे अच्छी बनाते हो तो लोग आपको बियावां (जंगल) में भी खोज लेंगे। - शेख सादी

- योग्य व्यक्ति सर्वत्र पूजनीय होता है जबकि अधिकारी और धनी की पूछ उसके सर्किल में ही होती है। - अज्ञात

पुरुषार्थ

'अर्थ' धर्म के अनुकूल रहना चाहिए, और 'काम' धर्म एवं अर्थ दोनों के अनुकूल होना चाहिए।

जीवन में चार प्रकार के पुरुषार्थ बताए गए हैं - धर्म, अर्थ, काम और मोक्ष। धर्म सबसे पहला पुरुषार्थ है, जीवन के अभ्युदय एवं उत्थान का यह मूल आधार है। धर्म की व्याख्या आचार्यों ने की है - यतोऽभ्युदयनिश्रेयससिद्धिः सः धर्मः। जिससे जीवन का भौतिक, नैतिक एवं आध्यात्मिक विकास हो, वह धर्म है। धर्म के बाद जीवन में अर्थ का महत्त्व है। इसमें भी दो दृष्टियाँ हैं - पहली दृष्टि यह है कि अर्थ से ही जीवन के व्यावहारिक कार्य सिद्ध होते हैं। अर्थ गृहस्थ जीवन की धुरी है, इसी के आधार पर सब व्यवहार बनते हैं और चलते हैं। आचार्य सोमदेव ने अर्थ की परिभाषा करते हुए कहा है -

यतः सर्वप्रयोजन् सिद्धिः सोऽर्थः।

जिससे सब प्रयोजनों की सिद्धि होती है, वह अर्थ है। अर्थ के बिना सब व्यर्थ है। इसीलिए भौतिक जगत में अर्थ का सबसे महत्त्वपूर्ण स्थान है, जैसा कि आध्यात्मिक जगत में धर्म का है। इसलिए अर्थ के पूर्व धर्म को महत्त्व दिया गया है।

दूसरी दृष्टि यह कि जीवन में अर्थ का महत्त्व तो है, किन्तु अर्थ ही सब कुछ नहीं है। अर्थ वही सार्थक (सफल) है जो धर्म से प्राप्त हो, जो न्याय-नीति एवं मर्यादा के अनुसार प्राप्त हो, वही अर्थ जीवन में सुख एवं आनन्द दे सकता है। इसलिए धर्म के बाद अर्थ को रखने का अभिप्राय है, धर्म से अनुबंधित अर्थ। धर्मरहित अर्थ अनर्थ होता है - 'अर्थोह्यनर्थमूलं' जैसा श्रीमद् शंकराचार्य ने कहा है, यह धर्मरहित अर्थ के लिए कहा है।

अर्थ के बाद 'काम' बताया गया है, इसका भी भाव यही है कि अर्थ जब

होगा तभी तो 'काम' होगा। काम का अर्थ - इंद्रियों की तृप्ति - 'सर्वेन्द्रिय प्रीतिः स कामः'। समस्त इंद्रियों की प्रीति-प्रसन्नता, वस्तुओं के उपभोग से प्राप्त तृप्ति-यह है काम। अर्थ के बिना काम सध नहीं सकता। पास में पैसा होगा तभी मनुष्य उसका उपभोग कर सकेगा। बिना पैसे के मनुष्य इच्छा पूर्ति नहीं कर सकता, इसलिए अर्थ के बाद, 'काम' को पुरुषार्थ बताया गया है। आचार्यों ने कहा है - 'अर्थ' धर्म के अनुकूल रहना चाहिए और 'काम' धर्म एवं अर्थ दोनों के अनुकूल होना चाहिए।

मोक्ष अंतिम पुरुषार्थ है, वह तीनों पुरुषार्थों का अंतिम प्राप्तव्य है, मंजिल है। तीनों पुरुषार्थ जब इस मंजिल की ओर बढ़ते हैं, तभी वे महत्त्वपूर्ण हैं। एक आचार्य ने यहाँ तक कह दिया कि मोक्ष के अभिमुख चलने वाले धर्म, अर्थ एवं काम परस्पर विरोधी नहीं, सहयोगी हैं और धर्मानुशासन में उनका निषेध नहीं है।

शाश्वत स्वर

- पुरुषार्थ पुरुष करता है तो सहायता ईश्वर करता है। - प्रेमचन्द
- कार्य आरम्भ न करने से कहीं कोई भी प्रयोजन सिद्ध नहीं होगा, परन्तु पुरुषार्थ करने पर भी जिसका कार्य सिद्ध नहीं होता है, वे निश्चय ही भाग्य के मारे हुए हैं। इसमें अन्यथा विचार नहीं करना चाहिए। - वेदव्यास
- भाग्य, पुरुषार्थ और काल तीनों संयुक्त होकर मनुष्य को फल देते हैं। - मत्स्य पुराण
- किया हुआ पुरुषार्थ ही भाग्य का अनुसरण करता है। दैव किसी भी व्यक्ति को बिना पुरुषार्थ के कुछ नहीं दे सकता। - वेदव्यास
- जैसे बीज खेत में बोए बिना निष्फल रहता है, उसी प्रकार पुरुषार्थ के बिना भाग्य सिद्ध नहीं होता। - वेदव्यास

कर्त्तव्य

कर्त्तव्य का अभिप्राय करणीय कार्य से है। व्यक्ति, परिवार, समाज, राष्ट्र और विश्व के प्रति जो करने योग्य कार्य हैं, वे सभी कर्त्तव्य की श्रेणी में आते हैं।

समाज में जीने के लिए दो जीवन तत्त्वों का बहुत महत्वपूर्ण स्थान है। पहला है कर्त्तव्य, दूसरा है अधिकार। हम जिस परिवेश में जीते हैं उससे हमें जो अधिकार प्राप्त होते हैं, उन अधिकारों के बदले में हमें कुछ कर्त्तव्य करने होते हैं तभी अधिकार और कर्त्तव्य के बीच उचित तालमेल हो सकता है।

सामान्य रूप से कर्त्तव्य का अभिप्राय करणीय कार्य से लिया जाता है। व्यक्ति, परिवार, समाज, राष्ट्र और विश्व के प्रति जो करने योग्य कार्य हैं, वे सभी कर्त्तव्य की श्रेणी में आते हैं। कुछ ऐसे कर्त्तव्य हैं जिनका पालन करना आवश्यक है, उनके पालन नहीं किए जाने पर दंड का प्रावधान है। कोर्ट से बरी हो जाने पर भी ईश्वर के न्यायालय में विचार किया जाता है। जो भी हो, आप अपने अधिकारों की बात तभी कर सकते हैं जब आप अपने कर्त्तव्य के प्रति सजग हों।

आत्मज्ञान का सम्पादन करना और आत्मकेन्द्र में स्थिर रहना मनुष्य मात्र का प्रथम कर्त्तव्य है। सबसे अच्छा यही है कि आदमी अपना कर्त्तव्य करे और शेष ईश्वर पर छोड़ दे।

जो एक का अधिकार है वह दूसरे का कर्त्तव्य है। यदि सब अपने कर्त्तव्य पर ध्यान दें तो सबको अपने अधिकार अपने आप प्राप्त हो जाएँगे।

अब जरा हम वर्तमान जीवन-व्यवस्था पर नजर डालें। आज आदमी अकरणीय को कर रहा है और करणीय कार्य की उपेक्षा कर रहा है। यहीं से शुरुआत होती है जीवन में अशुभ प्रवृत्तियों के आगमन की । जब हम शुभ प्रवृत्तियों यानी कर्त्तव्य से पीछा छुड़ाते हैं तो हमारा मन प्रदूषित होता है। कर्म से मन और मन से कर्म के प्रभावित होने की बात भारतीय चिंतन में स्वीकृत है। जब हम अकरणीय कार्य

करते हैं तो विचारों पर उनका प्रभाव पड़ता है। विचार से व्यवहार निर्मित होता है। इस तरह अकर्त्तव्य को करने से पूरा जीवनतंत्र प्रभावित होता है।

उपभोक्ता संस्कृति का सबसे दुखद पहलू है कि आदमी अपने दायित्व के प्रति मौन है और अधिकारों की माँग को लेकर नारेबाजी करता सड़क पर दिखाई देता है। उस आदमी को अधिकारों की माँग का कोई अधिकार नहीं होना चाहिए जो कर्त्तव्य के प्रति लापरवाह है। कर्त्तव्य के अनुसरण में अधिकार अपना रास्ता अपने आप बना लेता है।

एक और प्रश्न है, जो इस संदर्भ में महत्व रखता है-कर्त्तव्य और अकर्त्तव्य का निर्धारण कैसे करें ? इसका सीधा-सा फार्मूला है–हम किसी के सौ काम करके एक का प्रतिदान माँगे। जबकि चक्र उल्टा चल रहा है, मनुष्य एक कर्त्तव्य के बदले सौ अधिकार माँग रहा है। सौ कर्त्तव्यों के बराबर एक अधिकार होता है। ऐसा हमारे तत्त्व-मनीषियों ने कहा है। हम समाज से अपने अधिकार तो पूरे के पूरे ले रहे हैं, बदले में दायित्व के प्रति कितने लापरवाह हैं, इसके एक नहीं कई उदाहरण मिल जाएंगे।

एक बोधकथा है-एक माली और कुम्हार पक्के दोस्त थे। दोनों ने साझे में व्यापार के लिए एक ऊँट खरीदा। दो बड़े-बड़े बोरे भी खरीद लिए। उन्होंने दोनों बोरों को ऊँट की पीठ पर इस तरह लादा कि एक तरफ माली अपनी सब्जियाँ भर लेता दूसरी ओर कुम्हार अपने मटके भर लेता। एक दिन ऊँट को लेकर दोनों चल रहे थे। रास्ते में माली थकान के मारे पिछड़ गया। पीछे कुम्हार चल रहा था। थोड़ी देर में ऊँट ने मुँह घुमाकर सब्जियाँ खाना शुरू किया। कुम्हार ने सोचा इससे मेरा क्या बिगड़ेगा। नुकसान तो माली का होगा। थोड़ी देर में ऊँट सारी सब्जियाँ चट कर गया। इससे बोरे का एक भाग हल्का हो गया और मटकों सहित बोरा जमीन पर आ गिरा। मटके फूटने की आवाज पीछे चल रहे कुम्हार को सुनाई दी। उसने मन ही मन स्वयं से कहा–किसी के अधिकार की रक्षा करने का जो मेरा दायित्व था उसे मैंने ठीक से नहीं निभाया। उसी के परिणामस्वरूप मुझे यह भारी नुकसान उठाना पड़ा। इस उदाहरण से स्पष्ट परिभाषित होता है कि हमारा कर्त्तव्य दूसरे का अधिकार है और दूसरे का कर्त्तव्य कई बार हमें अधिकार का फल प्रदान करता है।

शाश्वत स्वर

❁ तेरी बुद्धि को और हृदय को जो सच मालूम हो वही तुझे करना चाहिए।

- महात्मा गाँधी

❁ कर्त्तव्य पालन में मिठास है। - महात्मा गाँधी

❁ कर्त्तव्य करते शरीर को भी जाने देना चाहिए, यह नीति है। परन्तु शक्ति से बाहर कुछ उठा लेना और उसे कर्त्तव्य मानना राग है। - महात्मा गाँधी

❁ विश्व में सबसे निकृष्ट व्यक्ति कौन है ? जो अपना कर्त्तव्य जानते हैं; किन्तु उसका पालन नहीं करते। - एम. हेनरी

❁ अनासक्त चित्त से और अपनी सुख कल्पना में पड़े बिना प्राप्त हुए कामों को केवल ईश्वर की आज्ञा समझ कर पूरा करना व फल उसी को अर्पण करना यही कर्त्तव्य की व्याख्या है। - स्वामी विवेकानन्द

❁ कार्य बिगड़े या सुधरे, इसकी मुझे क्या फ़िक्र ? उस पर सब भार डालकर वह इशारा करे उधर जाना इतना ही मेरे बस में है।

- स्वामी विवेकानन्द

❁ कर्त्तव्य का पालन ही चित्त की शान्ति का मूल मंत्र है। - प्रेमचन्द

❁ महान् हृदय को केवल विलास की मदिरा पिला कर मोह लेना ही कर्त्तव्य नहीं है।

- जयशंकर प्रसाद

वाणी

वचन वह संपदा है जिससे व्यक्ति आपसी व्यवहार का विस्तार करता है, साथ ही अपने गहन वैचारिक अनुभवों को अभिव्यक्त करता है।

प्राणी के लिए वाणी वह सेतु है जो उसके मन के संवेगों को व्यवहार जगत से जोड़ती है। मनुष्य के लिए तो वाणी वह साधन है जिसके माध्यम से सामाजिकता का विकास एवं विस्तार किया जाता है। वाणी पशुओं के पास भी होती है। किन्तु पशु वाणी की सार्थक अभिव्यक्ति नहीं कर पाते। सृष्टि में मनुष्य के पास वचन वह संपदा है जिससे वह आपसी व्यवहार का विस्तार करता है, साथ ही अपने गहन वैचारिक अनुभवों को अभिव्यक्त करता है। हमारे संतों, महापुरुषों ने जो अपनी अनुभूति से जो कुछ भी अनुभव किया उसे उन्होंने वाणी के रूप में ही अभिव्यक्त किया। इसलिए महान संतों की वाणी अमृतवाणी या उनके वचन प्रवचन कहलाते हैं। निरर्थक वाणी के वचन को 'विलाप' की संज्ञा दी गई है। वाणी का मतलब सार्थक वचन व्यवहार से लिया जाता है।

हमारा वचन व्यवहार सत्य और संतुलित होना चाहिए। बात सच्ची होने के साथ अच्छी भी हो तभी उसे जीवन व्यवहार कर हिस्सा बनाना श्रेष्ठजनों के लिए उपयुक्त है। आज या तो लोग अच्छी बातें यानी चिकनी चुपड़ी बातें करते हैं। कुछ लोग सच्ची बात के नाम पर किसी के रहस्य का उद्घाटन कर दूसरों को पीड़ा पहुँचाते हैं। अगर बात में सच्चाई और अच्छाई का उचित तालमेल नहीं है तो सच्ची बात भी लोगों को अच्छी नहीं लगेगी और अच्छी बात सच्ची बात का स्पर्श नहीं होने से लोग उसका परिहास करेंगे।

इतिहास इस बात का गवाह है कि वाणी के संतुलित उपयोग के बिना बड़े-बड़े युद्ध हुए हैं। भारत में महाभारत इसका उदाहरण है। द्रोपदी ने कौरवों को मजाक में ही 'अंधों के जाए अंधे' कहकर अठारह अक्षौहिणी सेना के विनाश के बीज बोए।

आज भी घर-घर में छोटे-बड़े महाभारत हो रहे हैं उसके मूल में असंयत वाणी व्यवहार ही है। ऐसी विकट स्थिति में मनुष्य को चाहिए कि वह समयज्ञ बने यानि जो समयानुकूल हो वही बोले। साथ ही वह मात्रज्ञ भी बने यानि उचित मात्रा से वचन व्यवहार को ज्यादा बोलना भी अप्रिय परिवेश का निर्माण करता है। कम बोलना भी मौन का ही एक रूप है जो जितना कम बोलता है उसका वाणी वैभव उतना ही समृद्ध होता है। सभी धर्मों के विचारकों ने मौन के महत्त्व को स्वीकार किया है। मौन आत्मा की भाषा है। प्रार्थना के मौन क्षणों में ही आत्मा परमात्मा से संवाद करती है। हम मौन रहकर वचन संयम को अपने जीवन में उतारें। मौन में एक अजस्र ऊर्जा स्रोत बहता है।

एक विचारक का कहना है चुप रहने से काम चलता है तो मत बोलो। इशारे से काम चलता है तो शब्द का प्रयोग मत करो। धीमी वाणी से काम चलता है तो चिल्लाकर मत बोलो, जो इस सूत्र का अनुसरण करता है वह वाणी के वैभव को संचित करता है। ऐसी संयमित संतुलित बातचीत ही कला की श्रेणी में आती है और ऐसे लोग ही वाणी के जादूगर कहलाते हैं। उनके वचन वशीकरण बन जाते हैं जो जन मन को न केवल मोहते हैं बल्कि आम आदमी के दिलों पर उनका वाणी व्यवहार एक अमिट छाप छोड़ता है।

शाश्वत स्वर

- वाणी का परिमाण नहीं है। - यजुर्वेद
- हितकर किंतु अप्रिय वचन को कहने और सुनने वाले दोनों दुर्लभ हैं। - वाल्मीकि
- प्रिय होने पर भी जो हितकर न हो, उसे न कहें। हितकर कहना ही अच्छा है चाहे वह अत्यंत अप्रिय हो। - विष्णुपुराण
- प्रियजन द्वारा कही गई प्रिय बातें प्रियतर होती हैं। - भास
- हितकारी और मनोरम बात दुर्लभ होती है। - भारवि

विनम्रता

जो व्यक्ति जितना विनम्र होता है उसके सद्‌गुण उतने ही अधिक बढ़ते हैं।

नम्रता का पाठ प्रकृति की पाठशाला में हमें सबसे पहले पढ़ने को मिलता है। वृक्ष झुके रहते हैं। लताएँ विनम्र होती हैं । फूल सरल सहज होकर सुगन्ध बिखेरते हैं। जल जितना नीचे होकर बहता है, उतना ही ऊपर उठता है। स्वयं के भीतर अनेक और महान गुण होते हुए भी विनयशील बने रहना ही उनके लिए सच्ची नम्रता है। नम्र का अभिप्राय झुके रहने से है। फलों से लदी हुई शाखाएँ पृथ्वी की ओर झुकी रहती हैं। वे जानती हैं कि उन्हें जिन फलों की प्राप्ति हुई है वे सब पृथ्वी की कृपा का ही फल है। ठीक इसी प्रकार मनुष्य को जो कुछ प्राप्त हुआ है वह ईश्वर की कृपा का ही फल है। इस नम्रता भाव से कर्त्ता होने का झूठा अभिमान चूरचूर हो जाता है।

जो व्यक्ति जितना विनम्र होता है उसके सद्‌गुण उतने ही अधिक बढ़ते हैं। इसलिए किसी भी प्रकार का ऐश्वर्य चाहे वह धन का हो, सौन्दर्य का हो, शक्ति का हो अथवा ज्ञान का हो, पाकर व्यक्ति को अभिमान नहीं करना चाहिए। एक स्वर्णिम वचन है - आपसे झुककर जो मिलता होगा, उसका कद आप से ऊँचा होगा। बड़ों को छोटा बनकर रहना चाहिए, क्योंकि जो अपने आपको बड़ा मानता है, वह छोटा होता है और जो छोटा बनता है वह बड़ा पद प्राप्त करता है।

कठिनाइयों और आघातों को सहन करके मनुष्य बुद्धिमान और विनीत बन जाता है। पर अहंकार इतना खतरनाक है कि वह विनम्रता का आवरण ओढ़कर भी चला आता है इसलिए कहा गया है - सच्चा ज्ञानी वही है जो विनम्र है। अपनी नम्रता का घमण्ड करने से अधिक निन्दनीय और कुछ नहीं है। यदि ज्ञान प्राप्त करना चाहता है तो नम्र बन और जब ज्ञान प्राप्त कर ले तो और भी नम्र बन क्योंकि फल आने पर वृक्ष झुक जाते हैं, वर्षा के समय मेघ झुक जाते हैं, सम्पत्ति आने पर सज्जन झुक जाते

हैं और परोपकारी तो सदैव झुके रहते हैं। एक विचारक का कथन है - मैंने नम्रता की परीक्षा ली जिसने मुझे सर्वत्र सम्मान दिलाकर सबका प्रिय बना दिया।

विनम्र सहज ही अजातशत्रु होता है। सभी संकटों, संघर्षों के मूल में अहंकार है जो अहं की कारा से मुक्त हो गया है जिसने विनम्रता को अपनी जिन्दगी का अहम् हिस्सा बना लिया है वही आदमी जीवन में हर संकट को झेल लेता है। गुरु नानक ने ठीक ही कहा है :

नानक नीचा हो रहो, जैसे नन्ही दूब।
बड़ी घास जरि जायगी, हरी रहेगी दूब॥

इसी बात के समर्थन में हाथ उठाते हुए कवि बिहारी कहते हैं :

नर की अरू नल नीर की गति एकै करि जोय।
जेतो नीचौ हुवै चलै, तेतो ऊँचो होय॥

अर्थात् मनुष्य और नल के जल की गति (स्वभाव) समान होती है - वह जितना नीचा होकर चलता है उतनी ही ऊँचाई प्राप्त करता है।

एक विचारक का कथन भी सुसंगत है कि जो झुकना चाहता है, दुनिया उसे उठाती है। जो केवल अकड़ना ही जानता है, दुनिया उसे उखाड़ फेंकती है। जब नदी में बाढ़ आती है, किनारे खड़े बड़े-बड़े पेड़ अपनी अकड़ के चलते बह जाते हैं किन्तु नम्र नरम घास फूस और तृणांकुर जल के विकराल थपेड़े झेल जाते हैं। हमारी समग्र आध्यात्मिक मनीषा इस बात की गवाही देती है कि हर साधु संत और औलिया फकीर में अपने रूहानी सफर से विनम्रता के पहले पड़ाव के रूप में स्वीकारा। बिना विनम्र बने आपके पास ज्ञान की गंगा आ ही नहीं सकती है। एक शायर ने ठीक कहा है -

न हम हँस के सीखे हैं, न हम रोके सीखे हैं
हम जो कुछ भी सीखे हैं, किसी के होके सीखे हैं।

जो व्यक्ति विनम्र और सहज सरल होता है वह जहर को भी अमृत बना देता है। और अहंकारी अमृत को भी अफीम बना देता है। जीवन में विनम्रता को अपनाइये और फिर देखिए आपको दुनिया कैसे अपना बनाती है और आप दुनिया को कैसे अपना बनाते हैं।

शाश्वत स्वर

- नम्रता मानव का सिर ऊँचा करती है। - शेखसादी

- नम्रता वह नीची मधुर जड़ है जिसमें से सब दैवी सद्‌गुणों की शाखाएँ निकलती हैं। - मूर

- जिसने सब बातों में नम्रता से काम लिया है, वह न तो किसी कार्य में लज्जित हुआ और न किसी ने उसकी निन्दा ही की। - अबुल-फ़तह-बुस्ती

- अहंकार था जिसने देवदूतों को राक्षस बना दिया, नम्रता है जो मनुष्यों को देवदूत बना देती है। - अगस्टाइन

- यदि हमें स्वर्ग को जाना है तो हमें नम्र होना ही पड़ेगा; वहाँ छत ऊँची है पर द्वार नीचा है। - हैरिक

- मेरा विश्वास है कि वास्तव में महान व्यक्ति का पहला लक्षण उसकी नम्रता है। - रस्किन

- नम्रता यानी लचीलापन, लचीलेपन में तनने की भी शक्ति है, जीतने की कला है और शौर्य की पराकाष्ठा है। - विनोबा भावे

- नम्रता सब सद्‌गुणों की सुदृढ़ नींव है। - कन्फ्यूशस

स्वाभिमान

अभिमान पशुता का भाव है।
स्वाभिमान मानवता का सद्गुण है और
निरभिमानता दैवी गुण है।

स्वाभिमान हमारे जीवन को अर्थवान बनाता है। स्वाभिमान के अभाव में जीवन निरर्थक है। अभिमान और स्वाभिमान में उतना ही अंतर है जितना जहर और अमृत में। अभिमान विष है और स्वाभिमान सुधा। स्वाभिमान की सीधी-सादी परिभाषा है कि हम अपने जीवन को एक गरिमा के साथ जीएँ। मनुष्य जीवन की गरिमा उसके श्रेष्ठ सद्गुणों में निहित है। जो व्यक्ति अपने जीवन मूल्यों के प्रति समर्पित होता है वही सच्चा स्वाभिमानी है। अपने अस्तित्व के प्रति सजग रहना ही स्वाभिमान कहलाता है।

प्रत्येक व्यक्ति में स्वाभिमान होना चाहिए। अपने देश, अपनी जाति, अपने चरित्र, अपनी संस्कृति और अपनी सभ्यता पर हर आदमी को अभिमान होना चाहिए। स्वाभिमान का जन्म मनुष्य के व्यक्तित्व की उपज है, उसका आवश्यक गुण और वह अनिवार्य विशेषता भी है। हर स्थिति में व्यक्ति को अपने स्वाभिमान की रक्षा करनी चाहिए।

स्वाभिमान व्यक्तित्व के गुणों का विकास करता है उसमें जीने का आत्मविश्वास उत्पन्न करता है। किसी के दुराचरण को क्षमा करना सहनशीलता है लेकिन यदि कोई हमारे स्वाभिमान पर चोट करे तो उसे किसी कीमत पर बर्दाश्त नहीं किया जाना चाहिए क्योंकि स्वाभिमान प्रत्येक परिस्थिति में रक्षा योग्य है। स्वाभिमान को खोकर यदि बड़े से बड़ा लाभ भी मिले तो उसे स्वीकार नहीं किया जाना चाहिए। रहीम ने इसी भावधारा में बहते हुए लिखा है-

रहिमन तब लगि ठहरिए, दान-मान-सम्मान।
घटत मान देखिअ जबै, तुरतहिं करिअ पयान॥

अर्थात् किसी भी स्थान पर तब तक रहना चाहिए जब तक व्यक्ति को धन और मान-सम्मान प्राप्त होता रहे किंतु जैसे ही मान (स्वाभिमान) में कमी दिखाई देने लगे, वहां से तुरंत प्रस्थान कर देना चाहिए।

अभिमान पशुता का भाव है, स्वाभिमान मानवता का सद्गुण है और निरभिमानता दैवी गुण है। अभिमान और स्वाभिमान में दिन-रात का अंतर है। अहंकार हमारे जीवन की यात्रा को पतन के गड्ढे की ओर धकेलता है जबकि स्वाभिमान हमारे जीवनपथ को सफलता की मंजिल से जोड़ता है। सच बात तो यह है कि एक स्वाभिमानी आदमी की जिंदगी में उच्च मानवीय मूल्यों के लिए एक गहन प्रतिबद्धता होती है। इस प्रतिबद्धता को ही सिद्धान्तप्रियता कहा जाता है। स्वाभिमान को आहत करने का मतलब है उसके सिद्धांत पर प्रश्न चिह्न लगाना। एक स्वाभिमानी आदमी के जीवन मूल्यों पर जब कोई आक्षेप या आघात आता है तो वह भुजंग की तरह फुफकार उठता है। वह समुद्र की तरह धीर गंभीर होता है पर उसके स्वाभिमान का परीक्षण करने पर उसके शांत मन के महासागर में भी सुनामी की लहरें उठने लगती हैं।

अहंकार के अंधकार से हम स्वाभिमान के सूर्योदय की ओर आगे बढ़ें इसके लिए जरूरी है कि हम अहंकार के अंधकार का अनुभव करें। अहंकार का मतलब है एक झूठी अहमन्यता में जीना जबकि एक स्वाभिमानी व्यक्ति सहज सरल और सरस होता है। उसका मस्तक विनम्रता से झुका रहता है जबकि अहंकारी अकड़कर चलता है। अहंकार की अकड़न आदमी को जीते जी मुर्दा बना देती है जबकि स्वाभिमानी पूरी जीवंतता के साथ गतिशील होता है, वह न तो अपने स्वाभिमान को आहत होने देता है, न वह दूसरों के स्वाभिमान पर अंगुली उठाता है।

स्वाभिमानी जितना अपने स्वाभिमान के प्रति सजग रहता है उतना ही दूसरों के स्वाभिमान के प्रति संवदेनशील। उसे स्वाभिमान का महत्त्व मालूम होता है जबकि एक अहंकारी आदमी अपने अहं पर चोट तो बर्दाश्त नहीं करता बल्कि हर समय दूसरों को नीचा दिखाने में लगा रहता है। प्रयास कीजिए कि हमारा जीवन अहंकार की कारा से मुक्त बने और स्वाभिमान के स्वर्णिम पथ पर अग्रसर हो। ऐसा स्वस्थ स्वच्छ स्वाभिमान ही आपके जीवन को गौरवान्वित करता है।

शाश्वत स्वर

- अपने आपको महसूस करने का ढंग स्वाभिमान है अपनी नजरों में हम अपने को कैसा महसूस करते हैं? स्वाभिमान का अर्थ ऊँचा अहंकार होना कतई नहीं है। - सुभाषित

- जिनको अपने स्वाभिमान की चिंता नहीं वे लोग दूसरों को रुपये-पैसे के आधार पर आँकते हैं न कि गुणों के आधार पर। - नीति वचन

- जहाँ अभिमान अथवा अहंकार करना बुरा है वहीं अपने स्वाभिमान को खो देना भी अनुचित है। - हितोपदेश

- भीख माँगने से हाँडी तो चढ़ जाती है, किंतु मनुष्य का गौरव गिर जाता है। - लोकोक्ति

- तभी तक लक्ष्मी उसका आश्रय लेती है, तभी तक उसका यश स्थिर है और तभी तक वह पुरुष है जब तक वह स्वाभिमानहीन नहीं हुआ। -भारवि

- अपमानित होने पर भी यदि कोई मनुष्य स्वस्थ बना रहे तो उससे अच्छी तो वह धूल ही है जो पैर से चोट खाने पर सिर पर आक्रमण करती है। -माघ

- स्वाभिमानी व्यक्ति भले ही प्राण और सुख त्याग दें किंतु वे याचना न करने का व्रत नहीं छोड़ते। -श्रीहर्ष

- जिस प्रकार भूख से व्याकुल होने पर भी सिंह दूसरों के पराक्रम से प्रस्तुत माँस नहीं खाते उसी प्रकार महान दुख होने पर भी दूसरे के द्वारा लाये धन को स्वाभिमानी मनुष्य नहीं चाहते। -वीणा वासवदत्ता

- हम ऐसे राजहंस हैं जो दूषित हो जाने पर गंगा तट को भी त्याग देते हैं। - सुभाषित

सत्य

**सत्य न तो छिपता है न छिपाया जा सकता है।
वह देर सवेर प्रकट होकर ही रहता है जैसे बादलों
में छिपा सूरज बादल हटते ही प्रकट होता है।**

जो वस्तु विचार और जीवन व्यवहार जैसा है उसे वैसा ही मानना सत्य है। सत्य को शब्दों से परिभाषित करना संभव नहीं है। सत्य तो प्रकाश की तरह जीवन के चारों ओर बिखरा हुआ है। सत्य अनंत, अथाह और अनश्वर है, हम जितना उसे ग्रहण कर सकते हैं, वही हमारा जीवन सत्य है। जो वर्तमान और वास्तविक है वही सत्य है। सत्य आचरण भी है और दर्शन भी। सत्य न तो छिपता है न छिपाया जा सकता है। वह देर-सवेर प्रकट होकर ही रहता है जैसे बादलों में छिपा सूरज बादल हटते ही प्रकट होता है।

सत्य अनंत आयामी होता है। हम एक समय में सत्य के एक ही पक्ष को देख सकते हैं। इसलिए कभी-कभी सत्य को लेकर भ्रम उत्पन्न हो जाता है। वस्तुतः सत्य वह है जो अविरोधी हो पर कई बार विरोधाभासों में भी सत्य का स्वर बोलता है, इसलिए सत्य ही ईश्वर है। सत्य वाणी से प्रकट होता है और जीवन से व्यक्त होता है।

सच बोलने का सबसे बड़ा फायदा यह है कि तुम्हें यह याद नहीं रखना पड़ता कि तुमने किससे क्या कहा था? यदि तुम चाहते हो कि लोग तुम्हारे साथ सच्चाई का व्यवहार करें तो तुम स्वयं सच्चे बनो और दूसरे लोगों के साथ सच्चा व्यवहार करो। क्योंकि यदि हमारे जीवन में सच्चाई है तो उसका असर अपने आप लोगों पर पड़ेगा। सत्य की यात्रा कंटीली हो सकती है पर उसकी मंजिल फूलों से सजी-धजी होती है, इसलिए कहा गया है-सत्य से कष्ट होता है तो भी सत्य को मत छोड़ो और असत्य से लाभ होता है तो भी असत्य का अवलंब न लो।

सत्य ही सबसे बड़ा सत्य है। इसका इससे बड़ा उदाहरण और क्या हो सकता है कि सत्य वह है जो टिकता है, असत्य वह है जो मिटता है। सत्य विचारों से

जन्म लेता है वाणी से प्रकट होता है और जीवन से परिभाषित होता है। जिसने सत्य को जीना सीख लिया उसे फिर किसी धर्माराधना, क्रिया-कांड करने की जरूरत नहीं है। सत्य धर्म का साकार रूप है। सत्य को आत्मसात् करने के साथ ही जीवन से सभी असद् वृत्तियाँ ही दूर हो जाती हैं।

पारमार्थिक सत्य और व्यावहारिक सत्य के रूप में ज्ञानीजनों ने सत्य को दो रूप में देखा है। पारमार्थिक सत्य जब जीवन में उतरता है तो पूरी दुनिया मायावी लगती है और व्यावहारिक सत्य के पथ पर हम अपने जीवन को गतिमान करते हैं। सत्य को समग्रता में जीने के लिए व्यावहारिक सत्य और परमार्थिक सत्य दोनों को अपने जीवन दृष्टि में स्थान देना चाहिए। कुछ लोग होते हैं वे सत्य का भी आडंबर फैलाते हैं। सत्य सीधा, सरल और सहज होता है। झूठ बोलने के लिए हमें बहुत प्रयास करने पड़ते हैं। बहुत से बहाने बनाने पड़ते हैं किंतु सत्य तो सहज सूर्योदय-सा खिलता है।

कुछ लोग यह गलत धारणा लेकर जीते हैं कि आज जमाना झूठ का है। सच बोलने से काम नहीं चलता। ऐसे झूठे लोग जमाने की आड़ लेकर अपने झूठ पर सच का आवरण डालने की कोशिश करते हैं। सच्चाई तो यह है कि आदमी का जीवन झूठ से नहीं सच से चलता है। चौबीस घंटों की अपनी दिनचर्या पर नजर डालकर देखिए, आदमी साढ़े तेबीस घंटे सत्य बोलता है। सारे दिन में आधे घंटे से भी कम समय झूठ बोलता है। फिर वह यह झूठ क्यों फैलाता है कि जिंदगी सत्य के बल पर नहीं चल सकती।

हमारे विचारकों का कथन है कि सारे दिन के सत्याचरण या सदाचरण को एक पल का झूठ खत्म कर देता है। जहर के घड़े में एक लोटा अमृत डालने पर भी जहर अमृत नहीं बन सकता किंतु अमृत के घट में जहर की एक बूंद डाल देने से अमृत जहर बन जाता है। प्रयास कीजिए कि आपके जीवन घट में झूठ के जहर की एक बूँद भी प्रवेश न करे। जो लोग सच्चाई से बोलते हैं उनके जीवन में सफाई दिखाई देती है। स्वच्छ स्वस्थ जीवन-शैली के लिए सत्य का अनुसरण करें, सत्य ही आपके जीवन में महानता का पदार्पण कर स्वागत द्वार बन जाएगा। आपका जीवन पूरी दुनिया के लिए आदर्श बनकर संपूर्ण मानवता के लिए प्रकाश स्तम्भ का काम करेगा।

शाश्वत स्वर

- भूमि सत्य द्वारा प्रतिष्ठित है। - ऋग्वेद

- सत्य से मनुष्य सबके ऊपर तपता है। - ऋग्वेद

- सत्य ही नेत्र है। - शतपथ ब्राह्मण

- सत्य ही श्री व ज्योति है। - ईशावास्योपनिषद्

- पुरुष हृदय से ही सत्य को जानता है अतः हृदय में ही सत्य प्रतिष्ठित है। - बृहदारण्यक उपनिषद्

- सत्य ही विजयी होता है, असत्य नहीं। - मुंडकोपनिषद्

- धर्मज्ञ लोग सत्य को ही परम धर्म कहते हैं। - वाल्मीकि

- सत्य वह नहीं है जो मुख से बोलते हैं। सत्य वह है जो मनुष्य के आत्यन्तिक कल्याण के लिए किया जाता है। - हजारीप्रसाद द्विवेदी

- बाह्य शुद्धि जल से होती है और आंतरिक शुद्धि सत्य बोलने से प्राप्त होती है। - तिरुवल्लुवर

- सत्य की एक चिंगारी असत्य के पहाड़ को भस्म कर सकती है। - प्रेमचन्द

- सत्य हजार ढंग से कहा जा सकता है और फिर भी हर ढंग सच हो सकता है। - विवेकानन्द

अहिंसा

हिंसा छोड़ी जा सकती है, अहिंसा पाई जा सकती है।
अहिंसा अगर पा ली जाए तो छोड़ना असम्भव है।
आदमी कितना ही हिंसक हो जाए हिंसा छोड़ना सदा
सम्भव है, क्योंकि वह स्वभाव नहीं है।

अहिंसा मनुष्य का स्वभाव है और हिंसा मनुष्य की निर्मिति है। लेकिन मनुष्य का स्वभाव नहीं है, पशु का स्वभाव है। मनुष्य उस स्वभाव से गुजरा है इसलिए पशु-जीवन के सारे अनुभव अपने साथ ले आया है। असल में मनुष्यता शुरू होती है च्वाइस से चुनाव से, मनुष्य शुरू होता है निर्णय से डिसीजन से। मनुष्य शुरू होता है संकल्प से। मनुष्य चौराहे पर खड़ा है। कोई पशु चौराहे पर नहीं खड़ा है। सब पशु डायमेंशनल रास्ते पर होते हैं। एक ही रास्ता होता है जिसमें कोई चुनाव नहीं है। हिंसा छोड़ी जा सकती है, अहिंसा पाई जा सकती है। अहिंसा अगर पा ली जाए तो छोड़ना असम्भव है। आदमी कितना ही हिंसक हो जाए हिंसा छोड़ना सदा सम्भव है, क्योंकि वह स्वभाव नहीं है।

अहिंसा के सम्बन्ध में अनेक प्रकार की भ्रान्त धारणाएँ सुनने को मिलती हैं। कुछ लोग समझते हैं कि यह पृथ्वी सिर्फ हमारे लिए अर्थात् मनुष्य जाति के लिए ही है। हमारा ही इस पर एकाधिपत्य है। अन्य प्राणियों को इस पर रहने और जीवन-निर्वाह करने का अधिकार नहीं। इस प्रकार की विचारधारा से प्रेरित होकर वे वन्य पशुओं का, कुत्तों का, बंदरों का, हिरणों का और दूसरे जीवों का वध करते हैं, करवाते हैं या किये जाने वाले वध का समर्थन करते हैं। यह विचारधारा 'जिसकी लाठी उसकी भैंस' इस पुरानी लोकोक्ति को चरितार्थ करती है। यह स्वार्थी विचार जंगलीपन की निशानी है। इसमें न्याय अथवा औचित्य के लिए कोई स्थान नहीं है। किसने धरती का पट्टा मनुष्य के लिए लिख दिया है? वास्तव में जो भी जीवधारी इस धरती पर जन्मा है, उसे इस पर रहने का और उससे पोषण प्राप्त करने का अधिकार है। सिर्फ इस कारण कि मनुष्य में, इतर जीवों की अपेक्षा अधिक सामर्थ्य है, वह दूसरों के

जन्मजात अधिकारों को नहीं छीन सकता। वह छीन सकता है तो प्रकृति उसे समुचित दंड दिये बिना नहीं रहती।

सामान्य रूप से अहिंसा का अर्थ होता है-परदुःखानुकूलं कम्पनं-अहिंसा। इसका फलितार्थ यह है कि अपने-पराये के भेद या अन्य किसी पक्षपात के बिना किसी भी धर्म, जाति, प्रांत या राष्ट्र के दुखी प्राणी को देख सुनकर हृदय द्रवित या कम्पित हो उठना तथा उस दुःख को दूर करने को तत्पर होना अहिंसा है। गुणभूषण श्रावकाचार में इसी अर्थ को स्पष्ट करते हुए कहा है-

सर्वजन्तुषु चित्तस्य, कृपार्द्रत्वं कृपालवः।
सद्धर्मस्य परं बीजमनुकम्पां वदन्ति ताम्॥

समस्त प्राणियों पर चित्त के दयार्द होने को तथा सद्धर्म के उत्कृष्ट बीज को दयालुगण अहिंसा कहते हैं।

सभी जीवों को आयुष्य प्रिय है। सभी जीव सुख चाहते हैं, दुख सबको प्रतिकूल, अप्रिय लगता है। अनुकम्पा में प्राणीमात्र के साथ आत्मीयता, एकता या सहानुभूति होती है। वैसे दया, करुणा और अनुकम्पा में थोड़ा-सा अंतर है। दया में दूसरों के साथ सहानुभूति होती है, साथ ही दया में प्रायः अहं-कर्त्तव्य का भाव आ जाता है। करुणा में दूसरों को दुखी देखकर आघात पहुँचता है। परन्तु अनुकम्पा में आत्मज्ञानपूर्वक आत्मीयता होती है। इसमें सर्वप्रथम मनुष्य अपनी आत्मा को भलीभाँति जान लेता है, आत्मा का हित या आत्मसुख किसमें है? इसे समझ लेता है। फिर यह अनुभव करता है कि जैसी अपनी आत्मा है, वैसी ही दूसरे प्राणी की है। इसके अनुकम्पाशील व्यक्ति का अन्तःकरण दूसरों के प्रति आत्मीयता के कारण एकरस और समभावी बन जाता है।

शाश्वत स्वर

❁ अहिंसा परम धर्म है, अहिंसा परम तप है, अहिंसा परम सत्य है, क्योंकि उससे धर्म परिवर्तित होता है। - वेदव्यास

❁ अहिंसापूर्वक सत्य का आचरण करके आप संसार को अपने चरणों में झुका सकते हैं। - महात्मा गाँधी

❁ अहिंसा कायरता के आवरण में पलने वाला क्लैव्य नहीं है। वह प्राण-विसर्जन की तैयारी में सतत् जागरूक पौरूष है। - महाप्रज्ञ

❁ दूसरों को कष्ट न पहुँचाना ही परम धर्म है। दूसरों की रक्षा करने की प्रतिज्ञा की आवश्यकता नहीं है। - रामदास

❁ अहिंसा परम श्रेष्ठ मानव धर्म है, पशुबल से वह अनन्त गुना महान और उच्च है। - महात्मा गाँधी

❁ अहिंसा अंतिम शस्त्र है। प्रतिशोध से कभी शत्रु समाप्त नहीं होता है। शत्रु को समाप्त करने का सर्वश्रेष्ठ तरीका है कि उसे मित्र बना लिया जाए। प्राणी मैत्री ही अहिंसा की बुनियाद है। - महावीर

प्रेरक सूक्तियां

- ❐ जितना ही हम अध्ययन करते हैं, उतना ही हमको अपने अज्ञान का आभास होता जाता है। *–स्वामी विवेकानंद*
- ❐ जिसे पुस्तक पढ़ने का शौक है, वह सब जगह सुखी रह सकता है। *–महात्मा गांधी*
- ❐ मनुष्य सफलता से कुछ नहीं सीखता, विफलता से बहुत कुछ सीखता है। *–अरबी लोकोक्ति*
- ❐ आज का अवसर घूमकर खो दो, तो कल भी वही बात होगी और फिर ज्यादा आलस आएगा। *–शेक्सपीयर*
- ❐ अज्ञान से मुक्त होकर ही हम पाप से मुक्त हो सकते हैं। अज्ञान उसका कारण है, जिसका फल पाप है। *–स्वामी विवेकानंद*
- ❐ मनुष्य जितना छोटा होता है, उसका अहंकार उतना ही बड़ा होता है। *–वाल्टेयर*
- ❐ हर वर्ष एक बुरी आदत को मूल से खोदकर फेंका जाए, तो कुछ ही वर्षों में बुरे-से-बुरा व्यक्ति भी भला हो सकता है। *–सुकरात*
- ❐ उद्यम से ही कार्यों की सिद्धि होती है, मनोरथ से नहीं। सोए हुए सिंह के मुंह में पशु अपने आप नहीं चले आते। *–संस्कृत लोकोक्ति*
- ❐ मनुष्य का आचरण ही बतलाता है कि वह कुलीन है या अकुलीन, वीर है या कायर अथवा पवित्र है या अपवित्र। *–वाल्मीकि*
- ❐ आनन्दित रहनेवाला हृदय उत्तम दवा है। निराश मन हड्डियों को भी सुखा देता है। *–नीतिवचन 17-22(बाइबल)*
- ❐ दुःख में हर कोई साथ छोड़ जाता है, परन्तु आशा फिर भी साथ नहीं छोड़ती। *–अंग्रेजी लोकोक्ति*
- ❐ उस व्यक्ति को क्या लाभ जो सम्पूर्ण विश्व को प्राप्त कर ले, किन्तु स्वयं अपनी आत्मा को खो दे। *–बाइबल*

- आत्मविश्वास, आत्मज्ञान और आत्मसंयम। केवल ये तीन ही जीवन को परम शक्तिसंपन्न बना देते हैं। *—टेनीसन*
- मेरे निन्दक सदा अमर रहें, जिनकी कृपा से मैं सावधान बना रहता हूं। *—अज्ञात*
- इस संसार में इच्छा के बिना किसी मनुष्य का कोई काम कभी भी दिखाई नहीं देता। मनुष्य जो कुछ करता है, वह सब इच्छा के कारण। *—मनुस्मृति 2/4*
- जिसके अन्दर ईर्ष्या की प्रवृत्ति जड़-मूल से नष्ट हो गयी है, वह हमेशा ही, दिन हो या रात मानसिक शांति का आनन्द अनुभव करेगा। *—धम्मपद*
- ईश्वर के दो निवास स्थान हैं—एक बैकुंठ में और दूसरा नम्र और कृतज्ञ हृदय में। *—आइजक वाट्सन*
- दूसरों को उपदेश देने में तो बहुत लोग निपुण होते हैं, पर ऐसे लोग अधिक नहीं, जो उपदेश के अनुसार आचरण भी करते हैं। *—गोस्वामी तुलसीदास*
- प्रत्येक को अपनी ही उन्नति में सन्तुष्ट न रहना चाहिए किन्तु सबकी उन्नति में ही उन्नति समझनी चाहिए। *—ऋषि दयानन्द*
- यदि उद्देश्य शुभ न हो तो ज्ञान पाप हो जाता है। *—पोप*
- मन और इन्द्रियों की एकाग्रता ही परम तप है। उनका जप सब धर्मों से महान् है। *—आदिगुरु शंकराचार्य*
- जो कार्य बल अथवा पराक्रम से पूर्ण नहीं हो पाता, उपाय द्वारा वह सरलता से पूर्ण हो सकता है। *—हितोपदेश*
- कला केवल यथार्थ की नकल का नाम नहीं है। कला दीखती तो यथार्थ है, पर यथार्थ होती नहीं। उसकी खूबी यही है कि वह यथार्थ मालूम हो। *—प्रेमचंद*
- भय जब स्वभावगत हो जाता है, तब कायरता या भीरुता कहलाता है। *—रामचन्द्र शुक्ल*
- क्रोधी मानव का स्वभाव ऐसे तिनके के समान होता है, जिसे क्रोध की आंधी कभी भी उड़ा ले जा सकती है। *—शेक्सपीयर*
- प्रसिद्धि मृतक के हृदय पर खिला हुआ फूल है। *—मदर वेल*
- गुण सब स्थानों पर अपना आदर करा लेता है। *—कालिदास*
- जिसके घर माता अथवा प्रियवादिनी पत्नी नहीं है, उसे वन में चले जाना चाहिए क्योंकि उसके लिए जैसा वन, वैसा ही घर। *—विष्णु शर्मा, पंचतंत्र 4/53*
- जिसने गर्व किया उसका पतन हुआ। *—स्वामी विवेकानंद*

- घृणा करने वाला मनुष्य होंठों से मीठी-मीठी बातें करता है, पर हृदय में कपट रखता है। *—नीतिवचन 26/24 (बाइबल)*
- मनुष्य की महानता उसके कपड़ों से नहीं अपितु उसके चरित्र से आंकी जाती है। *—महात्मा गांधी*
- मनुष्य जीवन महानदी की भांति है, जो अपने बहाव द्वारा नवीन दिशाओं में अपनी राह बना लेती है। *—रवीन्द्रनाथ ठाकुर*
- झूठ बोलने वाले को न मित्र मिलता है, न पुण्य, न यश। *—प्रेमचंद*
- दया वह भाषा है, जिसे बहरे सुन सकते हैं और गूंगे समझ सकते हैं। *—अज्ञात*
- दुर्जन व्यक्ति बिना दूसरों की निन्दा किए प्रसन्न नहीं होता। *—अज्ञात*
- अंधा वह नहीं जो देख नहीं सकता, बल्कि अंधा तो वह है जो देखकर भी अपने दोषों पर पर्दा डालने का प्रयास करता है। *—महात्मा गांधी*
- कोई मुझे एक बार धोखा दे तो उसे धिक्कार है। कोई मुझे दोबारा धोखा दे तो मुझे धिक्कार है। *—अंग्रेजी लोकोक्ति*
- जीवन में निराशा से बड़ा कोई अभिशाप नहीं है। *—विवेकानंद*
- परीक्षा में वही खरे उतरते हैं, जिनमें आत्मविश्वास होता है। *—इमर्सन*
- बुराई के बारे में सोचना, बुराई करने से भी बुरा है। *—मनुस्मृति*
- भय और शक जीवन की गंगा में विष घोल देते हैं। *—तिलक*
- दुर्जनों के साथ भलाई करना सज्जनों के साथ बुराई करने के समान है। *—शेख़ सादी*
- जिसका उद्देश्य ऊंचा है, उसे आरामतलबी और लोकप्रियता से बचना चाहिए। *—इमर्सन*
- मानव का सच्चा जीवन साथी विद्या ही है, जिसके कारण वह विद्वान् कहलाता है। *—स्वामी विवेकानंद*
- हमारी श्रद्धा अखंड बत्ती जैसी होनी चाहिए। हमको तो प्रकाश देती है, लेकिन आसपास भी देती है। *—महात्मा गांधी*
- अपने भीतर शांति प्राप्त हो जाने पर सारा संसार भी शांत दिखाई देने लगता है। *—योगवाशिष्ठ*
- बलवान् से बुद्धिमान् और शक्तिवान् से ज्ञानवान् अधिक शक्तिशाली होता है। *—नीतिवचन 24/5 (बाइबल)*

करुणा

करुणा अंतःकरण का वह दिव्य प्रकाश है, जिसकी आभा में ईश्वर का प्रतिबिम्ब प्रकट होता है।

करुणा मनुष्य के मन की वह कोमल अनुभूति है जिसमें आदमी दूसरे के दुःख को अपने भावनात्मक तल पर महसूस करता है। जब दूसरों की व्यथा-कथा को उसका मन गाने लगता है तभी करुणा का निर्झर मन के सुमेरु से बह निकलता है। करुणा का मतलब दुःखी होकर जीना नहीं है। करुणा का मतलब दुःख के परिहार का प्रयास करना है। संवेदना, सहानुभूति, दया, करुणा एक-दूसरे से जुड़े हुए मनोभाव हैं। मानव की पहचान इन गुणों से होती है - सज्जनों के साथ रहने, अच्छी पुस्तकें पढ़ने और अच्छे विचारों को सोचने और अनुकरण करने से जिन श्रेष्ठ गुणों का जन्म होता है उनमें दया और करुणा के नाम भी गिनाए जा सकते हैं। करुणा मनुष्य का सात्विक गुण है।

जब करुणा के नेत्र खुलते हैं तो व्यक्ति अपने को दूसरों में और दूसरों को अपने में देख सकने में समर्थ हो जाता है। करुणा अंतःकरण का वह दिव्य प्रकाश है जिसकी आभा में ईश्वर का प्रतिबिम्ब प्रकट होता है। दया के छोटे-छोटे कार्य, प्रेम के जरा-जरा से शब्द हमारी पृथ्वी को स्वर्ग के समान बना देते हैं। जब दया का देवदूत दिल से दुत्कार दिया जाता है और जब आँसुओं का स्रोत सूख जाता है तब इंसान रेगिस्तानी रेत में रेंगते साँप की तरह हो जाता है।

न्याय करना तो ईश्वर का काम है, आदमी का काम तो केवल दया करना है। दूसरे की दया सब लोग खोजते हैं और स्वयं करनी पड़े तो कान पर हाथ रख लेते हैं। जो निर्बलों पर दया नहीं करते उन्हें बलवानों के अत्याचार सहन करने पड़ेंगे।

इन विचार सूत्रों के प्रकाश में जरा चिंतन करके देखें कि क्या आपने कभी अपने भीतर करुणा की गंगा बहती महसूस की है ? कभी आपने सपने में भी किसी दूसरे की आँख के आँसू पोंछे हैं? यदि हाँ, तो आपके अंतर में मनुष्य के रूप में एक देवता विराजमान है। वह देवता करुणानिधान है, सब पर दया करने वाला है। आप करुणा की भावदशा में जी रहे हैं तो आपका मन-मंदिर और विचार देवता बन जाते हैं, तब आप दूसरों के लिए सोचने लगते हैं। अपनी पीड़ा की आग में जलना पशुता है, दूसरों की पीड़ा में आपकी आँखे भीगें, आपका मन आँसू से तरल हो उठे तो समझना चाहिए कि आपके भीतर एक दिव्यता का भाव जग रहा है।

ऐसी दिव्य विभूतियाँ सदियाँ गुजर जाने के बाद भी याद की जाती हैं। चूँकि उन्होंने अपने दुःख की परवाह किए बिना दूसरों के दुःख दूर करने के लिए राह बनाई। जब राम सीता हरण के बाद हाल-बेहाल थे तब उन्होंने घायल जटायु को देखकर अपना सारा दुःख विस्मरण कर दिया। जब श्रीकृष्ण के द्वारे सुदामा आए तो श्रीकृष्ण इतने अधिक संतप्त हो गए कि 'पानी परात को हाथ छुयो नहीं नैनन के जल से पग धोए'। दरिद्र सुदामा के पाँव धोने के लिए परात में रखा पानी भूलकर वे इतने भाव विह्वल हो गए कि करुणानिधान की आँखों के आँसुओं से ही सुदामा के पग धुल गए।

राम का रामत्व व कृष्ण का कृष्णत्व करुणा के महान स्रोत में निहित है। महावीर ने दुष्ट साँप चंडकौशिक और बुद्ध ने करुणा के अमृत जल से अंगुलिमाल की विषाक्त भावदशा को बदला था। ये महापुरुष करुणा के अवतार थे जिन्होंने पाप को भी शाप नहीं दिया। विष के बदले अमृत दिया। अंधकार को भी प्रकाश के जल से नहलाया। इसलिए वे आज भी याद किए जाते हैं :

हम उन्हें याद किया करते हैं, जो औरों के लिए जीया करते हैं।
अगरबत्ती की तरह जलकर, जो औरों को खुशबू दिया करते हैं॥

करुणा की अमृत वर्षा इस विष भरे वातावरण में आज बहुत जरूरी हो गई है। ऐसे समय में करुणा भाव का महत्त्व इसलिए भी बढ़ गया है कि हमारा अंतःस्थल रेगिस्तान बनता जा रहा है। घृणा, द्वेष और प्रतिशोध के इस माहौल में दया का एक दीपक जलाकर हम सृष्टि को स्वर्ग बना सकते हैं।

शाश्वत स्वर

- दूसरों की दया सब लोग खोजते हैं और स्वयं करनी पड़े तो कान पर हाथ रख लेते हैं। - जयशंकर प्रसाद

- मेरी यह प्रबल कामना है कि मैं हर आँख का हर आँसू पोंछ दूँ। - महात्मा गाँधी

- दया से लबालब भरा हुआ दिल ही सबसे बड़ी दौलत है; क्योंकि दुनियावी दौलत तो नीच आदमियों के पास भी देखी जाती है। - तिरुवल्लुवर

- परमेश्वर द्वारा निर्मित प्राणिमात्र पर जो दया करता है, उसको परमेश्वर दयार्द्र दृष्टि से देखता है; संसार के प्रत्येक व्यक्ति, चाहे वह भला हो या बुरा-उस पर दया करो। बुरे मनुष्य पर दया करने का अर्थ है, उसे बुराई से दूर करना। - हज़रत मोहम्मद

- दया ज्ञान की पताका है और कोप मूर्खता का सम्बल। - शरण

- मुझे केवल दया के लिए भेजा गया है, शाप देने के लिए नहीं। - हज़रत मोहम्मद

- मनीषी अपने शाश्वत उत्कर्ष को दया के दृढ़ आधार पर खड़ा करते हैं। - शेक्सपीयर

- दया ऐसी सेविका है कि वह अपने स्वामी को भिक्षुक की स्थिति में मरते नहीं देख सकती। - सैकर

- मैं नाम से मनुष्य हूँ, दया से ईश्वर हूँ। - सिमन्स

क्षमा

ब्रह्माण्ड की सृष्टि करने से पूर्व ईश्वर ने पश्चात्ताप का सृजन किया। शायद, ईश्वर को यह ज्ञात था कि मनुष्य ढेर सारी गलतियां करेंगे और तब उन्हें पश्चात्तापस्वरूप क्षमायाचना की जरूरत भी पड़ेगी।

सभ्य समाज में क्षमायाचना और क्षमादान का विशेष महत्त्व है। यह क्षमायाचना और क्षमादान चाहे दो आत्मीयजन के बीच हो अथवा समूह के या कि राष्ट्रों के बीच। यदि ईमानदारी के साथ क्षमायाचना की जाती है तो अपमान की भावना का निराकरण तो करती ही है, साथ ही क्षमाशील भी बनाती है। क्षमायाचना में रोग निवारण की शक्ति निहित है। मैं हमेशा देखता था कि कैसे लोगों ने छोटी-छोटी बातों को लेकर अपमान किया, अपमानित हुए और क्षमाशीलता के अभाव में कैसे शिकवे-शिकायतों को जिंदगीभर ढोते रहे। यदि कोई उनसे ईमानदारी के साथ क्षमायाचना कर लेता, या वे ईमानदारी से क्षमा माँग लेते तो शायद व्यर्थ के मानसिक तनाव से बच सकते थे।

सच्चाई तो यह है कि यहूदी धर्मग्रंथ 'तलमुड' में एक स्थल पर घोषणा की गई है कि ब्रह्माण्ड की सृष्टि करने से पूर्व ईश्वर ने पश्चात्ताप का सृजन किया। शायद, ईश्वर को यह ज्ञात था कि मनुष्य ढेर सारी गलतियाँ करेंगे और तब उन्हें पश्चात्तापस्वरूप क्षमायाचना की जरूरत भी पड़ेगी।

क्षमायाचना की प्रक्रिया में आहत करने वाले और आहत होने वाले के बीच 'शर्म' (शेम) और 'शक्ति' (पावर) का आदान-प्रदान होता है। आपका यह व्यवहार आहत होने वाले व्यक्ति को क्षमाशीलता की शक्ति प्रदान करता है। यही है क्षमायाचना में शर्म और शक्ति का आदान-प्रदान और यही है, क्षमायाचना के भीतर छिपी शक्ति का रहस्य। लोग क्षमायाचना को दुर्बलता का पर्याय समझ लेते हैं, जबकि क्षमायाचना के लिए चारित्रिक दृढ़ता भी आवश्यक होती है। इस तरह किसी व्यक्ति के द्वारा किए गए अप्रिय आचरण अथवा अपराध का उसी रूप में उत्तर न देना क्षमा कहलाता है।

किसी ने हमसे अनुचित व्यवहार किया और उस व्यक्ति के भूल स्वीकार करने पर हमने उससे किसी प्रकार का अनुचित व्यवहार न करने का आश्वासन दिया। यह आश्वासन ही क्षमा कहलाता है। क्षमा, उदारता, महानता और विनम्रता का पर्याय है। क्षमाशीलता से व्यक्ति छोटा नहीं होता, न ही उसके मान-सम्मान में कमी आती है बल्कि वह दिनोंदिन बढ़ता है। क्षमा से क्रोध की समाप्ति होती है, तनाव कम होता है और इससे मन में शान्ति तथा आनंद की अनुभूति होती है।

शाश्वत स्वर

- वृक्ष काटने वाले को भी छाया देता है। - अज्ञात
- दुष्टों का बल हिंसा, राजाओं का बल हिंसा, स्त्रियों का बल सेवा और गुणवानों का बल क्षमा है। - संस्कृत सूक्ति
- जो लोग बुराई का बदला लेते हैं, बुद्धिमान उनका सम्मान नहीं करते, किंतु जो अपने शत्रुओं को क्षमा कर देते हैं, वे स्वर्ण के समान बहुमूल्य समझे जाते हैं। -तिरुवल्लुवर
- ज्ञान का भूषण क्षमा है। -क्षेमेन्द्र
- मित्र की अपेक्षा शत्रु को क्षमा करना सहज है। -डोरोथी डैल्यूजी
- क्षमा मानवी भावों में सर्वोपरि है। दया का स्थान इतना ऊँचा नहीं। दया वह दाना है, जो पीली धरती पर उगता है, इसके प्रतिकूल क्षमा वह दाना है जो कांटों में उगता है। दया वह धारा है, जो समतल भूमि पर बहती है, क्षमा कंकरों और चट्टानों में बहने वाली धारा है। दया का मार्ग सीधा और सरल है, क्षमा का मार्ग टेढ़ा और कठिन है। -प्रेमचन्द (रंगभूमि)

सेवा

सेवा वास्तव में चंदन की छड़ी है,
जिसे देने और लेने वाले के हाथों में
प्रभु नाम की महक फैल जाती है।

सेवा मनुष्य जीवन की सुगंध है। बिना सेवा के मनुष्य का जीवन नकली फूल की तरह है जिसमें पुष्प का सौंदर्य तो है किंतु उसमें सुगंध की कोई जगह नहीं है। सेवा शून्य जीवन की कोई सार्थकता नहीं है, सार्थक सफल जीवन वही है जो मन से करुणा से ओतप्रोत हो और तन से सेवाशील।

सेवा, प्रेम और करुणा का साकार रूप है। निःस्वार्थ भाव से किसी व्यक्ति का अपेक्षित सहयोग करना, किसी की आवश्यकता की पूर्ति करना सेवा है। हमें अपनी दिनचर्या इस तरह से बनानी चाहिए दिन में कोई न कोई सेवा कार्य अवश्य संपादित हो। सेवा धर्म है, सेवा पुण्य है, सेवा मनुष्यता का सिंगार है। सेवा ईश्वर को बहुत प्रिय है। कहा गया है-सेवा कर लो चुपचाप। जाकर मालिक के रजिस्टर में अपना नाम लिखवा लो। दुनिया के पत्थरों पर लिखा नाम तो एक दिन मिट जाएगा।

सेवा जीवन का सच्चा आभूषण है। आदमी कितना भी अमीर क्यों न हो जाए अगर उसमें सेवा का सद्गुण नहीं है तो उसकी समृद्धि का कोई औचित्य नहीं है। एक सूक्त है-आप अमीर हों तो अपने तन, मन को भी अमीर बनाओ। जो इस लायक हो कि दूसरों की सेवा करे पर उसे सेवा की जरूरत न पड़े। दूसरों की सेवा करने वाले के कष्ट स्वतः ही नष्ट हो जाते हैं। सेवाभाव वह पुलिया है जो मनुष्य से मनुष्य को जोड़ता है।

'सेवा' एक साज है गीत का, इंसान से इंसान की प्रीति का। इंसान ही नहीं भगवान भी नर सेवा को नारायण सेवा स्वीकार करते हैं। सेवा एक झोंका है पवन का, आत्मा से परमात्मा के मिलन का। सेवा वास्तव में चंदन की छड़ी है, जिसे देने और

लेने वाले के हाथों में प्रभु नाम की महक फैल जाती है, सेवा ईश्वरीय कार्य है इसलिए सेवा करते समय सेवक को दिखावे के स्थान पर दिल से जुड़ना चाहिए। सेवा करने का अर्थ है-जिसमें दूसरे का हित हो और प्रसन्नता हो। वर्तमान में उसकी प्रसन्नता हो और परिणाम में उसका हित (कल्याण) हो। सेवा वस्तुओं से नहीं होती, हृदय से होती है।

सेवा जब हृदय से जुड़ी होती है तो प्रार्थना बन जाती है। सेवा के परमार्थ पक्ष को लेकर ठीक ही कहा गया है, सिमरन व सेवा साथ चलनी चाहिए। जो भगवान का भक्त ही होता है वह दुनिया का सेवक होता है। सच्चा सेवक बनने के लिए हमें सेवा को जीवन की साधना बनाना होगा। किसी एकांत वन में बैठकर भगवान का भजन करने की बजाय संसार में किसी एक दुखी के जीवन को सुखी बना देना ईश्वर को प्रिय है। ईश्वर ने मनुष्य को दो हाथ इसीलिए दिए हैं कि वह अपने हाथों का सहारा देकर गिरे हुए को ऊपर उठाए सेवा साधना का मूर्त रूप है। साधक को चाहिए कि वह एक नेक काम प्रतिदिन करे।

सेवा का मतलब यह नहीं है कि हम बड़े-बड़े पारमार्थिक अनुष्ठान करें। ऐसे सेवा आयोजनों में सच्चाई कम दिखावा ज्यादा होता है। सच्ची सेवा का लक्षण तो यह है कि आदमी चुपचाप आँसू भरी आँखों में आशा का अंजन आँज दे। किसी के अभाव के प्रभाव को समाप्त करने के लिए हम गुप्त रूप से उसका सहयोग कर दें। अधिकांशतया सेवा आयोजनों के पीछे यश की कामना रहती है। जो लोग यश की कामना से सेवा करते हैं उनकी सेवा मेवा पाने के लिए होती है, सच्ची सेवा इसे कैसे कहा जा सकता है, सच्ची सेवा में तो अर्पण का भाव निहित होता है। पाने की कामना उसमें दूर-दूर तक नहीं होती है।

पाश्चात्य संस्कृति के चलते हमने सेवा का मतलब 'सर्विस' तक सीमित कर दिया है। सेवा सर्विस ही नहीं है सेवा तो एक पूरा जीवन दर्शन है। एक सेवक किसी की सेवा करता है तो उसकी भावदशा यह नहीं होती है कि वह कोई परोपकार कर रहा है। एक सच्चा सेवक तो यह मानता है कि मैंने किसी की सेवा करके ईश्वरीय आज्ञा का पालन किया है। सच्चा सेवक तो सेवा करके स्वयं को धन्य अनुभव करता है। उसके अंतर में तो यह एहसास होता है मैंने सेवा करके अपने आप पर उपकार

किया है। किसी को दुखी देखकर एक सेवक के मन में जो वेदना होती है वह सेवा द्वारा आहत को राहत पहुँचाने के बहाने अपनी हृदय वेदना को ही सांत्वना देता है। इस तरह का सेवा भाव जब जीवन में उतरता है तो महक उठता है जीवन का चंदन वन।

शाश्वत स्वर

- सद्वंश में उत्पन्न तथा चरित्रवान पुरुष के निर्धन होने पर भी उसकी सेवा यत्नपूर्वक करनी चाहिए। - शूद्रक

- फूल चाहने वाले जल से पौधे को सींचते भी हैं। - चाणक्यसूत्र

- सबकी सेवा न पराई, वह अपनी सुख संसृति है;
  अपना ही अणु-अणु कण कण, द्वयता ही तो विस्मृति है।
  - जयशंकर प्रसाद

- सच्चा आनंद, सच्ची शान्ति केवल सेवा-व्रत में है। वही अधिकार का स्रोत है, वही शक्ति का उद्गम है। सेवा ही वह सीमेंट है जो दम्पति को जीवन-पर्यंत स्नेह और साहचर्य से जोड़े रख सकता है, जिस पर बड़े-बड़े आघातों का भी कोई असर नहीं होता। जहाँ सेवा का अभाव है, वहीं विवाद-विच्छेद है, परित्याग है, अविश्वास है। - प्रेमचंद

- हाथ में भी सेवा हो और हृदय में भी सेवा हो, तभी सच्ची सेवा हमारे हाथों बन पड़ेगी। - विनोबा

- भारत के राष्ट्रीय आदर्श हैं-सेवा और त्याग। इन्हीं मार्गों से उसकी भावनाओं को तीव्र करो, शेष सब अपने आप ठीक हो जाएगा। - विवेकानन्द

- सेवा करने वाले हाथ स्तुति करने वाले ओष्ठों की अपेक्षा अधिक पवित्र हैं।
  - साईं बाबा

प्रेम

प्रेम एक सर्वव्यापी तत्त्व है। हमें प्रेम के प्रसाद को हर घर में बाँटना चाहिए। इस दुनिया में प्यार सबसे करो, विश्वास कुछ लोगों पर और नफरत किसी से भी मत करो।

प्रेम के ढाई आखरों में पूरे जीवन का मर्म, धर्म और कर्म छुपा है। प्रेम के बिना न तो जीवन का कर्म समझा जा सकता है न जीवन में धर्म का अभ्युदय हो सकता है और न ही हमारे कर्म को पवित्र बनाया जा सकता है। प्रेम एक विलक्षण भावदशा है क्योंकि प्रेम मन की आनंदपूर्ण अनुभूति है। वह सुगंध से भरा हुआ पवन का झोंका है जो देह के भीतरी भाग को अपनी मनभावन छुअन से सिहरा देता है, पुलकित कर देता है। 'प्रेम' शब्द सागर की तरह व्यापक है। इसका संबंध सृष्टि के कण-कण से है। प्रेम चेतन से ही नहीं जड़ से भी हो सकता है। ऐसा कोई हृदय नहीं जिसमें किसी न किसी प्रकार का प्रेम हिलोरे नहीं लेता हो। आवश्यकता है उसे तपाकर शुद्ध सोने जैसा बनाने की जो निर्दोष हो, निर्लेप हो और पवित्रता और प्रेरणा से परिपूर्ण हो। प्रेम संसार का आधारभूत तत्त्व है। प्रेम अपनी उच्चतम भूमि पर पहुँचकर ईश्वर से मिल जाता है। भक्तिमयी मीरा का अनुराग, संत तुकाराम का प्रेम और कृष्ण प्रेम के अनूठे गायक रसखान का प्रेम प्रार्थना बन गया था। मन के द्वार खोलकर रखें उसमें प्यार की बयार आने दें और उसे निरंतर ऊँचाइयों की ओर ले जाएँ ताकि जीवन सहज, सरल व तनावमुक्त हो सके।

प्रेम एक सर्वव्यापी तत्त्व है। हमें प्रेम के प्रसाद को हर घर में बाँटना चाहिए। इस दुनिया में प्यार सबसे करो, विश्वास कुछ लोगों पर और नफरत किसी से भी मत करो। कहा गया है–पूरी उम्र भी कम है प्यार करने के लिए, लोग कहाँ से वक्त निकाल लेते हैं अदावत के लिए। प्रेम की बेल को बढ़ाना हो तो त्याग को महत्व दो। आपसी रिश्तों में प्यार तभी बढ़ता है जब हम बिना कुछ पाने की इच्छा से दूसरों को अपनी तरफ से ज्यादा से ज्यादा देने की इच्छा करें। प्रेम पाने का नहीं देने का नाम है। वह

ग्रहण का नहीं, त्याग का पर्याय है। जिसमें लेन-देन का भाव होता है, वह प्यार नहीं होकर व्यापार हो जाता है। प्रेम रस में डूबा हृदय कभी प्रतिदान की इच्छा नहीं करता है वह तो निरंतर समर्पण करने में भरोसा करता है। प्रेम पथ सूना न हो इसलिए जिस डगर मैं थकूं उस डगर तुम चलो यानि आदमी जीवन की राह में कभी प्रेम पथ से न डुले न डिगे। इसके लिए जरूरी है कि आदमी से आदमी जुड़ता जाए। दिलों से दिल मिलते जाएँ तभी प्रेम को सर्वात्ममय बनाया जा सकता है।

प्रेम केवल दिया जाता है उसमें पाने की माँग नहीं होती। लगातार देते रहने का नाम ही प्रेम है। जो केवल देते हैं वही सजल संवेदनाओं का मर्म समझते हैं। इस अनुभूति में व्यक्तित्व की अनगिनत विशेषताएं विकसित होती हैं जिनमें बौद्धिक क्षमता में वृद्धि भी शामिल है। एक आदमी दूसरे के मन की बात जान सकता है तो केवल सहानुभूति और प्रेम से, उम्र और बुद्धि से नहीं। एक दिव्य वचन है घृणा करना शैतान का काम है। क्षमा करना मनुष्य का धर्म है और प्रेम करना दैवीय गुण है। जो जीवन में प्रेम को जी लेता है उसे फिर प्रेम में ही परमात्मा के दर्शन होते हैं।

शाश्वत स्वर

- प्रेम करने वाला पड़ोसी दूर रहने वाले भाई से कहीं उत्तम है। - चाणक्य
- प्रेम ही स्वर्ग का मार्ग है, मनुष्यत्व का दूसरा नाम है। समस्त प्राणियों से प्रेम करना ही सच्ची मनुष्यता है। - गौतम बुद्ध
- एक दूसरे को इस प्रकार प्रेम करो जैसे गौ अपने बछड़े को करती है। - अथर्ववेद
- प्रेम की शक्ति दंड की शक्ति से हजार गुनी प्रभावशाली और स्थायी होती है। - महात्मा गाँधी
- किसी के साथ अत्यंत प्रेम न करो और प्रेम का सर्वथा अभाव भी न होने दो, क्योंकि ये दोनों ही महान दोष हैं, अतः मध्यम स्थिति पर ही दृष्टि रखो। - वाल्मीकि

ईमानदारी

ईमानदार मनुष्य ईश्वर की सर्वोत्तम कृति है और ईमानदारी सर्वोत्तम नीति। जो लोग व्यापार में ईमानदार रहते हैं, भले ही वे देर से अमीर हुए हों, पर होते अवश्य हैं।

ईमानदारी का सीधा-सा मतलब है जो काम हमारे लिए कर्त्तव्य हैं, वे करने चाहिए जो काम अकर्त्तव्य की श्रेणी में आते हैं उन्हें नहीं करना चाहिए। जब हम नहीं करने योग्य काम करते हैं और करने योग्य काम की उपेक्षा करते हैं तो काम के प्रति ईमानदार नहीं होते हैं। बस यहीं से शुरूआत होती है बेईमानी की। जिस कर्म को करने में मन को संतोष और आनन्द की अनुभूति हो, जो कार्य परिवार, समाज और राष्ट्र के हित में हो तो यह समझना चाहिए कि उस कार्य में ईमानदारी का तत्त्व मौजूद है। धन अर्जन से लेकर स्वयं के आचरण में ईमानदारी का अपना महत्त्व है। एक अध्यापक के लिए अपनी कक्षा में नियमित और समयबद्ध अध्यापन ईमानदारी है। एक व्यवसायी के लिए व्यवसाय में उचित लाभ की अपेक्षा ईमानदारी है और एक जन-प्रतिनिधि के लिए जनकल्याण के प्रति भाव-समर्पण ईमानदारी है। भले ही ईमानदार व्यक्ति के विकास की गति धीमी हो, भले ही उसका मार्ग बाधाहीन नहीं हो पर यशस्वी अवश्य है।

ईमानदारी मनुष्य का वह आभूषण है जो तन को ही नहीं, मन को भी सुन्दर बना देती है। ईमानदार आदमी का सोचना लगभग हमेशा न्यायपूर्ण होता है। ईमानदार मनुष्य ईश्वर की सर्वोत्तम कृति है और ईमानदारी सर्वोत्तम नीति। जो लोग व्यापार में ईमानदार रहते हैं, भले ही वे देर से अमीर हुए हों, पर होते अवश्य हैं। उन्हें धन के साथ यश भी प्राप्त होता है। ईमानदारी को उपजाएँ क्योंकि अमीर बनने का यह निहायत अच्छा और आसान तरीका है। जो यह कहता है कि ईमानदारी नाम की कोई वस्तु है ही नहीं, वस्तुतः वह स्वयं धूर्त है। सच कहें तो बेईमानी का काम भी ईमानदारी से ही

चलता है। बेईमानों में भी आपस का हिसाब तो ईमानदारी से ही होता है, वरना उनकी एकता कब की समाप्त हो गई होती। अनीति और असफलता में से यदि एक को चुनना पड़े तो असफलता को ही पसंद करना चाहिए अनीति को नहीं। उस दिन को सबसे खराब मानना चाहिए, जब इंसान के दिल में बेईमानी से एक भी रुपया हासिल करने का विचार उत्पन्न हुआ हो।

ईमानदारी के बिना न तो जीवन व्यवहार चलता है न ही ईमानदारी के बिना अध्यात्म में अग्रसर हुआ जाता है। ईमानदारी जीवन का नीतिशास्त्र है। जिस दिन आप किसी ओर के प्रति बेईमान होने की कोशिश करते हो तब आप समझ लीजिए कि कल आप अपनों के प्रति भी बेईमान होंगे। अपनों के सपनों को भी बेईमानी की हाट पर बेच दोगे। हम समाजिक रूप से इतनी कृत्रिम और छलावापूर्ण जिंदगी जी रहे हैं कि हमें सच्चाई, सादगी और ईमानदारी जैसे सहज सद्गुण मुश्किल मालूम होते हैं। एक आदमी ईमानदार आसानी से रह सकता है। उसे बनावटी बनने के लिए कई तरह के झूठ रचने पड़ते हैं, कई तरह की बोलियाँ बोलनी पड़ती हैं। और दूसरी ओर ईमानदारीपूर्ण जिंदगी जीने के लिए आदमी को अपने स्वभाव में जीना होता है। जो आदमी पहले स्वभाव के तल पर धोखाधड़ी करता है, उसकी आत्मा का सुंदर कमरा झूठ के कचरापात्र में तब्दील होता दिखाई देता है।

बेईमान आदमी न तो समाज के प्रति उत्तरदायी होता है न परिवार के प्रति। इसलिए परिवार का दायित्व है कि अगर घर में कोई बेईमानी करने की दिशा में आगे बढ़ रहा है तो वह उसे रोके। यह मत भूलिये कि परिवार ही सबसे बड़ा सुधारगृह है। जो आदमी परिवार के सुधारगृह में नहीं सुधर सकता फिर उसे बड़ा से बड़ा कारागार भी नहीं सुधार सकता। एक ईमानदार आदमी का जीवन अपने आप में एक पवित्र शास्त्र है। चूँकि प्रत्येक शास्त्र का शाश्वत संदेश है कि हर आदमी जीवन के हर मोड़ पर ईमानदार और विश्वसनीय रहे।

शाश्वत स्वर

❁ मुसीबत ही मनुष्य के सिद्धान्त की कसौटी है। इसके अभाव में उसे यह पता नहीं चलता है कि वह कितना ईमानदार है। - एमर्सन

❁ स्वयं को ईमानदार व्यक्ति बनाओ ताकि तुम्हें विश्वास हो जाये कि विश्व में एक दुष्ट आत्मा कम हो गई। - कार्लायल

❁ प्रसिद्ध होने की बजाय ईमानदार होना अधिक अच्छा है।
- थ्योडोर रूजवेल्ट

❁ ईमानदार मनुष्य का सोचना लगभग सदैव न्यायपूर्ण होता है। - रूसो

❁ ईमानदार होना यानि दस हजार में एक होना है। - शेक्सपीयर

❁ ईमानदार मनुष्य ईश्वर की सर्वोत्कृष्ट कृति है। - फ्रीथिंकर

❁ मनुष्य पहले ईमानदार और नेक बने, और बाद में शिष्टाचार और संतोष की पालिश चढ़ाये। - कन्फ्यूशियस

❁ जिसमें ईमानदारी और शराफ़त नहीं उसके लिए सब ज्ञान कष्टकारी है।
- मॉण्टेन

❁ ईमानदार मनुष्य ही धूर्त लोगों द्वारा ठगे जाते हैं। - स्विफ्ट

धैर्य

सब्र जिन्दगी के मकसद का दरवाजा खोलता है क्योंकि सिवाय सब्र के उस दरवाजे की कोई कुंजी नहीं है।

प्रतिकूल परिस्थितियों का सहजता से सामना करने के भाव को धैर्य कहते हैं। विषम परिस्थिति में विचलित न होने का भाव भी धैर्य है। संसार में आए दिन हर आदमी को किसी न किसी कठिनाई का सामना करना पड़ता है। अधीर लोग कठिनाइयों में टूट जाते हैं। विपत्ति के समय जो दृढ़ता व्यक्ति में पाई जाती है वही व्यक्ति के दृढ़ व्यक्तित्व की परिचायक है। ऐसे दृढ़ मनस्वी लोगों की परीक्षा संकट के समय ही होती है। धर्म के दस लक्षणों में धैर्य को प्रथम लक्षण के रूप में स्वीकार किया गया है।

धीर-वीर गंभीर व्यक्ति ही अपने जीवन में निरन्तर उन्नति करते हुए अपने लक्ष्य तक पहुँचते हैं। अतः हमें अपने जीवन में धैर्य को धारण करने का प्रयास करना चाहिए। कुछ अनुभवियों की चिंतन दृष्टि देखिए - 'सब्र जिन्दगी के मकसद का दरवाजा खोलता है क्योंकि सिवाय सब्र के उस दरवाजे की कोई कुंजी नहीं है।' ठीक ऐसी ही बात हितोपदेश में कही गई है - 'नीति निपुण निन्दा करें या प्रशंसा, लक्ष्मी आए जाए, मृत्यु चाहे आज ही हो जाए चाहे सौ वर्ष बाद परन्तु धीर पुरुष न्याय के मार्ग से एक पग भी विचलित नहीं होते।' ऐसे धैर्यवान लोग ही सच्चे धनवान हैं।

धीरज, आनन्द और सम्पूर्ण शक्ति का मूल स्रोत है क्योंकि संकट के समय धैर्य धारण करना मानो आधी लड़ाई जीत लेना है। मनुष्य के जीवन में धैर्य संजीवनी बूटी है। जिन्दगी में यदि सब्र न हो तो अपनी कब्र खोद लेनी चाहिए क्योंकि सब्र के बिना मौत के अलावा कोई चारा नहीं है। धैर्य आता है, आत्मबल से और आत्मबल आता है दृढ़ता से। हर स्थिति को सहज भाव से जीयो। काँटों के बीच हाथ डालकर

फूल पकड़ना पड़ता है। भले ही थोड़ी देर के लिए हाथ लहुलुहान ही क्यों न हो जाएं, हमें फूल चुनके ही मानना चाहिए। जो लोग पथ बाधाओं के सामने अपनी मंजिल को भूल जाते हैं। शूल जिनके संकल्प को शस्त्र समर्पण के लिए मजबूर करते हैं, ऐसे लोग सफलता के लिए सैंकड़ों प्रयास करलें पर वे कभी सफल नहीं हो पाते। हमारे चिंतन में धीरज को जीवन का महत्वपूर्ण तत्त्व माना है। रामचरित मानस में तुलसी इसी की गाथा गाते हैं -

धीरज धर्म मित्र अरू नारी, आपद्काल परिखयहु-वारी।

हमारे देश का चिन्तन कुछ इस तरह का है कि हमने वीरों की बजाय धीरों को ज्यादा पूजा और प्रतिष्ठा दी है। हम सौ वीरता के सामने अकेली धीरता को सम्मान देने वाली संस्कृति के उपासक हैं। हमारा अध्यात्म, हमारा समाज, हमारी लोक चेतना ने धीऱ को महावीर कहा है। इसीलिए यह देश बुद्ध का देश है जिसके पाँवों में ख़ीर पकाई। ये देश महावीर का देश है जिनके कानों में कीले ठोकी गईं। यह देश उस कृष्ण का उपासक है जिसने महाबली होकर भी भृगु की लात खाकर उसे क्षमा किया। यह देश उस द्रोपदी की धीरता का महिमा मंडन करता है, जिनके धैर्य ने अपने पाँचों पुत्रों के हत्यारे को इसलिए क्षमादान दिया कि उसकी भी माँ मेरी तरह शोक संतप्त होगी। हमारे सामने उन महापुरुषों का आदर्श है जो ये मानते रहे हैं कि

वह पथ क्या ?
पथिक कुशलता क्या ?
पथ में बिखरे यदि शूल न हों।
वह नाविक क्या ?
नाविक की धैर्य परीक्षा क्या ?
यदि धाराएँ प्रतिकूल न हों॥

प्रतिकूल परिस्थिति में अनुकूल मनस्थिति बनाए रखना ही सच्ची धीरता है। जो इस गुण को अपने जीवन में जीता है, वही धैर्यवान महान है।

शाश्वत स्वर

- पहली डुबकी में रत्न न मिलें तो रत्नाकर को रत्नहीन मत समझो। धैर्यपूर्वक साधन करते रहो; समय पर भगवत्कृपा अवश्य होगी।
  - स्वामी रामकृष्ण परमहंस

- धैर्य सब उल्लासों एवं शक्तियों का मूल है। - चर्चिल

- धैर्य जीवन के लक्ष्य का द्वार खोल देता है; क्योंकि सिवाय धैर्य के उस द्वार की और कोई कुंजी नहीं है। - शेखसादी

- मानव का धैर्य उसकी प्रशंसा में गिना जाता है, और रोना-चिल्लाना उसका अवगुण समझा जाता है। - मुतनब्बी

- मुसीबतें टूट पड़ें, हाल बेहाल हो जाए, तो भी जो लोग निश्चय से डिगते नहीं और धीरज रखकर चलते हैं, वे ही सच्चे धैर्यशाली हैं। - कुरान शरीफ

- जो संकटों का सामना नहीं करता वह सच्चा धैर्यशाली नहीं है।
  - हज़रत मोहम्मद

- अच्छी बातों को पकड़ो, बुरी बातों पर पाबन्दी लगाओ, इस बल पर आने वाले कठिन प्रसंगों को धैर्य से सहन करो। - कुरान शरीफ

- बिना विचारे किये जाने वाले साहस को कभी धैर्य नहीं कहा जा सकता।
  - शरण

- सत्य के लिए शत्रुओं का जी जान से विरोध करना अथवा उनके खिलाफ लड़ना धैर्यवान् अपने जीवन से भी अधिक मूल्यवान् समझते हैं। - शरण

- धैर्य और संतोष जीवन नौका के वे पतवार हैं जो नौका को किनारे तक ले जाते हैं। - मीनू कृष्ण

संतोष

संतोष महत्त्वाकांक्षा का विराम नहीं है। वरन अंधी लालसा का विरोधी तत्त्व है। हम आगे बढ़ें, उत्तरोत्तर प्रगति करें, किंतु एक निश्चित ढंग से, नियमित रूप से आगे बढ़ें। बेतहाशा दौड़ें नहीं क्योंकि उसमें ठोकर लगकर गिरने की आशंका है।

संतोष एक ऐसी अवधारणा है जिसमें हमारा चित्त स्थिर हो जाए तो एक अनूठे आनंद का रसस्रोत बहता महसूस होगा। संतोष जब मन में रसधार बनकर बहने लगता है तो हमारा मन साधनों की बजाय साधना में सुखानुभूति का अनुभव करता है। संतोष स्वभाव है, वह हृदय से उभरता है और जीवन व्यवहार में बहता है। जो कुछ हमें परमात्मा ने दिया है वह सही है और हमारे भाग्य के अनुरूप है। व्यर्थ कामनाओं के पीछे अंधे होकर दौड़ने का क्या लाभ? ऐसे सात्विक भावों की अनुभूति ही संतोष कहलाती है।

संतोष महत्त्वाकांक्षा का विराम नहीं है। वरन अंधी लालसा का विरोधी तत्त्व है। हम आगे बढ़ें, उत्तरोत्तर प्रगति करें, किंतु एक निश्चित ढंग से, नियमित रूप से आगे बढ़ें। बेतहाशा दौड़ें नहीं क्योंकि उसमें ठोकर लगकर गिरने की आशंका है। संतोष संयम का ही दूसरा नाम है। संतोष सबसे बड़ा सुख है और असंतोष सबसे बड़ा दुःख है। इसलिए सुख चाहने वाले व्यक्ति को हमेशा संतुष्ट रहना चाहिए। सबसे अधिक प्राप्ति उसे ही होती है जो संतुष्ट होता है।

दूसरों से प्रतिस्पर्धा किए बिना जीवन यापन करो, यही परम संतोष है। मन अभाव की ओर बार-बार जाता है। जो हमारे पास है उसकी खुशियां मनाएं। आत्म संतुष्ट बनें, परमात्मा को धन्यवाद दें और मानें कि मेरे प्रभु ने मुझे बहुत कुछ दिया है। संतोषी मनुष्य के पास एक सधी-सधाई दृष्टि होती है। उसके लिए सागर का सारा का सारा जल व्यर्थ है, अपने कलश को भरने के बाद उसका मन सागर की लहरों में नहीं भटकता है, वह तो अपनी प्यास बुझाने का उपक्रम करता है, सागर की अथाह जल राशि को लेकर ललचाता नहीं है। संसार में सुख के साधन इस तरह बिखरे पड़े हैं कि

हम उन सभी को समेट नहीं सकते हैं। हमें अपनी जरूरत, अपने परिवार की जरूरत पूरी करने के बाद संचय करने की प्रवृत्ति से बचना चाहिए। अधिक से अधिक भविष्य की सुरक्षा की गारंटी जितने साधनों के संचय के बाद, अगर हम साधन संसाधनों में अपने मन को उलझाते हैं तो समझ लीजिए हमारे भीतर बैठा असंतोषी मन न केवल अतृप्त रहेगा बल्कि उसकी ये अतृप्ति मानसिक संतप्ति का कारण भी बन जाएगी।

राजा भोज के जीवन का एक प्रसंग है, राजा भोज बहुत संतोषीवृत्ति और प्रवृत्ति के थे। वे अपने मन को असंतोष की आग से सदैव दूर रखते थे। अपने जीवन यापन और ठाट-बाट के बाद जो कुछ बचता उसे सर्वजन हिताय सर्वजन सुखाय के लिए समर्पित कर देते थे। उनकी इस उदार प्रवृत्ति से कोषाध्यक्ष को लगता था कि निरंतर देते रहने से एक दिन राजकोष हमेशा के लिए खाली हो जाएगा। राजा को टोकने का साहस भी उसके पास नहीं था। उसने एक कागज पर लिखकर निवेदन किया-आपदार्थे धनं रक्षेत। (विपत्तिकाल के लिए धन की रक्षा करें) राजा ने पढ़ा तो उन्होंने भी कोषाध्यक्ष से सीधे संवाद के बजाय उसी कागज के नीचे ये पंक्ति लिखकर उत्तर दे दिया-श्रीमतां आपदः कुतः (उदार लोगों को विपत्ति आती ही कहाँ है)। कोषाध्यक्ष ने पढ़ा तो फिर उसने नीचे लिख भेजा-कदाचित् कुप्यतो दैवः (कभी भाग्यदेवता ही रूठ गया तो?) राजा भोज ने समाधान करते हुए पुनः लिख भेजा-संचितोऽपि विनश्यति। (अगर भाग्य ही रूठ गया तो जो संचित धन है उसका भी विनाश हो जाएगा) इसलिए भविष्य के आगे वर्तमान की उपेक्षा करने की बात निरर्थक है। राजा भोज की इस जीवन दृष्टि को आप अपने विचारों के आईने में देखेंगे तो आपका मन भी संतोष का कोष बन जाएगा और एक अनूठे आनन्द का अनुभव आप अपने जीवन में प्रतिपल करते दिखाई देंगे।

शाश्वत स्वर

- मनुष्य के मन में संतोष होना स्वर्ग की प्राप्ति से भी बढ़कर है, संतोष ही सबसे बड़ा सुख है। संतोष यदि मन में भली-भाँति प्रतिष्ठित हो जाए तो उससे बढ़कर संसार में कुछ भी नहीं है। - वेदव्यास

- संतोष से सर्वोत्तम सुख प्राप्त होता है। - पतंजलि

- असंतुष्ट व्यक्ति को यहाँ-वहाँ सर्वत्र भय रहता है। - आचारांग

- संतोष रूपी अमृत से संतुष्ट मनुष्य के लिए सदा सुख और शांति ही है। - अज्ञात

- जो मिले उससे संतुष्ट रहना चाहिए। अतिलोभ करना पाप है। - जातक

- संतोषी साधु लोभी धनिक से अधिक अच्छा। - शेख सादी

- यद्यपि संतोष कड़ुवा वृक्ष है, तथापि इसका फल बड़ा ही मीठा और लाभदायक है। - मौलाना रूमी

- संतोष स्वाभाविक सम्पत्ति है, विकास कृत्रिम निर्धनता है। - सुकरात

- जो दरिद्र होकर भी संतुष्ट है, वह धनी है और पर्याप्त धनी है। - शेक्सपियर

- संतोषं परमं सुखम्। - हितोपदेश

- संतोष का मतलब आत्म संतुष्टि है जब लालसा की आग सुलगती है तो सब सद्गुण जल जाते हैं। - हितोपदेश

कीर्ति

कीर्ति आदमी के जीवन का मापक यंत्र है। आपका यश और अपयश यह साबित करता है कि आम आदमी की दृष्टि में आपके जीवन का क्या मूल्य है।

कहते हैं कि केसर की सुगन्ध से कस्तूरी की सुगन्ध सैकड़ों गुणा होती है। कीर्ति की सुगन्ध तो कस्तूरी की गंध से भी ज्यादा महकती है। कीर्ति आदमी के जीवन का मापक यंत्र है। आपका यश और अपयश यह साबित करता है कि आम आदमी की दृष्टि में आपके जीवन का क्या मूल्य है। दूसरों के द्वारा अच्छे कार्य की सार्वजनिक सराहना यश कहलाती है। इसका अर्थ यह है कि हमारे श्रेष्ठ कर्म ही यश की भावभूमि का निर्माण करते हैं।

परिवार, समाज और राष्ट्र का निरन्तर हित-चिंतन और उसके अनुसार आचरण करना ही अच्छे कर्म कहलाते हैं। इस श्रेष्ठता में हमारे त्याग का विशेष स्थान है। त्याग की भूमि जितनी उर्वर होगी, यश का अंकुरण उतना ही व्यापक होगा। यश की प्राप्ति त्याग से होती है, छल-कपट से नहीं। यश की यात्रा सरल नहीं है। यश का मार्ग स्वर्ग के मार्ग की तरह कष्टमय है। कीर्ति-पथ कांटों से भरा है। वही कीर्ति, कविता और वैभव श्रेष्ठ है जो गंगा के समान सबका कल्याण करनी वाली हो, ऐसी कीर्ति की शत्रु भी प्रशंसा करते है।

श्रुति वचन है कि-जो लोग दूसरों का यश मिटाकर अपने लिए यश प्राप्त करना चाहते हैं, उनके मुख पर ऐसी कालिख लगती है जिसे धोते-धोते भी वह छूटती नहीं है। अपयश आदमी का सबसे बड़ा दुश्मन है जबकि यश मित्र का काम करता है। वह सभा व समाज में प्रधानता प्राप्त करता है। इसको प्राप्त करके सभी प्रसन्न होते हैं क्योंकि यश के द्वारा शक्ति प्राप्त होती है और सब प्रकार का लाभ भी होता है। केवल निष्पक्ष व्यक्तियों के कार्य मधुर सुगन्ध बिखेरते हैं और सही अर्थों में वे ही यश के

अधिकारी होते हैं। यशस्वी आदमियों के काम भी यशस्वी होने चाहिए। कहा गया है यदि तुम चाहते हो कि तुम्हारे मरते ही संसार तुम्हें नहीं भूले तो तुम या तो पढ़ने योग्य रचनाओं की सृष्टि करो या वर्णन करने योग्य कर्म करो। आदमी को अच्छे कामों की प्रशंसा मिलने में थोड़ा वक्त लगता है अतः उसे प्रशंसा के भाव से काम नहीं करना चाहिए। ख्याति नदी की भाँति अपने उद्‌गम स्थान पर अति संकीर्ण और बहुत दूरी पर अति विस्तृत होती है। अच्छे कर्म करते रहने से कीर्ति अपने आप आदमी का अनुगमन करती है।

यश ही आदमी की अमर संपदा है। राम, कृष्ण, बुद्ध, महावीर, यीशु और मोहम्मद का नाम उनके यशस्वी कार्यों से हजारों वर्ष बाद आज भी याद किए जाते हैं। इसके विपरीत रावण, कौरव और कंस का अपयश आज भी पूरे जग में कुख्यात है। आदमी पीछे न तो धन सम्पत्ति छोड़कर जाता है, न ही वह अपनी छोड़ी सम्पत्ति से जीवित रहता है बल्कि उसका सच्चा स्मारक तो उसके जीवन में किए गए श्रेष्ठ कार्य ही हैं।

आदमी सोचता है– मेरी संतान मेरे नाम को आगे बढ़ाएँगी। मौलिक रूप से यह सोच गलत है। आदमी याद किया जाता है अपने आदर्शों से और भुला दिया जाता है अपने अवगुणों से। पाषाण पर उकेरे गए नाम मिट जाते हैं किन्तु कीर्ति की कलम से लिखी गई यश गाथा युग युगान्तरों को प्रेरित व प्रभावित करती है। आदमी शिलालेख पर नाम उकेर ले उसमें उसका बड़प्पन नहीं है बल्कि वह जनमानस के हृदय पर अपने हस्ताक्षर करके अमर हो सकता है।

कुछ लोग कीर्ति के इतने भूखे होते हैं कि वे कीर्ति के पीछे अपने नाम की टेग लगाना चाहते हैं। यह संभव नहीं है। ऐसी कृत्रिम कीर्ति आदमी को हास्यास्पद बनाने के साथ उसकी जीवन दृष्टि में धुंधलाती है। अच्छे कार्यों का प्रतिफल यश कीर्ति है। जब हम यश के फल की कामना से किसी कार्य में प्रवृत्त होते हैं तो समझना चाहिए हमारे कर्म पवित्र होने के बावजूद उसके यश की कामना का दाग उस पवित्रता को अपावन बना रहा है। पवित्र पुण्य पथ पर लगातार बढ़ते रहने से कीर्ति आपके चरण चिह्नों का अनुसरण करती हुई चलेगी। वह आपकी पवित्र छाया बनकर सदा साथ-साथ चलेगी।

शाश्वत स्वर

❁ कीर्ति विभिन्न गुण, स्वभाव के व्यक्तियों पर अलग-अलग प्रभाव डालती है। वह विवेकी को विनम्र, मूर्ख को अहंकारी और दुर्बल को मदहोश कर देती है।

- फैलथम

❁ कीर्ति की भूख यह सिद्ध करती है कि आपमें योग्यता का अभाव है।

- प्लुटार्क

❁ एक बुद्धिमान पुरूष की प्रशंसा उसके पीठ पीछे कीजिये किन्तु सुन्दर स्त्री की तारीफ उसके मुँह पर। - टेल्स ऑफ वेल्स

❁ किसी के गुणों का बखान करने में अपना समय नष्ट मत करो बल्कि उसके गुणों को अपनाने का प्रयास करो। - कार्ल मार्क्स

❁ हम सदैव उनको प्रेम करते हैं जो हमारी प्रशंसा करता है। हम उन्हें प्रेम नहीं करते जिनकी हम प्रशंसा करते हैं। - बैंजामिन फ्रेंकलिन

❁ पच जाने पर अन्न की, निष्कलंक जवानी बीत जाने पर स्त्री की, युद्ध जीतने पर सैनिक की और ज्ञान प्राप्त हो जाने पर साधक की कीर्ति का विस्तार होता है।

- विदुर

❁ कीर्ति उस नगर वधु की तरह है जो हमेशा एक के पास टिककर नहीं रहती। उसे टिकाए रखने के लिए पुरुषार्थी होने के साथ गुणवान होना जरूरी है।

- राजचन्द्र

❁ मैंने शिखर को पार कर देखा है; किन्तु यश की बेरंग और सुनसान ऊँचाई में कोई शरण न मिली। प्रकाश मद्धिम पड़ने से पूर्व, मेरे रहबर, मुझे शान्ति की घाटी में ले चल, जहाँ जीवन की फसल सुनहरी ज्ञान में सुफलित होती है।

- रवीन्द्र नाथ ठाकुर

कठिनाई

आँसू और आशा के पलों में जो स्थिर रहता है और संतुलन नहीं खोता है, वही संकटों को काट सकता है।

कठिनाई शब्द मानव जीवन के शब्दकोश का सबसे कठिन शब्द है। कठिनाई का नाम सुनते ही आदमी के भाल से पसीने की बूँदें छाने लगती हैं। आदमी कठिनाई से डरता इसलिए है क्योंकि वह कठिनाई के मनोविज्ञान से परिचित नहीं है। सामान्यतया माना जाता है कि किसी भी काम में आनेवाली बाधा या रुकावट कठिनाई कहलाती है। ऐसा कोई मार्ग नहीं जिसमें कोई न कोई कठिनाई नहीं हो। कठिनाइयों से घबराकर अपनी राह बदल लेना बुद्धिमानी नहीं है। चुनौतियों के सामने घुटने टेकना मनुष्य की पहचान नहीं है वरन् हवाओं के रुख को अपनी ओर मोड़ लेने में ही आदमी का पुरुषत्व है। कठिनाई से भयभीत नहीं होना चाहिए बल्कि उससे मुकाबला करना चाहिए।

कठिनाइयों में ही सिद्धान्तों की परीक्षा होती है। बिना विपत्तियों में पड़े मनुष्य नहीं जान सकता कि वह ईमानदार है या नहीं। कठिन हालात से निकलकर कुछ लोग बहुत तेजी से आगे बढ़ते हैं और कुछ लोग टूट जाते हैं। कहते हैं कि हथौड़े की चोट शीशे को तोड़ देती है लेकिन लोहे को फौलाद बना देती है। हर दुःख, हर कठिनाई हमें क्या सीख देती है, उससे हमेशा के लिए सीखना चाहिए। बहुत-सी वस्तुएँ आरम्भ में जितनी कठिन प्रतीत होती हैं करने में उतनी ही सरल निकलती हैं। एक कवि का कहना है -

सच हम नहीं सच तुम नहीं सच है महज संघर्ष ही।
वह जिन्दगी क्या जिन्दगी, जो सिर्फ पानी-सी बही।

कामयाब लोग कठिनाइयों के बावजूद सफलता हासिल करते हैं, वे कोई न कोई रास्ता खोज ही लेते हैं।

ऐसी कोई कठिनाई नहीं है जिसके गर्भ में उससे निकलने का कोई-न-कोई रास्ता न हो। विपत्ति ही केवल वह तुला है जिस पर हम अपने संकल्प को तौल सकते हैं। विपत्ति से बढ़कर अनुभव सिखाने वाला कोई विद्यालय आज तक नहीं खुला। सभी शाश्वत सूक्तों में आपको एक बात समान रूप से मिलेगी, वह है धीरोदात्त पुरुष कभी कठिनाई के आगे झुकते नहीं हैं बल्कि संकट ही उनके सामने आत्मसमर्पण करता है, कठिनाइयाँ अपने हथियार डालती हैं। आदमी के संकल्प के आगे हर कठिनाई बौनी है। आदमी के निश्चय के आगे हर कठिनाई को नतमस्तक होना होता है। कठिनाई के पल आदमी के धैर्य के मापक हैं। तुलसीदास जी ने ठीक कहा है– धीरज धरम मित्र अरु नारी, आपत काल परखिए चारी।

आपद्काल को धीरवान व्यक्ति वैसे ही काट लेता है जैसे संपद् क्षणों को काटता है। सुख में हँसनेवालों को कठिनाई में रो-रो कर अपने अस्तित्व को आँखों के रास्ते नहीं बहाना चाहिए। एक शायर के शब्दों में कहें तो -

सुख में हँसनेवाले आखिर
दुख में तू क्यों कर रोता है।
फूलों की डाली के ऊपर
काँटों का भी हक़ होता है।
जीवन उसका साथी है
उसका ही मनमीत बना है।
पीड़ा की धरती पर जो
खुशियों की फसलें बोता है।

आँसू और आशा के पलों में जो स्थिर रहता है और संतुलन नहीं खोता है वही संकटों को काट सकता है। एक मनोवैज्ञानिक समस्या हमारे साथ यह भी है कि विपदा के आते ही हमारा चिंतन अवरुद्ध हो जाता है। हम सोचना बंद कर रोना शुरू कर देते हैं, ऐसी स्थिति में आदमी को चाहिए कि वह अपने विचारों की तुला को असंतुलित न होने दे। कठिनाई को तोलें और देखें कि कठिनाई कितनी भारी है। कठिनाई का मूल्यांकन करें, फिर जिस स्तर की कठिनाई है उस स्तर का समाधान ढूँढ़े। कई बार राई भर कठिनाई हमारी चिंतन प्रणाली को अवरुद्ध कर देती है और फिर

वह पर्वत जैसी विराट बन जाती है। चिंतनशील लोग अपनी कठिनाई से ही अपना रास्ता ढूँढ़ते हैं। उनका मानना है हर समस्या का समाधान समस्या के गर्भ में ही छिपा होता है। हम अपनी कठिनाइयों को जीएँ, झेले नहीं, उनके साथ तालमेल बिठाएँ। समस्या एवं कठिनाई को समझ लेने से आधी समस्या हल हो जाती है।

कठिनाइयों का समाधान करने का सबसे आसान तरीका है, अपनी कठिनाई के स्वभाव से परिचित होना। जैसे ही आप कठिनाई के दरवाजे पर जाएँगे तो आपको गहन अंधकार दिखाई देगा। धीरे-धीरे आप कदम बढ़ाएँगे आपकी कठिनाई की अंधेरी गुफा में ही रोशनी फूटती दिखाई देगी। ये चमत्कार चिंतन से होता है, चिंता से नहीं। इस चिंता की चिता पर बैठकर नहीं बल्कि चिंतन मनन के सिंहासन पर बैठकर कठिनाई के हर पहलू को जाँचे। आप हैरान रह जाएँगे कि जिस कठिनाई को आप बहुत बड़ा मानते थे वह तो कुछ भी नहीं है।

राम ने चौदह वर्ष के वनवास में कई कठिनाइयों के बीच काटे, पाँडवों ने भी वनवास भोगा। पर वे रोए नहीं, बेहोश होकर सोए नहीं। उन्होंने पूरे मनोयोग से अपनी पूरी क्षमता से कठिनाइयों को जीता। धीरवीर महापुरुषों में और सामान्यजनों की दृष्टि का अंतर है।

तो आइए, हम संकल्प करें कि कठिनाई के आगे झुकेंगे नहीं, हर छोटी-बड़ी कठिनाई हमारे आगे झुकेगी। अंत में एक कवि को उद्धृत करना चाहूँगा-

आँखों के खारे पानी से किसका जग में काम चला।
वज्र हृदय मानव ही देते हैं, संकट की शान गला।

तो बस तैयार हो जाइए, अपने मन, तन और विचारों को मजबूत बनाइए और फिर आसानी से हरा दीजिए अपनी हर कठिनाई को। ऐसा प्रयास कीजिए कि कठिनाई खुद अपने आपको कठिनाई में आया हुआ महसूस करें। ऐसा संकल्पवान व्यक्ति ही अपने भीतर की शक्ति को जगा सकता है।

शाश्वत स्वर

❁ कठिनाइयाँ हमें आत्म-ज्ञान कराती हैं, वे हमें शिक्षा देती हैं कि हम किस मिट्टी के बने हैं। - जवाहर लाल नेहरू

❁ कठिनाइयों और हानियों को सहन करने के बाद मानव विनम्र और बुद्धिमान हो जाता है। - फ्रैंकलिन

❁ आपत्ति ही मानव की सब से बड़ी शिक्षक है। - डिजरायली

❁ कठिनाइयों में ही सिद्धान्तों की परीक्षा होती है। बिना विपत्तियों में पड़ा मानव नहीं जान सकता कि वह ईमानदार है अथवा नहीं। - फील्डिंग

❁ जिस प्रकार श्रम से शरीर बलवान होता है उसी प्रकार कठिनाइयों से मन। - सेनेका

❁ न रगड़ के बिना रत्न पर पॉलिश होती है, न कठिनाइयों के बिना मानव में पूर्णता आती है। - लाओत्से

❁ मानव छह कठिनाइयों में डूबा रहता है-परलोक से लापरवाही, देह को शैतान को सौंप देना, मृत्यु से असावधान, प्रभु को प्रसन्न करने की अपेक्षा मानव को प्रसन्न करने की चिन्ता, सात्त्विक कार्यों को छोड़कर राजस-तामस कार्यों में लीन रहना और अपने अवगुणों के समर्थन में महापुरुषों के अवगुणों का उल्लेख करना। - जुन्नुन मिसरी

❁ देखो, जो आदमी ऐशो-आराम को पसन्द नहीं करता और जो जानता है कि आपत्तियाँ भी सृष्टि नियम के अन्तर्गत हैं, वह बाधा पड़ने पर कभी परेशान नहीं होता। - तिरुवल्लुवर

एकता

एकता का मतलब है—हमारे एक से उद्देश्य हों, हमारा एक-सा ध्येय हो, और हम सुख-दुख में एक हों।

एकता एक ऐसा शब्द है जो सामूहिक शक्ति की ओर हमारा ध्यान दिलाता है। सामूहिक एकता का मतलब कुछ लोगों का इकट्ठा हो जाना भर नहीं है। इकट्ठी भीड़ को हम एकता की डोर में इसलिए बाँध नहीं पाते हैं क्योंकि भीड़ में वैचारिक रूप से आपस में कोई सम्बंध नहीं है जबकि एकता समूह की वैचारिक समानता पर टिकी होती है यानी किसी विषय पर भावात्मक और क्रियात्मक सहमति ही एकता कहलाती है। लोकहित के लिए एकता बहुत आवश्यक है। एकता में ही शक्ति है। सच तो यह है कि एकता के अभाव में कोई कार्य सफल हो ही नहीं सकता। एकता परिवार से प्रारम्भ होकर समाज, राष्ट्र और विश्व को संस्पर्श करती है। एकता विलय का प्रतीक नहीं वरन् दृढ़ता, श्रेष्ठता और जागरूकता का प्रतीक है। जो वृक्ष साथ-साथ संघ रूप में खड़े होते हैं वे एक-दूसरे के सहारे तेज आँधी के झोंके भी झेल जाते हैं, उखड़ते नहीं, जबकि अकेला बहुत बलशाली पेड़ भी क्षण भर में गिर जाता है।

एकता का मतलब है हमारे एक से उद्देश्य हों, हमारा एक-सा ध्येय हो और हम सुख-दुख में एक हों। सबको हाथ की पाँच अँगुलियों की तरह रहना चाहिए, अँगुलियाँ चाहे छोटी हों या बड़ी, किसी वस्तु को उठाते समय पाँचों इकट्ठी होकर काम करती हैं। ये हैं तो पाँच, लेकिन काम हजारों कर लेती हैं क्योंकि इनमें एकता है। हमें ऐसा प्रेम करना चाहिए जिससे हम स्वार्थ में अंधे न हो जाएँ। हमारे गले से गले, कंधे से कंधे और पैर से पैर मिलें लेकिन सिर से सिर न टकराएँ।

जब हममें ऐसी एकता हो जाएगी तो हमारे सभी सपने साकार हो जाएँगे। यहाँ मेरा तात्पर्य ऐसी वैचारिक एकता से है जिसके अभाव में कोई संगठन आकार ग्रहण नहीं कर सकता है। संगठनों में तीव्र मतभेदों की गुंजाइश नहीं होनी चाहिए। विचारभेद जब तीव्र हो जाते हैं तो व्यावहारिक एकता कठिन हो जाती है। अक्सर देखने में आता है कि थोड़े से विचारभेद से संगठन बँटते हैं, परिवार बँटते हैं और पार्टियाँ बँटती हैं। हम शुरुआत में मतभेद को इसलिए स्वीकार कर लेते हैं क्योंकि हमारा मानना है कि लोकतंत्र में विचारभेद के लिए पर्याप्त अवसर हैं। इसका मतलब यह है कि आप अपने विचारभेद को साथ बैठकर सुलझाएं। यह तभी संभव है जब हमारे अहं बीच में नहीं आए। अहंगत टकराव से एकता की मजबूत नींव हिल उठती है। जब एक-एक ईंट किसी दीवार से अलग होती जाती है तो दीवार की मजबूती की बात बेमानी हो जाती है। संस्था, संगठन, परिवार और समाज के बारे में भी यह बात लागू होती है।

एकता के सूत्र एक-एक कर जब खुलते जाते हैं तो धीरे-धीरे संगठन का ताना-बाना भी कमजोर होता जाता है और एक दिन एकता के सारे तंतु बिखर जाते हैं। बिखराव की प्रक्रिया को कैसे रोकें ? इसके लिए जरूरी है त्याग और आपसी समझदारी की। जब तक त्याग की भावना नहीं आएगी। अपना उत्सर्ग करने का संकल्प नहीं जगेगा तब तक हमारी एकता अधूरी है। एक सबके लिए सब एक के लिए जिएँ। यह बात आदर्श में नहीं आचरण में उतारनी चाहिए। आपसी समझदारी के बिना हम विरोधाभासों को पचा नहीं पाते हैं, ऐसी स्थिति में जरूरी होता है कि हम अपना 'अंडरस्टेंडिंग ग्राफ' ऊँचा उठाएँ। हमारे में परस्पर एक दूसरे की भावनाएँ समझने की कोशिश होगी तभी एकता की संभावना को यथार्थ की जमीन मिल सकेगी।

शाश्वत स्वर

- संघे शक्ति कलियुगे-कलियुग में संगठन ही सबसे बड़ी शक्ति है।
  - संस्कृत सुभाषित

- एकता के बल पर चूहे भी शेर को एक बार छका सकते हैं और विभाजित शूरवीर भी कायरों की सेना से पराजित हो जाते हैं। - रूसो

- संगठन की वीणा तभी बजती है जबकि उसके सारे तारों के बीच उचित तालमेल हो। - बुद्ध

- संगठन मतभेद से बिखरते हैं और मतों की एकता से मजबूत होते हैं।
  - प्लूटो

- सामाजिक एकता के लिए जरूरी है कि देश जातिगत भेदभाव से ऊपर उठे।
  - गाँधी

- हमारा देश निर्बल होने से गुलाम नहीं हुआ बल्कि विभाजित होने से हम हर बार हारे हैं। - मदनमोहन मालवीय

दृष्टि

बिना दृष्टि के बदले, सृष्टि बदलना कोई अर्थ नहीं रखता। यही बात शास्त्रों के सम्बन्ध में भी है। वस्तुतः शास्त्र तो अपने आप में केवल शास्त्र ही है। वे अपने आप में न तो विष हैं, और न अमृत।

एक विचारक का कथन है – मानव जीवन की दो मुख्य धाराएँ हैं–एक दृष्टि और दूसरी सृष्टि। दृष्टि का अर्थ है – मनुष्य का चिन्तन-मनन, विचार, विश्वास और भावना। मनुष्य का जैसा चिंतन-मनन होगा उसी रूप में उसका विकास होगा और सृष्टि का अर्थ है - मनुष्य का रहन-सहन, रीति-रिवाज आदि। सृष्टि सृजन है, दृष्टि का सृष्टि में उतरना ही सभ्यता और संस्कृति है।

मनुष्य के सामने दृष्टि और सृष्टि दोनों हैं। परन्तु प्रश्न यह है कि दोनों में से किसे पहले बदले ? पहले दृष्टि को बदलना आवश्यक है, या सृष्टि को? यदि परिवर्तन करना ही है, तो पहले कहाँ से शुरू करे ? कुछ दर्शन हैं, जो पहले सृष्टि को बदलने की बात कहते हैं। उनका अभिप्रायः है कि मनुष्य अपने रहन-सहन को बदले, अपने जीवन को मोड़े और अपने परिवार तथा समाज के जीवन-प्रवाह को भी एक नया मोड़ दे। वह स्वयं अपने तथा दुनिया के जीवन पर नियंत्रण करे।

भारतीय दर्शन का सदा से यह सिद्धान्त रहा है कि मानव पहले अपनी दृष्टि बदले। मनुष्य जब तक अपने दृष्टिकोण को नहीं बदल लेता है, तब तक वह उचित विकास नहीं कर सकता। यदि वह अपनी अधोमुखी दृष्टि को ऊर्ध्वमुखी नहीं बनाता है, या संसारोन्मुख दृष्टि को मोक्षाभिमुख नहीं करता है, तो वह अपनी जिन्दगी को नया मोड़ नहीं दे सकता है।

धर्म का भी दृष्टिकोण है - पहले दृष्टि बदलें, बाद में सृष्टि। अर्थात्- पहले विचार बदलें, पीछे आचार। आचार से पहले विचार को बदलने की आवश्यकता पर शायद कुछ को आश्चर्य होगा। वह भी इसलिए कि व्यक्ति का वास्तविक रूप आचरण

के द्वारा प्रकट होता है। परन्तु आचरण किसी भी छोटी से छोटी क्रिया को स्वतः कर सकने में स्वतंत्र नहीं हैं, बल्कि वह तो वाहन के उस घोड़े के समान है, जो अपने सवार के संकेत पर गति-प्रगति करता है। आचाररूपी अश्व पर कोई अदृश्य सवार अवश्य है। वह अदृश्य सवार है– मन जो अपने विचाररूपी चाबुक के द्वारा आचाररूपी अश्व को प्रतिपल हाँकता रहता है। यदि हम आचाररूपी अश्व को सद्-मार्ग पर देखना चाहते हैं, तो घोड़े की गति बदलने से पहले हमें अपने मनरूपी सवार को संयमशील एवं विवेकपूर्ण बनाना चाहिए, क्योंकि विचार के साथ बदला हुआ आचार ही महत्त्व रखता है।

बिना दृष्टि के बदले, सृष्टि बदलना कोई अर्थ नहीं रखता। यही बात शास्त्रों के संबन्ध में भी है। वस्तुतः शास्त्र तो अपने आप में केवल शास्त्र ही हैं। वे अपने आप में न तो विष हैं, और न अमृत। विष और अमृत तो मनुष्य की दृष्टि में ही रहते हैं। यदि एक आदमी विषय-वासना एवं विकारों के प्रवाह में बहता हुआ शास्त्र पढ़ता है, तो वह शास्त्र उसके लिए शस्त्र बन जाता है। यदि बिना दृष्टि परिवर्तन के कोई व्यक्ति किसी विचार को पढ़ता है, तो वह उसके लिए विष बन जाता है।

तत्त्वतः दूध अमृत माना जाता है। वह शारीरिक शक्ति की क्षतिपूर्ति करने वाला सहज साधन है। बालक, वृद्ध, सभी के लिए वह सात्त्विक शक्ति-प्रदायक है। परन्तु कोई अपच का रोगी दूध का सेवन करे, तो उसका क्या परिणाम होगा? उत्तर है–रोग। दूध वस्तुतः अमृत था, परन्तु रोगी के लिए वह विष बन गया। इसी तरह घी भी अमृत है। यदि स्वस्थ आदमी घी का सेवन करे तो वह उसके शरीर में नई स्फूर्ति, नई शक्ति और नया जोश पैदा कर देता है। परन्तु यदि वही घी किसी यकृत के रोगी को पिला दिया जाए तो वह विष का काम करेगा। ठीक ऐसी ही दृष्टि अपवित्र है तो अच्छे विचार भी मानसिक अजीर्णता को बढ़ा देंगे।

जब तक आपके मन एवं दृष्टि का दर्पण साफ नहीं है, तब तक उस दर्पण में आपका जीवन सही रूप में परिलक्षित नहीं होगा। आप नहीं समझ सकेंगे कि 'मैं कौन हूँ।' यदि दृष्टि धुंधली है तो भले ही आप संसार भर के धर्म-शास्त्रों का स्वाध्याय कर लें, पर अपना स्वाध्याय नहीं कर सकेंगे, अपने को नहीं पहचान सकेंगे।

जीवन में क्रान्ति लाने के लिए अंतर्भावों में पैदा होनेवाली यह समझ बड़ी ही महत्त्वपूर्ण है। शास्त्रीय भाषा में इसे समत्व कहते हैं। सभी धर्मों ने स्पष्ट शब्दों में कहा है कि जब आत्मा में अनन्त-अनन्त पुरुषार्थ जाग्रत होता है, तब मनुष्य में असत्य को असत्य मानने की भावना पैदा होती है। और इतना समझने के बाद, उसे छोड़ना इतना सरल और सुसाध्य हो जाता है कि मानो उसने अन्तःस्तल की गहराई में अनन्त-अनन्त काल से बद्धमूल विष-वृक्ष की जड़ों को खोद कर खोखला कर दिया है। अब उसे समाप्त करने में, मात्र आचरण-रूप में एक त्याग के झटके की ही आवश्यकता है। इस तरह जागरणपूर्वक किया गया आचरण ही जीवन में फलदायी होता है।

शाश्वत स्वर

- व्यक्ति नजरिया बदले तो नजारा अपने आप बदल जायेगा। - इकबाल
- या दृष्टि तादृशी सृष्टि। - हितोपदेश
- जिसकी अपनी कोई दृष्टि नहीं है उसको दर्पण भला क्या दिखा सकता है। वैसे ही जिसका अपना विचार नहीं है उसे दुनिया के किसी शास्त्र से ज्ञान नहीं मिल सकता। - स्वामी रामतीर्थ
- बाहरी दृष्टि दुनिया को देखती है और अन्तरदृष्टि अपने आपको। स्व दर्शन के बिना विश्व दर्शन का कोई मायना नहीं है। - प्लेटो
- सामाजिक हित का दृष्टिकोण अपनाए बिना उन्नति का दरवाजा नहीं खोला जा सकता है। - संत रविशंकर

संगति

सत्संग तो इत्र की गंध की तरह है जो बिना कुछ खर्च किए भी प्राप्त होती रहती है। सत्संग का एक क्षण सम्पूर्ण लौकिक सुख से बढ़कर है।

प्राचीन वैदिक जीवन का आदर्श है कि हम साथ-साथ रहें, समान स्तर पर सोचें। सहभोज करें, समान विचार व्यवहार करें और समान रूप से एक दूसरे के अभ्युदय के लिए प्रयास करें। इसी में हम सभी का कल्याण निहित है। सहभाव के इस मानवीय स्वभाव को ही संगति कहा गया है। सीधे-सीधे शब्दों में कहें तो साथ रहना, साथ घूमना, साथ बातें करना, साथ आचरण और व्यवहार करना ही संगति है। संगति जीवन की दिशा और दशा दोनों बदल देती है। अच्छी संगति तो किसी चिकित्सक, किसी दवा के समान है जो असाध्य मानसिक रोगों को मिटा देती है, इसलिए संगति सोच समझकर करनी चाहिए।

सत्संग का तो कहना ही क्या? सत्संग तो इत्र की गंध की तरह है जो बिना कुछ खर्च किए भी प्राप्त होती रहती है। सत्संग का एक क्षण सम्पूर्ण लौकिक सुख से बढ़कर है। सद्विचारों, सद्क्रियाओं और सद्भावों का आदान-प्रदान ही सत्संग है। सत्संग मधुर आस्वाद है। सत्संग परमात्मा तक पहुँचने का, उसे जानने और समझने का माध्यम है। सत्संग सृजन और कुसंग विवर्जन की बात हमारी संस्कृति का सामुदायिक स्वर है-जो बुराई सिखाए, गलत आदतें सिखाए वह दोस्त नहीं हो सकता। संगति अच्छे लोगों की करनी चाहिए।

तुच्छ विचारवालों की संगति से मनुष्य की बुद्धि तुच्छ हो जाती है। समान श्रेणी के मनुष्यों की संगति में वह ज्यों की त्यों बनी रहती है। उच्च विचार वालों की संगति से बुद्धि उत्कर्ष को प्राप्त होती है। कबीरा ने ठीक कहा है :

कबीरा संगत साधु की ज्यों गंधी की बास।
जो कुछ गंधी दे नहीं तो भी बास सुवास॥

एक विचारक का कथन है-मुझे बताइए कि आपके संगी-साथी कौन हैं? मैं बता दूँगा कि आप कौन हैं? मनुष्य की चाल चेहरा और चरित्र का निर्माण उसके संगी साथी करते हैं। अच्छे संग से मनुष्य के स्वभाव व्यवहार में रचनात्मकता विकसित होती है जबकि दुर्जनों के संग से जीवन का रंग बदरंग होता है। एक विचारक ने तो यहाँ तक कह दिया है कि तुम गलत काम कर लो पर गलत सोहबत मत करो। गलत काम से एक दिन छुटकारा मिल जाएगा पर गलत संग हमारे जीवन को हमेशा के लिए अपराध की गलियों में भटकने को विवश करता है।

कहा गया है-दुर्जन की संगत करने से सज्जन का महत्त्व भी गिर जाता है जैसे मूल्यवान माला शव के गले में डालने से निकम्मी हो जाती है। सज्जनों का संग निश्चित रूप से सुखदायी और हितकारक है उनसे किसी प्रकार की हानि नहीं होती। संगत का असर मनुष्यों पर ही नहीं अपितु पशु-पक्षियों पर भी होता है।

सज्जन के घर के तोता-मैना राम-राम कहते हैं और दुर्जन के घर के तोता-मैना गिन-गिनकर गालियाँ देते हैं। मानवीय जीवन के उत्थान और पतन की यात्रा में उसके हमसफर बहुत महत्त्वपूर्ण भूमिका निभाते हैं अगर संगी-साथी अच्छे हैं तो आपके जीवन की बुराई को अच्छाई में तब्दील कर देंगे और वे बुरे हैं तो आपके जीवन की समस्त अच्छाइयों का अपहरण कर लेंगे। हमारे आचरण को संगति बहुत हद तक प्रभावित करती है। मनुष्य के पास हंस की दृष्टि होनी चाहिए। जिससे वह सत्संग और कुसंग के बीच सीमा रेखा खींच सके। हमारा जीवन व्यवहार सभ्य शालीन और शानदार बने इसके लिए जरूरी है कि हम ऐसे लोगों के बीच बैठें जो हमारे जीवन को साफ सुथरा बनाए।

अध्यात्म में इसीलिए सत्संग को बहुत महत्त्व दिया गया है। 'बिनु सत्संग विवेक न होई'। तुलसी बाबा का यह कथन सौ फीसदी सच है। सत्संग ही वह रसायन है जो आदमी के जीवन के बाह्य और आभ्यंतर दोनों तलों को उजला बनाती है। प्रयास कीजिए आपके मित्र ऐसे हों जिनके साथ बैठकर आप अपने आपका निर्माण कर सकें। आखिर संगत ही वह प्रयोगशाला है जहाँ बैठकर आप अपने जीवन को सही आकार में ढाल सकते हैं।

शाश्वत स्वर

❁ परमेश्वर विद्वानों की संगति से प्राप्त होता है। - ऋग्वेद

❁ अमृततुल्य साधु-संगम का प्राप्त होना दुर्लभ है। - वाल्मीकि

❁ जिसने शीतल एवं शुभ्र सज्जन संगति रूपी गंगा में स्नान कर लिया उसको दान, तीर्थ, तप तथा यज्ञ से क्या प्रयोजन ? - वाल्मीकि

❁ महापुरुषों के साथ होने वाला समागम प्रीति को बढ़ाने वाला होता है। - वेदव्यास

❁ कोई भी वस्तु महान का आश्रय पाकर उत्कर्ष प्राप्त करती है। - हर्ष

❁ धनिकों की बात दूसरी हो सकती है किन्तु सज्जनों के लिए तो गुणवानों की सन्निधि ही सच्ची निधि है। - श्रीहर्ष

❁ सत्संग से उत्पन्न मरण भी मनुष्य का उद्धार कर देते हैं। - भवभूति

❁ महान पुरुषों की संगति निश्चय ही महान फल देती है। - सोमदेव

❁ कुसंगत में बैठकर अच्छी बात करने वाला भी दुनिया की दृष्टि में गलत हो जाता है। शराबखाने पर बैठकर फलों का रस पीना क्या शोभाजनक हो सकता है। - अज्ञात

सज्जनता

सज्जन व्यक्ति चंदन जैसा होता है, उसे चाहे जलाओ, काटो या घिसो वह सुगंध ही देगा। इसका मतलब यह नहीं कि आप सज्जन को कष्ट पहुँचाए।

सज्जनता नैसर्गिक गुण है, सज्जनता मनुष्य के स्वभाव से जन्म लेती है, उसे अर्जित नहीं सृजित करना होता है। सीखी-सिखाई सज्जनता में सज्जनता का दर्शन कम प्रदर्शन ज्यादा होता है। मनुष्य सज्जन बने इसके लिए जरूरी है कि वह सर्वहित में स्वहित देखने की आदत विकसित करें। ईमानदारी और भलमनसाहत के साथ जीने वाला व्यक्ति सज्जन है। सदैव दूसरों की भलाई के लिए कार्य करने वाला, दुष्प्रवृत्तियों से दूर रहने वाला, भगवान की भक्ति में लीन रहने वाला तथा समाज और परिवार में सामंजस्य रखने वाला भी सज्जन है।

सज्जन व्यक्ति उदारता और विनम्रता की साक्षात मूर्ति होता है। ऐसे सज्जनों से ही मानवता का मार्गदर्शन मिलता है। सज्जन को संत के समतुल्य रखा गया है। एक विचारक ने ठीक कहा है-आज मैं किसी संत को पाने की आशा नहीं रखता। किन्तु मुझे कोई सज्जन भी मिल जाए तो मैं संतुष्ट हो जाऊंगा। सज्जन समाज में प्रेम-भाव सद्भावना और सदाशयता का विस्तार करते हैं। एक कवि ने ठीक ही कहा है :

जहं सज्जन तहं प्रीति है, प्रीति तहां सुख ठौर।
जहाँ पुष्प तहाँ बास है, जहाँ बास तहं भौंर॥

सज्जन न विपन्नता से घबराता है और न संपन्नता से गर्वित होता है। कहा गया है कि धनी आदमी सज्जन हो तो वह धन धन्य हो जाता है। सज्जनता सबके प्रति दिखाओ, घनिष्ठता कुछ के प्रति, किन्तु कुछ को भली-भाँति परखने के बाद ही उसे अपना विश्वासपात्र बनाना चाहिए, सज्जन व्यक्ति चंदन जैसा होता है, उसे चाहे जलाओ, काटो या घिसो वह सुगंध ही देगा। इसका मतलब यह नहीं कि आप सज्जन को कष्ट पहुँचाए। ऐसा करने पर ईश्वर आपको सजा देगा। सज्जन व्यक्ति की भावदशा

विलक्षण होती है। वह अपने धन का दुरुपयोग नहीं करता, अपने कुल का अहंकार नहीं करता परन्तु सन्मार्ग और नित्यकार्य में इनका सदुपयोग करता है।

सज्जन व्यक्तियों का संकल्प स्थिर होता है। वे विपत्ति के पहाड़ टूटने पर भी अपनी भलमनसाहत नहीं छोड़ते हैं। दुर्जनों के द्वारा दंडित होने पर भी अपनी सज्जनता की प्रतिमा को खंडित नहीं होने देते हैं। एक सूक्त इसी बात का समर्थन करता है-युग के अंत में सुमेरू पर्वत का चलायमान होना संभव है, कल्प के अंत में सातों समुद्रों का अपनी मर्यादा को छोड़ना संभव है परन्तु सज्जन महात्मा युग-युगांतर में भी अपने संकल्प और अपनी प्रतिज्ञा से कभी विचलित नहीं होते। ऐसे सज्जन महानुभाव धरती पर इंसान का शरीर धारण करके जो देवताओं की तरह रहते हैं उनको देखने के लिए धरती पर देवता आते हैं। एक कवि ने ठीक कहा है-

संसार सुरभित और पावन हो जाएगा,
आदमी जब आदमी हो जाएगा।

आदमी देवदूत बनने का ढोंग तो करता है। आदमी आदमी बनने का प्रयास नहीं करता है। जिस दिन आदमी में इंसानियत का भाव जग जाएगा उस दिन आदमी किसी फरिश्ते से कम नहीं होगा। आदमी को आदमी बनाए रखने के लिए जरूरी है कि वह अपने भीतर की सज्जनता को जगाए।

मनुष्य के भीतर पशुता और प्रभुता दोनों निवास करती है। पशुता मन की अशुभ वृत्तियों से उभरती है और प्रभुता हमारी सद्प्रवृत्तियों से विकसित होती है। आदमी का दायित्व है कि वह अपने मानसिक धरातल को ऊपर उठाए, अगर हमारा मन विषय-विकार, लोभ, लालच और आवेश अहंकार के आवरण में भटकता रहा तो वह जंगली पशु से भी भयंकर हो जाएगा। मन को उपवन बनाएँ, उसमें सज्जनता, शालीनता और सहृदयता के फूल खिलाएँ जिससे पूरे परिवेश में एक नये वातावरण की रचना हो सके। हर जन सज्जन बने हम ऐसा वातावरण बनाएँ। हम उसे विकसित कर पाएँ तो हमारा जीवन सार्थकता के नए प्रतिमान रचेगा।

शाश्वत स्वर

- सज्जन को उसकी त्रुटि बताओ, वह उसे सुधारकर गुण में बदल देगा। दुष्ट को उसकी त्रुटि बताओ, वह अपने अंदर दोगुना अवगुण पैदा कर लेगा।

  - अंग्रेजी लोकोक्ति

- जो मनुष्य दुष्ट से धन लेकर सज्जन को देता है, वह स्वयं को नाव बनाकर दोनों को पार लगा देता है। - मनुस्मृति

- जैसे चन्द्रमा चाण्डाल को भी रोशनी देता है वैसे ही सज्जन पुरुष गुणहीन प्राणियों पर भी दया करते हैं। - चाणक्य

- बड़प्पन अमीरों में नहीं, ईमानदारी और सज्जनता में सन्निहित होती है।

  - श्रीराम शर्मा आचार्य

- सज्जन से सज्जन मिले तो दो-दो बात करते हैं, गधे से गधा मिले तो दो-दो लात खाते हैं। - कबीर

- मेघों के समान सज्जन पुरुष भी दान करने के लिए ही किसी वस्तु को ग्रहण करते हैं। - कालिदास

- सज्जन चाहे फटेहाल ही हो, बड़प्पन के पूरे ठाठवाले दुर्जन से अधिक शक्तिशाली होता है। - मैसिंजर

- संसार में इससे बढ़कर हंसी की दूसरी बात नहीं हो सकती कि जो दुर्जन हैं, वे स्वयं ही सज्जनों को दुर्जन कहते हैं।

- सज्जन पुरुष कभी किसी पुरुष को पीड़ित नहीं करता। - सी.न्यूमैन

समय

सेहत, मान और धन हाथ से निकल जाए तो प्रयत्न से उसे प्राप्त किया जा सकता है। हाथ से निकला समय कभी वापस नहीं लाया जा सकता है।

समय एक ऐसा पंछी है जो उड़ने के बाद पीछे मुड़कर नहीं देखता और लगातार उड़ता रहता है। किसी डाल पर बैठकर विश्राम लेना वक्त के पाखी के लिए कतई संभव नहीं है। समय वह यात्री है जो अथकित यात्रा करता है। उसकी गति न विनाश रोक पाता है और न विकास। समय का काम है बस बहते रहना, बढ़ते रहना। आदमी के जीवन में अच्छा समय भी आता है और बुरा वक्त भी आता है। जब मनचाहे काम होते चले जाते हैं, जब सहज में ही हमें लाभ प्राप्त होने लगता है तो हम कहते हैं आजकल वक्त ठीक चल रहा है लेकिन जब जिन्दगी की चौसर पर पासा उलटा पड़ने लगे, लाभ के स्थान पर नुकसान होने लगे तो हम कहते हैं, आजकल वक्त ठीक नहीं चल रहा।

समय अपने आप में अच्छा बुरा नहीं होता। हम अपनी सफलता/असफलता के आधार पर उसका मूल्यांकन अच्छे या बुरे रूप में करते हैं। समय एक-सा कभी नहीं रहता। आज कहीं कुछ ठीक नहीं है तो कल अवश्य ठीक हो जाएगा। समय बुरा चल भी रहा हो तो धैर्यपूर्वक अच्छे समय की प्रतीक्षा करनी चाहिए। समय का मूल्य समझना चाहिए क्योंकि वक्त और समुद्र की लहरें किसी का इन्तजार नहीं करतीं। वक्त को नष्ट मत करो, क्योंकि जीवन इसी से बना है। समय बिना चाबी की ऐसी घड़ी है जो कभी नहीं रुकती है। जीवन कितना ही छोटा हो समय की बर्बादी से वह और भी छोटा हो जाता है।

अपने को बेहतर बनाने के लिए इतना ज्यादा वक्त दें कि आपके पास दूसरों की बुराई करने के लिए वक्त ही न बचे, क्योंकि सेहत, मान और धन हाथ से निकल जाए तो प्रयत्न से उसे प्राप्त किया जा सकता है किन्तु हाथ से निकला समय कभी

वापस नहीं लाया जा सकता है। नदी बह जाती है और लौटकर नहीं आती। उसी तरह रात और दिन मनुष्य की आयु लेकर चले जाते हैं फिर नहीं आते। दो में से एक बात तो होनी ही है-या तो आपके रहते हुए आपका पद, पदार्थ, धन तथा यौवन चला जाएगा या इन सबको छोड़कर आप चले जाएँगे। भाग्योदय के लिए सबसे अच्छा मौका यही है कि अपने जीवन की एक-एक घड़ी का ठीक-ठीक उपयोग किया जाए, क्योंकि नष्ट हुआ समय पुनः प्राप्त नहीं होता, वह सदा के लिए समाप्त हो जाता है। वह अतीत की छाया मात्र रह जाता है। समय को नष्ट करने का अर्थ है अपने जीवन को नष्ट करना।

दुनिया की सारी संपदाएँ समय के सामने तुच्छ हैं, समय की बलिवेदी पर हर बलवान को झुकना पड़ा है। समय का सही उपयोग ही सच्ची सम्पत्ति है और समय का दुरुपयोग विपत्ति को दिया गया निमंत्रण है। मनुष्य अपने जीवन के पल-पल को सहेजे। प्रत्येक पल के महत्त्व को समझे जो पल के महत्त्व को समझता है, वह कल के लिए किसी काम को नहीं छोड़ता।

एक विचारक ने तो यहां तक कहा है कि आप अड़तालीस घंटे का काम चौबीस घंटे में करते हैं तो अपनी उम्र को दुगना कर लेते हैं। इस विचार सूत्र के आलोक में जो जीवन की यात्रा पर अग्रसर होते हैं वे लोग ही समय की रेत पर अपने अमिट हस्ताक्षर करके इस दुनिया से विदा होते हैं। सफलता सुंदरी उनके गले में ही विजयश्री का हार पहनाती है।

शाश्वत स्वर

- ठीक समय पर किया हुआ थोड़ा-सा भी कार्य बहुत उपकारी होता है और समय बीतने पर किया हुआ महान उपकार भी व्यर्थ हो जाता है।

  -योगवसिष्ठ

- समय आए बिना वज्रपात होने पर भी मृत्यु नहीं होती है, और समय आ जाने पर पुष्प भी प्राणी का प्राण ले लेता है। - कल्हण

- अगर हम आज की चिंता कर लेंगे, तो कल की चिंता भगवान कर लेगा।

  - महात्मा गाँधी

- समय पुनः वापस न आने के लिए उड़ा जा रहा है। - वर्जिल

- जो कुछ न्यायसंगत है, उसे कहने के लिए सभी समय उपयुक्त समय है।

  - सोफ़ोक्लीज़

नसीहत

जब तक आपकी जिन्दगी नजीर नहीं बनती है, तब तक आपकी नसीहत भी असरदार नहीं होती है।

किसी बुद्ध पुरुष के उपदेश अपने अनुभव और ज्ञान के आधार पर दूसरों को सीख देना नसीहत है। यह जरूरी नहीं कि नसीहत दूसरों से ही प्राप्त हो। वह स्वयं को भी अपने दैनिक कार्य-व्यवहार और अनुभव से भी प्राप्त हो सकती है। यह अवश्य है कि नसीहत देने वाले को यह ध्यान रखना चाहिए कि वह किसे और किस वातावरण में नसीहत दे रहा है। कई नसीहत कड़वाहट भी पैदा कर सकती है। सीख, सुझाव, नसीहत एकांत में दूसरे के स्वाभिमान का सम्मान करते हुए और परिस्थितियों को समझते हुए दी जानी चाहिए। इसमें कोई संदेह नहीं कि सही वक्त पर सही ढंग से दी गई नसीहत जिन्दगी की रवानी (प्रवाह) को बदल सकती है।

नसीहत हमेशा बड़े ही दें ऐसा जरूरी नहीं है, कई बार छोटे बच्चे की बात भी नसीहत बन जाती है। सूरज की गैर मौजूदगी में जैसे माटी के नन्हें से दीये का महत्त्व होता है वैसे ही अनुकूल या प्रतिकूल नसीहत देकर बच्चा भी बड़ों के कई संकट उबार सकता है। हमारे प्राचीन वाङ्मय में तो श्वान, शूकर और बिड़ाल, चींटी और कीड़े-मकौड़ों से भी मौन-नसीहत के उदाहरण हैं।

जब तक खुद की जिन्दगी नजीर नहीं बनती है तब तक आपकी नसीहत भी असरदार नहीं होती है। जब आपका उपदेश आपके आचरण की गंगोत्री से बहने लगता है तो वह गंगाजल बन जाता है, किंतु वही उपदेश जब केवल जिह्वा से आता है तो जीवन से उसका रिश्ता टूट जाता है।

अक्सर देखा गया है कि सियासी और मजहबी नेता त्याग की बात करते हैं, बलिदान की बात करते हैं, तो उसमें जो प्रभाव होना चाहिए वह नहीं हो पाता। हर नेता चाहता है कि देश में भगतसिंह पैदा हो पर उसके घर में नहीं आम अवाम के घरों से

भगत सिंह निकले और फाँसी के फंदे तक पहुँचे। हर पिता चाहता है कि उसका पुत्र राम बने पर वे दशरथ बनने को तैयार नहीं हैं। आखिर दशरथ ने भी वचनबद्धता के चलते राम जैसे प्रिय पुत्र को राज्याभिषेक के समय वनवास भेजा। आज के धार्मिक धृतराष्ट्र क्या ऐसा कर सकते हैं। इसका उत्तर निश्चित रूप से नहीं में होगा।

जब चारों तरफ हालात हादसे में बदल रहे हैं तब नसीहत देने वालों को चाहिए कि वे अपने जीवन को ही प्रेरणा का पाठ बना दे जिसे देखकर हर इंसान को लगे कि उसका जीवन भी उन्हीं के पद्‌चिह्नों पर चले। जो इस तरह का जीवनादर्श प्रस्तुत करते हैं उनकी नसीहत ही कौम की नसीब बदल सकती है।

शाश्वत स्वर

- अपने मित्र को एकान्त में नसीहत दो, परन्तु उसकी तारीफ सरेआम करो।
  - अज्ञात

- मनुष्य को अपना दिल पोस्टकार्ड के समान नहीं बल्कि लिफाफे जैसा रखना चाहिए क्योंकि पोस्टकार्ड हरेक को अपनी बात कह देता है और लिफाफा उसी को कहता है जिसके नाम होता है। - राजिया

- छोटी-छोटी नसीहतें आदमी को बड़ा आदमी बनाती हैं। - रूसो

- सुन्दरता की कीमत नहीं होती कीमत तो गुणवत्ता की होती है। सफेद चीनी को लोहे के बाट से तौला जाता है जबकि कस्तूरी को सोने के सिक्के से।
  - हितोपदेश

- आज पढ़ना सब जानते हैं पर क्या पढ़ना चाहिए यह कोई नहीं जानता।
  - जार्ज बर्नाड शॉ

- असफलता के विचार से सफलता का जन्म लेना उतना ही असम्भव है जितना बबूल के पेड़ पर गुलाब का खिलना। - स्वेट मार्डेन

- जहाँ अज्ञान वरदान हो, वहाँ बुद्धिमानी दिखाना बेवकूफी है। - ग्रेविल

गृहस्थ

राष्ट्र

राष्ट्र एक ऐसी वैचारिक एकता का प्रतिबोधक शब्द है जिसमें नागरिक अनेक विविधताओं, विषमताओं के बावजूद एक समानता के सूत्र में बंधे हों।

किसी निश्चित भू-भाग को ही राष्ट्र नहीं कहा जा सकता है। राष्ट्र का मतलब उस सांस्कृतिक अवधारणा से है जो धर्म, समाज, संस्कृति, साहित्य और लोक जीवन की आस्था से अभिव्यक्त होती है। राष्ट्र एक ऐसी वैचारिक एकता का प्रतिबोधक शब्द है जिसमें नागरिक अनेक विविधताएँ, विषमताओं के बावजूद एक समानता के सूत्र में बंधे हों। जहाँ भाषा, वेशभूषा और खानपान के तरीकों में भले ही भेद हो सकता है किंतु राष्ट्रीयता जिसे हम राष्ट्र की आत्मा कहते हैं, उस डोर से सभी बंधे होते हैं। आत्मिक तल पर हर नागरिक जिस निष्ठा से जुड़ा होता है उसे ही राष्ट्रीयता कहा जा सकता है।

वैसे राष्ट्र शब्द से एक ऐसे निश्चित भूखण्ड का भी बोध होता है जहां लोग निवास करते हैं, जहाँ शासन-प्रशासन होता है, जहाँ के नागरिक को स्वतंत्रता प्राप्त होती है। जिस भूमि पर हमारा जन्म हुआ है, जिस धरती पर हम पले-बढ़े हैं। जहां हमने अपने जीवन का विकास किया है, उस धरती के प्रति हमारे मन में जो अपनत्व का भाव होता है वही राष्ट्रीयता है। यह राष्ट्र हमारा है, यहाँ की मान मर्यादाएँ हमारी हैं यहाँ की संस्कृति हमारी है, इनकी रक्षा करना, इनके प्रति समर्पित रहना, इनके पालन और संवर्द्धन के लिए सतत् प्रयत्नशील रहना ही राष्ट्रप्रेम है।

जो कर्त्तव्य हमारा अपनी माता के लिए होता है, वही कर्त्तव्य, वही आदर, वही सम्मान हमारे मन में मातृभूमि के लिए होना चाहिए। जननी और जन्मभूमि को स्वर्ग से भी श्रेष्ठ बताया गया है। प्रेम और भ्रातृत्व को अपनाकर एक विशाल कुटुम्ब की तरह अपनी वृद्धि करने में ही राष्ट्र की सच्ची शक्ति विद्यमान है। अगर राष्ट्र में नागरिकों के बीच आपसी सौहार्द नहीं है तो ऐसा राष्ट्र कभी एकता की डोर से बंधा नहीं

रह सकता। राष्ट्र निर्माण में नागरिकों की सद्भावनाएँ ईंट गारे का काम करती हैं और अराष्ट्रीयता राष्ट्र की बुनियाद हिला देती है। एक शायर ने कहा है-

कौम को कबीलों में मत बाँटिए।
इस सफर को मीलों में मत बाँटिए।
इक नदी की तरह है हमारा वतन,
इसको तालों में, झीलों में मत बाँटिए॥

राष्ट्र धर्म सर्वोच्च नागरिक धर्म है। एक राष्ट्र में बसने वाले नागरिकों की पूजा-पद्धतियाँ अनेक हो सकती हैं किंतु उन सब पूजा पद्धतियों में राष्ट्र की वंदना एक स्वर में की गई है। हमारे देश का हर धर्म राष्ट्र के प्रति अपनी निष्ठा को सब मतभेदों के ऊपर रखता है। भारत जैसा देश जहाँ कई भाषाएँ हैं। कई तरह के रीति-रिवाज है। सैंकड़ों तरह की धार्मिक आस्थाएँ हैं। भारतीय सभ्यता में कई सभ्यताओं की विविध रंगी तस्वीर भी देखने को मिलती हैं। कई नस्लों, जातियों, उपजातियों के बावजूद जिस सामूहिक चेतना से हर नागरिक जुड़ा है, ये चेतना ही हमारा राष्ट्र धर्म है।

आज देश के नागरिक अपने राष्ट्र धर्म की धुरी से अलग हो रहे हैं। उसी की प्रतिक्रिया में हमें आतंकवाद के राक्षस को झेलना पड़ रहा है। हम अपने देश की विविधताओं में बसी एकता के रंगों को एकरंग में देखने की जो कोशिश कर रहे हैं उससे सामाजिक रूप से कई विसंगतियाँ खड़ी होती दिखाई देती हैं। अनेक भाषाओं से हम एकता का ही गीत गाते हैं। अनेक धार्मिक आस्थाएँ हमारे आध्यात्मिकता के विस्तार और विकास की द्योतक हैं। अनेक वेशभूषाएँ हमारे आंतरिक उल्लास की अभिव्यक्ति हैं। इस देश का भोगौलिक वातावरण इतना भिन्न है कि एक ही वर्ष में देश के किसी न किसी भाग में छहों ऋतुएँ निवास करती हैं। यूरोप को देखिए वहां ज्यादातर समय बहुत ज्यादा ठंडक रहती है। अर्बिस्तान गर्मियों में सुलगता है। वहीं भारत में शीत ऋतु, ग्रीष्म ऋतु, वर्षा और बसंत ऋतु अपने-अपने नियत समय पर आती हैं।

बहती नदियों में हमने सांस्कृतिक एकता की यात्रा देखी है। यहाँ के पहाड़ों में देवी-देवताओं के दर्शन किए हैं। यहां की माटी के कण-कण में ईश्वर की लीला के नर्तन को हमने अनुभव किया। पूर्व-पश्चिम और उत्तर-दक्षिण में विराजमान हमारे तीर्थ देश की आध्यात्मिक एकता की बात करते हैं। शत्रुओं के लिए भी ये देश

शरणगाह बना, अतः इस देश की सहिष्णुता का तो कहना ही क्या जो भी धर्म, संस्कृति, साहित्य, भाषा और कला इस देश में आई वह यहाँ के वातावरण में रच बस गई। हमने पूरी दुनिया को वसुधैव कुटुंबकम् का मंत्र दिया। क्या कोई कल्पना कर सकता है ऐसे देश की जहाँ इतने मतभेदों के बावजूद सभी लोग एक हृदय होकर जीते हैं। सच में मेरा भारत एक महान राष्ट्र है, हम इस महान राष्ट्र के महान नागरिक बनने के लिए हम अपना सर्वस्व न्यौछावर करदें तभी हम सच्चे और अच्छे भारतीय कहला सकेंगे।

शाश्वत स्वर

❀ वतनपरस्ती का जज्बा जिस दिल में नहीं होता।
वो और कुछ भी हो सकता है दिल नहीं होता॥ - अज्ञात

❀ राष्ट्र प्रेम का निर्मल झरना, बहता हो जिसके मन में।
संस्कृति का अनुराग सदा, रहता हो जिसके मन में॥
प्रेम पूर्ण व्यवहार हमेशा, रहता हो जिसके मन में।
वह मानव देव समान सदा, ये भाव रहें जिसके मन में॥ - सुभाषित

❀ जिस राष्ट्र में विद्वान सताए जाते हैं, वह विपत्तिग्रस्त होकर वैसे ही नष्ट हो जाता है जैसे टूटी नौका जल में डूबकर नष्ट हो जाती है। - अथर्ववेद

❀ किसी न किसी नित्य-यज्ञ के बिना राष्ट्र खड़ा नहीं रह सकेगा। - विनोबा

❀ राष्ट्र को जोश, उत्तेजना और भावनाशीलता की जितनी आवश्यकता है, उतनी विवेक, धैर्य और दूरदर्शिता की भी। - हरिकृष्ण 'प्रेमी'

❀ हर एक राष्ट्र का विश्व के लिए एक ध्येय होता है और जब तक वह ध्येय आक्रांत नहीं होता, तब वह राष्ट्र जीवित रहता है-चाहे जो संकट क्यों न आये। पर ज्यों ही वह ध्येय नष्ट हुआ कि राष्ट्र भी ढह जाता है। - विवेकानन्द

रिश्ते

सामान्यतः रिश्ते का तात्पर्य संबंधों से है। संबंधों के आधार प्रायः भावात्मक होते हैं।

रिश्ते-नाते की डोर से परिवार बनता है, कुछ परिवार आपस में जब जुड़ते हैं तो समाज बनता है। कुछ सामाजिक समुदाय आपसे में जुड़ते हैं तो जातियाँ बनती हैं और जाति-समूहों का जुड़ाव ही राष्ट्र की कल्पना का आधार बनता है। राष्ट्रों के समूह को विश्व कहा जाता है। इस तरह रिश्ते-नाते का सम्बंध सूत्र व्यष्टि से समष्टि तक का धरातल निर्मित करता है। प्राचीन भारतीय कल्पना में पूरे विश्व को एक कुटुम्ब माना गया है। 'वसुधैव कुटुम्बकम्' का सूत्र इसी भावना का दर्पण है।

आज रिश्तों की परिभाषा सिमटती जा रही है। रिश्ते-नाते का संबंध केवल रक्त की रेखा से जुड़ गया है। या फिर कुछ स्वजन मित्रों तक आकर रिश्तों की सीमा समाप्त हो जाती है। ऐसे में यह देखने की जरूरत है कि हम रिश्ते को कैसे परिभाषित करते हैं। सामान्यतः रिश्ते का तात्पर्य संबंधों से है। संबंधों के आधार प्रायः भावात्मक होते हैं। माता-पिता, भाई-बहन, पति-पत्नी आदि के संबंध रक्त के कारण भी स्थापित होते हैं। कुटुम्ब और समाज के रिश्ते भी रक्त संबंधों के कारण बनते हैं। लौकिक संबंध प्रायः स्वार्थ की नींव पर ही खड़े होते हैं। जब तक व्यक्ति हमारे लिए उपयोगी रहता है हम उससे संबंध बनाए रखते हैं और जैसे ही उसकी उपयोगिता हमारे लिए कम हो जाती है तो रिश्तों में दूरियाँ आने लगती हैं।

वैचारिक विविधता, निजी हितों की साधना और परस्पर अविश्वास के कारण संबंधों की दीवार ढहने लगती है। परिणामस्वरूप कड़ुवाहट फैलने लगती है। सांसारिक रिश्तों में जहाँ सच्चाई और ईमानदारी होनी चाहिए वहीं परमात्मा से संबंध स्थापित करने में आस्था और विश्वास का होना अनिवार्य है।

यदि कोई चीज जो रिश्तों को मजबूत बनाती है तो वह है सच्चाई और ईमानदारी। आज संबंधों के तार ढीले होते जा रहे हैं। इसके मूल में अविश्वास और संदेह की भावना है। जब तक स्वार्थों का निर्वाह होता है हम संबंधों की गर्माहट महसूस करते हैं। जैसे ही स्वार्थ पूरे होते हैं तो रिश्ते रिसते घाव बनते दिखाई देते हैं। सच्चा रिश्ता वही है जो निःस्वार्थता की मनोभूमि पर टिका होता है। जिस संबंध में समर्पण का भाव नहीं है, उसमें प्रेम की सुगन्ध का नितांत अभाव होता है, स्नेह, सद्भावना, और संवेदनशीलता ही वे तत्त्व हैं जो संबंधों की यात्रा को गंतव्य तक पहुँचाते हैं, अन्यथा स्वार्थ केन्द्रित रिश्ते पानी से खींची लकीर की तरह होते हैं, पानी की रेखा को इधर खींचों उधर समाप्त हो जाती है, सच्चा रिश्ता तो पत्थर पर लिखी लकीर होता है जो मिटाएँ नहीं मिटता।

आज की दुनिया में क्लेश और क्लांति का वातावरण बनता जा रहा है। आदमी कटुता की दीवारें खींच रहा है, प्रतिशोध और प्रतिक्रिया के भाव के चलते थोड़े से स्वार्थ के लिए आदमी रिश्तों की मर्यादा तक भूल जाता है। अमर्यादित संबंध न केवल व्यक्ति के अंतर को झकझोरते हैं बल्कि परिवार के विघटन का आधार भी तैयार करते हैं। इसीलिए संयुक्त परिवार की अवधारणा आज दम तोड़ती दिखाई दे रही है। आदमी स्वार्थ के आगे इतना अंधा होता जा रहा है कि माँ-बेटे, पति-पत्नी, पिता-पुत्र और भाई-भाई के बीच स्वार्थ की दीवार खड़ी होती जा रही है। एक शायर ने ठीक कहा है-

नफरत की ईंटों से नन्हा प्यार कहीं दब जाता है,
जब से दिल के आंगन पे दीवार का आना जाना है।
अपनी तीखी बातों से मत तोड़ किसी का दिल प्यारे,
ये वो मंदिर है जिसमें उस यार का आना जाना है।

हमारा अंतर का आंगन स्वच्छ और पवित्र बनें इसके लिए जरूरी है कि हम सांसारिक रिश्तों को पवित्र और स्वार्थहीनता की बुनियाद पर खड़ा करें।

अध्यात्म का कथन है कि सारा जगत परमपिता परमात्मा की संतान है। हम जिस तरह अपने सांसारिक रिश्तों के प्रति आत्मीयता रखते हैं वैसा ही प्रेम प्राणीमात्र

के साथ जोड़ें तो हमें यह संसार वृहद परिवार-सा लगेगा। हर जीव के सुख-दुख से जुड़ने पर सांसारिक संबंध भी शाश्वत संबंधों में परिवर्तित होते दिखाई देंगे। ऐसा शाश्वत संबंध ही ईश्वर को प्रिय है। हम सभी के प्रिय बनें, सभी हमारे प्रिय बनें, यही विश्वास उस परिवेश की रचना कर सकता है और सृष्टि को स्वर्ग बना सकता है।

शाश्वत स्वर

- सांसारिक रिश्ते क्षणिक हैं। शाश्वत रिश्ता तो आत्मा से परमात्मा का मिलन है। - श्री अरविन्द

- आत्मा के उत्सर्ग के बाद स्वजन कहलाने वाले ही तुम्हें अग्नि की भेंट चढ़ा देंगे। - महर्षि रमण

- सारे रिश्ते-नाते स्वार्थ के धागों से बंधे हैं निःस्वार्थ रिश्ता तो एकमात्र ईश्वर का है जो दुख के दिनों में भी साथ बना रहता है। - महात्मा गाँधी

- जो अपनी संतान को श्रेष्ठ नहीं बना सकते,वे माता पिता संतान के सगे नहीं है। - अज्ञात

- संसार एक सराय है परिवार के लोग सराय के सहयात्री हैं। - शेख सादी

माता

बालक के चरित्र को श्रेष्ठ से श्रेष्ठतम बनाने का, संस्कार देने का महान कार्य माँ करती है। वह परमात्मा की साक्षात मूर्ति है जिसके चरणों में तीनों लोकों का सुख निवास करता है।

'मातृ देवो भव' का संस्कृति स्वर कहता है कि माँ देवता के समान है। देवताओं से भी अधिक महत्व माँ का है क्योंकि अवतार, तीर्थंकर, पैगम्बर और संत महापुरुष माँ की गोद में ही स्वर्ग का सुख देखते हैं। संसार के अनमोल रिश्तों में सबसे बड़ा, सबसे पवित्र और निस्वार्थ संबंध माता का है। वह जन्म देती है इसलिए जननी है। माता का कोई विकल्प नहीं, कोई पर्याय नहीं है। बालक के सुख-दुख को सबसे पहले जानने और समझने वाली माँ ही है। नौ मास तक अपने गर्भ में धारण करने वाले बालक के प्रति माँ का वात्सल्य, उसके दूध की तरह पवित्र होता है।

बालक के चरित्र को श्रेष्ठ से श्रेष्ठतम बनाने का, संस्कार देने का महान कार्य माँ ही करती है। वह परमात्मा की साक्षात मूर्ति है जिसके चरणों में तीनों लोकों का सुख निवास करता है। वह आदर के योग्य है, पूजा के योग्य है। विश्व के सभी सुख माता की एक सहज स्नेह और दुलार के सामने तुच्छ हैं। कोमलता, पवित्रता और अगाध वात्सल्य की प्रतिमूर्ति माँ ही है। माँ की गोद में जो सुख मिलता है, उसके आंचल में मुंह छिपाकर रोने में जो शांति मिलती है उसके स्नेहिल स्पर्श में जो असीम आनन्द की अनुभूति होती है उसका अनुभव आत्मिक तल पर ही हो सकता है।

त्याग, तपस्या, बलिदान और प्रेम को कोमलता और पवित्रता से जोड़कर जिस देवी की प्रतिमा ईश्वर ने रची है, वह माँ ही है।

कहा गया है-एक आचार्य दस अध्यापकों से श्रेष्ठ है, पिता सौ आचार्यों से तथा माता एक हजार पिताओं से श्रेष्ठ है। माता के आँचल और घर के कोने में अंतर होता है। एक शीतल जल का सागर है, दूसरा मरुभूमि। माँ के इस महान स्वरूप को

हमें अपने हृदय मंदिर में प्रतिष्ठित करना चाहिए। माँ सर्वोत्तम तीर्थ है। सभी तीर्थों की परिक्रमा करने से श्रेष्ठ मातृसेवा है, मातृ पूजा है। जो अपनी माँ की आँखों को सजल होने से बचाता है उसके जीवन में कभी कोई कष्ट दस्तक नहीं देता। माँ की ममता का ऋण किसी भी वस्तु से नहीं चुकाया जा सकता है। मातृ सेवा के माध्यम से ही हम माँ की ममता से उऋण हो सकते हैं इसलिए कहा गया है कि-जब तुम छोटे थे तो माँ की शैया गीली करते थे, अब बड़े हुए तो ध्यान रखना माँ की आँखें गीली न हों। एक शायर की भाषा में कहें तो :

जिसको नहीं देखा हमने कभी, पर इसकी जरूरत क्या होगी?
हे माँ, तेरी सूरत से अलग भगवान की सूरत क्या होगी?

माता-पिता और गुरु ये प्रत्यक्ष देवता हैं। इनकी अवहेलना करके केवल अप्रत्यक्ष देवता की विविध उपचारों से आराधना करना कैसे ठीक कहा जा सकता है? हमारी संस्कृति ने देवी-देवताओं को भी माता-पिता की उपमा दी है इसलिए हम परमात्मा को परमपिता और देवियों में माँ के दर्शन करते हैं। लक्ष्मी माँ है, सरस्वती माँ है और दुर्गा माँ है और तो और माँ को स्वर्ग में भी श्रेष्ठ बताया गया है, 'स्वर्गादपि गरीयसी' माँ को मातृ भूमि-सा महान और विशाल बताया गया है। माँ का हृदय समुद्र से गहरा है और उसकी आत्मा आकाश-सी विशाल।

'माँ' एक संबंध नहीं बल्कि एक भावदशा है। 'माँ' को अपने रूप में बसाने के लिए हमें माँ के चरणों में अपने सर्वस्व के दर्शन करने चाहिए। आज के परिवेश में 'माँ' की अवमानना करने वालों को राम के जीवन आदर्श से कुछ सीखना चाहिए जिन्होंने सौतेली माँ की प्रसन्नता के लिए राजतिलक के स्थान पर वनवास की राह चुनी।

आज के समाज में परिवार की अवधारणा कितनी संकुचित और क्षुद्र हो गई है कि परिवार की परिभाषा में पति, पत्नी और अवयस्क बच्चों को ही गिना जाता है। एक माँ पाँच बच्चों का एक साथ लालन-पालन कर लेती है, अफसोस है कि पाँच बच्चे मिलकर एक माँ की सेवा नहीं कर पाते। एक जमाना वह था जब बच्चे माँ-बाप के साथ रहते थे, एक जमाना आज का है कि माँ-बाप बच्चों के साथ रहने को तरसते हैं।

पाश्चात्य संस्कृति का अनुसरण करने वाली आज की पीढ़ी 'मदर्स डे' पर माँ को एक शुभकामना कार्ड और बुके देकर अपने कर्त्तव्य की इतिश्री मान लेती है। हमारी संस्कृति मातृ-संस्कृति है, हमने प्रकृति को माँ कहा, नदी को माँ कहा, भूमि को माँ कहा है। हमारे जीवनक्रम की शुरुआत प्रातः मातृवंदन से होती है। माँ हमारे जीवन के केन्द्र में रही है। अफसोस ! आज उसे घर के एक कोने में भी जगह नहीं मिल पा रही है, ये हमारी संस्कृति का अवमूल्यन नहीं तो और क्या है?

फिर भी निराशा में डूबने की जरूरत नहीं है, जब जागो तभी सवेरा के अनुसार हमें आज से ही माँ के चरणों में अपने जीवन का आधार खोजना होगा। जिस दिन हमने माँ के महत्व को समझ लिया समझिए उस दिन हमने जीवन के परम रहस्य को समझ लिया है। जीवनदात्री को समझे बिना जीवन को समझना निरी मूर्खता ही है। तो आइये हम मातृसेवा मातृपूजा के महान आदर्श के प्रति स्वयं को समर्पित कर जीवन के परम वैभव को प्राप्त करें।

शाश्वत स्वर

❁ माँ की गोद स्वर्ग से भी ज्यादा सुखद है। - शेख फरीद

❁ माँ संस्कृति की सबसे छोटी परिभाषा है। - अज्ञात

❁ माँ पृथ्वी की तरह विराट है। माँ की गोद में अवतार, पैगम्बर और तीर्थंकर खेलते हैं। - आनंद ऋषि

❁ जो माँ-बाप की सेवा नहीं करता उसकी संतान भी उसके साथ वैसा ही बर्ताव करेगी। - नीति वचन

दाम्पत्य

विवाह संस्कार भी धर्माधिष्ठान का हिस्सा है। इसलिए हमारे यहाँ विवाह संस्कार है, समझौता नहीं।

भारतीय चिन्तन में पति-पत्नी के रिश्तों को आध्यात्मिक स्तर पर देखा गया है। भारत की सामाजिक व्यवस्था में पत्नी गृहिणी मात्र नहीं होकर धर्मपत्नी होती है। पत्नी के बिना किसी भी धार्मिक संस्कार को पूर्ण नहीं माना जा सकता है। वह पुरुष की अर्धांगिनी है। आदमी के अर्द्धांग में उसका वास होता है। उसके देह के गेह में भी आधा पुरुष रहता है। पत्नी पुरुषार्थ का मानदण्ड है। पुरुष का पौरुष एक सफल सन्तुष्ट, सच्चरित्र पत्नी की कोमल बांहों में लिपटा होता है।

जीवन के चार पुरुषार्थों - धर्म, अर्थ, काम और मोक्ष में काम को तीसरा स्थान प्रदान किया गया है। काम की संकल्पना भौतिक सुख और वंश वृद्धि के लिये की गई है। इसके लिये विवाह संस्कार की अवधारणा की गई है। स्त्री-पुरुष के स्नेह सम्बन्धों को सामाजिक मान्यता पति-पत्नी के रूप में प्रदान की गई है।

भारत में विवाह संस्कार भी धर्माधिष्ठान का हिस्सा है। इसलिए हमारे यहाँ विवाह संस्कार है, समझौता नहीं। विवाह दो आत्माओं का मिलन है। पति-पत्नी का सम्बन्ध जन्म-जन्मान्तर का है। दोनों एक-दूसरे की भावनाओं को समझें, उनका आदर करें, एक-दूसरे के लिए त्याग करें, परस्पर सुख पहुँचाएँ, एक-दूसरे के सुख-दुःख का ध्यान रखें तो पति-पत्नी का सम्बन्ध आनन्दमय बन जाता है।

युग बदला है, अतः समाज की मान्यताएँ भी तेजी से बदली हैं। पत्नी समान रूप से अधिकार और सम्मान की अधिकारिणी है। सुयोग्य पति पत्नी को सम्मान की अधिकारिणी बना देता है। क्योंकि स्त्री का गुरु अथवा पथ-प्रदर्शक उसका पति होता है। पत्नी पति की अर्द्धांगिनी और परम मित्र है। संसार में जिसका कोई सहायक न हो

उसकी पत्नी जीवन-यात्रा में उसका साथ देती है। घर की तो उसके बिना कल्पना भी नहीं की जा सकती है। केवल घर में रहने से कोई गृहस्थ नहीं होता; पत्नी के साथ रहने से मनुष्य गृहस्थ कहलाता है। जहाँ भार्या है वहीं घर है। भार्याहीन घर तो जंगल के समान है। जो पालन करे और रक्षण करे वही पति कहलाने का अधिकारी है। इसी तरह पति को सुख देने वाली स्त्री को ही सच्चे अर्थों में पत्नी कहा गया है। पति-पत्नी के सम्बन्ध का आधार विशुद्ध आत्मिक है। जब पति के घर आने पर मुस्कुराती हुई पत्नी उसका स्वागत करती है, मधुर भाषण से उसका समाचार पूछती है, जलपान से उसे सन्तुष्ट और तृप्त करती है तो पुरुष अपनी सारी व्यथा-कथा भूल जाता है।

आज पति-पत्नी का रिश्ता दो समानान्तर रेखाओं की तरह हो गया है। जो साथ-साथ चलते हैं किन्तु आपस में मिलते नहीं हैं। इस संतुलन से परिवार का ढाँचा प्रभावित हुआ है क्योंकि पति-पत्नी ही परिवार की धुरी होते हैं। आज ये धुरी हिल गई है तो गृहस्थी की गाड़ी का संतुलन बिगड़ जाना कोई आश्चर्य की बात नहीं है। आज 'आदमी औरत' के रिश्ते रह गए हैं, 'आदमी औरत' में रिश्ते की कहानी में पति-पत्नी के आदर्श दांपत्य से कोई तुलना नहीं है। पति-पत्नी तो एक-दूसरे में एक-दूसरे को देखते हैं। आदमी औरत के रिश्ते तो बहुत सतही हैं वे शरीर के रिश्तों का रिसता घाव है। उसमें आत्मीयता की आत्मा कहाँ, वहाँ तो बस शरीर है, महज शरीर। उसमें आत्मा का ब्रह्म तेज कहाँ ?

पति-पत्नी के रिश्ते मानवीय संवेदनाओं के श्रेष्ठ प्रतीक हैं। आदमी अपने जीवन के सारे सम्बन्धों से हार जाता है तो पत्नी ही उसके लिए अंतिम शरणस्थली होती है। आज पति-पत्नी के रिश्ते नए संदर्भों में परिभाषित हो रहे हैं। समानता की बात जिस तरीके से की जा रही है। भावनाओं से जुड़े रिश्तों का मशीनीकरण किया जा रहा है। यह बात दांपत्य के लिए ही नहीं बल्कि पूरी सामाजिक व्यवस्था में एक नई किस्म की अराजकता पैदा करेगी। सजल-सरस सम्बन्धों की स्नेह यात्रा को रेगिस्तान की रेत में बदलने वालों को चाहिए कि वे पति-पत्नी के रिश्तों में अधिकार का भाव देखने से पहले समर्पण की सुगन्ध तलाशें, इसी से दो दिल एक हो सकेंगे।

शाश्वत स्वर

- ईश्वर ही परम पति है। स्त्रियों के देवता पति ही है, श्रीकृष्ण सभी के देवता हैं।
  - बंकिमचन्द्र चट्टोपाध्याय

- पति-पत्नी का सम्बन्ध केन्द्र है। वह ध्रुव है जिसके आधार पर परिवार की एकता और समाज की मर्यादाशीलता खड़ी है। - जैनेन्द्र कुमार

- पति को अपने हृदय और मन को अर्पण न कर देना घोर पाप है।
  - रवीन्द्रनाथ ठाकुर

- स्त्री पति को जो वास्तव में धर्म समझ कर, परलोक की वस्तु समझकर ग्रहण करती है, उसके पैरों की बेड़ी चाहे तोड़ दो और चाहे बंधी रहने दो, उसके सतीत्व की परीक्षा अपने आप ही हो गई, समझ लो। - शरच्चन्द्र

- पत्नी के लिए इस लोक और परलोक में एक मात्र पति ही सदा आश्रय देने वाला है। उसकी आत्मा भी उसकी सहायक नहीं होती है। - शरण

- जिसकी पत्नी नहीं, वह मनुष्य अक्षरशः गरीब है, भले ही वह कितना ही धनवान क्यों न हो ! - हज़रत मोहम्मद

- पत्नी तो शाश्वत धन है, वह हर प्रकार का सुख पहुँचाती है, उसकी आकांक्षाएँ पूर्ण करती है। यह धन जिसके पास हो वह सच्चा धनवान है। - शरण

- स्त्रियों पर पुरुषों का जितना हक़ है उतना ही हक़ पुरुषों पर स्त्रियों का है।
  - कुरान शरीफ

नारी

**नारी पुरुष की छाया के समान है,
उसे पाने का प्रयास करते हैं तो वह
दूर भागती है और यदि उससे पलायन
करते हैं तो वह अनुसरण करती है।**

नारी शब्द न+अरि अर्थात् जिसका कोई शत्रु नहीं हो यानी जो सभी रूपों में प्रिय हो। लाड़ली बेटी के रूप में वह सलौना खिलौना है, तो बहना के रूप में वह परिवार का गहना है। माँ के रूप में वह स्वर्ग से श्रेष्ठतम है और पत्नी के रूप में वह पुरुष का आधा अंग है। विधाता की अनुपम सृष्टि है—नारी। नारी स्नेह, उदारता और संवेदनशीलता की त्रिवेणी है। भावुकता, पवित्रता और महानता जैसे अन्यतम गुणों की संचारिका नारी सृजनशीलता का पर्याय भी है।

पुरुष के जीवन में नारी का आगमन पवन के शीतल झोंके के समान है। वस्तुतः नारी के अभाव में पुरुष का जीवन ही नहीं वरन् सृष्टि का जीवन अधूरा है। वह शक्ति है, भक्ति है, अनुरक्ति है और पुरुष के जीवन की विरक्ति भी है। वह दर्शनीय है, प्रदर्शनीय नहीं, वह भोग्या नहीं वरन जीवन मंदिर में पूज्या है ईश्वर के बाद हम सर्वाधिक ऋणी नारी के हैं—प्रथम तो जीवन देने के लिए फिर उसको जीने योग्य बनाने के लिए।

नारी पुरुष की छाया के समान है, उसे पाने का प्रयास करो तो वह दूर भागती है और यदि उससे पलायन करो तो वह अनुसरण करती है। सौन्दर्य से नारी अभिमानिनी बनती है, उत्तम गुणों से उसकी प्रशंसा होती है और लज्जाशील होकर वह देवी बन जाती है। नारी पुरुष से अधिक बुद्धिमती होती है क्योंकि वह जानती कम और समझती अधिक है। कांटों भरी शाखा को फूल सुंदर बना देते हैं वैसे ही गरीब से गरीब आदमी के घर को लज्जावती स्त्री सुंदर और स्वर्ग बना देती है।

लज्जा से ही नारी का सौंदर्य सौगुना बढ़ता है। यह मनोवैज्ञानिक सच्चाई है। नारी का अपना सौंदर्यरत्न लज्जा के अक्षयकोश में ही सुरक्षित रहता है। आज की स्त्री

तितली बनने की दिशा में अग्रसर है। फैशन का व्यसन उस पर इस कदर हावी है कि वह सपनों के संसार में विचर रही है। आज की नारी यथार्थ की जमीन से हटती जा रही है। चारों तरफ इस बात का शोर है कि नारी देह को विज्ञापन के माध्यम से मीडिया उसे प्रदर्शन की वस्तु बना रहा है। किंतु इस दुःखद सच्चाई का दूसरा पहलू यह भी है कि आज की नारी खुद कैमरे के सामने आत्मसमर्पण करती दिखाई देती है। जब तक नारी खुद अपने महत्त्व को स्वीकार नहीं करेगी, तब तक उसे मार्केट से बाहर नहीं लाया जा सकता है।

हमारी संस्कृति में नारी को परम स्वतंत्र तो बनाया है पर उसे स्वछंद बनने की छूट नहीं दी है। नारी अपने देवी स्वरूप की तरफ लौटे, वह अन्नपूर्णा और शक्ति है, वह आचरण से सावित्री है, विचारों से गायत्री है। उसे अपने महत्त्व को सबसे पहले समझना होगा। यह दुःखद बात है कि कुछ नारीवादी आंदोलन इस बात को लेकर तो सजग हैं कि नारी पर अत्याचार नहीं होने चाहिए, किन्तु नारी को जिम्मेदार बनाने के लिए, नारी को अपनी गरिमा में जीने के लिए वे प्रेरित क्यों नहीं करते। इससे नारी एक 'फैशनेबल प्रॉडक्ट' बनती जा रही है। इस स्थिति से बचने के लिए नारी को अपने आदर्श महान बनाने होंगे। नारी के आदर्श हैं–सीता, गार्गी, मदालसा, पन्नाधाय और मदर टेरेसा आदि। आज अपनी बेटियों से, बहनों से और बहुओं से यह सवाल किया जाना चाहिए कि उनका 'हीरो' कौन है, हीरो का मतलब है नायक यानि आदर्श। हमारी कुछ बहन-बेटियाँ और बहुएँ किसी का नाम लेंगी तो कुछ किसी अभिनेत्री का। क्या इतने कमजोर लोग हमारी नई पीढ़ी का आदर्श हो सकते हैं? अगर ये आदर्श हैं तो फिर आदर्शों की बात करना ही व्यर्थ है।

जिस समाज का आदर्श कमजोर होगा। वह समाज कभी अपने अस्तित्व को नहीं पहचान सकेगा। आज की महिला अपने आदर्शों को भूल गई है, उसे अपने आपको आदर्श के रूप में स्थापित करना होगा। एक बार हमें उस प्रतियोगिता की ओर भी ध्यान देना चाहिए, वह प्रतियोगिता है– नारी पुरुष के बराबर होना चाहती है। हमारी संस्कृति की दृष्टि से देखिए, जिसने कहा है-यत्र नार्यस्तु पूज्यते रमंते तत्र देवता यानी जहाँ नारी की पूजा होती है, वहाँ देवता रमते हैं। पूजा किसकी होती है बराबर वाले की या बड़े की। पुरुष ने नारी को हमेशा अपने से श्रेष्ठ समझा है। फिर नारी

बराबरी की बात करके कहीं अपना अवमूल्यन तो नहीं करवा रही है। नारी के लिए यह सवाल आत्मचिंतन का है। किसी ने ठीक ही कहा है–एक नहीं दो-दो मात्रा (गुणा) से नर से भारी नारी। हमने तो शब्दों का गठन ही इस तरह किया कि हर क्षेत्र में नारी पुरुष से आगे खड़ी दिखाई देगी। जरूरत इस बात की है कि नारियाँ जगें। वे भोग्या नहीं पूज्या बनें एक कवि ने ठीक ही कहा है-

नारियाँ जग जाएँगी तब विश्व का संकट टलेगा।
विश्व शांति का सुमन मातृत्व के हाथों खिलेगा॥

शाश्वत स्वर

❁ स्त्री पुरुष की गुलाम नहीं-सहधर्मिणी, अर्द्धांगिनी और मित्र है।

- महात्मा गाँधी

❁ स्त्री पुरुष के लिए सबसे बड़ा वरदान भी है और सबसे बड़ा अभिशाप भी।

- यूनानी लोकोक्ति

❁ नारी सब कुछ कर सकती है, परन्तु अपनी इच्छा के विरुद्ध प्रेम नहीं कर सकती।

- सुदर्शन

❁ नारी बड़े-से-बड़ा दुःख भी होठों पर मुस्कराहट लेकर सह लेती है।

- जयशंकर प्रसाद

लक्ष्मी

लक्ष्मी हमारे लिए जीवन की आवश्यकता होनी चाहिए प्राथमिकता नहीं। अनुचित साधनों से प्राप्त की गई लक्ष्मी कल्याणकारी नहीं होती है।

अर्थ के बिना जीवन व्यर्थ है और अर्थ अनर्थ का मूल भी है। यह व्यक्ति पर निर्भर करता है कि वह अर्थ को सार्थक कैसे बनाता है, अर्थ परमार्थ से ही सार्थक होता है। जो अर्थ को परम अर्थ बनाने में समर्थ होता है, लक्ष्मी उसी के इर्द-गिर्द परिक्रमा करती है। धन व्यक्ति की अनिवार्य आवश्यकताओं में से एक है। जीवनयापन के लिए धनोपार्जन आवश्यक है। यह बात ध्यान रखने योग्य है कि धन किस प्रकार अर्जित किया जाए? इसलिए धन-सम्पत्ति और ऐश्वर्य की देवी लक्ष्मी ही है। लक्ष्मी हमारे लिए जीवन की आवश्यकता होनी चाहिए, प्राथमिकता नहीं। अनुचित साधनों से प्राप्त की गई लक्ष्मी कल्याणकारी नहीं होती है। इसलिए ईमानदारी से, बिना किसी को हानि पहुँचाए, बिना किसी का शोषण किए जो धन प्राप्त होता है वही अपने जीवन और परिवार के लिए भी सुखद होता है।

लक्ष्मी की शोभा उचित साधनों के प्रयोग से प्राप्त करने में है और उसका कल्याणकारी स्वरूप दान में निहित है। लक्ष्मी शुभ कार्य में उत्पन्न होती है, चातुर्य से बढ़ती है, अत्यंत निपुणता से जड़ बाँधती है और संयम से स्थिर रहती है। लक्ष्मी के पास रहने में उतना आनंद नहीं होता जितना उसको खो जाने से दुख होता है। लक्ष्मी उसी के लिए वरदान है जो उसे दूसरों के लिए वरदान बना देता है।

आदमी को लक्ष्मीवान होने के साथ-साथ मतिवान भी होना चाहिए। बिना मति के धन दुर्गति का कारण बनता है। मतिवान का धन गतिवान होता है। इसी संदर्भ में कहा गया है–लक्ष्मी ईर्ष्या करने वाले के पास नहीं रह सकती, वह आपको उसकी बड़ी बहन दरिद्रता के हवाले करके चली जाएगी। जिनके घर में सुख-शांति रहती है, वहाँ लक्ष्मी का स्थायी वास होता है। कुछ लोगों को पैसे का बहुत लालच हो जाता

है। उनके लिए कहा जाता है कि मैले में पड़ा हुआ रुपया दाँतों से उठा लेते हैं। उन्हें इस बात से मतलब नहीं है कि पैसा कहाँ से आ रहा है, बस पैसा आना चाहिए। वह समझता है कि पैसा केवल बेईमानी से ही कमाया जा सकता है। जबकि सच्चाई तो केवल यही है कि पैसा केवल ईमानदारी से ही कमाया जा सकता है। वह शुभ लक्ष्मी होती है और स्थिर व शांतिदायक होती है। उनके आगमन पर आपके घर में नारायण का वास होता है, बेईमानी तो दरिद्र नारायण का निवास बनती है।

सच्चा धनवान वही है जो धन में मन को नहीं रमाता बल्कि धन बढ़ने के साथ-साथ अपने मन को भी बढ़ाता है। धन के साथ मन को निर्धन बनाने वाले लोग सही मायने में दरिद्र हैं। धनवान वही है जो मन से भी धनवान है। दिल के दिवालियों के पास धन होने का मतलब है साँप के पास धन का होना। सर्प के मस्तक में अमूल्य मणि होती है पर उस मणि का उसके लिए क्या उपयोग। जिनका मन उदार है जिनको धन का सदुपयोग करना आता है, वे ही सच्चे धनवान हैं। उन्हीं का धन सार्थक है। अन्यथा धन आते ही व्यक्ति का धर्म से रिश्ता टूट जाता है।

अन्याय और अधर्म से उपार्जित धन अपयश देता है। धन होना महत्त्वपूर्ण नहीं है, महत्त्वपूर्ण है कि आपके पास उपयोग दृष्टि है या नहीं। जिसके पास धन को सदुपयोग करने का दृष्टिकोण है वही सच्चा धनवान है और ऐसे धनवान ही धन्यवान कहे जाते हैं।

शाश्वत स्वर

❁ प्रार्थी व्यक्ति को लक्ष्मी मिले न मिले, किंतु जिसे स्वयं लक्ष्मी चाहे वह लक्ष्मी के लिए कैसे दुर्लभ हो सकता है। - कालिदास

❁ श्री ऊँच और नीच नहीं समझती, उसका कोई प्रिय नहीं होता। ये मूढ़ और वाम शील लोग उसी श्री में अनुराग करते हैं। - भारवि

❁ उत्साही, आलस्यहीन, काम करने का ढंग जानने वाले, निर्व्यसनी, बहादुर और पक्की मित्रता निभाने वाले पुरुष के पास लक्ष्मी निवास करने के लिए स्वयं चली आती है। - नारायण पंडित

मित्र / मित्रता

मित्र वह है जो अपने मित्र को पापों से दूर रखता है, उसे हितकर कार्यों में लगाता है। उसके गुप्त रहस्यों को छिपाए रहता है और उसके गुणों को उजागर करता है।

मित्र वही है जो आपके मन में बसता हो और आप उसके मन में। मित्रता को संबंध के संदर्भ में नहीं देखा जाता बल्कि उसे तो हृदय के अगाध में अनुभव किया जाता है। व्यावहारिक तौर पर सोचें तो हमारे जीवन में कुछ ऐसे व्यक्ति आते हैं जो हमें अपने विचार और व्यवहार में समान प्रतीत होते हैं। हम उनसे मिलकर आनन्द अनुभव करते हैं। उनसे कुछ सीखते हैं उन्हें कुछ सिखाते हैं। अपने सुख-दुख उनसे बांटते हैं। हम उनके हर काम में सहयोगी बनते हैं और वे भी हम को सहयोग करते हैं। ऐसे लोग ही मित्र कहलाते हैं।

सच्चा मित्र न केवल सहयोग करता है बल्कि जीवन के लिए उन्नति का मार्ग भी दिखाता है। सुख में वह भले ही पीछे रह जाए लेकिन संकट के समय आगे बढ़कर हाथ पकड़ता है। निःस्वार्थ भाव से, शुद्ध मन से, सद्विचारों से होने वाली मित्रता जीवनभर चलती है और परस्पर उन्नति के द्वार खोलती है। इसलिए मित्र बनाते समय, मित्रता रखते समय व्यक्ति को पूरी तरह सावधान और सजग रहना चाहिए और मित्रता की भूमि को विश्वास के जल से सींचते रहना चाहिए।

सज्जन लोगों ने अच्छे मित्र के लक्षण बताएँ हैं–मित्र वह है जो अपने मित्र को पापों से दूर रखता है, उसे हितकर कार्यों में लगाता है, उसके गुप्त रहस्यों को छिपाए रहता है और उसके गुणों को उजागर करता है। आपत्ति में उसका साथ नहीं छोड़ता और आवश्यकता पड़ने पर अपना सर्वस्व समर्पित भी कर देता है। मित्र उस चिराग की तरह है जो अंधेरे में हमारा मार्ग प्रशस्त कर देता है। उजाला होते ही वह हम से दूर हो जाता है पर हमें उस आलोकपथ के सहयात्री को नहीं भूलना चाहिए। एक

शायर ने ठीक कहा है-

लोग भूल जाते हैं अंधेरे के साथियों को,
दिन होते ही चिराग़ बुझा देते हैं।

मित्र व्यक्ति नहीं होकर एक अनुभूति है। आज के परिवेश में मित्रता एक नाटक बनकर रह गई है। वे लोग कभी मित्र नहीं हो सकते जो आपके चरित्र के चित्र को अपनी सोहबत से धूमिल करते हैं। सच्चा मित्र वही है जो कल्याणकारी सलाह देता है।

आए दिन समाचार-पत्रों में पढ़ने को मिलता है दो दोस्तों ने मिलकर अमुक अपराध किया। क्या कोई मित्र अपराध के अंधियारे तहखानों की ओर ले जा सकता है? यदि ऐसा करता है तो समझिए वह मित्र नहीं है। ऐसे लोग अपने क्षणिक स्वार्थों के पूरे होते ही वैसे ही विलुप्त होते दिखाई देते हैं जैसे खरगोश के सर से सींग।

मित्रता वह कसौटी है जो आपको सोने-सा शुद्ध साबित करती है जो आपके चरित्र के चित्र को बदरंग करता है उसके लिए उर्दू का एक शेर द्दष्टव्य है–

दुश्मनों ने दुश्मनी की है,
तो दोस्तों ने क्या कमी की है।

ऐसे दोस्तों से दूर रहिए जो अपनी बुराइयों से आपका रिश्ता जोड़ते हैं। आप भी किसी के मित्र हैं तो आपके लिए भी यह जरूरी है कि अपने मित्र के चरित्र के चित्र को साफ-सुथरा रखें। जिनकी मित्रता जीवन मूल्यों की बुनियाद पर टिकी होती है वही श्रेष्ठ और सच्चा मित्र है।

शाश्वत स्वर

- क्या ही अच्छा होता है कि मैं मित्र को ऋण नहीं देता, यदि दिया है तो अच्छे मित्र के नाते ऋण को भूल जाना मेरी सच्ची मित्रता का श्रेष्ठ तथा लाभकारी फल है। - अज्ञात

- जीवन में एक मित्र मिल गया तो बहुत है, दो अधिक हैं और तीन तो हो ही नहीं सकते। - डिजरायली

- सच्चा मित्र वह है जो दर्पण की तरह तुम्हारे दोषों को दर्शाये जो तुम्हारे अवगुणों को गुण बतावे वह तो खुशामदी है। - हितोपदेश

- मित्र के तीन लक्षण हैं-अहित से हटाना, हित में लगाना और मुसीबत में साथ नहीं छोड़ना। - अध्यात्म शास्त्र

- मित्रता पानी और दूध जैसे-दूध में पानी मिलने से दूध बढ़ गया, पानी को मान मिला। दूध को गर्म किया तो पानी जला अपना अस्तित्व खत्म कर दिया, जब दूध में से पानी निकल गया तो दूध उफान मारकर बर्तन से बाहर निकलने लगा तब पुनः पानी के छींटे देकर उसको ठंडा किया गया।

  - लोक तत्त्व

- दोस्त पास हो या न हो दोस्ती पास होती है। - अज्ञात

- विजय के क्षणों में हमें सैंकड़ों मित्र मिल जाते हैं लेकिन पराजय अनाथ कर जाती है। - सुभाषित

- दोस्ती का दुश्मन दग़ा है। जो कभी दग़ा न दे वही सगा है। - कहावत

- दोस्त पाने की एक ही राह है-खुद किसी का दोस्त बन जाना।

  - अज्ञात

संतान

पाँच वर्ष तक संतान को लाड़ प्यार करें।
दस वर्ष तक उन्हें डाँट-फटकार लगाएं
सोलह वर्ष के होते ही पिता पुत्र में मित्र
और मां पुत्री में सहेली के दीदार करें।

संतान गृहस्थ जीवन का सबसे सुंदर संबंध है। संतान के होने से गृहस्थ जीवन का गुलशन हरा-भरा और महकता-चहकता है। संतानवान को सौभाग्यवान कहा गया है। जिसके घर-परिवार में संस्कारित संतान हो समझ लीजिए उसका जीवन सफल और सार्थक है। सामान्य रूप से पुत्र या पुत्री संतान कहलाती हैं। संतान अच्छी गुणवान, सेवाभावी और विद्वान हो तो जीवन सार्थक हो जाता है। इसके विपरीत स्थिति में जीवन नारकीय हो जाता है। व्यक्ति की दशा साँप के मुख में छछूंदर जैसी हो जाती है जिसे न उगलते बनता है न निगलते। केवल खीझ, घुटन और हताशा में जीवन के क्षण बीतते हैं।

अच्छी संतान सौभाग्य से मिलती है। केवल संतान पैदा करना ही धर्म और कर्त्तव्य की इतिश्री नहीं है बल्कि उसका सही-सही लालन-पालन, शिक्षा-दीक्षा, उनकी भावनाओं का ध्यान भी पालकों की बड़ी जिम्मेदारी है। अतः जहाँ माता-पिता को संतान की भावनाओं को समझना चाहिए वहीं संतान को भी माता-पिता की अपेक्षाओं का सम्मान करते हुए आचरण करना चाहिए। संतान होने पर माता-पिता की जिम्मेदारियां बढ़ जाती हैं।

जब तक मनुष्य में यह सामर्थ्य न हो कि संतान का भली-प्रकार भरण-पोषण और शिक्षण आदि करें उसकी संतान से देश, जाति और वंश का कुछ भी कल्याण नहीं हो सकता। आज का आदमी बच्चों की सुविधाओं पर तो ध्यान दे रहा है किंतु उनके संस्कारों के प्रति वह सजग नहीं है। आप अपने बच्चों की देखभाल में इतना कम ध्यान क्यों देते हो? और दौलत पाने के लिए पत्थरों को तराशने में इतना

ज्यादा समय क्यों देते हो? जबकि एक दिन यह सब संतान के लिए ही छोड़ जाना है। बच्चों के विकास के लिए जरूरी है कि हम इन पर दुगना समय और आधा पैसा लगाएं क्योंकि बच्चे जो पाते हैं वही समाज को लौटाते हैं, बच्चे वही सीखते हैं, जो देखते हैं।

आज हर माता-पिता का दायित्व है कि वह स्वयं संस्कार के साँचे में ढलें, आप यदि स्वयं संस्कारवान नहीं हैं तो आपकी संतान में संस्कार का संचार नहीं कर पाएँगे। हमारे भारतीय आदर्श में माता-पिता को देवता की संज्ञा दी है जब माता-पिता में दैवीय गुण होंगे तो उनकी संतान भी वैसी होगी। माता-पिता बच्चों से जैसे जीवन की उम्मीद करते हैं पहले उन्हें अपने जीवन में उनको आदर्श बनाना होगा। माता-पिता ही बच्चों के पहले शिक्षक होते हैं, अगर आप चाहते हों कि आपकी संतान आपके आशानुकूल हो तो मन में आपको भी अपने जनक-जननी के प्रति सम्मान का भाव रखना होगा।

संतान की चरणबद्ध विकास यात्रा के बारे में हमारी संस्कृति का कथन है पाँच वर्ष तक संतान को लाड़ प्यार करें। दस वर्ष तक उन्हें डाँट-फटकार लगाएं, सोलह वर्ष के होते ही पिता पुत्र में मित्र और पुत्री में मां सहेली के दीदार करें। बच्चों को अति अनुशासन और अति स्वच्छंता दोनों से दूर रहने का पाठ पढ़ाएँ। घर-द्वार का वातावरण सभ्य, शालीन और शांत बनाएँ जिससे घर संस्कारों की पहली पाठशाला बन सके। जिस घर में प्रीतिकर वातावरण हो, जिस घर की खानपान और जीवनशैली पवित्र हो वह घर संतान को स्वर्गिक वातावरण देता है। इसके विपरीत जिस घर में क्लेश, क्लांति और अपवित्र वातावरण होगा वहाँ संतान को नारकीय परिवेश मिलेगा। माता-पिता का दायित्व है कि वे बच्चों को सद्भावना, शांति और संस्कार का वातावरण दें। जिन बच्चों का बचपन माता-पिता संवारते हैं, वे बच्चे ही अपने माँ-बाप के बुढ़ापे को संवारते हैं।

शाश्वत स्वर

- अच्छी संतान इस लोक और परलोक दोनों में सुख देती है।

  \- कालिदास

- कौन ऐसा सचेत प्राणी है जो अपनी संतान के विरह को सह सकता है?

  \- बाणभट्ट

- मनुष्य को दुखदायी, कुरूप, मूर्ख, व्यसनी एवं दुष्ट कुपुत्र भी हृदयानंदकारी होता है।

  \- विष्णु शर्मा

- अपनी संतान के छोटे करों द्वारा घोला हुआ साधारण सत्तू अमृत से भी अधिक मधुर होता है।

  \- तिरुवल्लुवर

पीढ़ीगत अन्तराल

समय के अंतराल को समझ से पाटकर दो पीढ़ियां आसानी से साथ जी सकती हैं।

पीढ़ियों का अन्तर जिसे 'जनरेशन गेप' कहा जाता है, यह युग-युगांतरों से चला आ रहा है। फ़र्क केवल इतना है कि पहले इसे लेकर समस्याएं कम हुआ करती थीं, लेकिन आज इस वजह से न केवल समस्याओं में जटिलता आ रही है अपितु टकराव भी बढ़ने लगा है। ऐसे में दो या तीन पीढ़ियों के लोगों को एक छत के नीचे रहने और आपस में तालमेल तथा सामंजस्य बिठाने में कठिनाई हो रही है। क्या पीढ़ियों का यह टकराव अवश्यंभावी है या फिर इसका कोई समाधान भी है ?

पीढ़ियों का अन्तर हर समय रहा है और इसकी वजह से दो या तीन पीढ़ियों के बीच पारिवारिक और सामाजिक रिश्तों में टकराव होना स्वाभाविक बात है। लेकिन नई और पुरानी पीढ़ी के लोग यदि एक-दूसरे की भावनाओं को समझें और उसके अनुरूप अपने आपको ढालने की कोशिश करें, तो दो या तीन पीढ़ियों के बीच खाई को पाटा जा सकता है और उनके बीच सामंजस्य स्थापित किया जा सकता है।

एक समय था जबकि पारिवारिक और सामाजिक रिश्तों की काफी अहमियत थी तथा उसके सदस्य अपने रिश्तों को पूर्ण निष्ठा के साथ निभाते थे। विश्व कुटुम्ब की अवधारणा के रहते हुए संयुक्त परिवारों का चलन था। जिसमें माता-पिता के अलावा दादा, परदादा, चाचा, ताऊ आदि सभी एक ही छत के नीचे रहते थे। यानी एक साथ तीन या चार पीढ़ी के लोग एक साथ अपना जीवन जीते थे, लेकिन धीरे-धीरे संयुक्त परिवारों का विघटन होता ग़या और आज एकाकी परिवारों का चलन बढ़ा है।

कभी परोपकार को एक अच्छा संस्कार माना जाता था, लेकिन आज व्यक्ति के लिए अपना स्वार्थ ही सर्वोपरि है। अपने स्वार्थ की खातिर वह अपने सारे

रिश्तों को नकार देता है। पिता-पुत्र, भाई-भाई और यहाँ तक कि पति-पत्नी के बीच धन सम्पत्ति को लेकर मुकदमेबाजी हो रही है। त्याग की भावना भी धीरे-धीरे लुप्त होती जा रही है। किसी समय सादा जीवन और उच्च विचार को अच्छा माना जाता था। लोग सादगीपूर्वक रहते थे, लेकिन समय के साथ जीवन के मूल्य ही बदल गए हैं। अब भौतिकता की चकाचौंध है। आपके विचार कोई मूल्य नहीं रखते बल्कि अपना जीवन विलासितापूर्ण होना जरूरी है। समय के साथ फैशन, लोगों की रुचि, आदत और पहनावा भी बदल जाता है। एक समय था जब महिलाएँ ग्लेमर की दुनिया से बहुत दूर थीं। फिल्मों में नारी का पात्र कोई पुरुष ही निभाता था। बाद में कुछेक अभिनेत्रियाँ आगे आईं, लेकिन पूर्णतः कपड़ों में ढकी हुई। समय के साथ-साथ उनके तन से कपड़े उतरते गए और आज वही अभिनेत्री लोकप्रिय है, जो कम से कम कपड़े पहनती हो यानी समय के साथ पहनावे में भी बदलाव आया है।

जब दो या तीन पीढ़ी के लोग आज की पीढ़ी की अपने समय से तुलना करते हैं, तो उन्हें नई पीढ़ी रास नहीं आती क्योंकि उनकी सोच 25, 50 या 75 साल पुरानी होती है। वे आज भी अपने समय में जीने की कोशिश करते हैं। अब उन्हें कौन समझाए कि उनके समय और आज के समय में जमाना बदल गया है। सब कुछ वैसा का वैसा कैसे रह सकता है। सदियों से पीढ़ियों के बीच टकराव की यह प्रमुख वजह रही है। पुरानी पीढ़ी को अपना समय सही और आज का गलत लगता है और वे बात-बात में अपने समय की दुहाई देने लगते हैं कि हमारे समय में तो ऐसा था, वैसा था। लेकिन बीत गई सो बात गई। अब उसे दोहराने से क्या लाभ ?

पुरानी पीढ़ी के लोग चाहते हैं कि आज की पीढ़ी उनके हिसाब से चले। वे जैसा चाहते हैं, वह वैसा करे। लेकिन यदि वे अपने हिसाब से नई पीढ़ी को चलाने की कोशिश करेंगे, तो टकराव उत्पन्न होगा ही। क्योंकि इतने लंबे समय में नई और पुरानी पीढ़ी की सोच पूरी तरह बदल जाती है। इसलिए पुरानी पीढ़ी यदि अपने विचारों को नई पीढ़ी पर थोपती है तो टकराव होना अवश्यंभावी है। ऐसी बात भी नहीं है कि टकराव सदैव पुरानी पीढ़ी ही पैदा करती है। नई पीढ़ी भी कुछ कम नहीं है। आज की पीढ़ी अपने आपको बुद्धिमान और पुरानी पीढ़ी को मूर्ख समझती है। उसे लगता है कि वह कम्प्यूटर युग में पैदा हुई है, इसलिए अधिक बुद्धिमान है या पुरानी पीढ़ी से ज्यादा

जानती-समझती है। जब नई पीढ़ी की सोच ऐसी हो, तो वह पुरानी पीढ़ी की किसी अच्छी बात या नसीहत को भी स्वीकार नहीं कर पाती। किसी बात को लेकर दोनों के बीच द्वंद्व हो जाता है। माना कि समय के साथ सब कुछ बदल जाता है, लेकिन रिश्ते नहीं बदलते। पिता-पुत्र, दादा-पोते आदि वैसे के वैसे रहते हैं। हाँ, उनकी सोच में परिवर्तन अवश्य आ सकता है।

हर युग में दो या तीन पीढ़ियाँ एक साथ रही हैं। यदि इन पीढ़ियों के बीच उचित सामंजस्य और अच्छी समझ हो, तो कोई कारण नहीं कि पीढ़ियों का यह अन्तर किसी टकराव का कारण बने। नई और पुरानी पीढ़ियां एक साथ बड़े मजे से जी सकती हैं लेकिन पहल दोनों तरफ से होनी चाहिए।

जब तक पुरानी पीढ़ी नई पीढ़ी को नहीं समझेगी, तब तक उनके बीच तालमेल नहीं बैठेगा। नई पीढ़ी की सोच और चाहत को पुरानी पीढ़ी को समझना ही होगा तथा उसके अनुकूल अपने को ढालना होगा तभी उनके बीच टकराव या वैमनस्य दूर हो सकता है। पुरानी पीढ़ी को समय के साथ चलना बहुत जरूरी है। समय बड़ी तेजी से बदल रहा है। ऐसे में यदि उन्होंने अपनी सोच नहीं बदली, तो पीछे छूट जाएंगे। उन्हें टकराव का रास्ता छोड़ तालमेल या सामंजस्य बिठाने की कोशिश करनी चाहिए। यदि पुरानी पीढ़ी सुखी रहना चाहती है, तो नई पीढ़ी के साथ दोस्ताना व्यवहार रखे। उस पर हुक्म न चलाए। यह न सोचे कि नई और पुरानी पीढ़ी के बीच दोस्ती नहीं हो सकती है। दादा और पोते के बीच अगर अच्छी समझ हो, तो पीढ़ियों के अन्तर के बावजूद उनकी अच्छी पट सकती है। नई पीढ़ी को भी चाहिए कि वह टकराव का रास्ता छोड़कर पुरानी पीढ़ी के साथ सामंजस्य स्थापित करने का प्रयास करे। निश्चित ही पुरानी पीढ़ी के लोग आपसे उम्र और अनुभव में बड़े हैं। उन्होंने दुनिया देखी है। उनके पास अनुभव और ज्ञान का भंडार है। वे हर बात की ऊँच-नीच समझते हैं। ऐसे में उनकी बात को अनदेखा करना ठीक नहीं। यदि वे कुछ कहते हैं या नसीहत देते हैं, तो आपकी भलाई के लिए ही।

नई और पुरानी पीढ़ी को एक साथ रहकर एक-दूसरे के सुख-दुःख में सहभागी बनना चाहिए तथा एक-दूसरे के प्रति संवेदनशील भी होना चाहिए। यदि किसी बात पर कोई मतभेद भी हो तो कोई भी उसे प्रतिष्ठा का प्रश्न न बनाए तथा

उसका कोई व्यावहारिक हल निकाले। किसी भी विषम परिस्थिति का सामना दोनों पीढ़ी के सदस्य मिल बैठकर रणनीति तैयार करके करें, तो उन्हें सफलता हाथ लगेगी।

सदियों से चली आ रही जेनरेशन गेप की समस्या का समाधान दोनों पीढ़ियों को ही मिल बैठकर निकालना होगा तथा इसके लिए उन्हें एक-दूसरे को समझना होगा। एक-दूसरे के अस्तिस्व को स्वीकारना होगा और आज की पीढ़ी को अपने से पुरानी पीढ़ी को मन से आदर एवं सम्मान देना होगा।

शाश्वत स्वर

- दो पीढ़ियाँ अपने विचारों की खाई को प्रेम के फल से पाट सकती हैं।- गाँधी
- युवाओं को अपने सपने साकार करने के लिए वृद्धों के अनुभव से प्रेरणा लेनी चाहिए। - लोकमान्य तिलक
- दो पीढ़ियों के बीच मतभेद होना स्वस्थ लक्षण है। अगर मतभेद मनभेद में बदलता है तो पीढ़ीगत संघर्ष को नहीं रोका जा सकता। - अज्ञात
- एक पीढ़ी दूसरी पीढ़ी को समझे और उसे स्वीकारे किसी को नकारना कोई समाधान नहीं है। - पं. नेहरू

विद्या

विद्या धन सबसे बड़ा धन है और
विद्या दान सबसे बड़ा दान है।
विद्वान व्यक्ति का सम्मान सब जगह
सब परिस्थितियों में होता है।

विद्या ज्ञान की अधिष्ठात्री है। विद्या मनुष्य का तीसरा नेत्र है जैसे दो आँखें मनुष्य को बाहरी संसार के दर्शन कराती हैं वैसे ही विद्या मनुष्य के अंतर लोक के दर्शन कराती है। मनुष्य के अंतर को जाने बिना बाह्य जीवन को जानना अधूरी जानकारी है और अधूरापन ही अज्ञान है।

विद्या का अर्थ है 'जानना'। जो कुछ जाना जाए सीखा जाए वही विद्या या शिक्षा है जैसे-जैसे जानने और सीखने का क्षेत्र विस्तृत और व्यापक होता जाता है वैसे-वैसे विद्या और शिक्षा के क्षेत्र और उसकी जानकारी गहरी होती जाती है। शिक्षा सहज प्रक्रिया है जो जीवन पर्यंत चलती है। विद्या किसी विशिष्ट क्षेत्र में सतत् साधनों के पश्चात् प्राप्त होने वाली उपलब्धि है। शिक्षा जीवन की अनिवार्यता है वह मनुष्य मात्र का अधिकार है।

विद्या अमूल्य निधि है, जीवन का शृंगार है और मानवता की पहचान है। विद्या धन सबसे बड़ा धन है और विद्या दान सबसे बड़ा दान है। विद्वान व्यक्ति का सम्मान सब जगह सब परिस्थितियों में होता है। हर मनुष्य को ऐसी विद्या प्राप्त करने का प्रयत्न करना चाहिए जो ज्ञानवान और संस्कारवान बनाए, सोच का विस्तार करे, रूढ़ियों का विरोध करने की शक्ति दे और उससे विमुक्ति की ओर ले जाए।

विद्या अंधकार से प्रकाश की ओर, असत्य से सत्य की ओर, मृत्यु से अमरत्व की ओर ले जाने वाली अद्‌भुत, अनुपम और अनूठी शक्ति है। शिक्षा मनुष्य को सच्चे अर्थों में मनुष्य बनाती है। वह विकसित समाज की आधारशिला है।

संसार में सभी वस्तुओं में विद्या सबसे श्रेष्ठ है। न इसे चुराया जा सकता है और न यह प्रयोग करने पर नष्ट होती है। एक-एक अक्षर पढ़ने से मनुष्य विद्वान बन सकता है। विद्या से विनय प्राप्त होती है, विनय से योग्यता मिलती है, योग्यता से धन, धन से धर्म और धर्म से सुख की प्राप्ति होती है। जो मनुष्य अपनी विद्या और ज्ञान को कार्यरूप में परिणत कर सकता है वह दर्जनों कल्पना करने वालों से श्रेष्ठ है। विद्या एक गुप्त धन है, जिसका हरण तथा विभाजन नहीं हो सकता, इसे न कोई छीन सकता है न चुरा सकता है। विद्या संकट में कामधेनु और परदेश में माँ के समान है। इस संसार में विद्या का और विद्वान का सब कहीं आदर-सम्मान होता है। अतः मानव को यत्नपूर्वक विद्या का संग्रह करना चाहिए।

पढ़ने बैठो तो इस तरह जिस तरह खाना खाने बैठते हो, कड़ाके की भूख लेकर, ताकि जो कुछ तुम पढ़ो वह अच्छी तरह पच जाए। जो पढ़े हुए को पचा नहीं सकता, वह मनन नहीं कर सकता। जो सीखता है किन्तु अपनी विद्या का जीवन में उपयोग नहीं करता वह पुस्तकों से लदा पशु है। मनुष्य सुख में भी विद्या को ज्यादा महत्त्व दे।

एक विचारक का कथन है-सुख चाहने वाले को विद्या कहाँ? विद्यार्थी को सुख कहाँ? इसलिए सुख की चाह करने वाले को विद्या की प्राप्ति की इच्छा छोड़ देनी चाहिए। किसी इंसान, संस्था, व्यापारी, प्रतिष्ठान या देश की कामयाबी उसके लोगों पर निर्भर करती है। उनका नजरिया कैसा है? इंसान अपनी सोच, व्यवहार में बदलाव लाकर अपनी जिंदगी बेहतर बना सकता है।

समाज या देश को ऊपर उठाने के लिए हमें जरूरत है उन लोगों की जो अच्छे चरित्र वाले, ईमानदार, नैतिक मूल्यों और सकारात्मक नजरिये वाले हों, चाहें आप किसी भी क्षेत्र में काम कर रहे हों। पढ़े-लिखे वे लोग हैं जो किन्हीं भी हालात में साहस और अक्लमंदी से काम करना तय करते हैं। अगर उनमें अक्लमंदी और बेवकूफी, अच्छे और बुरे, सौम्यता और अश्लीलता के बीच चुनाव करने की काबलियत है तो उनके पास विश्वविद्यालय की डिग्री हो या न हो, किंतु वे सही मायनों में सच्चे शिक्षित हैं।

शाश्वत स्वर

❀ आचार्य से जानी गई विद्या ही अति साधुता को प्राप्त होती है।
-छांदोग्योपनिषद्

❀ विद्या के समान कोई दूसरा नेत्र नहीं है। - वेद व्यास

❀ माता के समान सुख देने वाली कौन है? उत्तम विद्या। देने से क्या बढ़ती है? उत्तम विद्या। - शंकराचार्य

❀ यदि मनुष्य सीखना चाहे तो उसकी हर भूल उसे कुछ न कुछ शिक्षा दे सकती है। - अज्ञात

❀ शिक्षा का ध्येय चरित्र निर्माण है। संसार में जितने प्रकार की प्राप्तियाँ हैं उनमें शिक्षा सबसे बढ़कर है। - अज्ञात

❀ कभी-कभी उन लोगों से भी शिक्षा मिलती है, जिन्हें हम अभिमानवश अज्ञानी समझते हैं। - रूसो

❀ शिक्षा जीवन की विभिन्न परिस्थितियों को निभाने की योग्यता है। - अज्ञात

❀ शिक्षा का ध्येय मनुष्य के ज्ञान की वृद्धि करना ही नहीं है अपितु उसका ध्येय मनुष्य के मस्तिष्क का विकास करना है। - डॉ. राधाकृष्णन्

❀ स्कूल तो ज्ञान के झरने हैं जहाँ कुछ छात्र अपनी प्यास बुझाते हैं तो कुछ एक-दो घूंट पीते हैं और कुछ तो सिर्फ कुल्ला ही करते हैं। - लोकोक्ति

❀ अपने अज्ञान को दूर करके मन मंदिर में ज्ञान का दीपक जलाना ही भगवान की सच्ची पूजा है। - रामकृष्ण

❀ हे सरस्वती ! विद्या रूपी आपका अपूर्व कोष है जो व्यय करने से बढ़ता है और संचय करने से नष्ट होता है। - हितोपदेश

व्यापार

एक सफल व्यापारी को मानना चाहिए कि ग्राहक और उसका रिश्ता फूल और मधुमक्खी जैसा है। उससे हम रस ग्रहण करें पर फूल भी बना रहे जिससे हमें लगातार रस प्राप्त होता रहे।

व्यापार का शब्दगत अर्थ व्यवहार से है। शब्द की अर्थगत परिभाषा उस जीवन व्यवहार से है जिसमें आर्थिक आदान-प्रदान के जरिए किसी ऐसे कार्य का परिचालन करना जिसमें अर्थ लाभ हो। अपने लाभ के साथ दूसरों को हानि नहीं पहुँचाना ही सच्चा और अच्छा व्यापार है। जीवन को जीने के लिए, परिवार का पालन-पोषण करने के लिए मनुष्य को आजीविका के लिए कोई न कोई साधन अवश्य ही जुटाना पड़ता है। उदरपूर्ति से लेकर कर्त्तव्यपूर्ति तक की इस यात्रा को कोई नौकरी द्वारा पूरा करता है और कोई व्यापार द्वारा। व्यापार में ईमानदारी, परिश्रम, लगन, आत्मविश्वास के साथ-साथ उसकी प्रकृति को भी जानना आवश्यक है।

केवल धन लाभ ही हमारा लक्ष्य नहीं होना चाहिए। अच्छे साधनों द्वारा कमाया गया धन किसी साधना से कम नहीं होता है। जो धन किसी का शोषण करके अनुचित ढंग से कमाया जाता है उसका सुख अल्पकालीन होता है। उससे मन, संतोष और आनन्द की अनुभूति नहीं होती। व्यापार का प्रभाव स्वयं के चरित्र और परिवार के कल्याण पर पड़ता है इसलिए उचित ढंग से धन कमाया जाए और उतनी ईमानदारी और पवित्रता से उसका खर्च भी हो तो जीवन और व्यापार दोनों में ही सुख-संतोष और आनन्द की प्राप्ति होती है।

एक सफल व्यापारी को मानना चाहिए कि ग्राहक और उसका रिश्ता फूल और मधुमक्खी जैसा है। उससे हम रस ग्रहण करें पर फूल भी बना रहे जिससे हमें लगातार रस प्राप्त होता रहे। व्यापार में धर्म का निर्वाह होना चाहिए। जो व्यक्ति अपने धार्मिक जीवन का व्यापार में परिचय नहीं देता उसका जीवन श्रीहीन है और जो आदमी अपने व्यापारिक जीवन को धार्मिक नहीं बना सकता उसका जीवन चरित्रहीन है। धोखेबाजी और कपट से किये जाने वाले व्यापार की उम्र लकड़ी की हाँडी के

समान होती है जिसका दूसरी बार उपयोग नहीं किया जा सकता। व्यापारी को अपने व्यवसाय कर्म को किसी धर्म से कम महत्त्व नहीं देना चाहिए, उसके लिए अपना व्यावसायिक प्रतिष्ठान किसी मंदिर से कम पवित्र नहीं होता है। सच्चा और अच्छा व्यापारी वही है जो धर्म और धन के बीच संतुलन बनाए रखता है। व्यापारी की आचार संहिता का सर्वोच्च शिखर उसकी ईमानदारी है। ईमानदारी के अभाव में व्यापार चोरी और बेईमानीपूर्ण अपराध बन जाता है। आपके लाभ में संतोष का भाव होना चाहिए। जो मुनाफा आपको संतुष्टि देता है तो समझ लीजिए आपका व्यवसाय पवित्र है और जिस मुनाफे से आपके लोभ-भाव का विस्तार हो रहा है तो यह समझने में भूल मत कीजिए कि आप व्यापार के उच्चतम आदर्शों से दूर होते चले जा रहे हैं।

एक धर्मपरायण व्यापारी के जीवन की घटना याद आ रही है। एक बार किसी राज्य में घोर अकाल पड़ा। लोग भुखमरी के शिकार होने लगे। राजा ने रात को स्वप्न देखा कि कोई ईमानदार आदमी प्रार्थना करे तो बारिश हो सकती है तब तक तुलाधर नाम के व्यापारी ने हजारों लोगों के सामने अपने तराजू पर हाथ रख कहा कि अगर मैंने जीवन में किसी को हानि पहुँचाए बगैर लाभ अर्जित किया है तो ईश्वर मेरी प्रार्थना स्वीकारें। उसकी इस प्रार्थना के साथ ही जोरदार बारिश हुई। खेतों में फसलों को पुनर्जीवन मिला। शांति, समृद्धि लौट आई। सभी लोगों की प्रार्थनाओं के मुकाबले एक ईमानदार व्यापारी की प्रार्थना का चमत्कार देखकर लोग मंत्रमुग्ध हो उठे।

ऐसा व्यापार हमारे जीवन के साथ सभी के लिए कल्याणकारी हो सकता है। कहा गया है कि मंदिर की अर्चना की सुगंध जब आपके प्रतिष्ठान तक पहुँचती है तो न केवल आपके धन का विस्तार होता है बल्कि जीवन के हर आयाम का उत्तम पथ प्रशस्त होता है।

शाश्वत स्वर

- उत्तम खेती, मध्यम बान (वाणिज्य)। निषिद चाकरी, भीख निदान॥ - माघ
- मनुष्य का जो भी व्यवसाय हो उसे उसके प्रति आदरभाव रखना, उसकी मर्यादा बनाए रखने के लिए अपने को बाध्य समझना और उसका जितना आदर होना चाहिए उतने का दावा करना उचित है। - चार्ल्स डिकिंस

धन

धन की तीन गतियाँ हैं – दान, भोग और नाश।
जो मनुष्य न दान देता है और न ही भोगता है
उसके धन का नाश हो जाना ही नियति है।

मनुष्य अपनी प्रतिभा, परिश्रम और भाग्य से जो अर्थ लाभ प्राप्त करता है, उसे धन कहा जाता है। संसार में प्रत्येक व्यक्ति की यह इच्छा होती है कि वह धनवान बने। इसीलिए धन प्राप्त करने के लिए कुछ लोग अनुचित साधन अपनाते हैं। एक डाकू दूसरों का धन लूटकर धनवान हो सकता है किन्तु न तो वह उस धन का सामाजिक ढंग से भोग कर सकता है न ही ऐसा धन समाज में उसे मान-सम्मान का अधिकारी बनाता है।

ईमानदारी, परिश्रम और लगन से प्राप्त किया गया द्रव्य ही धन कहलाने का अधिकारी है। द्रव्य में देवत्व समाहित हो जाता है यदि उस धन में दान का रिश्ता और जुड़ जाये। ऐसा धन देवत्व से परिपूर्ण हो जाता है। उसमें समृद्धि भी होती है, संतोष भी होता है और आनन्द की अनुभूति भी होती है। ऐसा धन सन्मतिदाता भी होता है। बहुत से लोग धन को लेकर इतने आकुल व्याकुल होते हैं कि धन है तो जीवन है और अगर धन नहीं है तो उनके लिए जीवन का कोई मतलब नहीं है। ऐसे लोग धनवान भले ही हो जाएँ पर वे धन का न उपयोग कर सकते हैं न उपभोग।

धन की तीन गतियाँ हैं - दान, भोग और नाश। जो मनुष्य न दान देता है और न ही भोगता है उसके धन का नाश हो जाना ही नियति है। कुछ श्रुति वचनों को चिन्तन के आइने में देखिए - धन से कुल की प्रतिष्ठा बढ़ती है और धन से धर्म की वृद्धि होती है जबकि जरूरत से ज्यादा धन अधिकतर शाप का रूप ले लेता है। वर्तमान में धन की प्रधानता ने समस्त समाज को उलट-पलट कर दिया है।

यह सच्चाई भी याद रखिए। धन या तो स्वामी की सेवा करता है या उस पर शासन। लालसा की लपटों में जलने वालों के लिए ठीक कहा गया है जो जितना

धनवान है, वही धन का अधिक मोहताज है। सच्चा धनवान तो वह है जो अपनी आय के अनुरूप व्यय करता है। किसी ने ठीक ही कहा है - यदि तुम अपनी आय से कम में निर्वाह कर सकते हो तो निश्चय जानो कि पारस पत्थर तुम्हारे पास है। धन खाद की तरह है जब तक न फैलाया जाए बहुत कम उपयोगी है। इसीलिए संस्कृत में धन को द्रव्य कहा गया है द्रव अर्थात् बहने वाला। यदि वह स्थिर रहा तो उसमें रुके हुए पानी की तरह बदबू आने लगेगी।

धन एक ऐसी अजीब वस्तु है कि जिसके पास होता है वह अकेले आकाश में उड़ता महसूस करता है। जो उसे त्याग देता है, वह भी एक अलग तरह के अहं के नशे में होता है। धन के त्याग से जो प्रशंसा लेना चाहता है, वह धन से अपने रस की घोषणा करता है, भोगी और त्यागी में बहुत भेद नहीं है। भोगी धन को पकड़ता है, त्यागी धन को छोड़ता है, लेकिन दोनों के मन में धन का मूल्य है। भोगी लालच में दौड़ता है, धन की तरफ और त्यागी भयभीत होकर भागता है धन की तरफ पीठ करके। धन में न पकड़ने योग्य कुछ है और न छोड़ने योग्य कुछ है।

धन का पवित्र अनुष्ठानों में व्यय करके ही हम उसका सदुपयोग कर सकते हैं। सम्पत्ति बढ़ने के साथ-साथ खुशहाली बढ़नी चाहिए। अगर खुशहाली नहीं बढ़ती है तो मतलब आपका दृष्टिकोण घटिया हो गया है। यह दृष्टिकोण ठीक नहीं है कि हमारे पास जो साधन सम्पत्ति है उसका लाभ मेरे परिवार एवं इष्ट मित्रों को नहीं हो।

धन को परमार्थ में लगाना चाहिए। क्योंकि मूर्ख धन के लिए जो कष्ट सहते हैं उसके शतांश भाग से मोक्ष की चेष्टा करने वाले को मोक्ष की प्राप्ति हो जाती है। धन से जीवन का सर्वोच्च मूल्य मानने वाले क्या यह नहीं जानते कि अमीर और गरीब का फ़र्क कितना नगण्य है, एक ही दिन की भूख और एक ही घंटे की प्यास दोनों को समान बना देती है। इस तरह जीवन और जगत में पैसे का अपना मूल्य है, मगर वह सब कुछ नहीं हो सकता। धन कमाने की कला अवश्य सीखो परन्तु धन के सदुपयोग की कला उससे पहले सीखो अन्यथा यह धन बुरी लत की लात से आपको आहत कर देगा। वैसे भी व्यावहारिक सोच का यह तकाजा है कि आदमी के पास धन होना चाहिए। उसके हाथ का धन उसके भविष्य की गारन्टी है।

आज के बदलते जीवन मूल्यों में धन को लेकर एक बेतहाशा भूख आदमी के अंतर में दिखाई देती है। येनकेन प्रकरेण धन इकट्ठा करने वालों को यह मालूम होना चाहिए कि सम्पत्ति की प्राप्ति उत्तम कार्यो से होती हैं। अन्याय से उपार्जित हुआ द्रव्य ज्यादा से ज्यादा दस वर्ष तक ठहरता है, बाद में ग्यारहवाँ वर्ष लगते ही मूल सहित नष्ट हो जाता है।

आए दिन हम अखबारों और खबरी चैनलों के जरिए यह सुनते, देखते और पढ़ते है कि काले तरीकों से उपार्जित धन को सरकार छापे डालकर ले जाती है या फिर वह चोरों के हत्थे चढ़ता है। जो आदमी अन्याय से उपार्जित पैसे से अपने संकट को समाप्त करने की कामना करता है उसे यह नहीं भूलना चाहिए कि जो धन तुमने किसी की आत्मा को आहत कर उपार्जित किया है वह तुम्हारी आत्मा को राहत कैसे पहुँचा सकता है।

अधिकांशतया देखा गया है कि अधर्म से उपार्जित वित्त का उपयोग या तो अस्पताल के बिलों के भुगतान में होता है या आपराधिक प्रवृत्तियों में या फिर ऐसे अशुभ कार्यो में उसका निवेश होता है जो हानि और अपयश का कारण बनता है। जो लोग अर्थ के द्वारा परम अर्थ अर्थात् परमार्थ को पाना चाहते हैं वे लोग निःस्वार्थ भाव से समाज की सम्पत्ति मानते हुए अपने धन का उपयोग 'सर्वजन हिताय सर्वजन सुखाय' के लिए करते हैं। जिनके अर्थ का रिश्ता परमार्थ से जुड़ता है वही सच्चे धनवान हैं।

शाश्वत स्वर

- जितने धन से पेट भर जाय, उतना ही देहधारियों का अपना है।
  - श्रीमद्भागवत्

- रूमानी प्रेम अर्थ के अभाव में केवल उन्माद कहला सकता है। त्याग, बलिदान, प्रतिभा और ओज की एक सीमा है। उस सीमा को केवल अर्थ ही तोड़ सकता है।
  - भगवती चरण वर्मा

- मूर्ख धन के लिए जो कष्ट सहते हैं, उसके शतांश भाग से मोक्ष की चेष्टा करने वाले को मोक्ष की प्राप्ति हो जाती है।
  - पंचतंत्र

- इन स्वर्ण और रत्नों का आँखों पर बड़ा रंग रहता है, जिससे मनुष्य अपने अस्थि-चर्म का शरीर तक नहीं देखने पाता।
  - जयशंकर प्रसाद

क़र्ज

तीन ऋण हैं-देव ऋण, ऋषि ऋण और पितृ ऋण। व्यक्ति अपने जीवन काल में अपने सत्कर्मों से इन तीनों ऋणों से मुक्त होने का प्रयास करता है।

क़र्ज को किसी ने सबसे बड़ा मर्ज कहा तो किसी ने 'ऋणं कृत्वा घृतं पिबेत्' यानि ऋण लेकर घी पीओ, यानि कर्ज लेओ और आनन्द से जीओ का सूत्र बताया है। क़र्जे का मतलब वही जानता है जो उसको अपनी पीठ पर लादे घूमता है। क़र्ज लेने में क्या हर्ज, कहने वालों लोगों को जब ब्याज की मार का शायद अहसास नहीं होगा। कहते हैं कि प्याज और ब्याज काटते समय आदमी की आँखों में आँसू आ जाते हैं।

सामान्य रूप से माना जाता है किसी से भविष्य में चुकाने का वायदा करके कोई वस्तु या धन प्राप्त किया जाए उसे क़र्ज अथवा ऋण कहते हैं। दर्शन की दृष्टि से हमारे यहाँ तीन ऋण स्वीकार किए गए हैं-देव ऋण, ऋषि ऋण और पितृ ऋण। व्यक्ति अपने जीवन काल में अपने सत्कर्मों से इन ऋणों से मुक्त होने का प्रयास करता है।

आज बाजारीकरण के दबाव में एक 'क़र्ज कल्चर' में हम जी रहे हैं। आवश्यकताओं को सीमित करें, जो है उसमें काम चलाएँ, कोशिश करें कि क़र्ज के भार से बचें। श्रुति वचन है– जो क़र्ज लेने जाता है वह कष्ट मोल लेने जाता है। छोटा-सा क़र्ज किसी आदमी को आपका देनदार बनाता है और बड़ा क़र्ज उसको आपका शत्रु बना देता है। जो पिता अपनी संतान पर क़र्ज का बोझ छोड़ जाता है वह संतान का शत्रु है।

क़र्ज फाँसी का वह अदृश्य फंदा है जो कभी भी क़र्जदार का गला घोंट सकता है। उधार वह मेहमान है जो एक बार आकर जाने का नाम नहीं लेता।

शेष क़र्ज, शेष अग्नि, शेष रोग पुनः बढ़ते हैं। अतः इन्हें शेष नहीं छोड़ना चाहिये। जिसने अनुभव के द्वारा यह जाना कि क़र्ज एक ऐसा मर्ज़ है जो आदमी की जिन्दगी तक तो पीछा करता ही है पर आदमी के मर जाने के बाद क़र्ज का संत्रास उसकी पीढ़ियाँ झेलती हैं। ये कितने अफसोस की बात है कि आज 'लोन कल्चर' के चलते आदमी प्रतिस्पर्धाओं की दौड़ में जुट गया है। मकान लोन पर, कार लोन पर, किश्तों ने आदमी को कई किस्तों में बाँट दिया है। पहले के जमाने में आदमी आय के अनुरूप व्यय करता था और आज हालात यह हैं कि आदमी का औसत खर्च आय से अधिक है। आदमी को हर चीज किश्तों में मिल रही है। सुख-सुविधा के भौतिक साधनों के प्रति आदमी की दास्य वृत्ति बढ़ गई है।

ऋण संस्कृति को जीवन का हिस्सा बनाने से आदमी विलासी होता जा रहा है। श्रम से उसका रिश्ता टूट रहा है। आलस्य चित्त का संस्कार बनता जा रहा है। आदमी ऋणं कृत्वा घृतं पिबेत की बात करके अपने भौतिक नजरिए को ही प्रकट कर रहा है। उसे अपने दृष्टिकोण को बदलना चाहिए। यदि व्यक्ति केवल देह सुख को जीवन का परम सुख मान लेगा तो क़र्ज का मर्ज उसके लिए लाइलाज बीमारी बन जाएगा। क़र्ज हमारी आर्थिक समस्या को तो प्रभावित करता ही है बल्कि क़र्ज लेकर जीने से मानसिक स्वास्थ्य और समस्या के मकड़जाल में उलझकर अपने तन-मन का स्वास्थ्य भी आहत करता है। ऋण को जीवन का हिस्सा न बनने दें क्योंकि लम्बी किश्तें आपकी जिन्दगी की किश्तों को छोटा कर सकती हैं।

शाश्वत स्वर

❁ वह पिता शत्रु है जो अपनी संतान पर कर्ज छोड़कर दुनिया छोड़ देता है।

- हितोपदेश

❁ ऋणं कृत्वा घृतं पिबेत् यानि ऋण करके घी पीना सबसे बड़ी अनैतिकता है।

- अज्ञात

❁ ऋण राजरोग है जो रात दिन ब्याज के रूप में बढ़ता रहता है। - कौटिल्य

पुस्तक

मानव जाति ने जो कुछ किया,
सोचा और पाया है, वह पुस्तकों
के जादुई पृष्ठों में सुरक्षित है।

आपको किसी व्यक्ति के बारे में जानना है तो यह जानना काफी होगा कि उसके मित्र कैसे हैं और वह कैसी किताबें पढ़ता है। जी हाँ, किताबें आपके व्यक्तित्व की परिचायक हैं, अगर आप अच्छे विचार रखते हैं तो आपकी पठनीयता के लिए अच्छी पुस्तकें होंगी। पुस्तक प्रेमी का अपना संसार होता है। वह सब जगह आनन्द अनुभव करता है। पुस्तकें जीवन की दिशा को बदल सकती हैं। मानव के मन में क्रान्ति का सागर लहरा सकती हैं। सत्साहित्य किसी चिकित्सक से कम नहीं होता। अच्छी पुस्तकें आनन्द की वर्षा करती हैं जिससे आत्मा प्रसन्नता से भर जाती है। सत्साहित्य अच्छे मित्र के समान है जो व्यक्तित्व की उन्नति में सहायक हैं।

एक विचारक ने कहा है - 'मैं नरक में भी अच्छी पुस्तकों का स्वागत करूँगा क्योंकि इनमें वह शक्ति है कि जहाँ ये होंगी वहाँ आप ही स्वर्ग बन जायेगा।' पुस्तकों में संचित ज्ञान संपदा का कोई तोल-मोल नहीं हो सकता है क्योंकि पुस्तकों का मूल्य रत्नों से भी अधिक है क्योंकि रत्न बाहरी चमक-दमक दिखाते हैं जबकि पुस्तकें अंतःकरण (मन) को उज्ज्वल करती हैं। पुस्तकें आपके मन में सच्चे विचारों की सुगन्ध भर देती हैं इसलिए कहा गया है - 'पुस्तक जेब में रखा हुआ बगीचा है। मानव संस्कृति की महिमा व गरिमा को पुस्तकों ने अपने कलेवर में समेट रखा है।'

मानव जाति ने जो कुछ किया, सोचा और पाया है, वह पुस्तकों के जादुई पृष्ठों में सुरक्षित है। पुस्तकों के जरिए हम कई पीढ़ियों के अनुभवों को एक साथ जी सकते हैं। पुस्तकें काल सागर पर सुरम्य सेतु हैं। ये वर्तमान को अतीत से जोड़ती हैं

और उज्ज्वल भविष्य की ओर उन्मुख करती हैं। एक पुस्तक प्रेमी का यह कथन द्रष्टव्य है - पुस्तक और प्रिय की याद मुझे कभी भी, किसी भी स्थान पर अकेलेपन का अनुभव नहीं होने देती। यही मेरी सच्ची सखी है। वास्तव में पुस्तक से बढ़कर आपका अच्छा दोस्त और कोई नहीं हो सकता। किताब दो कवर के बीच लहलहाता वह सागर है जिसमें अनेक मुक्ता-मणियाँ बिखरे पड़े हैं। एक कवि का यह कथन एकदम सुसंगत है :

ज्ञान का आगार हैं पुस्तकें,
जीवन का आधार हैं पुस्तकें।
बदल दे जो जिन्दगी की रवानी को,
वह हवा का तेज झोंका है पुस्तकें।

वह लेखक सबसे अच्छा लिखता है जो अपने पाठकों का सबसे कम समय लेकर उन्हें सबसे अधिक ज्ञान देता है। उससे भी श्रेष्ठ वह पाठक है जो पुस्तकों में वर्णित सद्ज्ञान को अपने हृदयकोश में अपने आचरण में सुरक्षित रख लेता है। हितोपदेश में कहा गया है कि दुनिया में दो तरह की विद्याएँ हैं - पहली शस्त्र विद्या, दूसरी शास्त्र विद्या। शस्त्र विद्या का महारथी तो बुढ़ापे में शस्त्र चालन नहीं कर पाता। इस तरह शस्त्र विद्या का वृद्धत्व मे ह्रास होता है, किन्तु शास्त्र विद्या यानि पुस्तक में वर्णित ज्ञान उम्र के बढ़ने के साथ और अधिक विकसित होता चला जाता है। एक मनीषी ने ठीक ही कहा है - 'मरने के बाद दुनिया उन लोगों को याद करती है जो पढ़ने लायक कुछ लिख देते हैं या लिखने लायक कुछ कर देते हैं।' हम अपने जीवन में स्वाध्याय के सद्गुण को आत्मसात करें क्योंकि अच्छी किताबें आदमी को जिन्दगी जीने का सबसे बेहतरीन पाठ पढ़ाती हैं।

शाश्वत स्वर

- पुस्तकों का मूल्य रत्नों से भी अधिक है, क्योंकि रत्न बाहरी चमक-दमक दिखाते हैं जबकि पुस्तकें अन्तःकरण को उज्ज्वल करती हैं। - महात्मा गाँधी

- पुस्तकें पास में हो तो मित्रों की कमी नहीं खटकती है। - टॉल्सटाय

- पुस्तकों से विहीन घर खिड़कियों से विहीन भवन के समान है। - होरेस मन

- लोग पुस्तक पढ़ना तो चाहते हैं, पर गाँठ का पैसा खर्च करके नहीं। जिनकी माकूल आमदनी है वह भी पुस्तकों की भिक्षा मांगने में नहीं शरमाते। - प्रेमचन्द

- पुस्तकें विचारों के युद्ध में अस्त्र का काम करती हैं। - जार्ज बर्नार्ड शॉ

- सिर्फ पुस्तकें पढ़ने से कुछ नहीं सीखा जा सकता, जब तक कि उन पर मनन न किया जाए। - अज्ञात

- पुस्तक से रहित कमरा आत्मा से रहित शरीर के समान है। - सिसरो

- स्वाध्याय द्वारा विकास पाने वालों के लिए सबसे बड़ा साधन पुस्तकें हैं। - बापू

- जिसके हृदय की पुस्तक खुल चुकी है, उसे अन्य किसी पुस्तक की आवश्यकता नहीं रह जाती। पुस्तकों का महत्व केवल इतना भर है कि वे हममें लालसा जगाती हैं। वे प्रायः अन्य व्यक्ति का अनुभव होती हैं। - विवेकानन्द

- जो पुस्तकें हमें अधिक विचारने को बाध्य करती हैं, वे ही हमारी सबसे बड़ी सहायक हैं। - ओडोर पार्कर

शरीर

देह भले ही क्षणभंगुर है किंतु देह के द्वारा किए गए कार्य शाश्वत होते हैं।

मनुष्य की देह परमात्मा का गेह (घर) है। देह को देवालय और मन को शिवालय बनाने के लिए हम शरीर को धर्म का अधिष्ठान बनाए। शास्त्र कहते हैं- शरीरं खलु धर्म साधनं। मनुष्य का शरीर धर्म अर्थात् श्रेष्ठ कार्यों का साधन बनाना चाहिए, क्योंकि मानव शरीर बहुत पुण्य के पश्चात् प्राप्त होता है। इसलिए शरीर की स्वस्थता के साथ मन की स्वस्थता का ध्यान रखना परमावश्यक है। लौकिक और पारलौकिक दोनों ही दृष्टि से शरीर का महत्त्व है। स्वस्थ शरीर से ही संसार के कार्य संपन्न होते हैं और स्वस्थ शरीर से ही प्रभु भक्ति की जा सकती है। देह भले ही क्षणभंगुर है किंतु देह के द्वारा किए गए कार्य शाश्वत होते हैं। इसके लिए जहाँ नियमित और संयमित खानपान से स्वास्थ्य का ध्यान रखा जाना चाहिए।

स्वास्थ्य ही सबसे बड़ा धन है। शरीर का निरोग होना ईश्वर की सबसे बड़ी कृपा है। यह अवश्य है कि देह साध्य न हो बल्कि आत्मा को सुख का भी ध्यान बराबर रखा जाए। तन निरोग रहे, मन प्रसन्न रहे यही आंतरिक और बाह्य स्वास्थ्य की पहचान है। हमारे दैनिक आचरण से हमारा स्वास्थ्य प्रभावित होता है। सात्विक भोजन और संयमित जीवन स्वस्थ जीवन की कुंजी है। जीवन का सबसे बड़ा सुख शरीर का रोगरहित होने में है। हमें अपने शरीर और स्वास्थ्य दोनों का ही ध्यान रखना चाहिए। यदि हम समय से उठते हैं, समय से सोते हैं, समयानुसार भोजन करते हैं, नियमित व्यायाम करते हैं तो कोई कारण नहीं कि हम अस्वस्थ रहें।

आज के प्रतिस्पर्द्धा के युग में इस बात का ध्यान रखा जाना चाहिए कि जीवन में खूब रुपया-पैसा कमायें, पर अपनी सेहत को दाँव पर लगाकर कभी मत कमाइए, क्योंकि पहला सुख नीरोगी काया है। शरीर को स्वस्थ रखने के लिए हमें

अपनी दिनचर्या व्यवस्थित करनी होगी। दिनचर्या जीवनचर्या को सहज बनाती है। इसके लिए रात्रि के अंतिम प्रहर में पानी, सायंकाल अर्थात् सोते समय दूध और भोजन के पश्चात् छाछ पीयें तो शरीर स्वस्थ एवं नीरोग रहता है। अच्छा स्वास्थ्य और अच्छी समझ जीवन के दो सर्वोत्तम वरदान हैं। सेहत खराब करके पैसा कमा सकते हो परन्तु पैसा खर्च करके बिगड़ी हुई सेहत को नहीं सुधार सकते। शरीर की स्वस्थता के द्वारा हम सौ वर्ष जीने का सपना पूरा कर सकते हैं।

प्रभु प्रदत्त जीवन को आधी उम्र में श्मशान पहुँचाना एक तरह से ईश्वरीय वरदान का अपमान है क्योंकि ईश्वर ने शरीर आपको धनाराधना के लिए नहीं धर्माराधना के लिए प्रदान किया है। अनुभवीजनों का कहना है कि जब तक शरीर निरोग है, मन में आए कल्याणकारी कार्यों को पूरा कर लेना चाहिए। न जाने कब मृत्यु का निमंत्रण आ जाए और अच्छे पुण्य कार्य करने से आत्मा वंचित रह जाए। आखिर आपका शरीर धर्म के रहने की जगह होने के कारण तीर्थ जैसा पवित्र है। इसे अशुभ संस्कारों और अशुभ आचरण से अपवित्र न बनाएं। स्वस्थ शरीर आत्मा के लिए अतिथिशाला के समान है और अस्वस्थ शरीर बंदीगृह के समान।

आध्यात्मिक चिंतन के अनुसार तो आत्मा और शरीर अलग-अलग हैं। आप चले जायेंगे और शरीर पड़ा रह जाएगा। बचपन और बुढ़ापा इस शरीर का आता है, आपका नहीं, यह अच्छी तरह से जानने की बात है। आप तो अविनाशी परमपिता के अंश हैं जो इस शरीर का समय पूरा होने पर छोड़कर चले जायेंगे। आप शरीर के मालिक हैं इसको स्वस्थ रखना आपका कर्त्तव्य है, इसलिए यह बात एकदम सच है कि शरीर आपका नहीं होता शरीर के द्वारा किया हुआ कर्म आपका होता है।

शरीर को नाव कहा गया है और आत्मा को नाविक। इस भवसागर से संतरण के लिए नाव और नाविक दोनों का स्वस्थ और सजग रहना जरूरी है। अगर नाविक सजग है तो नाव आपको किनारे तक पहुँचा देगी। नाविक ने कुशल और सजग होने के बावजूद अगर नाव टूटी-फूटी है तो मंझधार में डूबने से आपको कोई नहीं बचा सकता है। नाव और नाविक दोनों की स्वस्थता से भवसागर की यात्रा को सफल बनाया जा सकता है इसलिए जरूरी है कि आप मन, विचार, प्राण और चेतना के तल पर एकदम स्वस्थ, स्वच्छ रहें। यही आपकी सफलता का मूलमंत्र है।

शाश्वत स्वर

- हमारा शरीर पत्थर के समान दृढ़ बनें। - यजुर्वेद
- शरीर को देवालय कहा गया है क्योंकि जीव केवल शिव है। - स्कन्दोपनिषद्
- निश्चय ही शरीर सर्वश्रेष्ठ धर्म-साधन है। - कालिदास
- संसार में उत्पन्न प्राणी का भंगुर कायकंचुक अहंता एवं ममता नामक दो शंकुओं द्वारा आबद्ध है। - कल्हण
- सब अपवित्र वस्तुओं के घर, कृतघ्न और नश्वर इस तुच्छ शरीर के लिए भी मूर्ख लोग पाप किया करते हैं। - हर्ष
- प्रति क्षण यह शरीर नष्ट होता रहता है, किन्तु दीखता नहीं। - नारायण पंडित
- गुणरहित शरीर प्रति क्षण नष्ट हो रहा है। इसका एक ही महान गुण है कि यह परोपकार का साधन है। - अज्ञात
- यह देह आत्मा-रूपी अतिथि का विश्रामालय है। - तुकाराम
- देह मृत्यु का कलेवा है। - तुकाराम
- देह को देवालय और मन को शिवालय बनाने के बाद मनुष्य को किसी तीर्थयात्रा की जरूरत नहीं है। - लहर की प्यास

भोजन

अन्न के अनुसार मन और पानी के अनुरूप वाणी की बात हमारी परम्परा सदियों से कहती चली आई है।

आहार, निद्रा, भय और मैथुन ये प्राणीमात्र की स्वाभाविक इच्छाएँ हैं। मनोविज्ञान की भाषा में इन्हें मूल प्रवृत्ति कहा जाता है। भूख का रिश्ता आहार से है। जब इच्छा आहार की ओर प्रवृत्त करती है तो भूख का जन्म होता है। साधारणतः भोजन करने की इच्छा को भूख कहते हैं। भोजन करने से भूख कुछ समय के लिए शांत हो जाती है और कुछ समय बाद पुनः जागृत हो जाती है। भूख को मिटाने के लिए मनुष्य क्या नहीं करता? बड़े से बड़े पाप करने में भी कोई संकोच नहीं करता। भूख रिश्तों को बनाती है, बिगाड़ती है, भूख इंसान को हैवान बना देती है। मनुष्य जो भी उद्यम करता है, भूख को मिटाने के लिए ही करता है। जरूरत इस बात की है कि हम भूख को जानें, समझें और उसे उपशांत करने की कोशिश करें।

शारीरिक भूख के साथ मानसिक भूख को भी जगाएँ। अच्छे साहित्य के अध्ययन द्वारा, सत्संगति द्वारा, भगवद भजन द्वारा मानसिक भूख को शांत करें। ध्यान रहे शारीरिक भूख हम पर हावी नहीं हो अन्यथा वह सब कुछ नष्ट-भ्रष्ट कर सकती है। हम जो आहार ग्रहण करें वह सात्विक हो। भोजन भूख को मिटाने के लिए हो न कि विकारों को जगाने के लिए। शुद्ध, सात्विक भोजन तन का पोषण करता है और मन का कल्याण। हम दृष्टि बदलें कि खाने के लिए नहीं जीते वरन जीने के लिए खाते हैं। ध्यान रहे कि हम जैसा अन्न खायेंगे वैसे ही हमारे विचार होंगे, वैसे ही हमारे क्रियाकलाप होंगे। अतः भूख और भोजन दोनों ही के बारे में सावधान रहना जरूरी है।

खुद का पेट भरना ही जीवन का उद्देश्य नहीं होना चाहिए। नीति का कथन है-अपनी भूख मिटाने वाले तपस्वी की शक्ति उतनी नहीं होती जितनी कि दूसरे की भूख मिटाने वाले दानी की शक्ति। भूख एक भयानक सच्चाई है। एक विचारक ने ठीक

कहा है-भूखी स्त्री अपने पुत्र को छोड़ देती है। भूखी नागिन अपने अंडों को खा जाती है। भूखा व्यक्ति क्या-क्या पाप नहीं करता। भूख एक सर्वव्यापी सत्य है। रोटी पर जितना हमारा अधिकार है उतना ही फुटपाथ के अपाहिज व्यक्ति का भी। अपनी भूख मिटाकर हम उसकी भूख मिटाने का यत्न करें।

हितैषी मित्र और परिमित यानि जो मन प्राणों के लिए हितकारी हो जो मित यानि सुस्वादु और परिमित यानि संतुलित मात्रा में हो ऐसा भोजन ही हमारे देह तंत्र को सुरक्षित रखता है, क्योंकि अधिक खाने से अग्नि और वायु ठीक कार्य नहीं कर पाते। इससे व्यक्ति अस्वस्थ होकर यमराज के घर की प्रतीक्षा करता रहता है। आदमी को ध्यान रखना चाहिए कि हम अच्छा खाएं पर इच्छा के अनुसार न खाएं।

श्रम का भूख से गहरा रिश्ता है इसलिए प्रायः देखा जाता है कि धनी पुरुषों में खाने की शक्ति नहीं होती, उन्हें भूख नहीं लगती और दरिद्र पुरुष सब कुछ पचा लेते हैं। भोजन हमारी संस्कृति का अंग है। हम अतिथि को प्रेम, प्यार और मनुहार के साथ भोजन कराने में विश्वास करते हैं इसलिए मनुहार के मनोविज्ञान को रेखांकित करते हुए क्या खूब कहा है किसी ने-भोजन करने वाले को जब वह आहां, ऊंह या तर्जनी अंगुली से हिलाकर मना कर दे तो भी वहाँ तक उसे परोसते रहो और जब वह सिंह के समान गर्जना करके इंकार करे तब परोसना बंद करो।

एक सवाल यह भी महत्वपूर्ण है कि हम क्या खाएँ, कैसा और कितना खाएँ, क्योंकि क्या खाना चाहिए, क्या नहीं खाना चाहिए, पशुओं तक को मालूम है। मानव केवल स्वाद के लिए खा रहा है। भोजन के बारे में यह विवेक होना चाहिए कि हम अपने शरीर और विचारों की स्वस्थता और स्वच्छता लिए भोजन करें। अन्न और मन का आपस में गहरा रिश्ता है। जो सात्विक और सीधा-सादा आहार ग्रहण करता है उसके विचार भी सहज सात्विक हो जाते हैं। जिसका आहार अपवित्र है उसके आचरण में पवित्रता का पदार्पण कैसे हो सकता है।

अन्न के अनुसार मन और पानी के अनुरूप वाणी की बात हमारी परम्परा सदियों से कहती आई है। हमारी आहार शैली एकदम संतुलित होनी चाहिए। उसके लिए जरूरी है हम भोजन को भगवान का प्रसाद मानकर ग्रहण करें। जब भोजन प्रसाद बनता है तो जीवन में एक अपूर्व आल्हाद और उल्लास दिखाई देता है। जो लोग स्वाद

के लिए खाते हैं वे इन्द्रियों के गुलाम होते हैं। इन्द्रियों की दासता से ऊपर उठने के लिए यम नियम का विधान हमारी आध्यात्मिक चेतना करती है।

किसी भी धर्मग्रन्थ को उठाकर देख लीजिए सबसे ज्यादा जोर खानपान के संयम को लेकर दिया जाता है। हिंदु, जैन, बौद्धधर्म में तो स्वाद-जय अनशन और उपवास के कई व्रत विधान किए गए हैं। इस्लाम और ईसाईयत में भी रोजा और 'फास्ट' का मंगलमय विधान हुआ है। सभी धर्मों की साधना-पद्धतियों में आहार का रिश्ता आचार-विचार से जोड़ा गया है। इसलिए हर धर्म के अनुयायी को आहार संयमन को अपने आचरण का हिस्सा बनाना चाहिए, इससे मन, प्राण और देह सभी को शांत और संतुलित किया जा सकता है।

शाश्वत स्वर

- भूख की आग सबसे भयंकर आग होती है। - मार्क्स
- भूखे भजन न होय गोपाला, ये लो तेरी कंठी माला। - लोकोक्ति
- भूखे को भोजन खिलाना मंदिर में भगवान को चढ़ाए बराबर है। - लहर की प्यास
- भूखा आदमी क्या पाप नहीं करता। - लोकोक्ति
- भूख, भय और भ्रष्टाचार किसी भी राष्ट्र के लिए शोभनीय नहीं है। - लोहिया

यौवन

यौवन एक उफान है, तूफान है, इसे नियंत्रण में रखना ही सबसे बड़ी सफलता है।

यौवन जीवन का बसंत है। बसंत ऋतु में जिस तरह फूल खिलते हैं, उन फूलों पर भंवरे मंडराते हैं, वैसे ही यौवन जब जीवन के आंगन पर खिलता है तो नई ऊर्जा, नये उत्साह और नये उल्लास के फूलों पर मन के खूबसूरत सपने और महत्त्वाकांक्षाओं के भंवरे मन पर मंडराते हैं। समय की शिलालेख पर जो अपनी सफलता के स्वर्णिम हस्ताक्षर करते हैं वे लोग ही सच्चे अर्थों में युवा हैं।

यौवन का अभिप्राय युवावस्था से है। किशोरावस्था के पश्चात् जीवन में यौवनकाल का प्रारम्भ होता है। जीवन यात्रा के तीसरे पड़ाव का नाम यौवन अथवा जवानी है। मन उत्साह से भरा हो, बेफिक्री का आलम हो, देह में बल हो। उम्र सामान्यतः बीस वर्ष या तीस वर्ष हो। ऐसे आनन्द से परिपूर्ण क्षणों का नाम यौवन है। उम्मीद के आसमान पर उड़ते हुए जवानी के परिन्दे किसी मुसीबत से नहीं घबराते और अपने कदमों से दुनिया को नापने की क्षमता रखते हैं। कुछ कर गुजरने का अनोखा उत्साह और जमाने से टकराने की हिम्मत जवानी की पहचान है।

यौवन एक उफान है, तूफान है, इसे नियंत्रण में रखना ही सबसे बड़ी सफलता है। नीतिकार ने कहा है-यौवन, धन, सम्पत्ति प्रभुत्व और अविवेक-इन चारों में से एक भी अनर्थकारी होता है। जहाँ ये चारों होते हैं वहाँ अनर्थ की पूरी संभावना है। युवक से अर्थ है ऐसा मन जो सदा सीखने को तत्पर है-ऐसा मन जिसे यह भ्रम पैदा नहीं हो गया है कि जो भी जानने योग्य है, वह जान लिया गया है। ऐसा मन जो संस्कारों से बूढ़ा नहीं हो गया है। जो स्वयं को रूपान्तरित करने और बदलने को तैयार हो। युवावस्था में ही वह सामर्थ्य है कि वह वक्त के पहिए की रफ्तार बदल सकता है।

जवानी दीवानी ही होती है यौवन के उत्साह को अगर विवेक की आंख मिल जाए तो अद्‌भुत क्रांति घटित हो सकती है।

समाज राष्ट्र और दुनिया में किसी भी तरह की क्रांति हुई हो फिर भले ही उसका रिश्ता सामाजिक क्रांति, राजनैतिक या आध्यात्मिक क्रांति से हो उसके सूत्रधार हमेशा युवा ही रहे हैं। युद्ध का मैदान हो, विज्ञान की प्रयोगशाला हो या फिर हो समाज परिवर्तन का आंदोलन या किसी भी देश की आजादी का संघर्ष ही क्यों न हो इन सबके मूल में युवा शक्ति की ऊर्जा युवा मन का उत्साह और प्राण न्यौछावर करने वाला संकल्प होता है। अगर देश का युवा मानसिक, शारीरिक और चारित्रिक रूप से कमजोर है तो समझिए उस राष्ट्र का मेरूदंड कमजोर है। जिसका मेरूदंड स्वस्थ, सबल नहीं होता है, वह व्यक्ति, जाति, समाज और राष्ट्र अपने पाँवों पर खड़ा नहीं हो सकता है।

राष्ट्र के यौवन को सुरक्षित और संरक्षित करने के लिए हमारे नीति निर्धारकों को युवा शक्ति का सकारात्मक दिशा में उपयोग करना होगा। युवा वर्ग विज्ञान, कला, खेलकूद और साहित्य के क्षेत्र में नए कीर्तिमान रच रहा है, ऐसे में उनको राष्ट्र के नेतृत्व की बागडोर सौंपनी होगी। युवा वर्ग के जोश और बुजुर्गों के होश का तालमेल हो जाए तो देश का नक्शा बदला जा सकता है।

अक्सर लोग युवाओं को लेकर एक शिकायत करते हैं कि देश का युवा वर्ग भटका हुआ है। ये एकांगी दृष्टिकोण है। देश का युवा वर्ग ही नहीं देश का मार्गदृष्टा वर्ग भी भटका हुआ है। जब नेतृत्व ही भटकाव का शिकार है तो उसका अनुसरण करने वाली युवा पीढ़ी को कैसे रास्ते पर लाया जा सकता है। युवा वर्ग के प्रति जो नकारात्मक सोच है उसे दूर करना होगा। युवा शक्ति को सूत्रधार बनाना होगा। जब दायित्व का बोझ युवा कंधों पर आता है तो युवकों में सहज शालीनता, धीरता और गंभीरता का भाव आता है। देश की जवानी को इतिहास के पन्नों पर अपने पौरुष, निष्ठा, उत्साह और ऊर्जा की कहानी लिखने दीजिए। उनके सपनों और संकल्पों को एकजुट करने में मदद कीजिए, फिर परिणाम देखिए कि देश का जवान देश की तकदीर की तस्वीर को किस तरह बदलता है।

शाश्वत स्वर

- निस्संदेह, युवावस्था बहुत सुन्दर है, परन्तु जहाँ जीवन की गहराई आँकी जाती है वहाँ यौवन का कोई मूल्य नहीं रह जाता।

- युवावस्था आवेशमय होती है, यदि वह क्रोध से आग हो जाती है तो करुणा से पानी भी हो जाती है।

- युवाकाल जीवन में एक ही बार आता है।
लोग कहते हैं बदलता है जमाना अक्सर,
मर्द वो है जो जमाने को बदल देते हैं।

- सैर कर दुनिया की गाफिल जिन्दगानी फिर कहाँ ?
जिन्दगानी गर मिली तो नौजवानी फिर कहाँ ?

- एक नशा है जवानी, मगर जरा ध्यान से पीजिए।

- जवानों की जिंदगी में लाखों इल्जाम होते हैं। निगाहें नेक होती हैं फिर भी बदलाव होते हैं।
- अज्ञात

- यौवन को योगमय बनाया जाए तो देश की दशा को दिशा देने में यह एक नया प्रयोग सिद्ध हो सकता है।
- लहर की प्यास

वृद्धावस्था

जवानी इस तरह बिताओ कि बुढ़ापे में पछताना न पड़े। बुढ़ापा इस तरह बिताओ कि किसी के आगे हाथ न फैलाना पड़े।

वृद्धावस्था जीवन की सांझ है। सुबह का अपना सौंदर्य है तो शाम की अपनी खूबसूरती। शाम के विश्राम के पल को सुखद, सुंदर बनाने के लिए आदमी को अपने दृष्टिकोण में बदलाव लाना होगा, वृद्ध का मतलब थका, ठहरा और थमा व्यक्तित्व नहीं है। वृद्धत्व का शाब्दिक अर्थ है बढ़ा हुआ, विकसित या कह दें कि परिपक्व यानि पका हुआ। अगर हम बुढ़ापे को सकारात्मक नजरिए से देखें तो वृद्धावस्था वरदान महसूस होगी, आदमी के नकारात्मक नजरिए ने बुढ़ापे को अभिशाप बना दिया है। वृद्धावस्था वरदान बने इसके लिए जरूरी है-

जीवन की इस चौथी अवस्था (वृद्धावस्था) को आशा की परिभाषा बनाएँ। अस्वस्थता, निराशा, दुर्बलता आदि सब मिलकर वृद्धावस्था को बोझ बना देते हैं। वृद्धजनों को भी यह ध्यान रखना चाहिए कि वे अनावश्यक हस्तक्षेप न करें। नई पीढ़ी पर भरोसा करें, माँगे जाने पर, आवश्यक होने पर उन्हें सलाह भी दें। किसी न किसी रूप में स्वयं को क्रियाशील रखें।

समाज सेवा और अन्य सकारात्मक प्रयोजनों में अधिक से अधिक समय बिताएँ। जिससे वृद्धावस्था का विश्रामकाल भी सक्रियता और सफलता के धरातल से जुड़ा रहे। वे यह सोचें कि मैं वृद्धावस्था के कुछ गुणों को अपने में समाविष्ट करने वाला युवक चाहता हूँ। उतनी ही प्रसन्नता मुझे युवाओं के गुणों से युक्त वृद्ध को देखकर होती है। जो इस नियम का पालन करता है वह शरीर से भले ही वृद्ध हो जाए किंतु मस्तिष्क से कभी वृद्ध नहीं हो सकता। इसके विपरीत जो दूसरे के सहारे हैं, जिसका उत्साह मर गया है, जो पुरुषार्थहीन हो गए हैं, वही बूढ़ा व्यक्ति है। कर्मशील व्यक्ति कभी बूढ़ा नहीं होता। जवानी इस तरह बिताओ कि बुढ़ापे में पछताना न पड़े।

बुढ़ापा अनुभवों का खजाना है, बूढ़ा इंसान इस पृथ्वी का सबसे बड़ा शिक्षालय है। उसकी हिलती हुई गर्दन, लड़खड़ाते हुए कदम और झुर्रीदार चेहरा यह संदेश देता है कि शरीर जीर्ण भले ही हो गया किंतु संकल्प की आभा उसके भावों-अनुभावों में मौजूद है। वार्धक्य को सफल बनाने के लिए यह जरूरी है कि आदमी जिंदगी के इस पड़ाव में पलायनकारी विचार से मुक्त रहे। निराशा के अंधकार में खुद को धकेलने की बजाय चिंतन और चेतना की मशाल को इस तरह प्रज्ज्वलित करे कि आपका बुढ़ापा काल का ग्रास नहीं बल्कि वक्त के लिए एक चुनौती बन जाए।

बुढ़ापे को मौत का प्रतीक्षालय बनाने की बजाय उसे जीवन का एक अनूठा आयाम बनाएँ। जहाँ जवानी सांसारिक क्रियाकलापों, रीति रिवाजों, कर्त्तव्यों और दायित्वों के साथ वासना विकारों को समर्पित रही, वहीं बुढ़ापे को आध्यात्मिक ऊर्जा से परिपूर्ण बनाए। कोरा कर्मकांड करना या मंदिर में बैठकर कीर्तन करना ही अध्यात्म नहीं है। अध्यात्म का मतलब है अपनी चेतना को परम चेतना अर्थात् परमात्मा के चरणों में समर्पित कर देना। अच्छे नियम, अच्छे व्यवहार सेवा एवं परोपकार के द्वारा किसी की आंसू भरी आंखों में आशा का संचार करना सच्ची आध्यात्मिकता है।

वृद्धावस्था का सही उपयोग करने के लिए आपको स्वाध्याय का सहारा भी लेना चाहिए। व्यर्थ की गप्पबाजी और निरर्थक कामों में अपने समय का बलिदान करने की बजाय आप अच्छे साहित्य को पढ़ें, अच्छा साहित्य जहाँ यौवन को रास्ता दिखाता है वहीं वृद्धावस्था को शांत, शालीन और सहज सरल बनाता है। अगर आपके पास अपने आपको अभिव्यक्त करने का सामर्थ्य है तो जीवन के अस्ताचल में अपने जीवनानुभवों को किसी पुस्तक की शक्ल में लिख सकते हैं। इससे आपकी सृजनात्मकता नई पीढ़ी के लिए प्रेरणा का प्रकाशदीप बन सकती है। बुढ़ापे को बोझ न समझें, बुढ़ापे को ओजपूर्ण बनाएँ। सक्रियता की सहज सरल परिभाषा बनाएं। फिर देखिए आपको जीवन में एक नए रस रहस्य का अनुभव होगा।

शाश्वत स्वर

- जरा शरीर के सौन्दर्य को नष्ट कर देती है। - ऋग्वेद

- बल, रूप और यौवन से मत्त कोई भी मनुष्य वृद्धावस्था को प्राप्त हुए बिना मद से मुक्त नहीं होता है। - अश्वघोष

- वृद्ध हो जाने पर मनुष्य न हास परिहास के योग्य रहता है, न क्रीड़ा के, न रति के और न श्रृंगार के। - आचारांग

- बुढ़ापा मरी हुई अभिलाषाओं की समाधि है या पुराने पापों का पश्चात्ताप। - प्रेमचन्द

- बूढ़ों के लिए अतीत के सुखों और वर्तमान के दुखों और भविष्य के सर्वनाश से ज्यादा मनोरंजक और कोई प्रसंग नहीं होता। - प्रेमचन्द

- बुढ़ापा तृष्णा रोग का अंतिम समय है, जब संपूर्ण इच्छाएँ एक ही केन्द्र पर आ लगती हैं। - प्रेमचन्द

- वृद्धावस्था विचार करती है, यौवन साहस करता है। - राउपाख

- तरुण वृक्ष झुक जाता है, वृद्ध वृक्ष टूट जाता है। - यूरोपीय लोकोक्ति

- डूबते सूरज के लिए लोग अपने द्वार बंद कर लेते हैं। - शेक्सपियर

मृत्यु

मृत्यु आतंकमयी नहीं है, बल्कि मृत्यु तो एक प्रसन्नतापूर्ण निद्रा है, जिसके पश्चात् जागरण का आगमन होता है।

मृत्यु को परिभाषित करते हुए एक हिंदी कवि ने कहा है-

फूलों पे आंसू के मोती और अश्रु में आशा।
मिट्टी के छोटे जीवन की नपी तुली परिभाषा।

मृत्यु जीवन का अनिवार्य सत्य है। जिसने भी इस धरती पर जन्म लिया है उसकी मृत्यु निश्चित है। जब मरना ही है तो उससे डरना कैसा? विधाता ने जिसकी मृत्यु जिस भांति लिखी है, वह उसी रूप में घटित होगी। जन्म लेना और मर जाना जीवन का उद्देश्य नहीं है। मृत्यु जहाँ हमारे लिए आत्मसंतोष का विषय हो, वहीं संसार के लिए अफसोस का। याद रखने योग्य मनुष्य अपने श्रेष्ठ कर्मों द्वारा अपने मरण को भी स्मरणीय बना सकता है। श्रेष्ठ कर्मों से तात्पर्य उदारता, दयालुता, परोपकारिता और संवेदनशीलता के साथ-साथ प्रभु भक्ति से है। जिसने प्रभु भक्ति में अपना मन रमा लिया, जिसने अपना मन वश में करके अपनी इन्द्रियों पर विजय प्राप्त कर ली, समझो उसने निर्भय हो मृत्यु का वरदान पा लिया है।

मृत्यु आतंककारी नहीं है, बल्कि मृत्यु तो एक प्रसन्नतापूर्ण निद्रा है। जिसके पश्चात् जागरण का आगमन होता है। मृत्यु तो सोने की वह चाबी है जो अमरत्व के भवन के द्वार खोल देती है। मृत्यु अभिशाप नहीं है, वह तो ईश्वरीय वरदान है क्योंकि ईश्वर ने जो जीवन दिया था, उसे ईश्वर ने ही वापस ले लिया। धन्य है वह ईश्वर क्योंकि उसने जीवन का कर्ज देकर मृत्यु के रूप में उसे वापस लेकर हमें जीवन के ऋण से उऋण कर दिया है। ऐसी मृत्यु से डरना क्या? यह तो जीवन का सर्वोच्च साहसिक अभियान है। इसे तो इस तरह लेना चाहिए :

हम भी गुस्ताखी करेंगे ज़िंदगी में एक बार।
दोस्त सब पैदल चलेंगे हम होंगे कंधों पर सवार॥

मृत्यु मनुष्य को निर्बल नहीं बलवान बनाती है। एक शायर की भाषा में :

कल तक जो कहते थे कि बिस्तर से उठा जाता नहीं,
आज दुनिया से चले जाने की ताकत आ गई।

एक और मजेदार शेर देखिए, जो मृत्यु के महोत्सव को रेखांकित करता है :

एक दिन वो था लोग उठते थे आपको बिठाने के लिए।
एक ये दिन है लोग बैठे हैं आपको उठाने के लिए॥

हर कार्य को करने से पहले हम तैयारी करते हैं। मृत्यु के आने से पहले आपको अंतिम यात्रा की भी तैयारी करनी है। जीते जी मौत की तैयारी करो। इसके लिए अपनी लेखा पंजिका रोज जाँच लेनी चाहिए। मरण को सुमरण बनाने के लिए हर पल मरण का स्मरण रखो। सुमिरन अर्थात् परमात्मा को लगातार याद रखना ही सुमरण का आधार तैयार करता है। जो मृत्यु को स्मरण रखता है। वही मरण के चक्रव्यूह को भेद सकता है।

मृत्यु जीवन द्वार पर आने वाली अंतिम अतिथि है, इसका उसी तरह स्वागत कीजिए जैसे घर द्वार पर आने वाले अतिथि का करते हैं। अतिथि के आने पर आदमी हंसता मुस्कराता है। जो अतिथि के आगमन का अपमान करता है, वही रोना-धोना करता है। मृत्यु के आने पर हम हंसते मुस्कराते उसका वंदन अभिनंदन करेंगे तो मृत्यु भी महोत्सव बन जाएगी। मरण और जीवन एक सिक्के के दो पहलू हैं जो मरण में जीवन देखता है और जो जीवन में मरण का स्मरण रखता है वही सच्चा कर्मयोगी है और उसी का जीवन सहज योगी का जीवन होता है।

शाश्वत स्वर

- वृद्धावस्था और मृत्यु के वश में पड़े हुए मनुष्य को औषधि, मंत्र, होम और जप भी नहीं बचा पाते हैं।
  - वेदव्यास

- पृथ्वी में जितना कुछ सच है, उसमें मृत्यु ही सबकी अपेक्षा बड़ा सच है।
  - विमल मित्र

- जन्म के समय मनुष्य चाहे कितना भी धनवान हो, मृत्यु के समय सर्वथा निर्धन होता है।
  - जर्मन लोकोक्ति

- यदि मृत्यु न होती तो संसार कुरूप दिखाई देता। मृत्यु के कारण ही संसार में सुंदरता है। मृत्यु के कारण ही संसार में प्रेम है। यदि हम अमर होते तो एक दूसरे की बात भी नहीं पूछते।
  - साने गुरुजी

- मौत को धोखा देने आता है। वह उस वक्त कभी नहीं आती जब लोग उसकी राह देखते होते हैं।
  - प्रेमचंद

- संसार में ऐसा स्थान नहीं है, जहाँ कोई मरा न हो।
  - जातक

- मृत्यु महोत्सव बने इसलिए उसे हंसकर स्वीकारो।
  - अरस्तू

- मौत बिना बुलाए अकेले आती है किंतु आपको साथ लेकर जाती है।
  - अज्ञात

उपहार

उपहार और भेंट में अन्तर है। उपहार में स्नेह का भाव प्रबल होता है, जबकि भेंट में आदर, सम्मान और समर्पण की भावना विद्यमान होती है।

उपहार प्रेम व्यवहार का प्रतीक होता है, हम किसी वस्तु के माध्यम से अपना प्रेम जब न्यौछावर करते हैं तो उपहार प्रदाता और उपहार लेने वाले में दोनों के मन में वस्तु का महत्त्व नहीं होता बल्कि उसके पीछे छुपी कोमल कांत भावनाओं का महत्त्व होता है। वस्तु से उपहार का अंकन करना उपहार में निहित भावनाओं का अपमान है। वैसे तो किसी अवसर विशेष पर, किसी को स्नेहपूर्वक प्रदान की गई वस्तु उपहार कहलाती है। उपहार देते समय अवसर का विशेष ध्यान रखा जाना चाहिए। किस व्यक्ति को उपहार दिया जा रहा है, इस बात के प्रति विशेष सजग रहना चाहिए। उपहार में प्रदर्शन की भावना नहीं होनी चाहिए।

उपहार और भेंट में भी अन्तर है। उपहार में स्नेह का भाव प्रबल होता है, जबकि भेंट में आदर, सम्मान और समर्पण की भावना विद्यमान होती है। अपने मित्र को जन्मदिन के अवसर पर प्रदान किया गया प्रदेय उपहार है जबकि मंदिर में देव चरणों या गुरु चरणों में अर्पित की गई वस्तु, राशि भेंट कहलाएगी। उपहार व्यक्ति की अंतस् चेतना का प्रतिबिम्ब होता है।

किसी के प्रदान करने का ढंग उपहार लेने वाले से अधिक उपहार देने वाले के चरित्र को बताता है। देने वाले का हृदय उपहार को प्रिय और मूल्यवान बना देता है। उपहार में क्या दिया जा रहा है, यह महत्त्वपूर्ण नहीं है बल्कि किस भाव से दिया जा रहा है, यह अधिक महत्त्वपूर्ण है।

आज हमारी सामाजिक व्यवस्था में उपहारों के लेनदेन के पीछे जो एक प्रतिस्पर्द्धा का भाव दिखाई देता है, वह हमारी नई तरह की सामाजिक विकृति है।

उपहार देने के अवसर पर हमारे समाज में फूलों के बने महँगे गुलदस्ते देने का रिवाज-सा चल पड़ा है। एक पार्टी में ही हजारों-लाखों के गुलदस्ते भेंट किए जाते हैं जिनकी नियति सुबह मुरझा जाना है। ऐसी स्थिति में हमारी सामाजिक सोच उपहार के मामले में विवेक सम्मत होनी चाहिए। उपहार देने में सम्बन्धों में समरसता बढ़ती है। हम प्रदर्शनीय वस्तुओं की जगह उपयोगी वस्तुएँ भेंट करें।

महँगे गुलदस्तों की जगह सुन्दर कलात्मक और सुन्दर विचारों से समन्वित पुस्तकों का उपहार दी जाने वाली वस्तु के रूप में आदान-प्रदान होना चाहिए। पुस्तकें आदमी के जीवन की सर्वश्रेष्ठ मित्र होती हैं क्योंकि वे उसे जीवन में मार्गदर्शन देती हैं और बुढ़ापे में सांत्वना। इस तरह पुस्तकें श्रेष्ठ उपहार का माध्यम बन सकती हैं। सुन्दर पुस्तक टेबल पर रखी हुई भी सुन्दर लगेगी। अलमारी की शोभा भी बढ़ाएगी साथ ही आपके जीवन में एक परिवर्तन धारा भी बहा सकती है। पुस्तकों के रूप में हम अपने उपहार की जीवन-रेखा भी बढ़ा देते हैं। आपकी दी गई पुस्तक कई हाथों में जाएगी। कई विचारों को आन्दोलित करेगी।

अगर आपको पुस्तक की जगह दूसरी और कोई भेंट देनी हो तो एक श्रेष्ठ प्रेरित करती पेंटिंग भी भेंट की जा सकती है। आपकी पेंटिंग हर वक्त ड्राइंगरूम में सजी रहेगी और कई आँखों को कलात्मक सौन्दर्य से जोड़ेगी। कलात्मक पेंटिंग्स देकर आप अपनी रुचिशीलता के साथ भेंट ग्रहणकर्ता की सुरुचिवर्द्धन में सहयोगी बनते हैं।

पुस्तक और पेन्टिंग्स के साथ आप एक मुस्कराता-सा गुलाब भेंट में दीजिए, आपका उपहार सुगन्धित भी हो जाएगा। सोने में सुगन्ध की तरह उपहार का आदान-प्रदान होगा तो सुरुचि संस्कार और संवेदनशीलता का विस्तार होगा। इस तरह किताबों और कलाकृतियों को भेंट कीजिए और उपहार संस्कृति को विचारयुक्त एवं विवेकवान बनाइए। तभी आपके उपहार में समर्पण, स्नेह और सद्भावना की सुगन्ध महकती-सी महसूस होगी।

———

शाश्वत स्वर

- उपहार दिया तो जा सकता है, पर लेने में खटकता है। - विमल मित्र

- देने वाले का हृदय उपहार की वस्तु को प्रिय व बहुमूल्य बना देता है। - ल्यूथर

- फूल और फल सदैव उपयुक्त उपहार हैं। - एमर्सन

- जिन उपहारों की बड़ी आस लगी होती है, वे भेंट नहीं किये जाते, चुकाये जाते हैं। - फ्रेंकलिन

- वह मुझे सुन्दर उपहार देता है जो मुझे प्रसन्नता के समाचार सुनाता है। - अज्ञात

- बहुत से लोग अपने ऋण चुकाने की अपेक्षा उपहार देने में खुशी मनाते हैं। - सर फ़िलिप सिडनी

- वह उपहार हानिकर है जो स्वतंत्रता छीन ले। - इटालियन कहावत

- जो कुछ स्वीकार नहीं करता उसे कुछ लौटाना नहीं पड़ता। - जर्मन कहावत

- उपहार आपकी शुभेच्छाओं का मूर्त्त स्वरूप है। - लहर की प्यास

आचरण

समुद्र के समान धीर-गंभीर चरित्र वाले मनुष्य धन्य हैं, जो असाधारण कार्य करके भी उसका उल्लेख नहीं करते हैं।

आचरण का आशय हमारे उस जीवन-क्रम से है जो हम अपने जीवन व्यवस्था के संचालन में अपनाते हैं। हमारा आचरण हमारे विचारों और संस्कारों की प्रतिछाया है। आदमी के विचार श्रेष्ठ हों तो उसका कर्म भी पवित्र होगा। यदि उसका वैचारिक धरातल गंदा है तो आचरण कैसे ठीक हो सकता है। विचार आचार का सिद्धान्त माना जाता है। दैनिक जीवन में स्वयं के प्रति अथवा दूसरों के प्रति किया जाने वाला सद्भावनापूर्ण व्यवहार ही आचरण है। आचरण से ही व्यक्तित्त्व और चरित्र का गठन होता है। आचरण की भाषा मौन होती है किन्तु वह बहुत प्रभावी होती है। आचरण का मूल्यांकन स्वयं के द्वारा भी होता है और समाज के द्वारा भी। अपने स्वार्थ के लिए दूसरों की उपेक्षा करना न्यायसंगत नहीं है।

मनुष्य का सदाचरण उसे ऊँचाई की ओर ले जाता है और दुराचरण पतन की ओर। दुराचरण व्यक्ति को अपनी ही नजरों में गिरा देता है, इसलिए कहा है - श्रेष्ठ आचरण जीवन है और दुराचरण मृत्यु। सदाचरण हमें चेतनावान बनाता है। ज्ञानवान बनने से चेतनावान बनना ज्यादा बेहतर है। हमारी सनातन मान्यता है कि जिसने ज्ञान को आचरण में उतार लिया उसने ईश्वर को मूर्तिमान कर लिया है। चेतनावान व्यक्ति के जीवन में एक शान्ति और गहनता होती है।

श्रुति का कथन है - समुद्र के समान धीर-गंभीर चरित्र वाले मनुष्य धन्य हैं जो असाधारण कार्य करके भी उसका उल्लेख नहीं करते। आचरण के साथ विचार की आँख होना जरूरी है। जिनके आचरण में अच्छे-बुरे का विचार न हो, वहाँ बिल्कुल ही अन्धकार समझना चाहिए। जो आचरण से अत्याचारी हैं, उनसे बढ़कर

अभागा व्यक्ति दूसरा नहीं, क्योंकि विपत्ति के समय कोई उनका मित्र नहीं होता। हमारा भारतीय चिंतन तो यहाँ तक कहता है - जो दूसरों के दुःख से दुःखी होते हैं उनको अपने दुःख से दुःखी नहीं होना पड़ता और दूसरों के सुख से सुखी होने वाले को अपने सुख के लिए संग्रह नहीं करना पड़ता। वह उदार होता है, दिल से दिल को जोड़ने का काम करता है। समाज में या परिवार में 'दीवारें' खड़ी करने की बजाय 'पुल' बनाना उसकी प्रवृत्ति होती है।

सदाचरण का आधारभूत सूत्र है - ऐसे न कमाओ कि पाप हो जाए, ऐसे कार्यों में न उलझो कि चिन्ता बढ़ जाए। ऐसे खर्च न करो कि क़र्ज हो जाए, ऐसे न खाओ कि मर्ज़ हो जाए। जो जीवन में इस तरह के सकारात्मक नजरिए को लेकर चलता है, जिसका बोलना चलना, खाना-पीना और सोचना समग्र के लिए होता है जो सर्वहित में स्वहित के भाव को जीता है, जिसका जीवन छलछद्म से रहित होता है।

सहजता सरलता जिसके जीवन के वे महान मूल्य बन जाते है जो अपने सपनों की तरह दूसरों की उम्मीदों के चिराग जलाने में भरोसा करता है, उसी का आचरण सदाचरण की परिभाषा बनता है। जब तक आचरण और आवरण में भिन्नता रहती है तब तक जीवन में एक असंतुलन दिखाई देती है। जो व्यक्ति इस असन्तुलन से बचना चाहता है उसे सबसे पहले अपनी वाणी और विचारों के बीच सेतु बनाना होगा, यानि आपकी वाणी और वर्तन (व्यवहार) के बीच असामान्य दूरी नहीं होनी चाहिए।

आज के आदमी की सबसे बड़ी कमजोरी है कि वह आदर्शों की ऊँची बातें तो करता है किन्तु उसकी प्रतिच्छाया उसके जीवन में कहीं नहीं दिखाई देती। जब तक हम अपने जीवन में जो असामान्य विरोधाभास हैं वे जब तक जीवन से बहिष्कृत नहीं होंगे तब तक हमारी जीवन के प्रति निष्ठा साबित नहीं होगी। बहुत सारे लोग निष्ठावान होने की बात करते हैं पर उनकी निष्ठा, धन-सम्पत्ति, यश, संतान और परिवार के प्रति है। हम जीवन को उच्च मानवीय मूल्यों के प्रति समर्पित बनाएं। हमारा जीवन एक धारा में बहने लगे तभी हमारा जन्म सार्थक होगा, जीवन सार्थक होगा।

शाश्वत स्वर

- संसार में जो अच्छे आचरण करता हुआ जीवन यापन करता रहता है, वह दीर्घजीवी होता है। उसकी संतान भी उसे सुख देने वाली होती है। वह धन-सम्पत्ति भी प्राप्त करता है। यदि बुरे लोग उसके सम्पर्क में आते हैं, तो उनके आचरण भी सुधर जाते हैं। - मनुस्मृति

- मनुष्य जिस समय पशु तुल्य आचरण करता है, उस समय वह पशुओं से भी नीचे गिर जाता है। - स्वामी विवेकानन्द

- स्कूल आचरण का कारखाना है। - महात्मा गाँधी

- आचरण दर्पण के समान है, जिसमें हर मनुष्य अपना प्रतिबिम्ब दिखाता है। - गेटे

- जो मनुष्य छल और कपटपूर्ण आचरण करते हैं, वही संसार में घृणा और निन्दा फैलाते हैं। इसलिए मनुष्य को चाहिए कि वह सदैव सत्य का ही अनुसरण करें। - ऋग्वेद

- सुन्दर आचरण, सुन्दर शरीर से अच्छा है। - इमर्सन

- पढ़ना एक गुना, चिन्तन दो गुना, आचरण चौगुना। - विनोबा भावे

- क्रोध को प्रेम से, बुराई को भलाई से, लोभ को उदारता से और असत्य को सत्य से विजय करें। - धम्मपद

- आत्म-त्याग स्वीकार करो; सबको राह दे दो, सबकी बातों एवं आचरणों को सह लो, इस प्रकार तुम उन लोगों का हित कर सकोगे; उन लोगों के ऊपर क्रोध उगलकर उन पर कटु वाक्यों की वर्षा करके तुम उन लोगों का हित नहीं कर सकोगे। - एपिक्टेटस

लक्ष्य

हर आदमी के मन में किसी भी कार्य को करने से पहले यह प्रश्न उठता है कि वह इस कार्य को किसलिए कर रहा है? दरअसल इस 'क्यों' का उत्तर ही लक्ष्य कहलाता है।

मनुष्य जो भी क्रियाकलाप करता है उसका एक निश्चित ध्येय होता है। बिना ध्येय के कोई कार्य संभव नहीं है। अगर कोई आदमी बिना ध्येय के कोई कार्य करता है तो उसका कोई परिणाम नहीं होता है। हमारी ध्येयनिष्ठा ही लक्ष्य कहलाती है। जीवन एक यात्रा है, हर यात्रा का एक लक्ष्य यानि मंजिल होती है, जो लोग बिना लक्ष्य के चलते हैं वे कोल्हू के बैल की तरह निरंतर चलते रहने के बावजूद कुछ पाते नहीं हैं, उनके लिए यह कहना समाचीन होगा कि बहुत टहले पर रहे वहीं के वहीं जहां थे पहले। लक्ष्य निर्धारण से ही यात्रा मंजिल में बदलती है अन्यथा वह यात्रा नहीं होकर परिक्रमा भर होती है।

हर आदमी के मन में किसी भी कार्य को करने से पहले यह प्रश्न उठता है कि वह इस कार्य को किसलिए कर रहा है? दरअसल इस 'क्यों' का उत्तर ही लक्ष्य कहलाता है। जीवन का लक्ष्य क्या है? यदि इस प्रश्न का उत्तर खोजना प्रारम्भ करें तो पता चलेगा कि सफल, श्रेष्ठ और सुखमय जीवन व्यतीत करना ही जीवन का लक्ष्य है। आध्यात्मिक दृष्टि से ईश्वर को प्राप्त करना, उस परम आनन्द की अनुभूति करना ही जीवन का परम लक्ष्य है।

लक्ष्य को ही अपना जीवन समझो। हर समय उसका चिंतन करो, उसी का स्वप्न देखो और उसी के सहारे जीवित रहो। अगर सही राह मिली है तो फिर आगे बढ़ो। बार-बार भटकने से जगह-जगह कुआँ खोदने से पानी नहीं मिलेगा। एक जगह कुआँ खोदोगे तो पानी अवश्य मिलेगा, इसलिए जीवन का उद्देश्य निश्चित करें। केवल सोच लेने से उसकी पूर्ति नहीं हो जाती।

कई लोग अपने लक्ष्य को लेकर उद्विग्न रहते हैं। वे सही दिशा में नहीं सोचते उनका अंतरमन चिंता के जंगल में भटकता रहता है। सही बात यह है कि लक्ष्य के प्रति

चिंता न करके मनुष्य चिंतन करे और मन को प्रसन्न रखकर अपने लक्ष्य की ओर बढ़े तो अवश्य ही उसके कार्य योजना के अनुसार सम्पन्न हो जाते हैं।

सफलता के लिए जरूरी है कि हमारा लक्ष्य के प्रति गहरा समर्पण हो। बिना समर्पण के किसी लक्ष्य की पूर्ति नहीं हो सकती। जितना बड़ा लक्ष्य होगा समर्पण भी उतना ही महान होगा अर्थात् जब लक्ष्य स्वर्ग से गंगा के अवतरण जितना विशाल हो तो लक्ष्य के प्रति समर्पण भी भगीरथ-सा महान होना चाहिए।

लक्ष्य सिद्धि के लिए समर्पण के साथ महज संकल्प भी जरूरी है। संकल्प-शक्ति हर अवरोध हर विरोध की दीवार को गिरा सकती है। हमारी ध्येय की रथयात्रा के दोनों चक्र संकल्प और समर्पण जब साथ-साथ चलेंगे तो लक्ष्य के रथ को प्रगति-पथ पर अग्रसर होने से रोका नहीं जा सकता।

हमारे भीतर अर्जुन की आँख विकसित करने की जरूरत है। हम न दाएँ देखें न बाएँ देखें, हमारी सोच, हमारा आचरण, हमारी चेतना जब एकीकृत होकर, संगठित होकर सही दिशा में गतिशील होती है तो हर चुनौती को आत्मसमर्पण करना होता है। आज आदमी सफलता के पीछे भाग तो रहा है किंतु जिस दिशा में सफलता का द्वार है वह उससे विपरीत दिशा में गति कर रहा है। जिस दिशा में हमारी मंजिल नहीं है उस दिशा में चलते-चलते भले ही हम सारी पृथ्वी की परिक्रमा क्यों न करलें, हमें मंजिल मिलने वाली नहीं है। हम सम्यक् दिशा में गतिशील होंगे तो मंजिल हमें सामने दिखाई देगी। आज मनुष्य जिस दशा में जी रहा है उसमें उसे दिशा की जरूरत है, अगर दिशा सही नहीं हुई तो दशा बदल पाना संभव नहीं होगा। दिशा पहचानिए, लक्ष्य आपके स्वागत के लिए बांहे फैलाकर प्रतीक्षा कर रहा है।

शाश्वत स्वर

❁ लक्ष्य के लिए सहज प्रवृत्तियों को भी होम कर देना होता है। - सम्पूर्णानन्द

❁ जैसा तुम्हारा लक्ष्य होगा, वैसा ही तुम्हारा जीवन भी होगा। - श्रीमाँ

❁ बुद्धिमत्ता का लक्ष्य स्वतंत्रता है। संस्कृति का लक्ष्य पूर्णता है। ज्ञान का लक्ष्य प्रेम है, शिक्षा का लक्ष्य चरित्र है। - साईं बाबा

संगीत

संगीत के स्वर में अध्यात्म बोलता है। संगीत में प्यार गुनगुनाता है। चाहे ईश्वर प्रेम हो और चाहे नश्वर प्रेम दोनों संगीत के सहारे परवान चढ़ते हैं।

संगीत आत्मा की भाषा है। संगीत की सुरयात्रा से मनुष्य के मन को शांति का अनुभव होता है, लौकिक और अलौकिक दोनों जगत संगीत के सूत्र से एक हो जाते हैं। जिसे सुनकर मन, प्राण, चेतना और मानस में रस का निर्झर बहने लग जाए। मन की सारी चिंताएँ चंचलताएँ एक पल के लिए ठहर जाए ऐसे ईश्वरीय वरदान का नाम संगीत है। संगीत कला है।

गायन और वादन का सम्मिलित नाम संगीत है। संगीत मन को आनंदित करता है, रोगों का निदान करता है, भावों का परिष्कार करता है। संगीत के प्रति प्रेम अपनी उच्च भूमि में ईश्वर की अनुभूति करा देता है।

संगीत के स्वर में अध्यात्म बोलता है। संगीत में प्यार गुनगुनाता है। चाहे ईश्वर प्रेम हो और चाहे नश्वर प्रेम, दोनों संगीत के सहारे परवान चढ़ते हैं। संगीत को सभी धर्मों ने ईश्वरीय साधना का अंग बनाया है। संगीत के सुमधुर वातावरण में मन डूब जाता है और भक्ति में शक्ति का संचार तभी होता है जब मन में ईश्वर के प्रति एकाकार होने का भाव जगे। संगीत को भक्तों ने गाया, प्रेमियों ने संगीत के माध्यम से अपना दर्द उड़ेला। इंसान तो क्या पशु-पक्षी भी संगीत के आकर्षण की डोर से बंधे होते हैं।

प्राचीन मिथक है कि हिरण वीणा वादन से इतना मस्त हो जाता था कि शिकारी उसको अपना निशाना बना लेते थे। प्राणों से भी प्रिय होता है मृग के लिए स्वर सधा संगीत। बड़े-बड़े विषधर साँप भी संगीत के आगे झूमते दिखाई देते हैं। संगीत को पंचम वेद की उपमा दी गई है। सच बात तो यह है कि वेद भी सांगितिक

रचना है। कुरआन की एक-एक आयत इतनी संगीतपूर्ण है कि उसमें एक रस निर्झर बहता महसूस होता है। संगीत ने वैदिक स्तुतियों से लेकर भजन तक का सफर किया है। मेरी दृष्टि में सभ्यता के शुरुआती क्षणों में ही संगीत का जन्म हो गया था। मनुष्य ने प्रकृति को रिझाने तक के लिए संगीत का सहारा लिया है। मेघ मल्हार के गायन से मेघ भी वर्षा के छंद गाने लग जाते हैं। प्रकृति की हर आकृति के साथ संगीत ने रिश्ता कायम किया है। राग मल्हार बादल बुलाता है। राग दीपक अंधेरे में सोए उजाले को जगा देता है। कितना अद्‌भुत है संगीत का संसार। कितना मनोरम है, संगीत का शौक। जब आप संगीत में उतरने लगेंगे तो इस कदर डूबेंगे कि आपका समग्र अस्तित्व ही संगीतमय हो जायेगा।

मनुष्य जीवन में जिन तीन बातों में से एक बात का होना अनिवार्य है, वे हैं– साहित्य, संगीत और कला। इन तीनों में से किसी एक से साथ मनुष्य के मन का जुड़ाव होना चाहिए। हितोपदेश ठीक ही कहता है कि 'साहित्य, संगीत, कलाविहीन साक्षात् पशु पुच्छ विषाणहीनः' यानि जो मनुष्य साहित्य, संगीत और कला में से किसी एक को नहीं जानता वह साक्षात पशु है बस उसमें और पशु में इतना-सा फर्क है कि जहाँ पशु के सींग और पूँछ होते हैं और साहित्य संगीतविहीन नर पशु के ये नहीं होते, बाकी दोनों में कोई फर्क नहीं है। इस कटु टिप्पणी के बावजूद संगीत से रिश्ता नहीं जोड़ते तो उन्हें क्या कहेंगे आप?

शाश्वत स्वर

- संगीत में क्रूर हृदय को भी शांत करने का जादू है। - सुभाषित

- संगीत ऐसा होना चाहिए कि दिल पर असर पड़े। जिस गायन से मन में भक्ति, वैराग्य, प्रेम और आनंद की तरंगें न उठें, वह संगीत नहीं। - आत्मानंद

- संगीत को देवदूतों की भाषा कहा गया है। - नीति शास्त्र

- संगीत के पीछे-पीछे खुदा चलता है जिस दिल के दरिया को संगीत की बयार तरंगित कर देती है, समझो कि उस दिल से शैतान भी डरता है। - अज्ञात

सफलता

सफलता के लिए उद्देश्य और साधना दोनों की पवित्रता आवश्यक है। दृढ़ता, आत्मविश्वास और संकल्प-शक्ति सफलता के आधारभूत सूत्र हैं।

जीवन में श्रम का महत्व सर्वविदित है। कठोर परिश्रम के पेड़ पर ही सफलता के फल लगते हैं। श्रम मनुष्य के पौरुष का सारतत्त्व है तो सफलता उसके पुरुषार्थ का सिंगार। सफलता की सहज और सरल परिभाषा है-मन के संकल्पों की पूर्ति ही सफलता है। जीवन में हम कुछ न करने के लिए क्रियाशील रहते हैं। इस क्रियाशीलता के पीछे कोई न कोई लक्ष्य होता है। हम पढ़ना चाहते हैं, परीक्षा में सम्मिलित होते हैं; परीक्षा में उत्तीर्ण होते हैं। उत्तीर्ण होना हमारी पढ़ाई की सफलता को दर्शाती है। जीवन के प्रत्येक क्षेत्र में लक्ष्य की प्राप्ति सफलता कहलाती है।

सफलता के लिए उद्देश्य और साधना दोनों की पवित्रता आवश्यक है। दृढ़ता, आत्मविश्वास और संकल्प शक्ति सफलता के आधारभूत सूत्र हैं। सफलता आपके संकल्प पर टिकी होती है, इसलिए किसी काम की शुरुआत के पहले परमात्मा को याद करो फिर अपना कार्य आरम्भ करो। इत्मीनान रखोगे तो असफलता की गुंजाइश नहीं रहेगी। उस व्यक्ति के लिए कुछ भी असंभव नहीं है जो संकल्प कर सकता है और फिर उस पर आचरण कर सकता है। सफलता का यही नियम है। आप अपनी सफलता का अनुमान इसी बात से लगा सकते हैं कि अन्य व्यक्ति आपका कितना विश्वास करते हैं। सफलता प्राप्त करने से ज्यादा उसे टिकाए रखने के लिए श्रम मांगती है।

एक श्रुति वचन है-कामयाबी हासिल करने से ज्यादा मुश्किल उसे संभालना होता है। यह बड़े आश्चर्य की बात है कि ज्यादातर लोग सफलता को तो पसंद करते हैं मगर सफल लोगों से नफरत करते हैं। सफल लोगों के सम्मान से ही हम सफलता के गुरु मंत्र को जान सकते हैं। यदि हम सफल व्यक्तियों के गुणों को अपने जीवन में

अपना लें तो हम भी सफल हो जायेंगे। असफलताओं से सीखकर भी हम सफल हो सकते हैं-सफल वह है जो जीत के लिए खेले, दूसरों की गलतियों से सीखे, जितना पाए उससे ज्यादा दे, हमेशा दूर की सोचे, अपनी ताकत को परखे और अपना निर्णय ले, अपनी ईमानदारी के साथ समझौता न करे अपनी सफलता को ईश्वर की देन माने। तभी सफलता के क्षण हमें अहंकार की धारा में कैद होने से स्वयं को बचा पाएंगे।

सफलता के लिए निरंतर प्रयास की जरूरत है। छोटे-छोटे प्रयास बड़ी-बड़ी सफलता के द्वार को उघाड़ते हैं। सफलता का कभी कोई शॉर्ट कट नहीं होता है। शॉर्ट कट से मिली सफलता क्षणिक होती है। सफलता के लिए कड़ी मेहनत, पक्का इरादा और उद्देश्य के प्रति प्राण तक न्यौछावर कर देने का प्रण होना चाहिए। 'प्राणं पातयामि वा कार्यं साधयामि' यानि या तो प्राण ही जाएंगे या प्रण पूरा होगा जो इस तरह का वज्र संकल्प लेकर सफलता के लिए प्रयास करते हैं, वे लोग हमेशा जीतते हैं। जीतने वाला कोई नया काम नहीं करते बस काम को नये अंदाज से करते हैं।

सफल होने के लिए सबसे बड़ी जरूरत है मानसिक तैयारी की। हम बिना संदेह के अपने कर्म में प्रवृत्त रहें। संदेहशीलता और सफलता की आपस में कभी जुगलबंदी नहीं हो सकती है। सफलता के रास्ते चलते हुए कई बार विफलता हमारे लिए अवरोध खड़े करती है। फूलों के छूने से पहले कांटे हाथों को लहुलुहान करते हैं किंतु जिनका संकल्प स्थिर होता है वे काँटों की परवाह नहीं करते। अवरोध और विरोध के आगे जो घुटने टेकता है उसके जीवन में कभी सफलता का सूर्योदय नहीं होता है।

जिस तरह रात की गोद से प्रभात जगता है वैसे ही असफलता की कोख से ही सफलता जन्म लेती है। सूरज रोज अस्त होकर फिर उदय होता है। फूल शाम को मुरझाकर फिर अगली सुबह खिल उठते हैं वैसे ही मनुष्य को विफलता के बाद सफलता के स्वागत की तैयारी के लिए प्रयासशील होना चाहिए। कोशिश करने वालों की कभी हार नहीं होती है इसलिए हर विफल कोशिश सफलता की दिशा में उठाया गया सार्थक कदम है।

शाश्वत स्वर

❁ सफलता का कोई रहस्य नहीं है। वह केवल अति परिश्रम चाहती है।
- हेनरी फोर्ड

❁ मनुष्य के लिए जीवन में सफलता का रहस्य हर आने वाले अवसर के लिए तैयार रहना है। - डिज़रायली

❁ सफलता का रहस्य– विवेक, श्रम, चरित्रबल और व्यावहारिकता–इन चार साधनों में निहित होता है। - महात्मा गाँधी

❁ सफलता का पहला रहस्य है-आत्मविश्वास। - इमर्सन

❁ उस व्यक्ति के लिए कुछ भी असंभव नहीं है, जो संकल्प कर सकता है और फिर उस पर आचरण कर सकता है, सफलता का यही नियम है। - मोराबी

❁ उद्देश्य में निष्ठा सफलता का रहस्य है। - डिज़रायली

❁ आप जिस शक्ति और सफलता को प्राप्त करना चाहते हैं। उसकी सामर्थ्य आपके अंदर है, अतः अपना भविष्य स्वयं बनाइए। - रामतीर्थ

❁ जो धैर्यवान है और मेहनत से नहीं घबराता, सफलता उसकी दासी है।
- ईसा मसीह

❁ सफलता का रहस्य है–दृढ़ संकल्प, मेहनत और साहस।
- स्वामी विवेकानन्द

❁ सफलता का गूढ़ रहस्य यह है कि आपको अपने विषय की पूरी जानकारी हो जो केवल निरन्तर अध्ययन से ही प्राप्त होती है। - डिज़रायली

आत्म-विकास पर श्रेष्ठ पुस्तकें

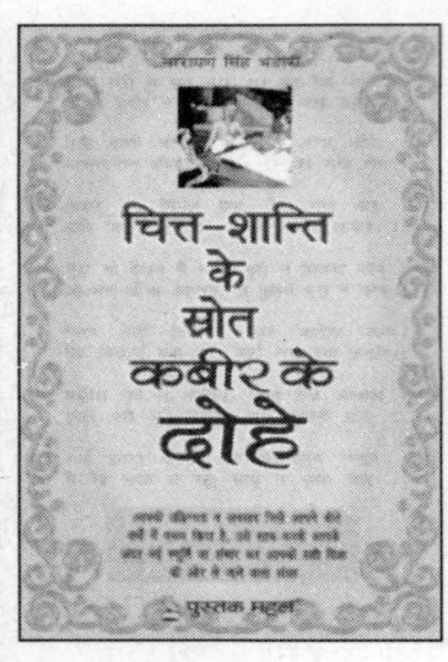

डाकखर्च: 25/- रुपए पुस्तक अतिरिक्त